Papierschwalben im Abendwind

Stefan Steinmetz

ISBN: 1517277221

ISBN-13: 978-1517277222

steinmetz.stefan@gmx.de

www.stefans-geschichten.de

Korrektorat: Birgit Böckli

Das Mädchen kauerte über der alten Frau und schluchzte leidenschaftlich. Ihr schmaler Körper bebte.

„Nein! Oh, nein! Es … es tut mir so leid! Ich habe zu lange gewartet. Ich bin schuld. Es tut mir leid! So leid!“ Sie weinte bitterlich. Sie konnte gar nicht mehr aufhören.

Die alte Frau bemerkte es nicht. Die alte Frau lag ganz still da und rührte sich nicht.

Das Mädchen kauerte über ihr, den Rücken gebeugt, die Augen fest geschlossen, die kleinen Hände zu Fäusten geballt.

„Es tut mir leid.“ Ihre Stimme war nur mehr ein heiseres Flüstern.

Endlich erhob sie sich und kam schwankend auf die Beine. Sie schaute auf die alte Frau hinunter. Noch immer flossen ihre Tränen reichlich. Immer wieder schluchzte sie auf. Sie bückte sich, fasste die Frau an den Händen und zog sie sanft fort, weg von dem dunklen, sandigen Fußweg, in den Wald hinein.

Später wusch das Mädchen sich das verweinte Gesicht in einer tiefen Pfütze. Dann kehrte sie den Bäumen den Rücken. Schon nach wenigen Hundert Metern war sie aus dem Wald heraus. Vor ihr lag die Straße. Das Mädchen wandte sich nach links. Der raue Asphalt kratzte unter ihren bloßen Füßen. Der Weg im Wald war viel weicher gewesen. Das Mädchen bemerkte es nicht. Ihr wäre es sogar egal gewesen, wenn sie barfuß über Glasscherben gelaufen wäre.

Sie spürte nichts. In ihrem Innern herrschte eine schreckliche Leere; ganz ausgebrannt fühlte sie sich. Sie achtete kaum auf die Straße, beobachtete nur mit gesenktem Kopf den Bürgersteig vor sich. Wenn jemand käme, würde sie sich in die Schatten des frühen Abends drücken. Sie wollte nicht, dass man sie sah, nicht nur, weil sie barfuß ging. Das war im Moment nicht so wichtig. Es war Sommer. Im Sommer liefen viele Mädchen barfuß, und keiner beachtete sie. Im Winter war das etwas anderes. Wenn das Mädchen ohne Schuhe durch den Schnee lief, musste es aufpassen, dass niemand darauf aufmerksam wurde, denn sonst kamen die Fragen. „Hast du keine Schuhe, Kleines? Jesus, du Armes! Du kannst doch bei der Kälte nicht barfuß herumlaufen!“ Das Mädchen mochte solche Sprüche nicht. Es machte ihr nichts aus, im Winter ohne Schuhe zu gehen. Sie fror nie. Schuhe waren unpraktisch. In Schuhen konnte sie nicht klettern. Schuhe störten. Trotzdem trug sie im Winter oft welche. Wegen der lästigen Fragesteller, die überall auf sie zu lauern schienen. Sie zog die Schuhe erst aus, wenn sie …

Doch jetzt war Sommer. Es war warm.

Das Mädchen fühlte die Wärme nicht. In seinem Inneren herrschte Eiseskälte. Kein Feuer, kein Ofen konnte diese schreckliche Kälte vertreiben. Es war eine schneidende Kälte - im wahrsten Sinne des Wortes. Sie verwundete das Mädchen von innen heraus. Sie schnitt in sein Herz. Es tat weh. Sie musste an die alte Frau denken, die jetzt allein im Wald lag. Von der ging die fürchterliche Kälte aus.

„Es tut mir leid", flüsterte das Mädchen.

Sie kam bei dem Hochhaus an. Bevor sie eintrat, blickte sie nach allen Seiten um sich wie ein scheues Waldtier. Niemand war in der Nähe. Niemand würde sehen, wie sie durch die Tür ging. Gut so. Sie wollte nicht, dass jemand mitbekam, wie sie das Hochhaus betrat. Nur einmal hatte jemand es wahrgenommen. Die andere alte Dame, die nette alte Dame, die sie eingeladen hatte.

„Komm doch herein, Kleine. Es ist so kalt da draußen. Möchtest du dich ein wenig aufwärmen? Komm mit in meine Wohnung."

Das Mädchen war der freundlichen Frau in ihre Wohnung gefolgt und hatte der alten Dame zugehört, als sie von früher gesprochen hatte, froh, dass sie eine aufmerksame, kleine Zuhörerin hatte. Die Wohnung lag ganz oben, und dort oben herrschte Einsamkeit, hatte das Mädchen gespürt. Es gab auch andere Menschen, die einsam waren, nicht nur sie selbst. Die angebotenen Kekse und den Kakao hatte sie höflich abgelehnt. Nach einer Stunde war sie gegangen.

Sie hatte nicht gewagt, die alte Dame wieder zu besuchen, aber sie hatte die Frau oft aus den Schatten heraus beobachtet. Die Frau war nett. Sie war lieb. Das Mädchen wachte über sie. Es schaute zu, wie die alte Frau in den Fahrstuhl ging, und sauste dann schnell die Treppen hinauf. Sie konnte sehr schnell sein, schneller als der alte, müde Fahrstuhl. Oben schaute sie um eine Ecke und sah zu, wie die alte Frau ihre Wohnungstür aufsperrte. Bis eines Tages ...

Das Mädchen benutzte die Treppen. Sie nahm niemals den Fahrstuhl. Im Fahrstuhl waren Leute, auch abends. Leute, die sie sehen konnten, Leute die sich ihr Gesicht merken würden. Das Mädchen wollte nicht, dass jemand sich ihr Gesicht merkte. Sie wollte auf keinen Fall, dass sich jemand an sie erinnerte. Das Mädchen lebte wie ein kleiner Schatten, nahezu unsichtbar.

Obwohl die Wohnung ganz oben sauber und aufgeräumt war, begann das Mädchen sofort damit zu putzen. Sie fuhr mit dem Staubsauger über die Teppiche, sie wischte den Boden im Badezimmer. Sie putzte die chromfunkelnden Armaturen am Waschbecken. Sie wischte Staub. Sie war sehr ordentlich. Sie mochte es sauber in der Wohnung. Nicht so dreckig wie im Lager damals …

Sie hatte gehofft, dass das Putzen sie ablenken würde, doch das Gegenteil war der Fall. Die schreckliche Leere in ihrem Inneren schien sich noch auszudehnen. Die schneidende Kälte versuchte, ihren Brustkorb zu sprengen, sich zwischen ihren Rippen hindurchzuschneiden. Das Mädchen verstaute die Putzutensilien.

Ich muss hier raus.

Sie verließ die Wohnung und sperrte hinter sich ab. Sie nahm die schmale Treppe weit hinten in dem engen Gang, der im Nichts zu enden schien. In Wirklichkeit bog er im Neunziggradwinkel ab, und da war die Treppe. Oben die Tür. Diese Tür war nicht abgeschlossen. Etwas an dem Schloss war kaputt. Man sah, dass jemand mit Gewalt daran gearbeitet hatte. Wahrscheinlich einige von den Jugendlichen, die im Viertel ihr Unwesen trieben. Sie drangen ins Hochhaus ein. Manchmal brachen sie unten irgendwelche Keller auf. Hier oben schienen sie auch gefuhrwerkt zu haben.

Das Mädchen öffnete die Tür und schritt auf das flache Dach des Hochhauses hinaus. Sanfter Wind wehte und ließ ihr Haar flattern. Überall standen großen Antennen und Satellitenschüsseln, ein Wald aus Blech und Stahl. Eckige Kästen duckten sich auf das Flachdach, schwarze Klötze in der Nacht. Mit langsamen, müden Schritten ging sie auf den Rand des Daches zu. Sie schaute hinunter. Unten liefen Menschen. Sie wirkten wie Ameisen. Spielzeugautos fuhren über die Kreuzung. Alles wirkte aus dieser Höhe klein.

Wenn ich springen würde, überlegte das Mädchen. Ich würde fallen. Fallen und fallen und fallen, und dann …

Sie seufzte. Ihre Augen brannten. Die Tränen kamen zurück. Sie wollten heraus. Schlimme Tränen. Brennende Tränen. Schmerztränen. „Ich habe das nicht gewollt!“, flüsterte das Mädchen unglücklich. „Ich bin schuld. Ich habe zu lange gewartet. Ich hätte niemals so lange warten dürfen. Es tut mir so leid!“ Die Schuld lastete wie ein riesiger Fels auf ihr. Sie stand da. Der sanfte Abendwind zerzauste ihr Haar. Ihre Zehen ragten über den Rand des Daches. Sie bogen sich um die Kante, wie um sich für den Sprung bereitzumachen.

Ilse, dachte sie. Liebe, liebe Ilse. War es bei dir auch so? Hast du deshalb …? Oh, Ilse! Ich weiß darum! Ich weiß es! Ich kann dich verstehen. Ich weiß, warum du ein Ende gemacht hast. Oh, und wie ich dich verstehen kann! Ilse, ich vermisse dich. Ich habe niemanden. Ich bin ganz allein. Mich friert vor Einsamkeit.

Das Mädchen schaute in die lockende Tiefe. Sie hatte niemanden. Sie war ganz allein. Sie war immer allein gewesen. Damals schon im Waisenhaus.

Niemand hat mich lieb gehabt.

Im Waisenhaus gab es keine Liebe. Nur Strenge. Die Aufseherinnen waren hartherzige, kalte Nonnen, die die Kinder behandelten wie kleine Soldaten. Alles lief auf Befehl. Drill. Sei froh, dass du hier untergekommen bist. Nicht jede bekommt so eine Chance. Zeige Dankbarkeit. Sei gehorsam. Sei still. Tu dies. Tu das. Lass das. Keine Zärtlichkeit. Nie. Im Lager auch nicht. Natürlich nicht. Im Lager erst recht nicht. Aber im Lager hatte sie Ilse kennengelernt, und eine zarte Freundschaft hatte sich zwischen den beiden Mädchen entwickelt. Das war schön gewesen. Die gemeinsame Not hatte sie zusammengeschweißt.

Doch es währte nicht lange. Ilse war tot. Tot wie Manni. Beide waren von der breiten Straße des Lebens in die schwarze Gasse abgebogen, an deren Ende das Todesfeuer loderte.

Die Brenntränen drückten von innen. Sie stürmten gegen die Augenwinkel des Mädchens an und quollen ins Freie. Das Mädchen weinte lautlos. Ich bin so allein. Ich habe niemanden. Ich bin ganz allein.

Das Lied. Es kam, wie es immer kam, ganz von selbst, kam aus ihrem Inneren hervor und flog sanft von ihren Lippen, das Lied, das sie im Waisenhaus gesungen hatte, wenn sie allein im Keller war und Kohlen schippen musste oder Kartoffeln schälen.

Das Mädchen sang mit leiser Stimme:

„Warum bin ich so alleine,

warum hat mich niemand lieb?

Ich bin so einsam und ich bin alleine.

Weiß nicht, warum es mich gibt."

Jetzt flossen die Tränen noch reichlicher.

Bastian drückte auf den Rufknopf für den Fahrstuhl. Er hielt das gefaltete Blatt

Papier in der Hand, das er von seinem Block abgerissen hatte. Er hatte sich aus der Wohnung geschlichen. Seine Eltern waren wieder mal abgefüllt, und sein Vater war schlechter Stimmung. Er hatte beim Computerpoker verloren. Es war besser, nicht in der Wohnung zu sein, wenn der Alte so war. Dann musste Bastian sich davonschleichen. Blieb er, riskierte er Schläge. Erst letzte Woche hatte sein Vater ihm ein blaues Auge verpasst. Bastian hatte keinen Bock auf eine Wiederholung.

Der Fahrstuhl kam. Leise zischend öffnete sich der Rachen der Fahrstuhlkabine. Als kleiner Junge hatte er sich vorgestellt, der Fahrstuhl sei ein lebendiges Wesen, das ahnungslose Kinder anlockte und verschlang. Inzwischen war er zwölf und er wusste, dass Fahrstühle keine Kinder fraßen. Fahrstühle taten Kindern nichts. Nur Erwachsene taten Kindern etwas an, Erwachsene und andere Kinder, vor allem ältere, stärkere Kinder wie Blödo und seine Schweinebande.

Bastian drückte den Knopf für die oberste Etage. Zischend schlossen sich die Fahrstuhltüren, und die Kabine setzte sich ruckelnd in Bewegung. Der Fahrstuhl im Hochhaus war wahrscheinlich das langsamste Gefährt der Welt. Als Felix noch sein Freund war, hatten sie einen Sport daraus gemacht, das Ding auf der Treppe zu überholen. Einer war unten eingestiegen und hatte den Knopf für die oberste Etage gedrückt, und der andere war die Treppen hoch gerast, so schnell er konnte. Wenn man ordentlich Gas gab, konnte man es gerade so schaffen, mit dem lahmarschigen Lift Schritt zu halten. Treppauf war es schwerer, abwärts konnte man schneller rennen. Sie hatten sich abgewechselt. Felix hatte es oft geschafft. Felix war schnell und sehr flink. Bastian war langsamer. Aber er schaffte es auch manchmal.

Felix war fort. Er war mit seinen Eltern weggezogen, irgendwohin aufs Land, viele Kilometer von Erbach entfernt. Drei Wochen nach dem Umzug hatte er Bastian einen Brief geschickt, wie schön es in dem Dorf sei und dass die Kinder an seiner neuen Schule alle voll okay wären, dass niemand von älteren Kindern gedisst würde. An der neuen Schule gab es niemanden, der einen schikanierte. Sogar die Lehrer waren freundlich. Bastian beneidete Felix glühend.

Ich werde nie von hier wegkommen, dachte er traurig, während die Fahrstuhlkabine aufwärts kroch. Ich bin hier lebendig begraben inmitten der

Häuser und der blöden Kinderschikanierbanden.

Blödo und seine Schweinebande waren nicht die Einzigen, die jüngeren Kindern das Leben sauer machten. Wohin man auch ging, man musste stets auf der Hut sein. Überall lauerten Idioten, die nichts Besseres zu tun hatten, als Schwächeren das Leben schwer zu machen.

Der Fahrstuhl hielt an. Die Türen öffneten sich zischend. Bastian machte sich auf den Weg aufs Dach.

Die Tür stand einen Spalt weit offen. Kacke! Waren andere Leute da oben? Bloß nicht! Das hätte noch gefehlt. Bastian stand unschlüssig vor der Tür. Was wäre, wenn Blödo mit seinen dämlichen Kumpanen dort oben wäre? Vielleicht, weil sie es cool fanden, am Rand des Daches eine zu rauchen und ihre Kippen auf die Straße zu werfen. Es war keine gute Idee, den Knallköpfen in die Arme zu laufen. Bastian biss sich auf die Unterlippe. Er dachte angestrengt nach und kam zu einem Ergebnis. Blödo würde hier nicht raufkommen. Was sollte Blödo auf dem Dach? Das wäre ihm bestimmt viel zu uncool. Es musste jemand anderes oben sein.

Oder habe ich vorgestern vergessen, die Tür zu schließen?

Unmöglich. Er schloss die Tür immer. Weil er nicht wollte, dass jemand seinen geheimen Platz fand. Das Dach gehörte ihm, ihm allein. War Rumpelstilzchen hier oben gewesen? Wohl kaum. Roland Rumpler, der Hausmeister des Hochhauses, war viel zu faul, freiwillig aufs Dach zu steigen. Was wollte er auch dort? Rumpelstilzchen setzte seinen dicken Hintern nur in Bewegung, wenn jemand seine Hilfe anforderte. Von alleine tat er nichts.

Ein leiser Ton wehte von oben herab. Bastian spitzte die Ohren. Jemand sang. Die Stimme war hell und sanft. Das war ganz sicher nicht Blödo oder sein bester Freund, der Büffel. Und Rumpelstilzchen erst recht nicht. Rumpelstilzchen hatte eine Stimme wie eine gestopfte Basstuba. Bastian zog die Tür auf und machte sich auf den Weg zum Dach hinauf.

Ein Mädchen stand am Rand des Daches und sang. Sie war blond. Weizenblondes Haar floss ihr bis über die Schultern. Sie trug ein cremefarbiges Leinenhemd mit langen Ärmeln und eine Jeans. Sie war schmal, fast dünn. Das Mädchen war barfuß. Nanu. War sie dem Büffel in die Quere gekommen?

Blödos bester Freund Jens hatte eine schräge Angewohnheit. Er besaß ein Benzinfeuerzeug mit einem Büffelkopf drauf. Das und seine breite Statur hatten ihm den Namen Büffel eingetragen. Natürlich durfte man ihn nur hinter seinem Rücken so nennen, wenn man heile Knochen behalten wollte. Jens hatte im Jahr zuvor ein neues Hobby entdeckt: Er zog kleinere Kinder ab, er nahm ihnen die Socken weg und steckte sie mit dem Büffelfeuerzeug in Brand. „Ein hübsches Käsfeuerchen", nannte er das und lachte sich kaputt. Manchmal, wenn Mädchen einen Rock trugen, raubte Jens ihnen den Schlüpfer und zündete den an. Wenn die entschlüpferten Mädchen dann heulten, bekam er einen Lachkrampf. Jens Regin war krank, einfach nur krank. Jemand, der anderer Leute Schlüpfer oder Socken ansteckte und darüber einen Lachanfall bekam, musste krank sein. Bastian schaute genauer hin. Das blonde Mädchen hatte keine Schuhe dabei. An den Schuhen vergriff sich der Büffel nie. Er war hinter den Socken her. Auf Schuhe stand der Büffel nicht. Die gab er seinen Opfern immer grinsend zurück.

Vielleicht wohnt sie hier, überlegte Bastian. Sie war zu Hause barfuß und hat beschlossen, mal eben schnell hier raufzukommen, genau wie ich. Sie hat ihre Pantoffeln unten gelassen.

Das klang plausibel, fand er. Schließlich war es sommerlich warm.

Das Mädchen sang. Es stand am Dachrand mit gesenktem Kopf und hängenden Schultern und sang. Ihre Stimme war hell und schön. Sie sang ein trauriges Lied:

„Warum bin ich so alleine, warum hat mich niemand lieb?

Ich bin so einsam und ich bin alleine. Weiß nicht, warum es mich gibt."

Sie weinte. Bastian konnte ihr Gesicht nur von der Seite sehen. Sie war sehr hübsch.

Der Gedanke überraschte ihn. Noch nie hatte er so etwas über ein Mädchen gedacht. Mädchen waren nicht hübsch. Mädchen waren doof. Das waren sie immer. Die einen kicherten albern und benahmen sich kindisch. Die anderen taten, als seien sie erwachsen und behandelten ihn von oben herab, als sei er ein Baby.

Das Mädchen war anders. Es stand am Rand des Daches und sang sein trauriges Lied. Es weinte.

Plötzlich der Gedanke in seinem Kopf: Will sie sich umbringen? Runterspringen?

Manno! Bloß nicht!

Vorsichtig pirschte sich Bastian an das Mädchen heran.

Helga sang. Dreimal sang sie ihr Lied. Dreimal versuchte sie, den Schmerz aus ihrer Brust herauszusingen. Es funktionierte nicht.

Ich habe zu lange gewartet, dachte sie niedergeschlagen. Ich bin schuld. Ich bin ein schlechtes Kind. Ich bin nichts! Ich bin Dreck!

Sie erinnerte sich an den Gesichtsausdruck der alten Frau, an die jäh aufbrandende Furcht in den von unzähligen Fältchen umgebenen Augen, an die grauenhafte Angst, die ihr aus den alten Augen entgegengeleuchtet hatte.

Sie hatte Angst vor mir. Ich bin böse. Ich bin schlecht. Keiner will mich haben. Eine wie mich kann man nur verabscheuen. Vor mir muss man sich ekeln. Mich kann man nur hassen. Ich bin nichts. Ich bin nichtswürdig. Das haben sie schon im Waisenhaus gesagt. Man kann mich nur hassen.

Der Schmerz versengte ihr das Herz. Es war nicht auszuhalten. Sie beugte sich weiter vor, schaute in die lockende Tiefe. Nur ein Sprung. Ein einziger Sprung. Loslassen. Sich fallen lassen. Nur dass es so nicht ging, das wusste sie. Ein Sprung würde sie nicht retten, sie nicht befreien von der fürchterlichen Last, die sie mit sich schleppte. Die Last würde mit ihr in die Tiefe fallen. Sie würde an ihr kleben wie Pech. Sie beugte sich noch ein bisschen weiter vor, hinaus in die Dunkelheit des Abends.

„Nein! Tu das nicht!"

Sie erschrak so sehr, dass sie beinahe den Halt verloren hätte. Sie fuhr herum. Fünf Schritte von ihr entfernt stand ein Junge, ein Junge so alt wie sie, mit dunkelblonden Haaren und grauen Augen. Er war genauso schmal gebaut wie sie.

„Tu das nicht!", bat der Junge. „Um Himmels willen, spring nicht! Bitte … ich kann dich verstehen, glaub mir, aber es gibt bestimmt einen Weg. Mach das nicht. Bitte nicht."

Sie schaute den Jungen an. Seine Augen. Sein Gesichtsausdruck. Er …

Er ist besorgt. Er hat Angst. Vollkommene Verwunderung ergriff das Mädchen.

Er hat Angst. Um mich!?

Noch nie hatte ein Mensch so zu ihr gesprochen. Sie wusste, dass sie weglaufen musste, aber sie konnte sich nicht rühren. Sie war zu verblüfft. Der Ausdruck in den Augen des Jungen löste etwas in ihr aus. Es war, als ob etwas unendlich sanft nach ihrem wunden Herzen greifen würde. Wie ein zartes Streicheln. Es war ... oh ...

Das Mädchen war nicht hübsch. Es war schön. Es war so schön, dass sich Bastians Herz zusammenzog. Das Mädchen war ... bezaubernd. Noch nie hatte er solche Gefühle bei einem Mädchen erlebt. Trotz des Abenddunkels erkannte er alle Einzelheiten in ihrem schmalen Gesicht. Sie hatte blaue Augen, so blau, wie er es noch nie gesehen hatte. Sie schaute ihn ängstlich an.

„Bitte komm da weg“, sagte er. Als das Mädchen sich nicht rührte, machte er zwei Schritte rückwärts: „Komm vom Rand weg. Bitte.“ Das Mädchen machte einen Schritt auf ihn zu, blieb dann stehen, als ob sie sich nicht näher an ihn herantrauen würde.

„Spring nicht hinunter“, sagte er. „Es gibt bestimmt eine Lösung. Glaub mir, ich weiß, wie es dir geht. Ich habe diese Gefühle auch manchmal, und dann denke ich daran, all dem ein Ende zu machen. Es kann sehr schlimm sein, wirklich. Aber bitte, spring nicht.“

Das Mädchen blickte ihn aus großen Augen an. „Was weißt du schon?“, fragte es. Seine Stimme war hell und sehr leise. Es sah aus, als ob ein ganzes Gebirge auf seinen Schultern lasten würde.

Bastian suchte in seinem Kopf nach einem passenden Wort für den Ausdruck in den Augen des Mädchens. Gequält? Nein. Mehr. Niedergeschlagen? Nein. Verzweifelt? Das war es. Das Mädchen war verzweifelt.

„Bitte tu das nicht“, bat er. „Ich ...“ Er hob den Papierbogen. „Ich zeig dir auch, wie man eine Papierschwalbe faltet und fliegen lässt.“ Gott, redete er da einen Stuss zusammen! Jetzt würde sie sich von ihm abwenden. Wie konnte ich nur so was Dämliches sagen?! Ich bin vielleicht ein dummes Arschloch!

Sie wandte sich nicht ab. Im Gegenteil. Er sah Neugier in ihren Augen aufscheinen. „Papierschwalbe? Du kannst einen Vogel aus Papier machen?“

„Äh … ja“, beeilte er sich zu sagen. Jetzt bloß nicht locker lassen. „Komm her. Dann zeig ich es dir.“

Sie machte tatsächlich zwei Schritte auf ihn zu. Er hielt ihr das Papier entgegen: „Hier. Damit machen wir die Schwalbe. Ich kann viele verschiedene Sorten falten.“ Sie schaute ihn ängstlich und neugierig zugleich an.

„Komm“, lockte er und ging ein paar Schritte auf den Klotz zu, der auf dem Dach stand. Er hatte den Klotz schon oft als Tisch benutzt, um Papierflieger zu falten, die er anschließend vom Dach fliegen ließ. Ringsum ragten die Antennen und Satellitenschüsseln in den Abendhimmel. Es war, als stünde man auf dem Rücken eines riesigen Igels.

Bastian legte das Blatt auf seinen primitiven Tisch: „So geht es. Schau zu, dann lernst du es.“ Er begann zu falten. Das Mädchen kam näher und sah neugierig zu, wie der Papiervogel unter Bastians geschickten Händen entstand. Gut so. Wenn sie neugierig war, würde sie nicht springen. Der Gedanke, dass das Mädchen in die Tiefe springen würde, tat ihm fast körperlich weh. Er musste sie ablenken, sie beschäftigen.

Er hielt das Ergebnis seiner Arbeit hoch. „Fertig.“

„Und das kann fliegen?“, fragte das Mädchen.

„Nicht von selbst. Es kann nicht aufsteigen. Es kann nur segeln. Von hier oben aber sehr weit.“ Bastian schritt zum westlichen Rand des Daches. „Wir lassen ihn am besten hier losfliegen. Auf der anderen Seite vom Dach ist die Berliner Straße. Dort fahren Autos, und wenn er auf der Straße runterkommt, wird er plattgefahren. Hier hinten geht es ins Wiesental. Da kann er höchstens in den Erbach fallen.“ Bastian hielt dem Mädchen den Papierflieger hin: „Möchtest du?“

Sie schaute ihn aus großen Augen an: „Ich weiß nicht, wie es geht.“ Ihre Stimme war ganz leise.

Bastian machte es ihr vor: „Du musst die Schwalbe hier unten halten, schön locker, und sie dann einfach fliegen lassen.“ Er ließ den Flieger in Richtung Dachmitte segeln.

Das Mädchen stieß einen jauchzenden Ruf aus. Es war pure Überraschung. Mit großen Augen schaute sie dem kleinen Segelflieger nach, wie er eine elegante Kurve drehte und mitten auf dem Dach niederging. Hatte sie noch nie einen

Papierflieger gesehen?

Bastian lief zum Landeplatz und brachte ihr den Vogel aus Papier: „Jetzt bist du dran. Wirf ihn von der Dachkante in die Luft." Er schaute in die Dunkelheit hinaus. „Blöd, dass es schon so dunkel ist. Man sieht nicht mehr besonders gut. Hoffentlich finden wir das Ding, wenn es gelandet ist." Er lächelte das Mädchen an. „Wenn nicht, muss ich eine neue Schwalbe falten."

Sie trat an den Dachrand und hielt den Papierflieger hoch. Sie holte tief Luft und ließ ihn lossegeln. Der sanfte Abendwind packte den kleinen, weißen Aeroplan und trug ihn in die Höhe.

„Es steigt!", rief das Mädchen. Sie drehte sich zu ihm um: „Du hast gesagt, es kann nicht von selbst steigen." Fasziniert schaute sie der davonfliegenden Schwalbe nach.

„Das ist der Wind", erklärte Bastian. „Du hast den Flieger gegen den Wind geworfen, und dadurch wurde er nach oben getragen. Gleich wird er abwärts segeln." Tatsächlich begann das Miniaturflugzeug in weiten Kreisen in die Tiefe zu segeln.

„Auweia! Die Bäume!", rief Bastian. „Wenn er da drin hängen bleibt, sehen wir alt aus." Aber die Schwalbe flog in einer weiten Kurve über die Bäume unten beim Erbach hinweg und segelte ins Wiesental hinaus. Sie schwebte fast eine Minute lang in der Luft, bevor sie mitten im Gras niederging.

„Komm, wir holen den Flieger und werfen ihn noch mal!", rief Bastian.

„Ja!" Sie war begeistert. All ihre Traurigkeit war verflogen.

Gemeinsam rasten sie die Treppen hinunter, als gelte es ihr Leben. Unten schossen sie zur Haustür hinaus und dann nach rechts zur Erbachbrücke. Hinter der Brücke stürmten sie auf die Wiese. Die Straßenlaternen beleuchteten das Wiesental ausreichend, sodass sie den Flieger sehen konnten. Das Mädchen überholte Bastian. Sie kam als Erste bei der gelandeten Papierschwalbe an. Ihre Wangen glühten, und ihre Augen blitzten vor Begeisterung. Von der furchtbaren Traurigkeit war nichts mehr zu sehen. Sie hob den gefalteten Vogel mit äußerster Vorsicht auf und hielt ihn Bastian hin: „Das macht Spaß."

„Ja, gell?", fragte er gutgelaunt. Gemeinsam liefen sie zum Hochhaus zurück, um ihr kleines Flugzeug aus Zellulosefasern erneut der milden Abendluft anzuvertrauen.

Beim dritten Flug landete der weiße Segler in einer Baumkrone.

„Oh, Kacke!", rief Bastian. „Jetzt sind wir ihn los. So ein Mist!"

„Wir holen ihn aus dem Baum", sagte das Mädchen.

„So hoch kann man nicht klettern", meinte Bastian fachmännisch.

„Hast du es je probiert?", fragte sie. „Komm." Sie flitzten die Treppen hinab.

Vor dem Baum blieben sie stehen.

„Hab ich's doch gesagt", brummte Bastian. Er zeigte am Baum hoch. „Die untersten Äste sind viel zu hoch. Da kommt man nicht mal dran, wenn einer von uns 'ne Räuberleiter macht."

„Man muss doch nur hochklettern", meinte das Mädchen und lächelte ihn an. Sie wandte sich dem Baum zu und begann aufzusteigen. Sie verkrallte ihre schmalen Finger in der borkigen Rinde und drückte sich mit den nackten Füßen aufwärts. Flink wie eine Eidechse kletterte sie den Baum hinauf.

Bastian schaute ungläubig zu, wie sie in die Krone des Baumes krabbelte und den Papierflieger befreite. Er taumelte in kleinen Kreisen nach unten und landete direkt vor seinen Füßen. Schon war das Mädchen wieder heruntergeklettert.

„Wahnsinn!", sagte Bastian. „Du kannst vielleicht gut klettern! Ich hätte das nicht geschafft."

Sie lächelte scheu. „Das war doch nichts Besonderes", nuschelte sie.

„Nichts Besonderes? Du bist am Stamm hoch wie ein Eichhörnchen."

Sie schaute zu Boden. „Das ging nur, weil ich keine Schuhe anhabe. Ich konnte mich mit den Zehen festhalten."

„Ja, das habe ich gesehen." Bastian hob den Papierflieger auf. „Lassen wir ihn noch mal starten? Ich muss noch nicht nach Hause." Sie nickte begeistert. Ihre Augen leuchteten vor Freude.

Sie spielten noch eine Stunde miteinander. Zum Schluss schenkte Bastian dem Mädchen die Papierschwalbe. „Behalte sie. Wenn sie kaputt geht, falte ich dir eine neue."

Sie schaute ihn an, und da war wieder dieser undefinierbare Ausdruck in ihren Augen, eine Art Scheu … als hätte sie Angst, etwas zu bekommen, das sie nicht verdiente.

„Danke“, wisperte sie.

„Wie heißt du eigentlich?“, fragte er. „Ich heiße Bastian.“

Sie blickte ihn an, schien zu überlegen, ob sie ihm ihren Namen sagen dürfe. „Helga. Ich heiße Helga.“

Helga. Was für ein komischer, altmodischer Name, dachte Bastian. Aber weil der Name zu dem hübschen Mädchen gehörte, gefiel er ihm sofort, egal, wie altmodisch er war.

„Wohnst du hier im Hochhaus?“, fragte er. „Weil ich dich noch nie gesehen habe.“

„Noch nicht lange“, antwortete sie, und wieder war da dieses Zögern, bevor sie sprach. Als hätte sie Angst, zu viel zu verraten.

Eine Weile standen sie einander schweigend gegenüber. Schließlich fasste Bastian sich ein Herz: „Möchtest du … sollen wir uns morgen wieder treffen?“ Er zeigte auf die Papierschwalbe: „Ich könnte noch eine falten. In einer anderen Technik. Es gibt mehrere Arten, einen Papierflieger zu machen.“ Bitte sag nicht nein, dachte er. Mit einem Mal war es ihm sehr wichtig, dass sie einander wieder trafen.

Sie schaute ihn lange an, so lange, dass er dachte, sie würde ablehnen. Aber dann nickte sie. „Morgen Abend?“

„Du kannst nur abends? Schade. Im Hellen könnte man viel besser sehen, wohin die Schwalbe fliegt.“

„Ich kann nur abends“, sagte sie. Sie blickte ihn ernst an: „Ist das schlimm?“

Bastian schüttelte den Kopf: „Nein. Ist vielleicht besser so. Dadurch sind keine anderen Kinder auf der Wiese. Die könnten uns den Flieger klauen oder ihn kaputt machen. Bis morgen Abend dann.“ Er gab sich einen Ruck. „Ich freu mich schon. Ich glaube, du bist echt in Ordnung.“

Sie lächelte ihn scheu an.

Er nahm ihr Lächeln mit nach Hause.

*

Bastian machte auf dem Weg zur Schule in Gedanken eine Überschlagsrechnung. Wenn er noch zwei- oder dreimal im Supermarkt aushalf, würde er genug Geld für den gebrauchten Scanner und die mobile Festplatte zusammenhaben. Die Festplatte brauchte er unbedingt, weil sein alter Computer nur wenig Speicherkapazität hatte. Und mit dem Scanner wollte er alle Seiten aus den Alben seines Opas digitalisieren.

Bastian war so sehr in Gedanken, dass er Blödo und seiner Schweinebande beinahe in die Fänge geraten wäre. Im letzten Moment merkte er, dass die vier Kerle sich an der Mauer bei der Schule herumdrückten, und wechselte unauffällig auf die andere Straßenseite, wo er so tat, als wollte er in die Bäckerei. Damit es echt aussah, kaufte er sich ein Mohnbrötchen von seinem Taschengeld.

Als er aus dem Laden heraustrat, hatten die Schweinebanditen sich bereits Ralf Metzinger gegriffen. Schon ging's los. Knuff hier und Knuff da. Schultasche auf den Boden werfen und davon kicken. Das ganze beschissene Programm. Die Kacker hatten es drauf. Schulkinder vor Schulbeginn schulmäßig foltern. Die dreckige Schweinebande. Reinrassige Arschlöcher.

Bastian fühlte die bekannte hilflose Wut in sich aufsteigen. Warum hinderte kein Lehrer die Scheißer an ihrem Tun? Vor aller Augen schikanierten sie kleinere Kinder, auch auf dem Schulhof. Sie schubsten und knufften. Sie schlugen und traten. Die Lehrer taten nichts dagegen. Es war zum Kotzen.

Blödo hieß eigentlich Bodo Lehmann und seine drei Kumpane waren Hagen, Claudio und Jens. Alle waren sechzehn Jahre alt. Claudio Schlaudio war der Hellste der Truppe und man erzählte sich hinter vorgehaltener Hand, dass er es war, der die Diebestouren der Truppe organisierte. Die Schweinebande klaute Elektrogeräte im Supermarkt oder auch mal eben einen unbewachten Motorroller auf der Straße. Wie Claudio mit Nachnamen hieß, wusste niemand, nur dass er italienischer Abstammung war. Darauf bildete er sich etwas ein und darauf, seinen Nachnamen geheim zu halten. Hagen Pirrung wurde Hagen der Hagere genannt und das, obwohl er das genaue Gegenteil war. Hagen war fett wie eine Kröte. Aber vielleicht sollte das ja gerade der Witz dabei sein. Jens Regin war der Büffel. Weil er die Statur eines Büffels hatte und wegen seines Büffelfeuerzeugs, mit dem er sein krankes Hobby betrieb.

Bastian schielte aus dem Augenwinkel rüber, ob der Büffel Ralf Metzinger die Socken ziehen würde, um ein lustiges Käsfeuerchen zu veranstalten. Hauptsache, die vier Scheißer sahen ihn nicht.

Anscheinend hatte der Büffel keine Lust, sein Feuerzeugbenzin an Ralfs Socken zu verschwenden. Nach einigen weiteren Knüffen ließ die Schweinebande den Jungen ziehen.

Bastian beeilte sich, zu einigen Klassenkameraden aufzuschließen. Im Schutz der kleinen Herde überquerte er die Straße und betrat das Schulgebäude. Die Wut blieb bei ihm wie ein treuer Schatten. Diese Scheißer! Warum musste es Leute wie Blödo und seine vertrackten Kumpane geben?! Immer wieder fragte sich Bastian, was zum Himmel so toll daran sein sollte, schwächere Kinder zu drangsalieren. Das war krank. Total krank. Warum konnte seine Schule nicht so sein wie die neue Schule von Felix?

Im Klassenraum ließ er seine Schultasche zu Boden fallen. Sie klappte auf und beinahe wären seine Bücher und die Schulbrote herausgeplumpst. Hastig schloss er die Tasche und setzte sich hin.

Die Brote hatte er sich am Morgen selbst gemacht. Seine Mutter machte das nicht. Seine Mutter machte das, was sie immer tat: Gar nichts. Sie hockte verkatert vor der Glotze, rauchte einen Glimmstängel nach dem anderen, hustete und fluchte auf den Husten. Auch seine Wäsche musste Bastian meistens selber machen, und er war es, der die Wohnung einigermaßen sauber hielt. Seine Mutter kümmerte sich kaum und er hatte noch nie erlebt, dass sein Vater auch nur einen Handschlag tat, wenn er zuhause war. Das war so gewesen, als er noch Arbeit hatte, und seit er arbeitslos war, hatte sich nichts geändert. Außer, dass er genauso lange außer Haus war. Statt auf der Arbeit war er in der Kneipe. Dafür hatte er Geld. Für neue Klamotten für Bastian nicht. Die stammten fast alle aus der Sammlung der katholischen Kirchengemeinde. Andere Kinder aus dem Viertel trugen ebenfalls die abgelegte Kleidung anderer Leute. Es hatte auch Vorteile. Bastian wurde in der Schule praktisch nie abgezogen. Die Sachen, die er trug, verleiteten die Banden nicht zu Übergriffen. Dazu kam, dass Bastian sich beinahe unsichtbar machen konnte. Er war so durchschnittlich, dass er kaum auffiel. Geld hatte er, wenn überhaupt, nur in winzigen Mengen bei sich, sodass sich auch hier kein Überfall älterer Kinder gelohnt hätte.

„Lasst den Plattmacher", hieß es, wenn er vorbeikam, „der hat nix auf dem Lappen. Seine Alten hartzen. Der Pisser hat ja nicht mal neue Klamotten. Asozgesindel!"

So sehr sich Bastian über diese gemeinen Bezeichnungen ärgerte, so diebisch freute er sich über die Dummheit der Banden. Er hatte sehr wohl Geld und davon nicht wenig. Er trug Werbeprospekte aus und half manchmal in dem kleinen Supermarkt drei Straßen weiter. Er ordnete Waren in die Regale. Eigentlich durfte ein Knirps wie er das nicht, aber der Betreiber sparte damit Kohle, denn er zahlte Bastian nur die Hälfte, die er einer erwachsenen Hilfskraft hätte löhnen müssen. Bastian war es egal. Hauptsache, er konnte ein bisschen Geld machen. Das Geld zahlte er auf sein Sparbuch bei der Post ein und einen Teil bewahrte er in einem Geheimversteck auf.

Die erste Stunde begann. Geschichte. Der Längler faselte von den römischen Kriegen. Was für ein Scheiß! Wen interessierte, ob ein römischer Feldherr vor zweitausend Jahren von einem Phönizier eine draufgekriegt hatte? Das waren olle Kamellen.

Warum nehmen wir nicht mal was Neueres durch, fragte sich Bastian. Er selbst interessierte sich für die Geschichte des Dritten Reichs und die Nachkriegszeit. Schon oft hatte er sich in der Bücherei Lektüre über diese Zeit ausgeliehen. Der Krieg und die Kampfhandlungen interessierten ihn nicht besonders. Während andere Jungs etwas über die verschiedenen Panzer der Deutschen wissen wollten oder darüber, wie ein U-Boot funktionierte, wollte Bastian wissen, wie die Menschen damals gelebt hatten, in einer Zeit, als die Gestapo alle überwachte, als das Essen knapp war und man nicht mal Kleider zu kaufen bekam. Damals wäre einer wie der Büffel, der den kleineren Kindern die Unterhosen und Strümpfe verbrannte, eine wirkliche Pest gewesen. Einmal die Winterstrümpfe angesteckt, und das war's. Neue Socken gab es keine. Da konnte man sich die löcherigen Schuhe dann mit Zeitungspapier stopfen.

Die Nazis hatten einen Arierfimmel gehabt, wusste Bastian aus seinen Büchern. Alle Deutschen sollten blond und blauäugig sein. Das erhob man zum Ideal. In einem der Bücher hatte er sogar ein Kapitel gefunden über gewissenlose KZ-Ärzte, die polnische Kinder in Waisenhäusern aussonderten, wenn sie „deutsch" genug aussahen, blond und blauäugig. Ja, diese Leute waren so weit gegangen, braunäugigen KZ-Kindern blaue Farbe in die Augen zu spritzen, um herauszufinden, ob man die Augenfarbe eines Menschen mit Farbpigmenten ändern konnte. Grauenhaft.

Helga hat blaue Augen und sie ist blond. Der Gedanke kam zu ihm gesprungen wie ein fröhlicher Hund. Helga. Helga, die so schön gesungen hatte. Dieses bittersüße Lied.

„Warum bin ich so alleine, warum hat mich niemand lieb?

Ich bin so einsam und ich bin alleine. Weiß nicht, warum es mich gibt."

Er erinnerte sich an jedes einzelne Wort. Er erinnerte sich an Helga. Wie ängstlich sie ausgesehen hatte! So verschüchtert. So arm. So beschützenswert. Am liebsten hätte er sie in die Arme genommen dort oben auf dem Dach des Hochhauses.

Der Gedanke verblüffte ihn. Bastian interessierte sich nicht für Mädchen. Mädchen waren doof. Sie benahmen sich total kindisch und kicherten über alles. Oder sie führten sich auf, als seien sie wunders wie erwachsen, und behandelten ihn wie ein Baby von oben herab. Okay, da waren zwei oder drei in seiner Klasse, bei denen sich seit neuestem kleine Hügelchen unter dem T-Shirt abzeichneten. Bastian konnte nicht umhin zuzugeben, dass ihn der Anblick neugierig machte, dass seine Augen immer wieder wie magisch von diesen kleinen Hügelchen angezogen wurden. Die Mädchen eine Klasse höher hatten das alle und es war irgendwie spannend, sie in der großen Pause heimlich zu beobachten. Wenn sie sprangen und herumtobten, hüpften die kleinen Hügelchen. Bastian wurde seltsam heiß hinter den Ohren, wenn er das sah. Aber sonst konnte er mit den Mädchen nichts anfangen. Sie waren einfach blöd. Wären sie nicht so dämlich, ja dann … Ein Mädchen als Kamerad, das wäre viel besser als Jungen. Mädchen waren nicht so grob. Mädchen ging es nicht darum, wer höher springen konnte oder wer sich mehr Scheiß traute.

Die Jungen stachelten einander ständig gegenseitig auf, wer den größten Mist anstellen konnte. „Wetten? Du traust dich nicht! Du Nulpe! Plattmacher! Schwanzeinzieher! Haha!" Wollte man keine Nulpe sein, kein Schwanzeinzieher, dann steckte man Papiercontainer in Brand, dann klaute man in den Geschäften, dann ließ man an parkenden Autos die Luft aus den Reifen. Bastian hasste es, und weil er nicht mitmachte, stand er außen vor. Er wurde zum Eigenbrötler. Ja, Mädchen würden so was nicht anstellen, doch dafür waren sie unheimlich hohl und kindisch. Ach ja, es war ein Kreuz. Warum war Felix fortgezogen? Felix war der einzig normale Junge, den Bastian je kennen gelernt hatte.

Bastian seufzte abgrundtief.

„Bastian?" Der Längler nahm ihn aufs Korn: „Ist etwas?"

Oh Mist! Was soll ich jetzt machen? „Es ist wegen Cäsar", sagte er aufs Geratewohl. „Ist doch zum Kotzen, oder? Er kümmert sich um seinen Adoptivsohn Brutus wie ein Vater, und der zettelt dann den Mord an."

Der Längler wirkte beeindruckt: „Ja, das tat Brutus. Da hast du Recht."

In der kleinen Pause standen sie um ihn rum.

„Ey cool, Alter", rief Markus. „Unglaublich, wie du den Längli abgedödelt hast. Du hast doch an alles gedacht, aber ganz bestimmt nicht an den ollen Cäsar, was?" Sie lachten. In ihren Augen stand Anerkennung.

„An was hast du gedacht?", fragte Tatjana.

Ihre Freundin knuffte sie in die Seite: „An dich. Im Badezimmer. Wie du aus der Dusche kommst. Nackt wie Eva im Paradies." Das Lachen wurde lauter, fröhlicher.

Bastian grinste nur.

Markus schürzte die Lippen: „Und ob der an so was gedacht hat! Seht euch doch dieses Grinsen an! Manno! Und dann so cool reagiert. Total disnulpig, Alter."

Bastian grinste weiter und sortierte seine Schulbücher. Wenn es so lief, war es nicht schlecht. Leider lief es nur selten so.

Frau Schröder kam herein und begann sie mit dem Satz des Pythagoras zu traktieren.

Ich habe ja an etwas anderes gedacht, überlegte Bastian. Ich habe an Helga gedacht.

Vorne an der Tafel schwafelte die Schröder, dass die Fläche des Quadrats über der Hypotenuse genau so groß war wie die beiden Flächen der Quadrate über den Katheten zusammen. Um es vollends kompliziert zu machen, galt das nur für Dreiecke mit einem rechten Winkel. Was für ein Scheiß! Wen interessierte das schon? Kein Mensch rannte in der Gegend herum und malte Dreiecke mit Quadraten an den Seiten auf den Boden. Katheten, Katheter oder Katechismen. Wen juckte das, verdammt noch mal? Total hohler Stuss. Was sollte er später als Erwachsener damit anfangen? In der Schule lernten sie nur solchen Scheiß. Nur Schrott. Anstatt den Kindern beizubringen, was sie als Große wirklich wissen mussten.

Wenn ich nur hier weg könnte, dachte Bastian sehnsüchtig. Er dachte an sein geheimes Häuschen im Wald, das er sich in seiner Fantasie erschaffen hatte. Er dachte daran, Lokführer zu sein. Sollte die Schröder doch über Pythagoras lallen. Er würde eh wieder bloß einen Dreier in der nächsten Klassenarbeit schaffen, egal wie gut er aufpasste. Mathe war nicht seine Stärke. Er seufzte innerlich. Dann passte er auf. Er wusste, dass er den ganzen unnötigen Scheiß lernen musste, wenn er später irgendwo einen gescheiten Job bekommen wollte. Aber er hasste es wie die Pest. Blöde Schröder! Steck dir deinen Pygmäenthagoras in den Katheter!

*

Als er mittags nach Hause kam, lag seine Mutter auf der Couch und schnarchte. Bastian schnaubte. Wieder mal! Egal. Er nahm eine Tiefkühlpizza aus dem Gefrierschrank und steckte sie in den Backofen. Wenn seine Mutter schlief, konnte er sich wenigstens zu essen machen, was ihm schmeckte. Mit der fertigen Pizza verzog er sich in sein Zimmer. Beim Mampfen schaltete er den Radio-CD-Player ein, den er von seinem Opa bekommen hatte. In den Nachrichten sprachen sie von einem neuen Mord. Der Metzger hatte wieder zugeschlagen. Man hatte eine Leiche gefunden, die eindeutig auf ihn hindeutete. Tot seit ungefähr zwei Wochen. Kehle durchgebissen.

„Wie es scheint, hält er sich seit Jahren bevorzugt in der Saargegend auf", sagte der Nachrichtensprecher. „Diesmal fand er in dem Ort Luisenthal bei Saarbrücken sein Opfer, einen achtundfünfzig Jahre alten Mann. Man fand die Leiche in einem Waldstück. Wie üblich mit zerfleischter Kehle und fast vollständig ausgeblutet. Der Entbluter hat wieder zugeschlagen. Kommissar

Heckler von der Kripo Saarbrücken sagt …"

Bastian hörte zu, wie Kommissar Heckler einige ziemlich dämliche Theorien über den Metzger bekannt gab und dass sie „eine heiße Spur" verfolgten. Er schnaubte verächtlich. Das taten die Polizisten seit Jahren. Sie hatten inzwischen so viele heiße Spuren verfolgt, dass sie lichterloh in Flammen stehen mussten, die Trottelpakete!

Wenn er nur schon hörte, wie sie den Metzger beschrieben! Ein Mann um die sechzig Jahre, sehr kräftig gebaut, denn er schaffte es mühelos, seine Opfer zu überwältigen. Er musste so alt sein, weil es schon vor Jahrzehnten diese auffälligen Morde gegeben hatte. Überall in Deutschland. Es schien so, als hielte sich der Schlächter immer für einige Jahre an einem Platz auf und ginge dann woandershin.

„Warum muss es ein Mann sein?", fragte Bastian das Radio und stopfte sich ein Stück Pizza in den Mund. „Verdammt noch mal, wie blöde seid ihr eigentlich?! Jedes Mal ist die Kehle zerfleischt. Wie wär's mit der Wahrheit? Es ist ein Hund! Ein riesiger Kampfhund, der darauf abgerichtet ist, Menschen zu töten, und sein Herrchen ist ein kranker Irrer, der den Leichen das Blut abzapft, um sich damit zu Hause eine ganz besondere Blutwurst zu machen. Wann kommt ihr endlich drauf, ihr Nulpen? Ihr Obernulpen!"

Er verdrückte das letzte Stückchen Pizza und brachte den Teller und das Besteck in die Küche und wusch es ab. Danach machte er sich ans Putzen. Den Staubsauger zu benutzen wagte er nicht, aus Angst, seine Mutter zu wecken. Die Alte konnte ziemlich ausrasten, wenn man sie in ihrem Mittagsschlaf störte. Also begnügte er sich mit Staubwischen und er fiel mit feuchtem Feudel übers Badezimmer her. Wenn er nicht putzte, blieb der Dreck liegen. Seine Mutter machte das nicht.

In meinem kleinen Häuschen wäre es immer sauber und adrett, dachte er. Beim Putzen der Wohnung träumte er sich weit fort in sein Fantasiehäuschen im Wald. Er hatte drei große Träume: Das Häuschen im Wald, den Traum vom Lokführer und den Traum davon, Geschichte zu studieren und Professor zu werden. Wann immer er sein wirkliches Leben kaum ertragen konnte, flüchtete Bastian sich in diese Fantasien. In seinen Träumen konnte er glücklich sein.

Und da war das Mädchen Helga. Er würde sie am Abend treffen. Darauf freute er sich. Helga war neu. Helga war ... irgendwie aufregend. Es war ein ganz seltsames Gefühl, an sie zu denken. Dann zog es so komisch in seinem Herzen. Das kannte Bastian nicht. So hatte er zuvor nie gefühlt.

*

Das Dach war leer, als er im Abenddunkel oben ankam. Vielleicht bin ich zu früh, überlegte er. Sie kommt wahrscheinlich später. Er hatte eine neue Papierschwalbe dabei. Ob er sie fliegen lassen sollte? Nein, lieber warten, bis Helga kam. Falls sie kam. Da war die kleine Stimme in seinem Kopf, die ihn auslachte: „Sie wird nicht kommen, Basti. Du bist ihr ein zu großer Langweiler. Sie hat Besseres vor." Stimmte das? Nein. Oder doch? Es nagte an Bastian. Was, wenn das Mädchen nicht kam? Mit einem Mal war es ihm sehr wichtig, dass sie aufs Dach kam. Warum bloß, fragte er sich. Was ist an ihr so Besonderes? Sie ist doch bloß ein Mädchen. Aber ein besonderes Mädchen. Helga war ... anders. Ihre Augen. Wie sie ihn angeschaut hatte, als er sie gebeten hatte, vom Dachrand zurückzutreten. Soviel Ängstlichkeit hatte in diesen großen Augen gestanden. Hatte sie echt Selbstmord machen wollen? Wurde sie in der Schule erpresst? Gedisst? Schikaniert? Bedroht? Vor was hatte sie so eine Angst? Ihm fielen Dutzende Gründe ein.

„Hallo." Er fuhr herum. Sie stand vor ihm. Sie trug die gleichen Jeans wie am Abend zuvor und ein blutrotes T-Shirt mit einem kleinen, weißen Sternchen dort, wo ihr Herz war. Sie war barfuß. Als sie seinen Blick bemerkte, lächelte sie ihn scheu an: „Falls die Schwalbe wieder im Baum hängen bleibt. Ohne Schuhe kann ich besser Bäume hochklettern."

Bastian lächelte zurück. Er hielt ihr den kleinen Flieger entgegen: „Möchtest du zuerst?"

*

Wieder ließen sie die Schwalbe fliegen. Sie flitzten die Treppen hinunter und suchten sie. Dann wieder rauf aufs Dach. Das Ganze von vorne. Sie rannten, bis ihre Lungen brannten. Beim siebten oder achten Mal landete der Papierflieger nach einem unglaublichen Rundflug um das gesamte Hochhaus auf der anderen Seite der Berliner Straße direkt vorm Ofengeschäft. Sie liefen runter, um ihn zu holen.

Bastian schaute durch die Schaufensterscheibe. Da stand der neue, tolle Küchenofen aus schwarzem Gusseisen mit den roten Zierkacheln. Es war ein ROSA von den Bartz-Werken in Dillingen. Der gefiel ihm besonders gut.

Helga stellte sich neben ihn: „Was guckst du?"

„Der Ofen da." Bastian zeigte darauf. „Er gefällt mir."

„Der geht mit Holz", sagte sie. „Kein Strom."

„Das ist ja das Coole. Holz könnte ich im Wald selber schlagen und hinter meinem geheimen Haus unter einem regensicheren Dach lagern und trocknen."

Sie schaute ihn mit schiefgelegtem Kopf an. Sie sah sehr süß aus. „Geheimes Haus? Hast du ein eigenes Haus im Wald?"

Bastian senkte den Blick. „Nein", sagte er. Plötzlich schämte er sich.

„Aber du hast doch gesagt ..." Sie schaute ihn fragend an. Wie lieb sie aussah.

„Nur in meiner Fantasie", nuschelte Bastian. „Ich habe es mir ausgedacht." Er schaute auf und zog eine Grimasse: „Damit ich was zum Träumen habe, wenn ... wenn mir langweilig ist."

„Echt?" Ihre Augen waren groß, blau und neugierig. Sie lächelte scheu: „Erzählst du es mir?"

Bastian fühlte, wie er rot wurde. „Ach ... es ist nichts Besonderes. Ehrlich nicht."

„Magst du es mir nicht sagen?" Nun wirkte sie traurig. Sie sah fast so aus wie am Abend zuvor, als sie am Rand des Daches gestanden hatte.

„Ich ..." Er räusperte sich: „Willst du das denn hören?"

Sie nickte: „Mm."

Er zeigte ins Schaufenster. „Der Ofen da. Den will ich dort haben. In meinem Haus im Wald. Es ist nicht groß, dieses Haus. Es ist entweder ganz aus Holz gebaut oder gemauert. Kennst du die Gebäude, die man oft an Bahnhöfen sieht? Diese kleinen Schuppen aus roten Ziegelsteinen? Mit Fachwerk? Die gefallen mir. Schon als ich klein war, mochte ich diese Häuser. Ich liebe die Farbe der Ziegelsteine. Einmal habe ich aus einem fahrenden Zug heraus ein Haus gesehen, das stand neben den Gleisen auf einem Stückchen Ödland, ganz versteckt. Ich malte mir aus, dort zu wohnen, ganz für mich allein. So einen Holzofen will ich, weil mein Opa auch so einen hatte. Der sah aber anders aus. Er war weiß, und er hatte kein Fenster, wo man die Flammen sehen konnte. Heute sind die Öfen moderner. Sie brauchen viel weniger Holz und sie heizen prima und durch die Scheibe kann man die Flammen tanzen sehen. Das ist im Winter urgemütlich."

Einmal angefangen kam er rasch in Schwung. Er breitete einen seiner Lieblingsträume vor Helga aus. Das Häuschen im Wald mit einem Vorratskeller darunter, einem Schuppen für Holz und Heu, einem Garten, einem Brunnen, einem Teich in der Nähe und all das so gut versteckt, dass niemand es finden konnte. Das Haus war aus roten Ziegeln erbaut. Es war klein und irgendwie knuffig. So richtig gemütlich. Die Zimmer waren klein, aber es war Platz genug zum Wohnen. Unterm Haus gab es einen Vorratskeller. Er hatte einen gestampften Lehmboden.

„Damit der Keller immer ein kleines bisschen feucht ist", erklärte Bastian fachmännisch. „Nicht, dass du jetzt denkst, die Wände würden mit Tropfen vollhängen. Nur die Luft ist ein bisschen feucht. Moderne Betonkeller sind dagegen staubtrocken."

Helga schaute ihn auffordernd an. Sie wollte wissen, was es mit dem Keller mit dem gestampften Lehmboden auf sich hatte. Sie wirkte sehr interessiert.

„Die Luft im Keller muss ein wenig feucht sein, damit man Kartoffeln und Äpfel lagern kann. In den modernen Kellern verschrumpelt das Obst schon im Herbst", erklärte er. „In einem Lehmbodenkeller hingegen hält es sich bis März. Wenn ich in meinem geheimen Haus wohne, kann ich ja nicht einfach in den nächsten Supermarkt traben, um frisches Obst zu kaufen. Stell dir vor, ich bin von zu Hause abgehauen und die Polizei sucht mich. Es wäre nicht gut, wenn mich Leute im Supermarkt sehen würden. Also muss ich meine Vorräte selbst organisieren und aufbewahren. Auch das Brennmaterial. Ich habe dieses alte Pressgerät von meinem Opa. Als er starb, holte ich es aus seiner Wohnung und versteckte es unten in unserem Keller. Man kann damit Papierbriketts herstellen."

Sie schaute ihn an, neugierig, wissbegierig und ein bisschen bewundernd. „Erzähl!", bat sie.

„Mit meinem Opa habe ich früher solche Briketts gemacht", berichtete Bastian. „Man stellt eine Bütt voll Wasser in den Hof und schmeißt klein gerissenes Papier und Pappe rein und rührt und stampft es, bis es ein dicker Brei wird. Den füllt man in die Presskammer und zieht fest am Hebel. Das Wasser wird aus dem zusammengepressten Papier rausgequetscht und man hat ein Papierbrikett. Das muss man gut trocknen und dann kann man es im Ofen verbrennen. So macht man aus Abfall Brennmaterial." Er biss sich auf die Unterlippe. „Opa war arm. Er war bei der Bahn und hat gut verdient, aber dann hatte er den schlimmen Unfall, und er wurde ganz früh in Rente geschickt. Wenn man so früh in Rente geht, kriegt man nur ganz wenig Geld. Er musste sparen, wo er nur konnte. Seine Wohnung war klein, aber es war gemütlich."

Helga schaute ihn an. „Hast du ihn gerngehabt, deinen Opa?"

Bastian nickte: „Ja, sehr. Er war ganz anders als meine Eltern. Die sind immer böse auf mich und schreien mich an. Opa war mir der liebste Mensch auf der ganzen Welt. Jetzt habe ich niemanden mehr." Er senkte den Blick.

Ihre Hand streifte die seine, nur kurz und leicht wie ein Vogel. „Genau wie ich. Ich habe auch niemanden." Ihre Stimme war nur ein leises Wispern.

*

Helga duschte selbstvergessen. Das heiße Wasser prasselte auf sie nieder. Sie dachte an Bastian. Seit sie den Jungen kennen gelernt hatte, war da so ein seltsames Gefühl in ihrer Brust, ein Gefühl, das sie nicht kannte. Ein bisschen so wie mit Ilse war das, so ähnlich jedenfalls. Sie drehte die Dusche ab und nahm das Handtuch. Dampf waberte um sie herum. Sie freute sich auf den Abend. Wir werden gemeinsam Papierschwalben fliegen lassen, dachte sie, oder was anderes unternehmen. Egal was, Hauptsache gemeinsam.

Sie öffnete das Fenster, um das Badezimmer zu lüften.

Gemeinsam. Ein schönes Wort. Darin versteckt war das Wort einsam. Das war kein schönes Wort. Einsamkeit tat weh. „Einsam". So leicht war es zu verstecken. Man stellte einfach „gem" davor und es hieß „gemeinsam".

Gemeinsam. Ein kleines, freudiges Gefühl wuchs in ihrem Herzen wie eine winzige Pflanze, die sich allmählich entwickelte. Eine Blume würde daraus werden, spürte sie. So warm war das Gefühl, eine Art sanftes Glühen. Im Waisenhaus hatte sie nie so gefühlt, und im Lager erst recht nicht. Da hatte sie nur Angst gehabt, schreckliche Angst. Vor allem vor dem Haus, in dem die Mädchen schrien und dann verschwanden. Vielleicht bei Ilse - ein kleines bisschen. Ihre Freundschaft hatte sie zusammengeschweißt, und sie hatten sich gegenseitig die Seele gewärmt.

Aber bei Bastian war mehr. Viel mehr. Helga konnte nicht sagen, was es war. Sie wusste nur, dass es schön war. Sehr schön. Sie musste ständig an den Jungen mit den grauen Augen und den dunkelblonden Haaren denken. Ob ich es wagen kann, ihn in meine Wohnung einzuladen, fragte sie sich. Der Gedanke erschreckte und erfreute sie zugleich. Die Vorstellung, mit Bastian hier zusammen zu sein, gefiel ihr. Sie könnten gemeinsam von seinem Häuschen im Wald träumen. Die Geschichten des Jungen hatten ihr unheimlich gut gefallen. Es war schön, ihm zuzuhören, wenn er sein geheimes Haus im Wald in seiner Fantasie Wirklichkeit werden ließ.

Helgas Wohnung war ein wenig wie Bastians erfundenes Haus. Es war die Wohnung der alten Dame, die sie eingeladen hatte, der alten Frau, der sie zugehört hatte. Nie wieder hatte Helga es gewagt, dorthin zurückzukehren - damals nach der ersten Einladung, aber sie hatte die alte Dame oft heimlich beobachtet. Es hatte sie angezogen wie das Licht die Motten. Immer wieder war Helga gekommen und hatte die Frau beobachtet. Sie war ganz allein, und sie verließ ihre Wohnung nur, um einkaufen zu gehen. Die Miete bezahlte sie jeden Monat in bar. Sie beschriftete ein Briefkuvert und steckte es unten in den Briefschlitz der Hausmeisterwohnung. Mit ihren scharfen Augen hatte Helga genau lesen können, was auf dem Briefkuvert stand: Lindemann, Miete für November. Oder: Lindemann, Miete für Januar.

Eines Abends war die alte Dame mit dem Kuvert in der Hand aus ihrer Wohnung getreten und abrupt stehen geblieben. Sie fasste sich ans Herz. Ihr Gesicht verzerrte sich und sie stöhnte laut. Dann kippte sie um.

Helga lief zu ihr und schleppte sie in ihre Wohnung zurück. Sie wusste, was los war. Die alte Frau hatte einen Herzinfarkt. Sie lag im Sterben. Sollte sie jemanden anrufen? Aber wen? Sie wusste nicht, was sie tun sollte.

Die Frau wachte noch einmal auf. Helga nahm sie zärtlich in die Arme. Das Gesicht der Frau leuchtete vor Freude. Sie lallte einen Namen. Offensichtlich verwechselte sie Helga mit jemandem. Vielleicht mit ihrer Tochter?

„Gutes Kind", stammelte die alte Frau. Sie freute sich. „Mein gutes Kind. Schön, dass du gekommen bist." Dann starb sie friedlich.

Helga kniete eine halbe Stunde neben der Toten. Dann handelte sie. Als erstes brachte sie das Kuvert mit der Miete nach unten und warf es beim Hausmeister ein. Später in der Nacht brachte sie die alte Dame fort. Draußen im Wald grub sie ein Grab und legte die Tote hinein, bedeckte sie mit Erde.

Ein halbes Jahr war das nun her. Seitdem wohnte Helga unbehelligt in der Wohnung oben unter dem Dach. Mit den Schlüsseln der alten Frau kam sie leicht ins Hochhaus Das kleine Zimmer ohne Fenster hatte sie zu ihrem Schlafzimmer gemacht und den Rest der Wohnung erhalten, wie sie war. Sie putzte und hielt alles sauber.

Jeden Monat brachte sie einen Umschlag zur Hausmeisterwohnung. Helga konnte gut Schriften imitieren. Der Hausmeister merkte nichts. Geld war kein Problem. Wenn Helga Geld brauchte, besorgte sie sich welches. Nach langer Zeit des unsteten Umherstreifens hatte sie wieder ein festes Domizil. Sie musste nur aufpassen, dass sie niemandem auffiel.

Bastian kannte sie jetzt. Es war ein Risiko. Das wusste sie.

*

Roland Rumpler, seines Zeichens Hausmeister und hinter seinem Rücken von allen Rumpelstilzchen genannt, hockte in seiner Wohnung vorm Fernseher. Er ließ sich das vierte Bier des Abends schmecken. Leider war es immer das vierte, das dann ganz schnell wieder rauswollte. Mit einem missmutigen Grunzen erhob er sich und watschelte zur Toilette. Er urinierte ausgiebig und betätigte die Spülung. Keine zwei Sekunden später hörte er in der Wohnung über sich die

Klospülung.

„Arschloch!“, fauchte er. „Du perverse Sau! Synchronschiffer, verfluchter!“

Wütend trug er seinen Schmerbauch ins Wohnzimmer zurück. „Der Kerl ist doch pervers! Das macht der mit Absicht, das schwule Weiberfickerschwein! Dreckige Synchronpissersau! Der Schwanz soll dir abfaulen!“

Über seiner Wohnung hauste Harald Weber mit seiner Schlampe. Weber schien eine irgendwie piss-schwule Art an sich zu haben. Wie sonst konnte das Schwein sich dran hochziehen, mit Roland synchron zu pissen? Wann immer Rumpler abends auf den Lokus ging, um sich leer zu pissen, konnte er davon ausgehen, dass, kurz nachdem er die Klospülung betätigte, Weber über ihm das Gleiche tat. Als hätte der Wichser gelauert, um mit Rumpler gemeinsam abzudrücken.

„Perverse Sau!“, knurrte Rumpler und wollte sich ein neues Bier aus dem Kühlschrank holen. „Ach Kacke!“ Das Bier war alle. Er musste in den Keller, neues holen. Murrend tappte er los. „Bis ich zurück bin, muss ich garantiert schon wieder schiffen, und dann lauert über mir schon der Synchronschiffer“, murmelte er erbost.

Er holte zwei Sixpacks aus seinem Keller und tappte wieder nach oben. Beim Treppenaufgang sah er das kleine blonde Mädchen. Sie huschte die Treppen hinauf. Wie üblich trug sie keine Schuhe. Wieso zur Hölle lief die Kleine barfuß rum? Hatten ihre Leute kein Geld für Schuhe? Was für ein asoziales Pack musste das sein. Wahrscheinlich versoffen und verrauchten ihre Alten das ganze Geld. Scheißer! Wenn er das machte, war es seine Sache. Er hatte keine Kinder zu versorgen. Aber bei denen? Pisser allesamt! Sozialschmarotzer, die das Geld versoffen und ihre Kinder mit nacktem Arsch auf die Straße schickten. Alles Asoziale! Er hatte das Kind erst vier- oder fünfmal gesehen. Sie war wie ein kleiner Schatten. Rumpler hatte den leisen Verdacht, dass sie zu der alten Lindemann ganz oben unterm Dach gehörte. Die Enkelin vielleicht. Vielleicht konnte das Mädchen nicht bei seinen Eltern leben, weil die es misshandelten. Da war es bei der Oma untergekrochen.

Die Lindemann war wunderlich. Das wusste er. Ließ sich selber nie blicken und sie zahlte ihre Miete in bar. Hatte wohl noch nie was von Banküberweisungen gehört, die alte Schachtel. Steckte die Kohle in einen Briefumschlag und schmiss sie in seinen Briefkasten. Sein Vorgänger hatte es ihm erzählt, als er vor sieben Jahren den Job als Hausmeister angetreten hatte. Er kümmerte sich ums Hochhaus und einige andere Gebäude in der Nähe, die auch der Gesellschaft gehörten, welche die Wohnungen vermietete.

Rumpler war anfangs verärgert darüber, dass die Alte von ihm erwartete, für sie die Miete an die Gesellschaft zu überweisen. Aber dann hatte er ihr eines Tages einen am Computer gebastelten Brief geschickt, in dem geschrieben stand, dass die Gesellschaft zum nächsten Ersten die Miete um achtzig Euro erhöhte. Prompt steckten die zusätzlichen achtzig Piepen im nächsten Briefumschlag und das war, fand Rumpelstilzchen, ein mehr als ausreichendes Trinkgeld dafür, dass er für die olle Schrunzel den Geldüberweiser machen musste. Seit einiger Zeit überlegte er, eine neue Mieterhöhung anzukündigen. Das Geld konnte er gut gebrauchen.

Wahrscheinlich gehörte das Mädchen zu der alten Lindemann. Sonst wusste er keine Familie im Hochhaus, die eine zwölfjährige, blonde Tochter hatte. Das Kind war hübsch, geradezu bezaubernd, aber es lief immer in alten Klamotten rum und hatte keine Schuhe.

„Gesocks! Alles versaufen und in Zigaretten anlegen!", brummte Rumpler grimmig. „Ich sollte das melden. Bei den Bullen oder beim Jugendamt." Aber diesen Gedanken dachte er wie immer nur halbherzig. Bullen? Aussage aufnehmen? Papierkram? Lauferei? Nein danke! Sollten die doch selber zusehen. Er war hier der Hausmeister und nicht der Sozialarbeiter! Für so was wurde er viel zu schlecht bezahlt.

Er legte die neue DVD mit dem coolen Horrorfilm ins Abspielgerät. Nein, um das kleine, verwahrloste Balg hatte er sich nicht zu kümmern. Schon gar nicht würde er deswegen zur Polente gehen. Mit der Polizei hatte Roland Rumpler nicht viel am Hut. Die wollte er im Hochhaus und den anderen Häusern, die er betreute, nicht haben. Denn Roland Rumpler hatte einen speziellen Nebenverdienst, für den sich die Polente sehr interessieren würde, wüssten die grünen Männlein Bescheid. Im Keller des Hochhauses sowie in den anderen Häusern, die er betreute, stapelten sich gut versteckt Waren, die gewisse Banden im Viertel „organisierten". Wer wollte schon die Polizei im Haus, wenn sich Hehlerware im Keller befand? Nein, sollten sich andere um das kleine Mädchen kümmern. Das ging Rumpelstilzchen nichts an.

Über ihm wurde Geschrei laut. Es rumpelte, als würden Möbelstücke verschoben. Weber hatte mal wieder Zoff mit seiner Schlampe, der verdammte Wichser. Rumpelstilzchen hätte dem Scheißkerl gerne mal die Meinung gesagt, aber Weber war ein riesiger Klotz. Der würde ihn einfach zerquetschen wie eine Küchenschabe.

Er stand auf und ging ins Bad. „Wenigstens kann ich jetzt in Ruhe pissen, ohne dass die perverse Sau über mir synchron mitschifft", knurrte er. Er betätigte die Spülung. Prompt rauschte es über ihm ebenfalls.

„Du verdammte Sau!", fauchte er. Er war außer sich vor Wut. „Dreckiger, perverser Synchronschiffer! Geilt dich das auf, du Arschloch?!"

Rumpelstilzchen kochte vor Wut. In der Wohnung obendrüber ging das Geschrei und Gerumpel wieder los. Rumpelhorcherchen öffnete seine Wohnungstür und lauschte nach oben.

„Du blöde Schlampe!", hörte er Weber brüllen. „Nicht mal gescheit kochen kannst du! Dämliche Nuss!" Seine Tusse kreischte irgendwas zurück, was Rumpler nicht verstand.

„Was?", brüllte Weber. „Dir werd ich helfen! Na warte, du Miststück." Der Lärm ging weiter. Anscheinend bewarfen sich die beiden mit Geschirr.

„Asoziales Pack!", knurrte Rumpelstilzchen in den dunklen Hausgang. „Scheißkerl! Ich wünschte, du würdest verrecken, du Schwein! Krimineller Wichser!" Mit einem missmutigen Schnauben schloss er die Tür und kehrte ins Wohnzimmer zurück. Er bemerkte nicht, dass ein kleines Mädchen ohne Schuhe ihn aus den Schatten heraus beobachtete. Es hatte jedes seiner Worte gehört.

*

Bastian machte sich in seinem Zimmer fertig für den abendlichen Ausflug. Er freute sich auf Helga. Überhaupt freute ihn das Leben, seit er das Mädchen kannte. Etwas war anders geworden. Er konnte nicht sagen, was, aber etwas hatte sich verändert. Irgendwie fühlte er sich leichter und freier. Ein seltsames Gefühl. Sogar das Gehöhne seines Vaters hatte er mit stoischer Ruhe ertragen.

Sein Vater hatte ihn mit dem Geschichtsbuch erwischt, und weil Bastian ein Jahr zuvor so blöd gewesen war, zu erzählen, dass er gerne Geschichte studieren wollte, hackte der Alte ständig auf dem Thema herum.

„Du und studieren? Du bist doch viel zu blöd fürs Gymnasium. Sei froh, wenn du später als Hilfsarbeiter unterkommst, du Dummkopf! Du und ein Professor? Eher werde ich Papst!" So putzte ihn sein Vater gerne herunter.

Bastian war froh, dass er seinen Eltern gegenüber nie erwähnt hatte, dass er sich für die Bahn interessierte. Das war sein anderer Traum. Lokführer werden und tagtäglich Züge durchs ganze Land fahren. Den Bahnfimmel verdankte er Felix. Als Felix noch in einem der Häuser neben dem Hochhaus gewohnt hatte, hatte er eine große, elektrische Eisenbahn gehabt, mit der sie oft spielten. Felix war sein bester Freund, und Bastian hatte manchmal bei ihm übernachtet. Leider war Felix fortgezogen, und seitdem war Bastian einsam. Es machte ihm nicht allzu viel aus, denn er war von Natur aus ein Eigenbrötler, der gerne für sich allein war, aber immerzu allein zu sein, war öde.

Jetzt habe ich ja Helga, dachte er. Wieder spürte er das eigenartige Gefühl im Bauch. Immer wenn er an Helga dachte, fühlte er sich so komisch. Irgendwie war es ein angenehmes Gefühl.

Er warf einen Blick zu seiner kleinen, billigen Digitalkamera. Sollte er sie mitnehmen? Vielleicht lieber nicht. Wenn Helga sich nicht gerne knipsen ließ? Sie sah so ärmlich aus ohne Schuhe und in den alten Klamotten. Ihre Leute hatten wohl nicht viel.

„Ich kann nur abends." Musste sie tagsüber auf kleinere Geschwister aufpassen? Die Wohnung putzen? Waren ihre Eltern genauso faul wie seine eigenen?

Die Kamera lag neben seinem Computer. Der Rechner war alt und langsam und die Festplatte winzig, aber immerhin hatte er einen eigenen Computer. An den großen Rechner im Wohnzimmer ließ ihn sein Vater fast nie. Das alte Gerät hatte Bastian von der Kirchenorganisation bekommen. Die Leute im Kirchenverein kümmerten sich um Kinder aus armen Familien.

Die Kamera hingegen hatte er sich selber zusammengespart und sie bei Ebay ersteigert. Er hatte seine Mutter so lange angefleht, bis sie das Geld für ihn überwies. Seit einem halben Jahr machte Bastian mit der Kamera Fotos. Am liebsten von Bahnanlagen und Zügen. Besonders die lokbespannten Güterzüge hatten es ihm angetan. Die Personenzüge sahen ja alle gleich aus. Wie rot-weiße Engerlinge. Der einzige Unterschied bestand in der Länge der Engerlinge. Es gab zweiteilige, dreiteilige und vierteilige Elektrotriebwagen und auf den Hauptstrecken waren manchmal zwei Einheiten zusammengekoppelt. Gelegentlich kaufte Bastian sich eine Fahrkarte und fuhr ein Stückchen weiter hinaus. Nach Neunkirchen zum Beispiel, denn von dort fuhren auch die VT 612 ab, das waren Dieseltriebwagen mit Neigetechnik, die nach Norden fuhren, nach St. Wendel und Türkismühle. Dort gab es auch coole alte Rangierlokomotiven der Baureihe 292, die ehemalige V 90. Meistens benutzte er aber sein Fahrrad, um zu guten Fotoplätzen an den Bahnstrecken in der Umgebung zu gelangen.

Bastian träumte von einer kleinen Videokamera, mit der er richtige Filme über die Eisenbahn drehen konnte, so wie in „Eisenbahnromantik", das regelmäßig im Fernsehen lief. Er seufzte. Das war ein Traum, der sich wohl nie erfüllen würde. Dafür brauchte es viel zu viel Geld. Die Videokamera allein genügte nicht. Es musste auch ein Schneideprogramm her, ein Stativ und ein leistungsfähiger Rechner mit einer richtig großen Festplatte. Seine Eltern hatten für so etwas kein Geld übrig, nicht mal zu Weihnachten, und die Leute vom Kirchenverein würden ihm das auch nicht schenken.

Bastian schlich sich aus der Wohnung. Er achtete darauf, dass seine Eltern nicht merkten, dass er ging. Er wollte keine nervigen Fragen beantworten.

„Ich wollte, ich könnte nach Lust und Laune nach Saarbrücken fahren und dort den Bahnbetrieb filmen", murmelte er.

„Was?"

Er schrak zusammen. Helga stand neben ihm. „Hallo", sagte er leicht verdattert. „Wo kommst du denn her?"

Sie lächelte lieb: „Ich habe auf dich gewartet. Was hast du da grade gesagt? Du willst was filmen?"

„Ach, ist bloß so ein Traum von mir", sagte Bastian. Sie gingen nach draußen, ohne es verabredet zu haben. Es herrschte stummes Einvernehmen zwischen ihnen. Noch etwas, was sich Bastian nicht erklären konnte. Das hatte er noch nie erlebt. Auch beim Spiel mit der Papierschwalbe war es so gewesen, dass sie einander wortlos verstanden hatten. Es fühlte sich cool an.

„Erzähl", bat das Mädchen.

Er schaute sie an und überlegte, ob sie sich vielleicht über ihn lustig machte. Sie blickte ihm ernst in die Augen. Irgendwie sah sie … anders aus. Als sie unter einer Straßenlaterne vorbeikamen, schaute er genauer hin. Helga sah merkwürdig bleich aus, als sei sie krank, oder so. Am Abend zuvor hatte sie nicht so ausgesehen. Da waren ihre Wangen rosig gewesen und ihre Augen hatten geblitzt. Nun wirkten sie stumpf.

„Was guckst du?", fragte sie.

„Nichts", antwortete er. „Bist du krank?"

Sie zog die Brauen in die Höhe. „Krank? Nein. Wieso?"

„Nur so", nuschelte er. „Vergiss es."

„Erzählst du mir von deinen Filmen?", fragte sie.

„Die gibt es nicht", antwortete er. Er tippte sich mit dem Zeigefinger an den Kopf. „Nur hier drin."

„Hmmm …" Sie näherte ihr Gesicht dem seinen, was seinen Herzschlag ein wenig schneller werden ließ. Ganz nah kam sie seinem Gesicht. „Hmmm … ich sehe keinen Film." Sie lächelte ihn an. „Du hast sie zu gut versteckt. Holst du sie aus deinem Kopf raus und zeigst sie mir? So wie dein geheimes Haus im Wald? Bitte, Bastian."

Sie liefen die Dürerstraße hinunter. Bastian begann zu erzählen, von der Modelleisenbahn bei Felix und seinem Interesse an der echten Bahn. Von seinen Plänen, Filme zu drehen. Sie lauschte interessiert, vor allem als er seine fotografischen Beutezüge an den Bahngleisen beschrieb. Sie wollte alles ganz genau wissen.

Übers Reden gelangten sie zum Homburger Hauptbahnhof. Sie stellten sich oben auf die Brücke. Drunten fuhr gerade der abendliche IC in Richtung Mannheim auf Gleis 4 ab. Eine rote Elektrolok zog die weißen Wagen mit den roten Zierstreifen.

„Das ist eine 101", erklärte Bastian. „Eine schnelle Personenzuglokomotive. „Das dort hinten neben Gleis 8 ist eine 185. Die zieht schwere Güterzüge."

Helga schaute: „Die sehen genau gleich aus. Ich erkenne keinen Unterschied. Sie haben bloß andere Nummern vorne an der Stirnseite."

Bastian lächelte sie an: „Sie sehen sich in der Tat sehr ähnlich, aber unterm Blechkleid stecken andere Motoren und Achstriebe. Güterzugloks fahren nicht so schnell, aber sie können gewaltige Lasten schleppen. IC-Loks packen nicht so viel, aber die sind verdammt schnell." Er zeigte mit dem Finger: „Die kleine Lok dort hinten mit den drei Achsen und dem Stangenantrieb ist eine V 60. Eine Rangierlok. Die gibt es seit den Fünfzigerjahren. Mein Opa konnte die fahren."

Sie schauten eine geschlagene Stunde lang den an- und abfahrenden Zügen zu. Manchmal redeten sie miteinander, manchmal schwiegen sie miteinander. Er sprach davon, später einmal Lokführer zu werden oder wenigstens bei der Bahn zu arbeiten. Die Bahn war umweltfreundlich. Das war ihm wichtig. Sie hörte aufmerksam zu. Bastian fand es einfach schön. Helga machte keine abfälligen Bemerkungen, wenn er etwas sagte. Sie versuchte nicht, ihn runterzuputzen. Stattdessen lauschte sie ernst und still. Gelegentlich stellte sie eine Frage. Sie fand seine Zukunftspläne interessant.

Ich hätte nicht gedacht, dass es mit einem Mädchen so nett sein könnte, überlegte er.

Aber Helga war ja auch ein besonderes Mädchen.

Nach einer Stunde machten sie sich auf den Rückweg. Unterwegs besprachen sie Bastians geheimes Haus im Wald in allen Einzelheiten. Sie legten einen virtuellen Garten an und pflanzten alles Mögliche. Es entwickelte sich zu einem richtig schönen Spiel zwischen ihnen.

Es galt im Frühling die Beete umzugraben. Dann säten sie alles Mögliche aus: Salat, Weißkohl, Wirsing, Rotkohl, Mohrrüben, Pastinaken, Lauch, Petersilie und Mairübchen. Sie steckten Zwiebeln und nach den Eisheiligen steckten sie Kartoffeln, und dann mussten die Bohnen in die Erde. Sie redeten sich in Fahrt. Jedem fielen weitere Pflanzen ein, die unbedingt in den Garten mussten.

„Sonnenblumen", sagte Helga. „Die Körner schmecken gut und man kann Vögel damit füttern. Hühner mögen Sonnenblumenkerne. Außerdem kann man Öl daraus pressen."

„Helianthus, ja." Bastian nickte. „Es gibt da eine Helianthusart, deren

Wurzelknollen essbar sind: Topinambur. Die brauchen wir auch."

„Und Weintrauben", sagte Helga. „Brombeeren, Himbeeren und Erdbeeren."

„Johannisbeeren", sagte Bastian. „Die Beeren kochen wir ein oder essen sie frisch. Und natürlich machen wir leckere Marmelade daraus."

„Obst", sagte Helga. „Wir brauchen Obstbäume."

„Na klar", bestätigte Bastian. „Apfelbäume. Birnbäume. Kirschbäume."

„Mirabellen und Pflaumen", sagte Helga. Sie lächelte ihn an, dass ihm ganz komisch wurde.

Wieso fühlte er sich so, wenn sie lächelte? Bastian verstand es nicht. Aber eins wusste er: Es war hundertmal schöner, sich sein Haus im Wald auszudenken, wenn Helga dabei mitmachte."

Vorm Hochhaus trennten sie sich.

„Ich muss noch irgendwo hin", sagte Helga. „Es hat Spaß mit dir gemacht, Bastian. Treffen wir uns wieder?"

„Gerne", sagte er. „Mir hat es auch Spaß gemacht."

Sie lächelte ihn lieb an: „Dann bis morgen Abend. Tschau."

„Tschau", sagte er und ging nach drinnen.

Als er im Bett lag konnte er an nichts anderes denken als an Helga. Er sah ihr von weizenblondem Haar umrahmtes Gesicht mit den leuchtend blauen Augen vor sich.

Hoffentlich ist sie nicht krank, überlegte er.

Das Mädchen hatte wirklich sehr blass aufgesehen und irgendwie erschöpft.

*

Helga lief in die Hamburger City. Sie wusste genau, wo sie hin musste. Tatsächlich kam sie gerade noch rechtzeitig, um mitzuerleben, wie die Schnepfe die Kneipe verließ. Die Schnepfe ging früher nach Hause als sonst. Sie war blank und der Wirt hatte keinen Bock, ihr einen „Deckel" zu machen.

„Bezahl erst mal deine alten Deckel", murrte er, woraufhin die Schnepfe beleidigt abzog.

Ein „Deckel", das wusste Helga, war ein Bierdeckel, auf dem mit Strichen und Kreuzen aufgemalt war, was jemand in der Kneipe getrunken hatte. Wenn man einen „Deckel machte", bedeutete das, dass der Wirt den Deckel aufbewahrte und man ihn erst später bezahlte, weil man nicht genug Geld dabei hatte. Die Schnepfe machte dauernd Deckel und sie ließ sich oft viel Zeit mit dem Bezahlen. Drum bekam sie heute Abend nichts mehr zu trinken, als ihr Geld alle war.

Helga folgte der Frau. Die Schnepfe war Ende zwanzig und sah nicht mehr so frisch aus. Das kam vom vielen Rauchen und Trinken. Eigentlich war sie keine Schnepfe sondern schon eine Schlampe. Sie nahm oft fremde Männer mit nach Hause, und wenn nicht, schrie sie ihre kleinen Kinder an, die sie immer allein daheim ließ, wenn sie saufen ging. Die Männer in der Kneipe nannten sie ganz offen eine Schlampe, wenn sie nicht da war.

„Wird Zeit, mal wieder die Schlampe mit nach Hause zu nehmen", war ein gängiger Spruch dort an der Theke. „Die Schnepfe braucht's mal wieder, damit sie in der Spur geht. Ist in letzter Zeit ziemlich zickig."

Und die kleinen Kinder bleiben den ganzen Abend allein, dachte Helga traurig.

Sie kannte die Kinder. Ein Junge, gerade mal ein Jahr alt und sein zweieinhalbjähriges Schwesterchen. Es waren süße kleine Kinder mit großen Augen und rosigen Pausbäckchen. Doch so klein sie noch waren, diese Kinder, stand doch bereits die Angst in ihren großen Augen, und ihre Pausbacken waren oft von blauen Flecken gezeichnet. Manchmal war es so schlimm, dass die Schnepfe die Kinder ins Krankenhaus oder zum Arzt bringen musste. Denn die Kinder „fielen die Treppe hinunter" und sie „stießen sich am Küchenherd den Kopf". Solche Missgeschicke passierten recht häufig, so häufig, dass die Männer in der Kneipe offen darüber sprachen, dass die Schlampe ihre Kinder misshandelte.

Helga schnaufte empört. Die Schnepfe war ganz einfach böse. Sie war eine böse Frau. Sie ließ ihre Kinder jeden Abend allein. Sie gab ihnen nicht genug zu essen und wenn sie sauer war, schlug sie die hilflosen Kleinen grün und blau. Die armen kleinen Kinder sollten nicht bei der Schnepfe leben müssen. Sie gehörten in eine liebevolle Pflegefamilie, wo man ihre Pausbäckchen nicht mit blauen

Flecken verzieren würde, sondern zärtlich streichelte, wo man die kleinen Kinderchen herzte und drückte. Die Kinder hatten Liebe verdient, keine ständige Angst vor Misshandlungen.

Helga folgte der Schnepfe bis zu ihrem Haus. Das Haus war klein und alt, aber es gehörte der Schnepfe. Sie hatte es von ihren Eltern geerbt, die anscheinend bessere Eltern gewesen waren, als die Schnepfe es je sein würde. Helga wartete eine Weile. Die Schnepfe musste bestimmt erst mächtig Pipi machen von dem vielen Bier, dass sie gesoffen hatte.

Nach vier Minuten ging es los. Drinnen wurde Geschrei laut. Die Schlampe brüllte ihre Kleinen an. Helga sprang die drei Treppenstufen hinauf und klingelte. Es war Zeit, einzugreifen.

Nach zweimaligem Klingeln öffnete die Schnepfe. Ungnädig sah sie auf Helga hinab: „Was willst du?"

„Bitte ..." Helga ließ ihre Stimme möglichst verängstigt klingen: „Ich habe mich verirrt. Ich weiß überhaupt nicht mehr, wo ich bin. Ich bin nur zu Besuch in Homburg. Meine Tante ..." Der Blick der Schnepfe wurde noch ungnädiger. Sie wollte ganz gewiss nicht einem verirrten fremden Balg helfen.

„Darf ich bitte hereinkommen und telefonieren?", flehte Helga. „Meine Tante kommt mich dann abholen. Bitte." Sie hielt die Hand hoch. „Ich kann Ihnen Geld geben für das Telefongespräch. Mein Papa gibt mir viel Taschengeld ..."

Der Zehneuroschein verschwand so schnell aus ihrer Hand, dass Helga für einen Moment das Gefühl hatte, sie hätte ihn gar nicht aus der Tasche ihrer Jeans gezogen.

„Komm rein", brummte die Schnepfe und machte für Helga den Weg frei. „Das Telefon steht im Gang vor der Küche."

„Danke. Vielen Dank", piepste Helga und trat ein. Vor der Küche blieb sie stehen.

„Was ist?", fragte die Schnepfe. „Bist du am Boden festgewachsen?!" Sie war wirklich eine böse Frau. Eine echte Schlampe. „Da steht das Telefon. Nun mach schon!"

Helga drehte sich zu der Frau um.

„Ich mach ja schon", sagte sie freundlich und sprang an der Frau hoch.

*

Rumpelstilzchen kam aus dem Keller. Bodo und der Büffel hatten neue Ware geliefert, die im Versteck bleiben sollte, bis Gras über die Sache gewachsen war. Ein schöner Zusatzverdienst für Roland Rumpler. Das war einen extra Sixpack wert, fand er und schleppte seine flüssige Belohnung nach oben. Als er um die Ecke bog, sah er das blonde Mädchen wieder. Für einen kurzen Moment erhaschte er einen Blick in ihr Gesicht. Das Kind war bezaubernd schön. In drei oder vier Jahren würde sie sämtlichen Kerlen im Viertel den Kopf verdrehen.

Schade, dass ich schon zu alt bin, dachte Rumpelstilzchen, als er sich in seine Wohnung verzog. Wenn die erst mal „ausgereift" ist, möchte ich die süße Frucht schon gerne ernten.

Er schnaubte. Aber dann sollte das Mädchen sich auch gescheit anziehen. Nicht solche alten Schlabberklamotten, die aussahen, als stammten sie aus der Altkleidersammlung, sondern enge Jeans und einen engen Pullover oder ein cooles Kleid. Und vor allem sollte die komische Tusse sich mal Schuhe besorgen. Modische Pumps oder so was in der Art. Das war doch nicht normal, immer barfuß rumzurennen. Total assimäßig war das.

Er schüttelte den Kopf und vergaß die Kleine im gleichen Moment. Die neue Horror-DVD war wichtiger, und natürlich das Bier. Vorher musste er aber erst Platz für das Bier machen, weil er schon fünf Halbe intus hatte. Er warf einen misstrauischen Blick zur Zimmerecke. Weber, der Urin-Schwuli, war zuhause.

Wehe du legst es drauf an, mit mir synchron zu schiffen, du perverse Sau, dachte er und schlich möglichst leise ins Bad. Rumpelschleicherchen brunzte wie ein Karrenochse und wartete still ab. Nichts. Kein Ton über ihm. Gut. Er betätigte die Spülung und verließ das Bad. Händewaschen hielt er nicht für nötig. Schließlich hatte er ja nichts Unanständiges in der Hand gehalten, oder? Er war gerade an der Badezimmertür, da ging über ihm die Klospülung.

„Du verfluchte Sau!", flüsterte er. Er kochte vor Wut. „Wildsau, dreckige! Stinkender Synchronschiffer! Du ekelhafter Piss-Schwuler! Würdest du nur verrecken, du Schwein! Verdammter Drecksack!" Lodernd vor Zorn schlurfte er ins Wohnzimmer.

Er konnte sich kaum auf den neuen Film konzentrieren, so sehr ärgerte er sich über den Kerl von obendrüber. Rumpelwütchen war nicht besonders hell im Kopf. Hätte er trotzdem einmal im Leben mehr als fünfzehn Prozent seines Gehirnvolumens eingesetzt und ein wenig nachgedacht, wäre er schnell auf des Rätsels Lösung gekommen. Harald Weber soff genauso gerne und genauso viel Bier wie er selber, und wenn man erst mal drei oder vier Halbe geschafft hatte, wollte jedes neue Bier sofort wieder unten raus. Mit anderen Worten, man musste alle zwanzig bis dreißig Minuten brunzen gehen. Es war purer Zufall, dass Weber des Öfteren mit Rumpler gleichzeitig Pipi machte. Außerdem wohnte ja auch noch Webers Tusse mit in der Wohnung, und weil die ebenfalls trank, erhöhte sich die Chance, mit Rumpelstilzchen gleichzeitig das Bad zu benutzen, um weitere fünfzig Prozent. Doch so weit dachte Rumpelbrunzchen nicht. Er regte sich lieber über den perversen Synchronschiffer auf.

*

Bastian war unterwegs, um einzukaufen. Er passte auf, dass ihn niemand aus seiner Klasse sah. Die würden ihn damit aufziehen, dass er der Einkaufsesel seiner Mutti war. Das wäre voll peinlich. Die Sorte Sprüche konnte er, weiß Gott, nicht gebrauchen. Es ging ihm endlich mal besser als sonst. Die Sache mit Helga ließ sich gut an. Sie sahen einander jeden Abend für ein bis zwei Stunden, und inzwischen freute sich Bastian auf diese Zeit. Er hatte immer noch nicht gewagt, Helga zu fragen, ob sie am Abend ihres Kennenlernens vom Hochhausdach hatte springen wollen. Eine eigenartige Scheu hielt ihn davon ab. Er traute sich auch nicht mehr zu fragen, ob sie krank sei. Manchmal wirkte sie blass und müde, dann wieder leuchteten ihre Augen und ihre Wangen waren rosig und glatt. Sie aß nichts. Niemals. Er hatte eines Abends eine Tafel Schokolade mitgebracht, weiße Crunch. Alle Kinder, die er kannte, waren nach dieser Schokolade verrückt, aber Helga hatte sie nicht angerührt.

„Nein“, hatte sie nur gesagt und den Kopf geschüttelt. Als er sie bat, wenigstens zu probieren, hatte sie ihn mit diesem seltsamen Ausdruck in den Augen angeschaut und ganz leise „Bitte" gesagt. Seitdem fragte er nicht mehr.

Vielleicht hatte sie eine eklige Krankheit, zum Beispiel irgendeine komische Allergie.

Er hatte das mal im Fernsehen mitgekriegt. Es gab Kinder, die durften bestimmte Dinge nicht essen, kein Brot oder keine Erdbeeren oder so. In einem Science-Fiction-Film hatte er gesehen, dass ein Mann nach einer Operation nur noch einen wabbeligen Nährbrei essen durfte wie ein Baby.

Wenn ich so eine Diät halten müsste, ich tät es auch keinem erzählen, überlegte Bastian.

Da sah er den Mann mit dem Hund.

Beim Anblick des Hundes krampfte sich sein Herz vor Entsetzen zusammen. Noch nie in seinem Leben hatte er einen so riesigen Hund gesehen. Das Vieh war fast so hoch wie er selber. Es sah aus wie ein Wolf mit Hauern in der Schnauze. Ein fürchterliches Monstrum. Richtig bösartig wirkte der Hund. Bastian drückte sich eng an die Hauswand, als er an dem Mann mit dem Hund vorbeikam. Sein Herz schlug heftig, und er fühlte eine unangenehme Hitze in seinem Kopf. Sein Magen zog sich zu einem kleinen, harten Ball zusammen. Der Hund trug keinen Maulkorb, und er sah aus, als wolle er sich jeden Augenblick auf Bastian stürzen. Die Leine, an der der Mann den Hund führte, war erbärmlich dünn.

Auch der Mann sah böse aus. Er blickte mürrisch in die Welt. Seine Augen blitzten feindselig. Er sah aus, wie Bodo oder der Büffel als Erwachsene aussehen würden: bösartig und gemein. Richtig gemein. Wie einer, der mit dem größten Vergnügen diesen fürchterlichen Hund von der Leine lassen würde, damit er kleine Kinder zerfleischte.

Als der Hund an Bastian vorbeikam, öffnete er die Schnauze und präsentierte riesige Zähne. Aus seiner Kehle kam ein leises Knurren. Sein Besitzer ruckte an der Leine: „Ey!" Der Hund wandte sich von Bastian ab.

Dann war es vorbei. Bastian blieb stehen und schnappte nach Luft. Er hatte unbewusst den Atem angehalten. Manno, was für ein Drecksvieh! Dieses Monster dürfte nicht ohne Maulkorb in der Stadt rumlaufen! Mensch, war der groß! Er setzte sich in Bewegung, beeilte sich, Abstand zwischen sich und den Mann mit dem grauenhaften Hund zu bringen. Was war das nur für ein Vieh? Er kannte die Rasse nicht. Er hatte noch nie so einen großen Hund gesehen. Er war größer als eine dänische Dogge, und die waren schon groß.

Ich könnte bei Google nachschauen, überlegte er. Falls Vater nicht wieder am Computer hockt und online pokert.

Aus der Recherche bei Google wurde nichts. Sein Vater hatte gepokert und verloren. Ziemlich viel sogar, und er war entsprechend geladen. Als Bastian mit den Einkäufen zur Wohnungstür hereinkam, brüllte sein Vater gleich los: „Wo bleibst du denn, du Penner? Schaff dich ran, du Idiot! Hast du dich wieder rumgetrieben, du Nichtsnutz?! Ich will meinen Kochschinken, verdammt noch mal. Ich habe Hunger."

Blödmann, dachte Bastian empört. Geh doch selber einkaufen, du fauler Sack! Hast den ganzen Tag Zeit. Ich muss in die Schule gehen und Hausaufgaben machen und die Wohnung in Schuss halten und waschen und dann auch noch einkaufen. Warum gehst du nicht mal? Oder Mutti? Ihr Faulenzer! Aber mich anbrüllen, du Blödkopp!

Laut wagte er nichts zu sagen, das konnte schmerzhafte Konsequenzen haben. Er schaffte es leider nicht, seine Gefühle aus seinem Gesicht zu verbannen.

„Was glotzt du so?", rief sein Vater aufgebracht. „Häh? Was hast du zu glotzen, du Rotzkäfer?!"

BATSCH!, hatte er eine Ohrfeige weg, dass er quer durch die Küche flog und in der Ecke neben der Waschmaschine landete.

„Lass ihn doch", versuchte die Mutter zu vermitteln.

„Willst du auch eine?", brüllte der Vater und ballte die Faust. „Das kannst du haben! Halt bloß das Maul!"

Hastig verstaute Bastian die Einkäufe im Kühlschrank.

Sein Vater lachte leise: „Sieh sich einer dieses Würstchen an! Denkst du, ich sehe nicht, dass du wütend bist?! Du würdest dich gerne revanchieren, was?" Er beugte sich vor, die Augen vom Alkohol vernebelt. „Trau dich doch! Na los! Trau dich!" Wieder das bösartige Lachen. „Du wirst dich nie trauen, du Schlappschwanz! Keinen Mumm in den Knochen! Nach mir kommst du jedenfalls nicht, du Würstchen. Geh mir aus den Augen, bevor ich es mir anders überlege und den Gürtel ausziehe!"

Bastian verzog sich in sein Zimmer.

Mieser Drecksvater, dachte er aufgebracht. Du räudiger, dreckiger Hund! Wenn ich könnte …!

Er stellte sich vor, wie sein großer, muskulöser Vater von einer Rockerbande umstellt wurde. Sie würden ihn durch den Wolf drehen, das stand fest. Und sein großer, ach so starker Vater stand da und hatte Angst. Bastian kam des Weges, Bastian, der wahnsinnig stark war und der perfekt Karate konnte, noch besser als Bruce Lee. Er hätte die Rocker in zwei Minuten flachlegen können, aber er dachte nicht dran.

„Hast du Ärger?", würde er seinen Vater fragen. „Ich habe dir doch gesagt, mit den Motorradjungs darf man sich nicht anlegen. Nun sieh mal schön zu, wie du dich rauswurstelst. Nächstes Mal sperrst du dein vorlautes Mundwerk nicht so weit auf."

Die Rocker lachten roh.

„Dein Sohn hat recht, Alter", sagte der Anführer. „Der kennt sich aus. Du solltest seinen Rat beherzigen."

Bastian ging weiter und er hörte, wie die Schläger seinen Vater schikanierten. Sie schubsten ihn und schlugen ihn auf die Arme und in den Bauch. Als er nach Hause kam, humpelte er und hatte er ein blaues Auge. Eine richtig schöne Vorstellung.

Bastian seufzte. Träume. Nichts als Träume. Träume sind Schäume. Kacke!

In der Küche motzten sich seine Eltern an. Der Vater schrie, die Mutter kreischte zurück. Sie tat ihm ein bisschen leid, aber nicht sehr. Sie war nicht viel besser als sein Vater. Auch sie schlug ihn, aber sie konnte nicht so fest hauen. Sie trank genauso viel wie der Vater.

„Ihr seid gar keine richtigen Eltern", flüsterte Bastian. „Wenn ich erwachsen bin, haue ich sofort ab, und dann will ich nichts mehr mit euch zu tun haben. Ich werde weit fortgehen und euch vergessen, ihr Kacker!"

Er schaltete sein Radio ein. Es lief ein Titel aus den Fünfzigern. Bastian musste an seinen Großvater denken, der früher in einer Combo Trompete gespielt hatte. Er vermisste ihn sehr.

Nach dem Lied kamen Nachrichten. In Homburg war eine Frau verschwunden. Sie hatte ihre beiden kleinen Kinder ganz allein im Haus zurückgelassen. Nachbarn hatten die Polizei verständigt und angegeben, dass die Mutter die Kinder jeden Abend allein ließ. Nun war sie weg, spurlos verschwunden. Das ältere Kind, ein Mädchen von zweieinhalb Jahren, hatte gesagt, ein Engel hätte ihre Mutter mitgenommen, ein Engel, der böse Mamis mitnähme. Die Polizei vermutete ein Gewaltverbrechen oder eine Entführung und bat die Bevölkerung um Mithilfe. Wer etwas gesehen hatte, sollte auf der Homburger Hauptwache anrufen.

Ich bin nicht der Einzige, der miese Eltern hat, dachte Bastian. Der Gedanke hatte nichts Tröstliches.

Als es dunkel wurde, schlich er aus der Wohnung. Helga wartete auf dem Dach auf ihn. Sie sah rosig und gesund aus. Ihre blauen Augen funkelten unternehmungslustig. „Was machen wir heute? Faltest du wieder einen Papierflieger?"

Er tat ihr den Gefallen. Sie ließen den kleinen Aeroplan durch den Abend segeln. Als sie ihn unten von der Wiese aufhoben, zeigte Bastian nach Norden: „Da hinten liegt Bruchhof. Da läuft die Bahnstrecke Saarbrücken-Mannheim entlang. Sollen wir mal hingehen?"

Sie nickte: „Mm."

Sie wanderten los. Unterwegs sprachen sie über dies und das, alles Belanglosigkeiten. Bastian wunderte sich immer wieder aufs Neue, wieso ihn das nicht langweilte. Hätte ein anderes Kind ihm mit solchen Banalitäten die Ohren abgekaut, wäre er davongelaufen. Nicht so bei Helga. Selbst wenn sie erzählte, dass sie Staub gewischt hatte, klang das hochinteressant.

„Du klingst wie ein richtiges Hausmütterchen", spottete er gutmütig und fragte sich im gleichen Moment, wo er den Mut hernahm, solche Sprüche zu klopfen.

„Ich habe es gerne sauber und ordentlich", sagte sie.

Er warf einen Blick auf ihre alte, abgetragene Kleidung. Nun ja, wenn kein Geld für schöne Klamotten da war, wollte sie es wenigstens zu Hause schön haben. Aufgeräumt und sauber. Darin ähnelte sie ihm. Sie liefen schon eine ganze Weile nebeneinander her, als ihm auffiel, dass sie einander an den Händen hielten. Ihre

Hand lag klein und kühl in seiner. Nicht um alles in der Welt hätte Bastian loslassen mögen.

*

Rumpelschifferchen lieferte sich mit dem Synchronschiffer ein Rennen. Er wollte es unbedingt schaffen, wenigstens einmal zu pissen, ohne dass die Urinschwuchtel obendrüber mit ihm zeitgleich brunzte. Er schaffte es einmal und beim nächsten Mal gelang es ihm wieder. Zwar ging kurz danach die Klospülung in der Wohnung über ihm, aber erst, als er schon leergebrunzt vorm Fernseher saß und eine Tüte Kartoffelchips aufriss.

„Ätsch! Gearscht!“, sagt er befriedigt und stopfte sich Chips in den Mund. „Daneben gepisst, Synchronschiffer. Dämlicher Hund!“

Als Rumpelpisschen nach einer halben Stunde wieder musste, ging die Spülung über ihm im selben Moment los, in dem er selbst den Spülknopf am Wasserkasten drückte.

„Verfluchte Sau!“, fauchte er. „Du perverses Brunzschwein! Würde dir beim Pissen nur der Schwanz verfaulen, du Piss-Schwuler! Brunz-Schwuchtel, elende! Geh doch kaputt, du Drecksau!“

Wütend kehrte er ins Wohnzimmer zurück.

*

Bastian saß mit Helga auf einer Bank neben der Eisenbahnstrecke in Bruchhof. Gerade rauschte ein langer Güterzug vorbei. Gezogen wurde er von einer französischen Lok mit grünem Gesicht. Er kannte die Lokomotive. Es gab noch eine Schwesterlok. Die war an den Seiten genauso hellgrau lackiert, aber sie hatte ein rotes Gesicht.

„Abends und nachts fahren die meisten Güterzüge“, kommentierte er, nachdem der Zug vorbei war. „Am Tag sind nur wenige unterwegs. Dann rasen nur die Engerlinge über die Schienen.“

„Engerlinge?", fragte Helga. Sie schaute ihn mit schief gelegtem Kopf an. Er liebte es, wenn sie ihn so ansah. Richtig goldig sah das aus, und ihm wurde jedes Mal ein bisschen warm ums Herz.

„Es sind Elektrotriebwagen der Baureihen 423 bis 425. Sie sehen aus wie rotweiße Engerlinge, die über die Schienen flitzen. Ich finde Triebwagen langweilig. Züge mit Lokomotiven sind viel cooler. Als ich vor ein paar Jahren zum ersten Mal die Strecke über den Feldweg gewandert bin und hierher gefunden habe, gab es noch Personenzüge mit Loks davor. Heute gibt es nur noch eine Sorte mit Lokomotiven bespannte Züge: die ICs. Aber die werden allmählich vom ICE abgelöst, einem langweiligen Triebwagen, der aussieht wie ein zusammengebrochenes Flugzeug ohne Flügel und Leitwerk. Trotzdem gefiel es mir, hier an der Strecke zu stehen. Auch der Weg gefiel mir. Es war schön damals. Es war Frühling und die Wiesen wurden grün und die ersten Blumen kamen raus."

„Ja?" Sie schaute ihn aufmerksam an. „Erzähl es mir."

„Wie ich den Feldweg lang latschte?", fragte Bastian. „Das interessiert dich? Ist doch voll langweilig."

Ihr Blick veränderte sich, wurde irgendwie flehend: „Bitte, Basti." Sie fasste nach seiner Hand.

Augenblicklich schlug sein Herz schneller. Basti. Sie hat mich Basti genannt. Das hat sie vorher noch nie gemacht. Und sie hielt seine Hand. Er wollte, dass ihre Hand dort blieb, wo sie war. Also begann er zu erzählen, in allen Einzelheiten. Wie er sich an jenem Frühlingstag von seinem Taschengeld Proviant gekauft hatte - eine Plastikflasche mit Orangenlimonade, einen Schokoriegel und eine Rolle Pfefferminzbonbons. Er beschrieb, wie er den Feldweg entlanggewandert war. Er erzählte, wie grün und saftig das frisch aufsprießende Gras gewesen war, wie leuchtend die Blumen im Gras in den Himmel geblickt hatten, den strahlend blauen Himmel, über den dicke, weiße Wolken segelten. Er beschrieb die braunpelzigen Bienen, die über die Blumenwiese summten, die gelbblühenden Ginsterbüsche neben der Bahnlinie, einfach alles, was ihm einfiel.

Helga lauschte. Ihre Augen hingen an seinem Gesicht. Sie wollte alles wissen. Jedes Fitzelchen Information schien ihr wichtig. Nachdem er fertig erzählt hatte, passierte etwas Wundervolles. Sie lehnte sich an ihn und stieß einen süßen, kleinen Seufzer aus. „Schön. Danke, Basti."

Erst wagte er sich nicht zu rühren. Dann nahm er allen Mut zusammen und legte den Arm um ihre schmalen Schultern. Sie kuschelte sich an ihn. Eine Weile saßen sie still aneinandergeschmiegt und schauten den vorbeifahrenden Zügen zu.

„Basti?", fragte sie schließlich.

„Ja, Helga?"

„Weißt du schon, was du machen wirst, wenn du groß bist?"

„Hmm", machte er.

Sie ruckte mit der Schulter: „Sag doch."

„Hab ich dir doch erzählt: Lokführer werden", antwortete er. „Vielleicht. Oder wenigstens bei der Bahn arbeiten. Ich muss mich in der Schule mehr anstrengen. Meine Noten sind nicht besonders gut. Ohne ein gutes Zeugnis komm ich nicht zur Bahn. Ich werde mich ganz schön reinknien müssen. Aber ich schaffe das. Die Bahn gefällt mir halt, weil ich ein Eisenbahnfan bin. Aber ich mag die Bahn auch, weil sie umweltfreundlich ist, viel mehr als LKWs. Wenn ich nicht zur Bahn komme, dann was anderes. Mein Job soll was mit Umweltschutz zu tun haben. Vielleicht werde ich auch Elektriker und installiere Solarzellen auf Hausdächern oder Windpropeller. Oder ich geh in die Pelletfabrik, wo sie aus Holzabfällen kleine Pellets pressen, die in speziellen Heizungen verbrannt werden."

„Ist das besser als Öl oder Gas?", wollte Helga wissen.

„Und ob", antwortete Bastian. „Wenn du Öl oder Gas verbrennst, entsteht Kohlendioxid. Zu viel davon ist schlecht für die Atmosphäre. Wenn man Holz verbrennt, passiert das Gleiche, aber bevor das Holz zu Brennholz wird, war es ein Baum oder ein Busch, und der hat mit seinen Nadeln oder Blättern genauso viel Kohlendioxid aufgenommen, wie beim Verbrennen wieder rauskommt, und nebenbei hat diese Pflanze auch noch Sauerstoff produziert. So bleibt die Natur im Gleichgewicht."

Sie blickte ihn von der Seite an: „Was du alles weißt." Sie drängte sich noch ein bisschen näher an ihn, was ihm sehr gefiel. „Dein kleines Haus im Wald - kriegst du das später auch?"

„Ich weiß nicht", meinte Bastian. „Wenn ich einen gescheiten Job abbekomme, kann ich es vielleicht hinbiegen. Ich muss eisern sparen; das kann ich gut. Dann suche ich ein sehr kleines, gebrauchtes Haus. Wenn ich alles selber mache, Elektrokabel neu verlegen, Wasserrohre, verputzen und all das, dann schaffe ich es." Er blickte Helga in die Augen: „Ich glaube, das werde ich fertigbringen."

Sie lächelte ihn an: „Ja, das glaube ich auch, Basti. Du bist einer, der tut, was er sich vornimmt."

Ein unbeschreibliches Gefühl breitete sich in seiner Brust aus. Noch nie hatte jemand das zu ihm gesagt. Seine Eltern maulten immer nur mit ihm und verhöhnten ihn, nannten ihn einen Spinner, einen Bekloppten. Einzig sein Opa hatte ihn manchmal gelobt. Wenn er eine schöne Zeichnung gemacht hatte, wenn es ihm gelungen war, auf dem Brückengeländer zu balancieren. Als er an einem einzigen Nachmittag Fahrradfahren gelernt hatte. Aber so aufrichtig gelobt hatte ihn noch niemand. Nur Helga.

Er nahm all seinen Mut zusammen und erzählte ihr, dass er eigentlich am liebsten Professor für Geschichte werden wollte. „Mich interessiert das alles total", sagte er. „Ich leihe mir immer Bücher aus der Bücherei aus, die über die Vergangenheit berichten. Am meisten lese ich Bücher über das Dritte Reich, die Nazizeit. Kennst du die?"

„Ja", sagte sie leise. Sie war plötzlich ganz komisch. „Das war eine böse Zeit mit bösen Menschen. Was die den Leuten in den Konzentrationslagern angetan haben! Es war schrecklich."

„Du weißt davon?", fragte Bastian. „Liest du auch Bücher über diese Zeit?"

Sie wollte etwas antworten. Kaum hatte sie den Mund geöffnet, klappte sie ihn wieder zu. Schweigend blieb sie neben ihm sitzen.

„Was ist denn?", fragte Bastian. „Habe ich was Falsches gesagt?"

Sie schüttelte den Kopf.

Er nahm all seinen Mut zusammen und drückte sie ein bisschen. „Aber du siehst irgendwie geschockt aus, Helga."

„Es war eine furchtbare Zeit", sagte Helga. Ihre Stimme war ganz leise. Er verstand sie fast nicht. „Sei froh, dass du damals nicht gelebt hast."

„Du doch auch nicht", sagte er. Täuschte er sich oder war sie gerade zusammengezuckt? Sie schwieg und starrte in die Nacht hinaus.

„Und du?“, fragte er. „Was wirst du in zehn Jahren machen, Helga?“

Sie schaute ihn lange schweigend an, so lange, dass er dachte, sie würde ihm nicht antworten.

„Überleben“, sagte sie schließlich. Mehr nicht. Als er sie auffordernd anschaute, senkte sie den Blick.

Bastian atmete einmal tief durch. Dann streckte er die freie Hand aus und streichelte ihre Hand. Helga hielt andächtig still.

*

Harald Weber, die Oberbrunz-Schwuchtel aus Rumpelstilzchens Hochhaus, verpasste dem Zigarettenautomaten an der Straße einen herzhaften Tritt: „Scheißding, verfluchtes!“ Seine Marke war wieder mal alle. Ob er wollte oder nicht, er musste ein Stück weit die Berliner Straße hoch tappen. In dem Automaten weiter oben gab es seine Marke immer. Dort war die Sorte gleich in drei Schächten einsortiert, statt nur in einem.

„Arschgeigen!“, brummte Schwuchtel-Weber und brunzschwuchtelte missmutig die Straße entlang.

„Arschgeigenarschgeigenarschgeigen“, singsangte er vor sich hin.

Im Automaten hatten sie seine Marke. Sicherheitshalber zog er zwei Schachteln. Auf dem Rückweg blieb er stehen, um sich einen Sargnagel anzuzünden.

„Rauchen ist schädlich!“ Eine kleine Hand schnappte ihm beide Zigarettenpäckchen weg.

„Was?“ Dümmlich schaute Weber auf seine leeren Hände. Dann blickte er auf. Vor ihm auf dem Bürgersteig stand ein kleines Mädchen, vielleicht zwölf Jahre alt. Sie kam ihm irgendwie bekannt vor. Er bemerkte ihre nackten Füße. Ja richtig. Er hatte die Kleine schon mal im Hochhaus gesehen und sich gewundert, dass sie ohne Schuhe rumhopste. Das musste im März gewesen sein. Damals war es noch ziemlich kühl gewesen, zu kalt zum Barfußgehen.

Das Mädchen lächelte ihn an und winkte mit den Zigarettenschachteln: „Das darf man nicht. Davon kriegt man Krebs."

„Was du machst, darf man auch nicht", antwortete Weber. „Davon kriegt man ein blaues Auge und ausgeschlagene Zähne. Sofort her mit den Ziggis, Fräulein! Aber dalli!"

„Nein! Die sind giftig!" Das Mädchen machte zwei Schritte rückwärts.

„Das ist nicht witzig!", rief Weber drohend. Allmählich wurde er sauer. Aber richtig. Was fiel der Rotznase ein?! „Gib mir sofort meine Zigaretten!"

„Nein!" Das Mädchen drehte sich um und lief los, Weber hinterdrein.

„Bleib stehen!", rief er. Im Rennen verlor er die Zigarette, die er sich gerade angezündet hatte. „Stehen bleiben, sag ich!"

„Nö", rief das Mädchen und bog in einen Feldweg ab.

Weber folgte ihr. Er war auf hundertachtzig. Wenn ich dich in die Finger kriege, du blöde kleine Tusse, hau ich dir dermaßen eine rein, dass Zähne fliegen, dachte er erbittert. Blöde Schickse! Er beschleunigte: „Bleib stehen, du Pissnelke!"

Das Mädchen dachte nicht daran. Leichtfüßig wie ein Reh lief es über den Feldweg. Weber gab Stoff. Er holte auf. Gerade als er sie schnappen wollte, schlug sie einen Haken und bog in einen schmalen Sandweg ein. Weber bremste und folgte ihr. Er hörte auf zu rennen. Stattdessen grinste er. Die Kleine hatte einen Fehler gemacht. Er kannte den Pfad. Er führte zwischen hohen, stacheligen Brombeerhecken zwanzig Meter geradeaus und endete auf einer kleinen Lichtung mitten im Brombeerdschungel. Von dort konnte die Kleine nicht ausbüchsen, schon gar nicht barfuß.

„Hab ich dich", flüsterte er. Gelassen ging er den Pfad entlang. Er kochte vor Zorn. Der miesen kleinen Zicke würde er eine Abreibung verpassen, die sich gewaschen hatte. Die würde nicht noch einmal ihre verdammten Griffel nach anderer Leute Zigaretten ausstrecken. Er würde ihr dermaßen eine scheuern, dass sie zu Boden ging und ihr Ohr zu einem purpurblauen Blumenkohl anschwoll. Eins auf die Fresse würde er ihr geben. Ihr den Arm rumdrehen, bis er knirschte und sie schreien würde.

Weber grinste. Er konnte die diebische Schickse zwingen, barfuß in der Brombeerhecke herumzulatschen. Hei, was würde sie singen! Der Gedanke gefiel ihm.

Er kam bei der Lichtung an. Das Mädchen erwartete ihn. Im Abenddunkel waren ihre Augen große, dunkle Teiche in ihrem schmalen, weißen Gesicht. Die Kleine schien nicht im Mindesten Angst zu haben. Egal, er würde ihr ein ordentliches Ding verpassen. Sie würde noch früh genug Angst bekommen.

Ich muss mich beeilen, überlegte er. Er hörte weiter oben am Waldrand den Köter des fetten Rosenzüchters aus der Siedlung am Kreisel kläffen. Rosenfetti kam jeden Abend hier vorbei, um seinen Kläffhamster mitten auf den Feldweg scheißen zu lassen. Es musste nicht sein, dass Fetti der Rosenhamster und sein Kläffi mitkriegten, wie er die Kleine verwurstete. Er ging langsam auf das Mädchen zu.

„Du wolltest nicht hören", sprach er drohend. „Na, wer nicht hören will, muss fühlen. Jetzt bist du reif, Fräulein! Du klaust mir keine Kippen mehr!"

Noch immer zeigte das Mädchen keine Spur von Angst, im Gegenteil.

Wie die mich anschaut, dachte Weber. Das ist doch nicht normal. Sieh sich einer an, wie die guckt!

Rosenfettis Köter kläffte oben am Wald. Noch weit weg. Es war mehr als genug Zeit, der kleinen Pissnelke den Kopf geradezurücken. Er ließ seine rechte Hand vorschnellen, um sie zu fassen zu kriegen. Er hatte damit gerechnet, dass sie zurückweichen würde. Stattdessen hopste sie auf ihn zu, unterlief seinen ausgestreckten Arm und sprang an ihm hoch. Sie umhalste ihn.

„Was denn?", fragte Weber dümmlich. Es waren seine letzten Worte.

*

Perchtrude, geliebte Tochter des Fürstenpaars Perchta und Ansgar, schaute zu dem Gitter hin. Der Schwarze war gekommen. „Mein Angebot gilt", sprach er. „Ich biete dir Freiheit, Rache, Macht und ewiges Leben. Stimme zu, und es wird geschehen."

Perchtrude überlegte. Ihre Lage war nahezu aussichtslos. Beide Eltern waren in der Schlacht gefallen. Niemand war da, sie zu beschützen, sie vor ihrem eigenen Fleisch und Blut zu schützen, denn Frigga, ihre ältere Schwester, hatte sich gegen sie gewandt. Frigga hatte heimlich Intrigen gesponnen gegen Perchtrude.

Schon immer war Perchtrude der Liebling ihrer Eltern gewesen.

Unser kleiner Sonnenschein, hatten sie Trude genannt, als sie noch ein kleines Mädchen gewesen war. Unsere süße, kleine Wachtel.

Im Gegensatz zu Frigga, die ein hochaufgeschossenes, dünnes Ding ohne jeden Reiz war, war Perchtrude eine kleine Schönheit. Sie war kaum zwölf, da drehten sich bereits die jungen Männer nach ihr um. Sie war die wahre Prinzessin des Stammes. Ihr Vater bestimmte, dass Perchtrude einmal sein Vermächtnis antreten sollte, wenn nicht noch ein männlicher Erbe geboren würde. Sie sollte über das Reich ihres Vaters herrschen, nicht Frigga. Inzwischen war sie dreiundzwanzig.

Ich hätte es wissen müssen, dachte Perchtrude. Frigga war zu zahm, zu liebenswürdig. Sie betonte zu oft, dass sie nicht im Mindesten an der Macht interessiert sei.

Frigga zeigte keinerlei Interesse an der Politik und der Kampfkunst. Ebenso wenig wollte sie etwas vom Handwerk wissen. Während Perchtrude den Schwertkampf erlernte und vom Vater persönlich in das Geheimnis der Schmiedekunst eingeweiht wurde, nähte Frigga Kleider für die kleinen Kinder des Stammes und bestickte Stoffkissen für ihre Mutter. Doch im Hintergrund zog sie die Fäden. Wie eine Spinne lauerte sie in ihrem Netz aus Intrigen. Als die Eltern in der Schlacht fielen, ließ Frigga ihre jüngere Schwester von auf sie eingeschworenen Getreuen festnehmen und in den Kerker werfen. Frigga übernahm die Macht ihres Vaters. Als sie Perchtrude im Kerker besuchte, trug sie bereits die Insignien der Herrschaft.

„Du wirst hier unten bei lebendigem Leib verfaulen", sagte sie zu Trude. „Die Ratten sollen deinen Leib fressen. Deine Schönheit wird bald vergehen. Hast du gedacht, du könntest mich auf immer erniedrigen? Nun erntest du, was du selbst gesät hast." Sie trat gegen die Gefängnistür aus Schmiedeeisen. „Hier unten nutzt dir deine Schmiedekunst nichts, ebenso wenig wie deine Kampfeskunst." Frigga lachte. „Nicht mal Erlfriede fragt nach dir. Was soll sie auch nach einer

Tante fragen, die sie wie Luft behandelte?"

Erlfriede war Friggas zehnjährige Tochter. Sie hütete das Mädchen wie ihren Augapfel.

Perchtrude hatte Erlfriede keineswegs wie Luft behandelt. Sie hatte die Kleine sehr wohl beachtet, allerdings auf eine Art, die ihrer älteren Schwester nicht auffiel. Das war auch besser so, denn Perchtrude hatte manchmal seltsame Träume. Von diesen Vorstellungen, die in ihrem Kopf herumspukten, durfte kein Mensch je erfahren.

Nun saß sie seit Wochen in dieser Kerkerzelle und sah einem langsamen Tod entgegen. Sie würde dahinsiechen, vielleicht zwei oder drei Jahre lang. Es gab keine Rettung. Wären noch treue Kämpfer auf Perchtrudes Seite gewesen, hätte man sie längst aus dem Verlies befreit.

Sie schaute den Schwarzen an. Der schwarze Prinz wurde er genannt, der Herrscher der Nacht. Sie wusste, wer und was der Schwarze war und was er ihr anbot. Hatte sie eine Wahl? Sie wollte nicht sterben. Sie wollte frei sein. Sie wollte Macht. Vor allem aber wollte sie sich an Frigga rächen. Sie wollte ihre Schwester vernichten. Vorher sollte Frigga unvorstellbar leiden. Perchtrude wusste genau, wie sie das anstellen musste.

Sie erhob sich aus dem halbverfaulten Stroh, schritt zum Gitter und sah dem Schwarzen in die Augen: „Ich nehme dein Angebot an."

Er lachte und holte einen Schlüssel aus seiner Gewandung. „Frigga selbst trägt den Schlüssel zu deinem Kerkerverlies bei sich, weil sie niemandem vertraut. Dabei weiß jeder, dass sie einen Schlaf hat wie der Bär im Winter. Sie hat es nicht gemerkt, als ich den Schlüssel an mich nahm." Er sperrte das Verlies auf. „Sei mein, Perchtrude. Lass mich von deinem Brunnen trinken, nach dem mich schon so viele Jahre dürstet, und ich will dir den Mundvoll aus meinem Brunnen schenken. Auf dass du wirst wie ich. Willst du das?"

„Ich will", sprach Perchtrude. „Nimm von mir und gib mir."

Er umarmte sie zärtlich, senkte die Lippen auf ihren Hals, der dunkle Liebhaber aus der Nacht, der sie begehrte, seit er sie als Fünfzehnjährige zum ersten Mal erblickt hatte. Nun war sie dreiundzwanzig. Sie würde auf ewig dreiundzwanzig bleiben.

Der Biss traf sie wie eine Schockwelle. Sie wollte aufschreien, doch sie brachte nur ein leises Gurgeln zustande. Sie fühlte das aufbrandende Entsetzen, als er von ihr nahm. Er trank. Er holte sich ihr Leben. Rasend schnell. Eisige Furcht befiel Perchtrude. So also fühlte es sich an, wenn man gebissen wurde. Es war grauenvoll. Sie hatte Angst wie noch nie zuvor in ihrem Leben. Ihre Kraft verließ sie. Das Leben wehte davon wie eine Handvoll Pulverschnee in einem eisigen Wintersturm. Perchtrude starb.

Ganz zum Schluss, als sie nicht einmal mehr die Kraft hatte, ihre Lider zu bewegen, stieß er ein kleines Messer in seinen Arm, brachte die Wunde an ihren Lippen: „Trinke aus meinem Brunnen, Geliebte. Werde wie ich."

Perchtrude trank.

*

Helga schlich durch den Garten der Villa am nördlichen Ortsrand von Homburg. Sie war mühelos an der hohen Mauer emporgeklettert und auf der anderen Seite hinuntergesprungen. Es gab keinen Wachhund. Die Leute verließen sich auf ihre Alarmanlage. Kein Dieb konnte unbemerkt ins Haus kommen. Ins Haus wollte Helga nicht. Sie wollte draußen bleiben. Sie wollte nur schauen. Flink wieselte sie über den kurz geschnittenen Rasen zum Haus. Sie bog um die Ecke. Wie üblich waren an dem großen Fenster keine Rollläden heruntergelassen. Das machte das Mädchen im Haus immer erst, wenn es zu Bett ging.

Helga lächelte. Das Mädchen war wie immer pünktlich. Es duschte. Beim Duschen machte es nie die Badezimmertür zu. Dampfschwaden waberten aus der offenen Tür. Nach fünf Minuten kam das Mädchen aus der Dusche. Es trocknete sich ab und schritt splitterfasernackt in sein Zimmer. Seine langen, braunen Haare ringelten sich feucht über ihre Schultern und ihren Rücken. Das Mädchen war in Helgas Alter, vielleicht ein halbes oder ein dreiviertel Jahr älter. Es stellte sich nackt vor den hohen Spiegel in seinem Kleiderschrank und betrachtete seinen Körper. Das tat es seit einem halben Jahr regelmäßig.

Der Körper des Mädchens sah dem Helgas ähnlich, und doch hatte er vor einigen Monaten angefangen, sich zu verändern. Oben wölbten sich kleine

Brüstchen vor und unten zwischen den Beinen begann ein dunkles Dreieck aus Haaren zu wuchern. Anfangs war es nur ein Flaum gewesen, aber mit jeder Woche wurde der Bewuchs zwischen den Schenkeln des Mädchens dichter. Alles an dem Mädchen veränderte sich. Sein Becken wurde irgendwie ausladender mit geschwungenen Rundungen. Selbst die Bewegungen des Mädchens veränderten sich. Es stakste nicht mehr schlaksig durch sein Zimmer. Es schritt schwungvoll aus. Sein ganzer Leib schien von innen heraus zu schwingen und zu vibrieren. Der Gang des Mädchens war wie ein Tanz.

Helga riss die Augen auf. Etwas war anders. Dann verstand sie. Das Mädchen hatte das Dreieck in seinem Schoß gestutzt, es hatte die Seitenränder abgeschnitten oder rasiert. Als das Mädchen in den Schrank langte und einen neuen Bikini herausholte, begriff Helga. Sie sah zu, wie das Mädchen den Bikini anprobierte. Das Höschen war so knapp geschnitten, dass rechts und links Haare herausgeschaut hätten. Darum rasierte sich das Mädchen neuerdings. Helga war brennend neugierig. Das Bikinioberteil bestand aus zwei kleinen Stoffdreiecken mit Schnüren. Die Brüstchen des Mädchens sahen darin aus wie große, schöne Perlen in einer kostbaren Fassung.

Das Mädchen drehte sich vorm Spiegel. Es begann zu einer unhörbaren Melodie zu tanzen. Es wiegte sich und drehte sich selbstvergessen inmitten seines Zimmers.

Helga schluckte.

Und ich, dachte sie. Wann werde ich so?

Sie seufzte leise. Sie wollte sich abwenden von diesem wunderschönen, ach so weiblichen Mädchen. Sie wollte ihre Augen vor der sprießenden Weiblichkeit verschließen, und doch konnte sie den Blick nicht abwenden. Sie blieb vorm Fenster stehen, bis das Mädchen den Bikini auszog, in einen bequemen Hausanzug schlüpfte und sein Zimmer verließ, um mit der Familie fern zu sehen.

Mit gesenktem Kopf schlich Helga davon. Sie war satt und doch war in ihrem Innersten ein Hunger, der dort schon seit Langem brannte, ein Hunger, der nie gestillt werden konnte. Sie fasste unter ihr Leinenhemd, tastete mit den Fingerkuppen über ihre Rippen zu ihrer Brust hoch. Sie versuchte, sprießende

Hügelchen zu ertasten, aber da war nur glatte Haut über den Rippen, und ihre kleinen Brustwarzen stachen leicht vor. Sonst nichts. Helga seufzte laut.

*

Bastian schaute sich die Fotoalben seines Großvaters an. Die hatte er geerbt, als sein Opa gestorben war. Es gab ein paar Schwarzweißfotos vom Weltkrieg, aber nicht viele. Opa war in Frankreich gewesen. Dort hatten die Deutschen gewonnen. Dann war er nach Russland gekommen, und dort war es der Deutschen Wehrmacht nach ein paar Monaten ziemlich mies ergangen. Opa war mit seiner Armee bis nach Stalingrad gekommen, und dort hatte er nicht mehr knipsen können, nur noch überleben

Bastian dachte daran, wie sein Großvater oft den Kopf geschüttelt hatte, wenn er über Stalingrad sprach. „Da hol ich mir kurz vorm Zusammenbrechen des Kessels einen Heimatschuss und werde mit einer der letzten Maschinen ausgeflogen, nur um in der Heimat in Fetzen gebombt zu werden." Opa war nach Deutschland gekommen in ein Lazarett in einem kleinen Dorf in Bayern. Ausgerechnet dieses Lazarett war von einigen verirrten amerikanischen Bombern platt gemacht worden. Opa, der schon fast wieder gesund war, wurde schwer verletzt und behielt davon sein steifes Bein zurück. Und weil sein rechtes Bein so steif war, hatte er viele Jahre später, als er bei der Bahn arbeitete, nicht schnell genug ausweichen können, als der Transportkran seine Last aus Schienenschwellen verlor. Opas beide Beine waren kaputtgegangen und nie wieder ganz heil geworden. Deswegen musste er ganz früh in Rente, und wer so früh Rentner wurde, der bekam nur ganz wenig Geld.

Bastian fand es dermaßen ungerecht. Opa hatte doch nichts für den schlimmen Unfall gekonnt! Die Männer, die die Last an den Kran gehängt hatten, hatten sie nicht richtig gesichert, und deswegen waren die Schienenschwellen auf Opa drauf gekracht.

„Wenigstens hatte ich danach Zeit für meine Knipserei", hatte Opa dazu gesagt. Er fotografierte leidenschaftlich gern die Eisenbahn. Bastian blätterte für sein Leben gern in den Alben mit den Aufnahmen alter Lokomotiven und Züge.

Bastian war verliebt in die altmodischen Motive. Früher war alles besser, das hatte sein Großvater immer gesagt. Früher hatten alle Väter Arbeit und sie schlugen ihre Frauen und Kinder nicht, und in der Schule gab es keine sechzehnjährigen Arschlöcher, die kleinere Kinder schikanierten. Denen hätten die Lehrer gewaltig auf die Finger geklopft.

Nach dem Krieg war sein Opa ein Trompeter in einer Combo geworden. Sie hatten in ihrer Freizeit überall aufgespielt, und die Leute waren verrückt nach der Musik, die Opa und seine Freunde machten. Opa hatte ein uraltes Tonbandgerät, ein Riesending mit großen Spulen, auf denen er damals einige Musikstücke aufgenommen hatte. Bastian hatte die Musik mit einem Mikrofon am Computer aufgenommen und das Rauschen mit einem kleinen Zusatzprogramm weggefiltert. Manchmal hörte er die Lieder, die sein Opa mit seinen Freunden früher gespielt hatte, und träumte sich in die gute alte Zeit zurück. Damals hätte er gern gelebt. Bestimmt hätte ihm das Leben dort viel besser gefallen.

„Aber damals hätte es Helga nicht gegeben", flüsterte er. Der Gedanke piekste schmerzhaft in seiner Brust. Ein Leben ohne Helga? Das wollte er sich nicht vorstellen. Nein.

Er schaltete sein Transistorradio an und wartete auf die Nachrichten. Er wollte wissen, ob es weiter warm und trocken bleiben würde. Hoffentlich. Denn er wollte mit Helga draußen herumstreifen.

Es war jemand ermordet worden. Als Bastian den Namen hörte, merkte er auf. Harald Weber? Der wohnte im Hochhaus. Ganz in der Nähe am Waldrand war seine Leiche gefunden worden, mit zerfleischter Kehle und blutleer.

„Wieder einmal hat der Metzger zugeschlagen", kommentierte der Radiosprecher. Bastian hörte fast die gleichen Worte aus den Lautsprechern des Fernsehers im Wohnzimmer. Auch dort wurde über den Entbluter berichtet.

„Jesses!", rief seine Mutter. Eine kleine Pause entstand. Bastian wusste, dass sie jetzt heftig an ihrer Bierflasche nuckelte: „Das ist ja bei uns! Hier im Haus! Um Gottes Willen! Das ist ja fürchterlich!"

Bastian schlich zum Wohnzimmer. Er blieb im Türrahmen stehen und schaute zum Fernseher.

„Wieder einmal hat der Metzger zugeschlagen", kommentierte die Stimme des Nachrichtensprechers. Eine Filmsequenz wurde eingeblendet. Man sah die Brombeerhecke. Bastian kannte die Stelle. Dort futterte er jeden Sommer Beeren, bis er platzte. Die Kamera zoomte auf den Boden. Das Gras dort hatte komische Flecken, als ob es rostig wäre.

„Der Täter wurde gestört", berichtete der Sprecher. „Ein Mann aus der unmittelbaren Nachbarschaft scheuchte ihn auf."

Man sah den dicken Typen, der mit seinem kläffsüchtigen Spitz immer im Wald spazierte. Seit er in Rente war, rannte der den lieben langen Tag mit seinem Fiffi in der Gegend herum und ließ den Köter immer mitten auf die Wege kacken.

„Wissen Sie, ich bin Rosenzüchter", sagte der Specki in die Kamera, „und zur Entspannung gehe ich mit meinem Tim jeden Morgen und Abend im Wald spazieren. Ich sah jemanden weglaufen. Er war sehr klein. Kam mir wie ein Pygmäe vor oder wie ein Liliputaner. Ich weiß aber nicht, ob das der Täter war."

Der Sprecher ließ sich darüber aus, dass ein Pygmäe wohl zu schwach sei, um einen ausgewachsenen Mann zu überwältigen. Liliputaner hingegen hätten oft ungewöhnlich große Körperkräfte.

„Ich wurde aufmerksam, weil mein Tim bellte wie irre", sagte der Rosenheini. „Er hat irgendetwas Ungewöhnliches gerochen."

„Den Tod", sprach der Nachrichtenfuzzi.

Von wegen, dachte Bastian. Der hat den Riesenhund gerochen. Jede Wette!

Ein Bild vom Hochhaus wurde eingeblendet. Im Hintergrund erklärte der Sprecher, dass das dreißigjährige Opfer hier gewohnt hatte und dass die Polizei um sachdienliche Hinweise aus der Bevölkerung bat.

„Blöde Wichser!", rief sein Vater und nahm einen tiefen Schluck aus der Bierflasche. „Sind die noch ganz dicht? Jetzt sollen wir einfachen Steuerzahler schon die Arbeit für die machen. Faule Säcke!" Er lehnte sich zur Seite und furzte geräuschvoll.

Eine Karte wurde eingeblendet. In ganz Deutschland waren kleine Leuchtpunkte eingezeichnet. „Es gibt eine These, dass der Metzger seit dem Ende des Zweiten Weltkriegs in Deutschland sein Unwesen treibt", sagte der Sprecher. „Der Entbluter zieht eine Spur des Todes kreuz und quer durchs Land. Er scheint sich jeweils für ein bis zwei Jahre in einer Gegend aufzuhalten und dann weiterzuziehen."

„Seit dem Krieg!", polterte Bastians Vater. „Die Schlappschwänze kriegen den Typen nicht. Wichser! Da läuft seit Jahrzehnten ein gefährlicher Psychopath umher und die dämliche Polente tut nichts! Aber kleinen Leuten das Geld aus der Tasche ziehen, weil sie mal fünf Minuten zu lange parken. Das können sie, die sauberen Herren von der Polizei. Scheißbande, dreckige! Das kann doch einfach nicht sein, dass so ein Killer jahrzehntelang sein Unwesen treibt und die Polente nichts unternimmt! Aber sich von meinen Steuergeldern ein schönes Leben machen, das können die; mit fetten Pensionen, von denen einer wie ich nur träumen kann."

Bastian zog sich zurück.

Was für Steuern, dachte er. Du bezahlst doch keine. Du gehst ja nicht arbeiten, fauler Sack.

Er verließ die Wohnung. Im Hinausgehen hörte er noch, wie der Nachrichtensprecher wiederholte, dass Harald Weber die Kehle durchgebissen worden sei. Zerfleischt.

Es war der Hund, überlegte er. Dieses riesige Vieh könnte so etwas leicht tun. Es ist dazu abgerichtet, Menschen anzufallen und ihnen die Kehle aufzureißen. Dann kommt sein Herrchen und zapft das Blut ab.

Er schluckte. Auf seinen Armen bildete sich eine Gänsehaut. Vor seinem inneren Auge sah er den verschlagen und bösartig wirkenden Hundebesitzer in der Küche Blutwurst herstellen. Aus Menschenblut. Als die Wurst fertig war, briet er sie in der Pfanne und fraß sie mit Behagen. Und mit Senf. Auch der Riesenhund bekam seinen Teil ab. Bastian schüttelte sich vor Ekel. Beinahe wäre ihm das Abendessen hochgekommen. Wie konnte ein Mensch nur so etwas tun?

Er verscheuchte den Gedanken. Er wollte sich nicht den Abend mit Helga vermiesen lassen.

*

An den folgenden Abenden trafen sie sich regelmäßig. Sie ließen

Papierschwalben vom Hochhaus fliegen. Sie streiften in Erbach und Homburg herum. Einmal brachte er sein kleines Segelschiff mit und sie ließen es im Erbach schwimmen. Man musste über die Wiese bis ganz hinten bei der alten Gärtnerei laufen. Dort ließ man das Schiffchen zu Wasser und folgte ihm zu Lande oder im Bachlauf. Bastian zog seine Turnschuhe und Socken aus, krempelte die Jeans hoch und planschte hinterher. Helga musste nur die Hosen aufkrempeln. Wie immer trug sie keine Schuhe.

Später brachten sie das Schiff in das Versteck, wo Bastian es aufbewahrte, und sie wanderten Hand in Hand am Waldrand entlang. Bastian hatte die Socken in die Turnschuhe gestopft, die Schuhe an den Schnürsenkeln zusammengeknotet und trug sie über der Schulter. Er ging barfuß wie Helga. Auf den sandigen Wegen machte das Spaß. In der Stadt hätte er das nicht gemacht. Da lauerten Tretminen in Form von ausgerotzten Kaugummis, Hundehaufen und weggeworfenen Zigarettenkippen.

Sie spazierten zur Bahnstrecke und fantasierten sich wieder einmal Bastians verstecktes Häuschen im Wald zusammen.

„Für den Winter müssen wir Brennholz ranschaffen", sagte Bastian. „Wir können heruntergefallene Äste zum Haus schleifen und kleine Bäume mit dem Beil fällen. Die sägen wir dann von Hand klein."

„Wir müssen einen Schuppen bauen, um das Holz zu lagern", sagte Helga. „Damit es schön trocken wird und gut brennt."

„Das Pressgerät meines Opas nehmen wir auch mit", sagte Bastian. Es machte ihm wahnsinnigen Spaß, das Haus und alles, was dazugehörte, zusammen mit Helga in Worten und Sätzen vor seinem inneren Auge entstehen zu lassen. „Wir sammeln Pappe, reißen sie klein und weichen sie hinterm Haus in einer alten Zinkbadewanne ein. Die Badewanne besorgen wir uns vom Sperrmüll. Dann pressen wir Papierbriketts."

„Wir bauen einen Hühnerstall und Gehege für Kaninchen", spann Helga den Faden weiter. „Man kann sie essen, und die Kaninchen geben gute Felle für warme Kragen .Man kann sie zusammennähen. Das ergibt eine warme, weiche Decke für den Winter."

„Das Gras für die Kaninchen wächst auf den Wiesen rund um das Haus", sagte

Bastian. „Wir müssen aber auch Gras mähen und in der Sonne trocknen. Das wird zu Heu. Die Kaninchen brauchen ja auch im Winter was zu fressen."

„Als Hühnerfutter bauen wir Weizen an", sagte Helga. „Den kann man auch mahlen. Aus dem Mehl kann man Brot backen."

„Dann säen wir auch Roggen", bestimmte Bastian. „Der ergibt auch ein gutes Mehl für Brot."

„Und Dinkel", sagte Helga.

„Als Hühnerfutter pflanzen wir Mais an", sagte Bastian. „Daraus kann man auch Popcorn machen."

„Tomaten wären nicht schlecht."

„Stimmt", sagte Bastian. „Man kann sie frisch essen, Tomatensoße daraus machen und Ketchup." Mann, war das cool, sich alles mit Helga gemeinsam auszumalen.

„Wenn dein Haus fertig ist", fragte Helga, „lädst du mich dann mal ein?"

„Klar doch", antwortete er.

Sie lächelte ihn an: „Du bist lieb, weißt du das? Einfach lieb."

Sein Herzschlag beschleunigte sich. Er hätte gerne etwas gesagt, aber ihm fiel nichts ein. Er drückte ihre kleine, zarte Hand. Sie erwiderte den Druck lächelnd. Er mochte Helga. Er hatte Helga total gern. Auch wenn sie blass und krank aussah wie heute Abend.

*

Tags darauf wurde in Landstuhl eine achtundvierzigjährige Frau als vermisst gemeldet. Sie war am späten Abend vom Haus ihrer Freundin aus nach Hause gelaufen, wie immer an der Bahnstrecke entlang. Bastian verfolgte die Nachrichten im Fernsehen zusammen mit seiner Mutter. Sein Vater war in der Kneipe.

„Ich habe ihr immer wieder gesagt, nimm das Auto", sprach der Ehemann der Vermissten in die Kamera des Nachrichtensenders. Er sah sehr besorgt aus. „Aber davon wollte sie nichts wissen. Sie sagte, sie könne die paar Meter auch zu Fuß gehen, dann wäre sie wenigstens an der frischen Luft. Und nun ist sie verschwunden. Sie würde nie einfach so fortgehen. Nicht meine Frau. Es muss ihr etwas geschehen sein."

„Der Entbluter", sagte Bastians Mutter. „Das war der Metzger. Das fühle ich. Diesmal wurde er nicht von jemand mit einem Hund gestört. Er hat sein Opfer mit in den Wald genommen und dort ausbluten lassen."

„Und wieso findet die Polizei keine Leiche im Wald?", fragte Bastian.

Seine Mutter schaute ihn mit ihrem Ich-bin-doch-nicht-blöd-Blick an: „Er vergräbt die Leichen. Es gibt viel mehr Tote, als die Polizei glaubt. Denk an all die vielen, vielen Vermissten in ganz Deutschland. Die Vermissten sind die Menschen, deren Leichen nicht aufgespürt wurden. Weil der Metzger sie verbuddelt hat."

Im Fernsehen sah man eine Aufnahme der Straße neben der Bahnlinie, die an Landstuhl vorbeiführte.

„Die Bahn", sagte die Mutter. „Er tötet immer in der Nähe der Eisenbahn. Er fährt mit der Bahn von Tatort zu Tatort. Bestimmt hat er eine verbilligte Jahreskarte. Warum forschen die das nicht mal aus?" Sie sah Bastian an. „Warst du schon einkaufen?"

„Nee." Bastian stand auf: „Ich gehe jetzt."

„Bring mir vom Bäcker ein Streuselstückchen mit", verlangte seine Mutter. „Geld ist in der Börse im Küchenschrank. Bring die Kassenzettel mit."

„Ja", brummte Bastian und machte sich auf den Weg. Er war sauer. Warum behandelte seine Mutter ihn wie ein Baby? Jedes Mal sagte sie ihm vor, dass er die Kassenzettel mitbringen müsse. Dabei tat er das, seit er zum ersten Mal zum Einkaufen geschickt worden war. Warum ließ sie ihn nicht in Ruhe? Immerzu musste sie auf ihm herumhacken.

Auf dem Weg zum Supermarkt sah er Blödo und den Büffel an einer Straßenlaterne stehen und Zigaretten rauchen. Sie trugen Lederjacken und taten wunders, wie cool sie seien. Dabei sahen sie nur wie angeberische sechzehnjährige Großmäuler aus. Trotzdem machte Bastian kehrt und nahm einen anderen Weg. Er wollte den beiden Idioten nicht in die Arme laufen. Wenn den Deppen langweilig war, kühlten sie ihr Mütchen gern an jüngeren Kindern.

Wenn ich Karate könnte oder Kung Fu wie Bruce Lee, könnte ich die beiden vermöbeln, dachte Bastian. Er stellte sich vor, wie er dem Büffel mit dem rechten Bein herzhaft an die dicke Rübe trat. Hübsch.

Aus einer Seitenstraße kam ein Mann mit einem Hund. Hund? Ein Kalb!

Bastian schrak zusammen. Es war der grausliche Hund, den er letztens schon einmal gesehen hatte, dieses ekelhafte Vieh, das aussah, als wolle es ihm jeden Moment an die Kehle gehen. Rasch wechselte er die Straßenseite. Aus dem Augenwinkel beobachtete er Herr und Hund.

Das ist ja ein anderer Kerl! Das ist nicht der Mann, der den Hund vor ein paar Tagen an der Leine geführt hat!

Bastian schaute genau hin. Nein, es war ein anderer Mann, das erkannte er. Beide, Herr und Hund, sahen gut genährt aus. Satt.

Sie haben die Frau in Landstuhl gekillt und sich mit Blutwurst vollgestopft.

Konnte man so einen Riesenhund mit in einen Zug nehmen? War es überhaupt erlaubt, Hunde mit in die Eisenbahn zu nehmen? Bastian wusste es nicht. Der Killer operiert immer entlang der Bahnstrecken, hatte seine Mutter gesagt. Aber was wusste die schon. Zwei Herrchen. Vielleicht sogar mehr als zwei. Bastian geriet ins Grübeln. Was, wenn es mehrere Hunde gab? Was, wenn der Metzger keine Einzelperson war? Die Morde passierten seit dem Zweiten Weltkrieg. Der Metzger müsste inzwischen uralt sein.

„Eine Sekte!“, flüsterte Bastian. Er kannte sich mit Sekten aus. In der Bücherei hatte er sich alles über Sekten durchgelesen. Sie lebten von der Welt zurückgezogen und sie praktizierten komische Rituale. Wer aufgenommen wurde, musste seinen Namen ablegen, sein ganzes Geld der Sekte überschreiben und fortan in komischen Klamotten umhergehen und Leute bekehren. Andere Sekten fielen nicht auf, weil ihre Mitglieder sich ganz normal anzogen. Wieder andere verabschiedeten sich ganz und gar von den normalen Menschen und sprachen nicht mehr mit ihnen. In Amerika gab es eine Gemeinschaft, die sich einen riesigen Atombunker gebuddelt hatte, um darin den Dritten Weltkrieg zu überleben. Sie ließen niemanden in ihren Bunker rein.

„Eine Sekte!“, flüsterte Bastian erneut. Er schaute zu dem grässlichen Hundevieh hinüber. „Eine Sekte, die Killerhunde zum Töten abrichtet. Eine Blutwurstsekte!“

Was für eine eklige Vorstellung. Bastian fühlte leise Angst in sich aufsteigen.

Waren die Sektentypen hier? In Erbach? Wohnten sie unauffällig inmitten ganz normaler Leute? Würden sie ihre entsetzlichen Hundeungeheuer auf ihn loslassen? Würden die Monster ihm die Kehle zerfleischen? Würde man seinen Körper ausbluten lassen? Eine abscheuliche Vorstellung. Dann atmete er auf. Die Opfer des Metzgers waren allesamt Erwachsene bis auf wenige Ausnahmen. Ungefähr ein Dutzend Jugendliche waren ebenfalls entblutet worden. Aber sie waren allesamt älter als Bastian mit seinen zwölf Jahren. Die jüngsten Opfer waren sechzehn.

„Wie Blödo und seine Schweinebande", murmelte Bastian. Er grinste in sich hinein. Um Blödo und Co wäre es nicht schade. Denen konnte der Riesenhund ruhig an die Kehlen gehen.

*

Abends war Helga aufgekratzt und fröhlich. Ihre Augen leuchteten und ihre Wangen waren rosig. Das Mädchen sah bezaubernd aus. Unternehmungslustig fragte sie Bastian aus, was er tagsüber getan hatte und was sie gemeinsam anstellen würden.

Sie ließen eine Papierschwalbe fliegen, aber es war sehr windig und der kleine Vogel entschwand im Dunkel der Nacht.

Helga fasste nach Bastians Händen: „Komm! Wir holen dein Schiff aus dem Versteck und lassen es fahren."

Helga sprühte nur so vor Aktivität. Sie hopste herum wie ein Flummi. Immer wieder sauste sie den Bachlauf hinauf und ließ Bastians Schiffchen zu Wasser. Sie spielten fast eine Stunde lang. Danach liefen sie zum Waldrand und setzten sich auf eine Bank. Sie zappelte mit den Beinen und ließ ihre nackten Füße durch das hohe Gras am Fuß der Bank zischen. Bastian tat es ihr gleich. Die Halme, die zwischen die Zehen gerieten, kitzelten. Es war nicht unangenehm. Er schaute zu Helga hin. Sie lächelte ihn an. Wenn sie lächelte, war sie noch hübscher. Sie hatte eine Stupsnase, ein richtiges Himmelfahrtsnäschen. Das gefiel Bastian.

Sie rückte ein Stückchen näher an ihn heran: „Erzählst du wieder?"

Er wusste, was sie wollte. Er sollte vom Tag erzählen, von Unternehmungen bei

Sonnenschein. Warum nur war sie so wild darauf? Ging sie tagsüber nie raus? Oder durfte sie vielleicht nicht? „Ich kann nur abends", hatte sie gesagt.

Er begann zu erzählen, wie er sich von seinem Taschengeld eine Fahrkarte nach Neunkirchen gekauft hatte. Der Elektrotriebwagen sauste mit summenden Fahrmotoren durch den Wald bei Altstadt. Er hielt in Bexbach unterhalb der zweiköpfigen Bergehalde aus schwarzem Abraumgestein. In den Nebengleisen, wo früher Güterwagen zu Zügen zusammengestellt worden waren, wuchsen kleine Büsche und Blütenpflanzen. Ein Kaninchen hoppelte ohne Furcht über die dunkelbraunen Holzschwellen und knabberte an einem saftigen grünen Grasbüschel. Die Fahrt ging weiter durch die Sandsteinschlucht hinter Bexbach mitten durch die Kolling. Nach einem Halt in Wellesweiler schnürte der rot-weiße Engerling über die Bliesbrücke und fuhr schließlich in Neunkirchen Hauptbahnhof ein.

Bastian war auf verschiedenen Bahnsteigen herumgestromert, und er hatte mit seiner kleinen Digitalkamera gleich vier Güterzüge mit coolen E-Loks erwischt. Dazu noch eine große V90, eine Rangierdiesellokomotive und einen dieselgetriebenen VT 612, der mit der modernen Neigetechnik ausgerüstet war.

Auf dem Heimweg war er nicht bis Homburg gefahren. Er war in Altstadt aus dem Zug gestiegen und durch den Wald nach Homburg gewandert. Bastian erzählte von dem kleinen blinkenden Teich am Waldrand, über dem Libellen wie funkelnde Juwelen dahinschossen und von den reifen Weizenfeldern, die er durchwandert hatte.

Helga lehnte die ganze Zeit an ihm und lauschte hingerissen. Es gefiel ihm sehr, wenn sie sich an ihn lehnte.

Ohne es zu wollen, musste er plötzlich an den Mann mit dem grauslichen Riesenhund denken und an die Blutwurstsekte. Vor seinem geistigen Auge sah er eine ganze Schar Leute an einem langen Tisch sitzen, Männer, Frauen und Kinder. Jeder bekam ein mächtig großes Stück Blutwurst auf den Teller, und jeder musste aufessen, auch wenn er nicht wollte. Die Kinder ekelten sich total vor der fettigen, blutigen, schwarzroten Wurst, aber sie mussten alles aufessen. Wer nicht aß, bekam Kloppe und wurde mit dem Mund in den Teller gedrückt, bis er alles verputzt hatte. Zur Blutwurst gab es Kartoffelpüree mit dicker, schwarzer Blutsoße. Bastian musste hart schlucken. Um ein Haar hätte er gereihert.

„Was hast du?“, wollte Helga wissen.

„Nichts“, erwiderte er hastig. „Ich hab nur dran gedacht, dass wir morgen eine Mathearbeit schreiben. Ich muss nach Hause, damit ich morgen ausgeschlafen bin.“

Hand in Hand kehrten sie zum Hochhaus zurück. An der Brücke wusch sich Bastian die Füße im Erbach und zog sich Socken und Turnschuhe an. Er wollte nicht, dass seine Eltern ihn mit schmutzigen Füßen erwischten. Wahrscheinlich würden sie sowieso nicht merken, dass er die Wohnung betrat, aber er wollte kein Risiko eingehen. Das Letzte, was er gebrauchen konnte, war eine nervtötende Standpauke über unsaubere Kinder.

Auf der Treppe nahmen sie Abschied voneinander. „Bis morgen Abend“, sagte Bastian.

„Bis morgen Abend“, erwiderte Helga lächelnd.

Als er im Bett lag, dachte Bastian an das Mädchen. Es sah nicht mehr so traurig aus wie am ersten Abend, im Gegenteil. Helga wirkte fröhlich und munter. Nur dass sie manchmal so blass und erschöpft aussah, bereitete ihm Sorgen. Musste sie zu Hause etwa so hart arbeiten, dass sie davon todmüde wurde? Oder war sie krank? Es gab da eine Blutkrankheit, Leukämie nannte man die. Die Kinder wurden bleich und blutleer und immer schwächer, und dann starben sie. Aber Helga war munter und rosig im Gesicht gewesen heute Abend, oder etwa nicht?

Was weiß ich, dachte er und drehte sich auf die Seite. Nach wenigen Minuten war er eingeschlafen.

*

Perchtrude erwachte gesund und sehr, sehr hungrig. Der schwarze Prinz zeigte ihr, wie man an Nahrung kam. Perchtrudes Nahrung war in den nächsten Nächten stets gleich: die untreuen Männer und Frauen, die ihrer Schwester Frigga zur Macht verholfen hatten. Oh, wie sie schmeckten! Perchtrude konnte nicht genug bekommen von ihrem herrlichen, reinen Entsetzen. Sie saugte sie alle aus. Sie nahm ihnen das Blut und das Leben.

Die Angst ging um unter den hohen Menschen des Stammes. Ein jeder fürchtete die Nacht. Niemand schien sicher. Das Massaker dauerte zwei Monate und eine Woche.

Perchtrude blieb nicht untätig in dieser Zeit. Solange sie nicht nach Nahrung suchte oder ihrem neuen Gefährten beilag, erinnerte sie sich der Schmiedekunst, die sie von ihrem Vater erlernt hatte, und arbeitete mit Eisen und Feuer. Bald war alles vorbereitet.

Eines Nachts trat Perchtrude vor den hohen Rat, gab sich zu erkennen und erzählte von Friggas Verrat. Sie liefen alle zu Perchtrude über, sei es der Ehre wegen oder aus Angst, die nächste Nacht nicht zu überleben. Frigga und ihre wenigen verbliebenen Getreuen wurden festgesetzt.

Mit den Getreuen der Verräterin verfuhr man, wie zu jener Zeit üblich: Man enthauptete sie mit dem Schwert, man fesselte sie an Händen und Füßen mit Schnüren aus Rohleder und warf sie ins nächste Moor, man hängte sie auf und man verbrannte sie auf dem Scheiterhaufen. Letzteres fand Perchtrude am amüsantesten, denn es fand der abschreckenden Wirkung wegen spätabends im Dunkeln statt. In der Nacht leuchteten die Flammen weit hinaus in die Finsternis, und die Sache war jedes Mal ausgesprochen geräuschvoll. Es dauerte seine Zeit, bis die Opfer aufhörten zu brüllen. Trude merkte sich das. Feuer machte Spaß.

Für ihre Schwester hatte Perchtrude sich eine ganz besondere Überraschung ausgedacht. Frigga landete in einem Verlies, das sich zu ebener Erde befand, nicht tief unten im Boden. Dieses Verlies befand sich weit draußen im Moor in dem alten, verfallenen Gemäuer, wo sich sonst keine Menschenseele hinwagte.

Ein von Perchtrude selbst geschmiedetes Eisengitter bildete eine Wand der Zelle, in der Frigga saß. Davor hatte Perchtrude ein Kreuz errichtet in der Form eines großen X, ein Andreaskreuz, geschmiedet aus dem festesten Eisen und versehen mit vier Eisenklammern an schweren Ketten. Diese Klammern konnte man mittels Scharnieren um Hand- und Fußgelenke schließen und zusperren. Mit den Ketten konnte man die Person, die von den Klammern gehalten wurde, so fest auf dem Andreaskreuz aufspannen, dass sie sich nicht mehr rühren konnte.

Genau dies tat Perchtrude beim nächsten Vollmond mit Erlfriede, der zehnjährigen Tochter der Verräterin. Friggas Mann war längst zu Nahrung geworden. Perchtrude ließ ihre Schwester und deren Tochter von acht besonders ergebenen Männern bringen. Diese Männer entstammten einer Schar von gut ausgebildeten, kampfeswütigen Männern, die auf Gedeih und Verderb auf Perchtrude eingeschworen waren. Trude nannte sie ihre Schutz-Schar.

Die Männer steckten Frigga in das Verlies, das auf einer Seite vergittert war, und draußen im Freien rissen sie der kleinen Erlfriede die Kleider vom Leibe, legten Hände und Füße des Mädchens in Eisen und spannten die Kleine auf das Andreaskreuz. Auf Befehl ihrer Führerin zogen sie sich zurück.

„Kommt morgen um die Mittagsstunde wieder und führt meine Schwester, die Verräterin, zurück in ihr altes Verlies", befahl Perchtrude.

Sie wartete, bis die Männer der Schutz-Schar weit genug fort waren, um die Schreie nicht zu hören. Dann begann sie sich mit der kleinen Erlfriede zu vergnügen, die wehrlos an das große X gekettet war.

Perchtrude war wie in einem Rausch. Die benutzte die kleinen, scharfen Messer, die sie selbst geschmiedet hatte. Sie schnitt und stach. Sie biss und trank. Erlfriedes Schreie streichelten Perchtrudes Seele und kitzelten sie zwischen den Beinen. Sie kostete das pure Entsetzen des Mädchens, trank ihre Qual. Langsam folterte sie Erlfriede zu Tode. Endlich konnte sie sich ihre geheimsten Träume erfüllen. Oh, wie schön! Sie setzte die Messer so geschickt ein, dass das Mädchen viele Stunden überlebte.

Und all die Zeit über musste Frigga aus ihrer Zelle hilflos mit ansehen, wie ihre Schwester ihre Tochter häutete und ihr das Fleisch von den Armen und Beinen schälte.

Eine Stunde, bevor der Morgen graute, stach sich Perchtrude in die Hand und gab Erlfriede von ihrem Blut zu trinken. Dann schnitt, biss und trank sie weiter und erfreute sich an der Qual von Tochter und Mutter.

Kurz vor Sonnenaufgang löste sie die Fesseln Erlfriedes. Sie legte dem halbtoten Mädchen ein eisernes Halsband an, welches mit einer langen Eisenkette an der Außenwand des Verlieses befestigt war, und trat ans Gitter zu ihrer Schwester Frigga. „Nun wirst du zusehen, was passiert, wenn die Sonne aufgeht. Heute Mittag bringen dich meine Getreuen von der Schutz-Schar in deinen alten Kerker zurück. Dort wirst du bei lebendigem Leib verfaulen, geradeso, wie du es für mich geplant hattest, Verräterin." Sie genoss den Ausdruck von Schmerz in den Augen ihrer Schwester. Frigga hatte Erlfriedes Qualen aus nächster Nähe miterlebt, und mochte sie auch eine feige Verräterin sein, sie war eine liebende Mutter. Hilflos mit ansehen zu müssen, wie ihre kleine Tochter zu Tode gefoltert wurde, hatte sie schier um den Verstand gebracht.

„Es wird ein spaßiges Feuerchen geben, Verräterin. Sie wird schreien, wie du sie noch nie hast schreien hören. Die Kette verhindert, dass sie in die Schatten flüchten kann. Sie wird der Sonne hilflos ausgesetzt sein." Mit diesen Worten ging Perchtrude fort. Es war Zeit, das Versteck für den Tag aufzusuchen, das nicht weit entfernt lag.

*

Arno lief durch die Heide zum Weiher. Das tat Arno seit Wochen. Der Weiher zog ihn magisch an. Eigentlich nicht der Weiher, sondern das Mädchen, das manchmal im Weiher badete. Im Mondlicht badete. Ein Nackigmädchen ganz ohne Kleider.

Eigentlich durfte Arno kleine Mädchen nicht nackig sehen. Oder sie zumindest nicht ausziehen, damit sie nackelig wurden. Das war verboten. Ganz, ganz viel streng verboten. Der gerechte Richter am gerechten Gericht hatte es verboten, die strengen Polizeipolizisten, die ihn erwischt hatten, auch, und die Männer im Heim, wo Arno lange eingesperrt gewesen war, auch.

Seine Mama hatte mit ihm geschimpft, als er wieder nach Hause kam. „Rühr mir ja kein Mädchen mehr an, Arno! Lass die Finger von den kleinen Dingern, sonst kommst du für immer ins Heim. Die Polizei sperrt dich ein."

Arno hatte versucht, brav zu sein. Arno war schon groß. Arno war vierzigjahr. Arno hatte viele Mädchen gesehen, und alle Mädchen hatten Arno viel gefallen, aber Arno hatte nicht versucht, die Mädchen nackig zu machen, und nicht zwischen die Beine der Mädchen gefasst, wo die kleine Sparbüchsenritze war, obwohl Arno das sehr mochte. Arno hatte Angst vorm gerechten Richter im gerechten Gericht und vor den strengen Polizeipolizisten. Arno wollte nicht mehr im Heim eingesperrt werden. Im Heim konnte er nicht im Wald spazieren und über die Heide streifen. Rund um das Heim war eine hohe Mauer. Eine böse Mauer.

Neinneinnein! Arno wollte brav sein und keine Mädchen niemals wieder nicht nackelig machen. Aber das Mondscheinmädchen machte sich selber nackig. Es kam alle paar Tage spätabends, wenn es schon dunkelduster wurde, und zog seine Kleider aus. Dann schwimmschwammplanschte es im Weiher - ganz nackig und ganz und gar ohne Kleider. Arno schaute und guckte, und sein Ding zwischen den Beinen wurde groß und fest und rief, Arno muss zu dem nackigen Mädchen gehen und es anfassen, weil das so schön war.

Arno hatte Angst. Arno wollte nicht ins Heim gesperrt werden. Da war die böse, hohe Mauer, die Heimmauer, und seine Mama war nicht da, die liebe Mama mit den grauen Haaren. Arno versuchte, nicht auf sein Ding zu hören.

„Ich darf nicht Mädchen nackig machen und anfassen", flüsterte er seinem Ding zu. „Der gerechte Richter hat's verboten. Wenn ich es tu, kommen die strengen Polizeipolizisten und nehmen mich mit. Sie schimpfen mich aus und ich werde ins Heim gesperrt."

Er schluckte und schaute guckend zu, wie das weiße, nackelige Mädchen im Mondlichtwasserteich schwimmte und platschte. So klein war das nackige Mädchen und so schön anzugucken und zu betrachten beim Anschauen. Das Mädchen schwimmplanschte zum Ufer und kam aus dem nassen Wasser. Das schöne, nackige Mädchen mit ganz ohne Kleidern lief schön über den Sand. Ganz nackig war es. Arno konnte seine kleine Ritze sehen, dort, wo die Beine des Mädchens endeten, die schönen, langen, weißen Mädchenbeine. Sein Ding wurde noch härter und rief noch lauter.

Sei still, befahl Arno mit strengstem Befehl. Ich darf keine Mädchen nackig machen.

Aber das Mädchen hat sich doch von allein nackig gemacht, wandte sein Ding ein. Nicht du warst das. Das schöne, weiße Mädchen hat es selber gemacht. Weil es will, dass du zu ihm gehen tust, um es anzufassen mit deiner Hand, Arno.

Oh wie schlau sein Ding war!

Arno dachte ganz viel angestrengt mit seinem Kopf nach. Sein Ding hatte recht.

Der gerechte Richter, die Polizeipolizisten und seine Mama hatten ihm verboten, Mädchen nackig zu machen. Doch dieses weiße Mondlichtmädchen war schon nackig. Es hatte seine schönen, weichen Stoffkleider alle selber ausgezogen und sich nackelig gemacht. Ganz und gar nackig, denn es hatte nichts mehr an, nur seine schöne, weiße Haut.

Das Mädchen ist nicht oft hier am Heideweiher mit dem nassen Wasser, flüsterte sein hartes Ding. Vielleicht bleibt es bald für immer fort. Vielleicht wird es von Polizeipolizisten in ein Heim für Mädchen eingesperrt, die sich draußen vor allen Leuten nackig machen. Dann siehst du es nicht wieder, auch wenn du deine Augen ganz viel anstrengen tust. Geh zu dem Mädchen! Geh!

Arno ging. Langsam kam er hinter seinem Versteck-Gebüsch hervor und lief langsam und gemütlich zu dem weißen Nackigmädchen. Das Mädchen rannte nicht weg, und es fing auch nicht an zu plärren wie die anderen Mädchen, denen er die Kleider weggenommen hatte, um sie nackig zu machen, damit er mit seiner Hand an ihnen reiben und streichelberühren konnte. Das Mädchen stand mondscheinstill am Ufer des Heideweihers. Nasses Wasser tropfte aus seinen ganz viel hellen Mädchenhaaren und rann in kleinen Bächen seinen schönen, nackigen Leib hinab. Das Mädchen schaute Arno mit seinen großen, schönen Mädchenaugen an. Das nackige Mädchen kam zu Arno. Oh! Das Mädchen wollte, dass Arno es mit seiner Hand anfasste und streichelte. Ganz bestimmt.

„Hallo“, sagte Arno.

„Hallo“, sagte das nackige Mädchen. Es kam zu Arno und kuschelte sich an ihn. Oh wie süßschön das war für Arno. Sein Ding pochte ganz viel wild vor Freude. Arno wollte …

Das Mädchen krabbelte schnellschnell an Arno hoch und umarmte seinen Hals. Das Mädchen … AUA! AUA!

Arno wollte schreien. Das Mondscheinmädchen war ein böses Mädchen. Es machte Arno ganz viel weh. AUA, wollte Arno schreien, aber sein Sprechschreiding im Hals ging nicht mehr. Das Mädchen hatte es kaputt gemacht. AUA!

Arno zuckte. Arno wollte kreischen. Arno wollte schnellfortlaufen. Arno wollte zu Mama. Aber Arno fiel hin und das nackige Mädchen machte noch viel mehr

Aua. Ganz ganz schlimm Aua. Und es … AUA! Es holte Arno aus Arno heraus. Es suckelte ganz fest. Es suckelte Arno aus Arnos Hals heraus. Es … AUA! Oh Mama! Wo ist der gerechte Richter? Das ist ein sehr, sehr böses und ungehorsames Mädchen! Das nackige Bösmädchen darf das nicht! Es hat so harte Arme. Es drückt mir das Luftholen ab mit seinen harten Armen. Das Mädchen muss eingesperrt werden. Im Heim. Mit einer hohen, hohen, dicken Mauer ums Heim, damit das böse Mondmädchen nicht herauskann, um Aua zu machen.

AUA! Wo blieben die strengen Polizeipolizisten? Warum kamen die Polizeipolizisten nicht und schimpften nicht mit dem Mädchen? Das Mädchen machte Arno ganz schlimm weh.

AUA! AUA! AU… Dann war Arno wegundfort.

*

Als Bastian von der Schule nach Hause kam, lief der Fernseher auf voller Lautstärke.

„Der Metzger hat wieder zugeschlagen“, rief seine Mutter aus dem Wohnzimmer. Bastian lief zu ihr.

„Der vierzig Jahre alte, geistig minderbemittelte Arno Krewer wird seit gestern Abend vermisst“, sagte der Sprecher. „Seine Mutter hat die Polizei eingeschaltet.“

Man sah eine ältere Frau. „Mein Arno ist abends immer pünktlich nach Hause gekommen“, sagte sie in die Kamera. „Es muss ihm etwas passiert sein. Von alleine bleibt der nicht weg.“

Der Sprecher berichtete, dass Arno Krewer zwei Jahre in einer Anstalt verbracht hatte, weil er sich mehrfach jungen Mädchen unsittlich genähert hatte. Ein Foto wurde eingeblendet. Bastian erkannte den Mann. Den mieden alle Kinder im Viertel, weil jeder wusste, dass er die Mädchen antatschte. Wieso war der wieder freigelassen worden? Damit er wieder hinter den Mädchen herschleichen konnte? Bastian verstand die Welt nicht mehr. Der Kerl war plemplem und gefährlich dazu. Warum durfte so einer frei herumlaufen?

„Es ist hier ganz in der Nähe passiert“, sagte seine Mutter. „Der Metzger war’s.

Das ist so sicher wie das Amen in der Kirche. Diesmal wurde er nicht gestört und konnte die Leiche in Ruhe im Wald vergraben."

Bastian ging raus. Er wollte zum Homburger Bahnhof laufen. Vielleicht gab es schon das neue Videoheft.

Im Wald vergraben, dachte er unterwegs, während er aufpasste, dass ihm keine Idioten entgegenkamen wie Blödo und seine Bandenschweine. Der Riesenhund hat ihm die Kehle durchgebissen und sein Herrchen hat das Blut abgezapft für die Blutwurstsekte.

Plötzlich hatte er einen schockierenden Einfall. Wurden die Leichen denn vergraben? Irgendetwas mussten die riesigen Mordhunde ja zu fressen bekommen.

„Das Fleisch der Opfer!", wisperte er. „Die Sektenleute nehmen das Blut für ihre ekelhaften Rituale und sie füttern ihre Killerhunde mit Menschenfleisch, damit sie gierig darauf werden, Menschen anzufallen und zu töten. Oh Gott!" Und die Knochen der Opfer? Die konnte man klein hacken und verbrennen, im Ofen verbrennen. Das gab guten Dünger für den Garten. Bastian schluckte. Was für eine entsetzliche Vorstellung.

Es passiert mitten unter uns und kein Aas ahnt was. Niemand tut etwas dagegen.

Auf seinem weiteren Weg suchte er die Straße vor sich nach dem Mann mit dem grauslichen Riesenhund ab.

Am Bahnhofskiosk in Homburg gab es noch kein neues Videoheft.

„Das kommt erst in zwei Tagen", erklärte der Mann an der Kasse.

„Dann komme ich eben übermorgen wieder", meinte Bastian und machte sich auf den Heimweg. Diesmal passte er nicht auf die Straße auf, und das wurde ihm zum Verhängnis. Urplötzlich packte ihn eine starke Faust am Kragen.

„Na, wen haben wir denn da?" Es war Jens Regin, der Büffel. Bodo „Blödo" Lehmann war bei ihm. „Das ist Basti, der Spasti", grölte der Büffel und schleifte Bastian von der Straße weg zum Spielplatz hinter der Bäckerei. „Na, mit dir werden wir jetzt einen kleinen Spaß veranstalten."

Bastians Herz schlug bis zum Hals. Er hatte Angst. Der Spielplatz war wie leergefegt. Wahrscheinlich waren die zwei Schweinebacken hier gewesen und hatten die jüngeren Kinder vertrieben. Der Büffel schmiss ihn unsanft auf eine Parkbank neben dem Sandkasten. Er bückte sich und riss Bastian die Schuhe von den Füßen. Dann zerrte er ihm die Socken herunter: „Käsfeuerchen! Hahahahaaaa!"

Bastian bückte sich geistesgegenwärtig nach seinen Turnschuhen. Der Büffel verbrannte niemals die Schuhe der Kinder, aber Blödo würde vielleicht auf die bescheuerte Idee kommen, die Schuhe mit seinem Messer zu zerschneiden.

Jens holte sein Feuerzeug raus und büffelte Bastians Socken.

„Käsfeuerchen!", rief er frohgelaunt und lachte, als wäre es der weltbeste Witz, einem jüngeren Kind die Socken abzufackeln. Er konnte überhaupt nicht mehr mit Lachen aufhören. Immer mehr steigerte er sich in sein Gegröle hinein. Er lachte so sehr, dass er dunkelviolett anlief. Wahrscheinlich hatten er und Blödo „etwas geraucht". Davon wurde man so lachsüchtig. Die glasigen Augen des Büffels deuteten jedenfalls darauf hin.

Bastian saß wie angefroren auf der Bank und hielt seine Turnschuhe umklammert. Er war steif vor Angst. Immer wieder warf er verstohlene Blicke um sich, ob jemand käme, um ihm gegen die beiden Mistschweine beizustehen, doch es kam niemand. Jens verbrannte seine Socken vollkommen. Er gab keine Ruhe, bis nur noch ein paar verkokelte Fetzen übrig waren.

„Das war's!", rief er triumphierend. „Käsfeuerchen klein, Käsfeuerchen fein. Hahahaaaa!" Er starrte Bastian an. Bastian versuchte, sich möglichst klein zu machen. Plötzlich packte ihn der Büffel und riss ihn in die Höhe. Seine Augen starrten in stierer Wut auf Bastian hinunter. „Was glotzt du so?!", blaffte er. „Heh? Was gaffst du mich so an, du kleiner Scheißkerl?" Er warf Bastian von sich wie einen nassen Lumpen. Bastian ging schwer zu Boden. Er unterdrückte einen Schmerzensschrei, als er sich den Ellbogen aufschrammte.

Der Büffel beugte sich über ihn. „Was hast du so zu glotzen, du Arsch?!", brüllte er und holte aus, um Bastian zu treten. „Schaff dich aus meinen Augen, oder ich prügle dich mausetot!"

Bastian machte einen Satz und raste los wie ein vergifteter Affe. Er hielt die Turnschuhe umklammert und sauste barfuß quer über den Spielplatz davon. Er rannte die Berliner Straße hinauf in Richtung Kreisel. Erst nach zweihundert

Metern wagte er, zurückzuschauen. Es war niemand zu sehen. Blödo und der Büffel verfolgten ihn nicht. Trotzdem blieb Bastian in Bewegung, bis er am Waldrand war. Er lief einen schmalen Pfad entlang in den Wald. Erst als er hinter den vielen Bäumen genug Deckung gefunden hatte, hielt er an. Am Wegesrand stand eine Bank. Dort setzte sich der Rosenzüchter-Fetti oft hin, wenn er sich vom Spaziergang mit seinem kläffenden Spitz ausruhen musste.

Bastian ließ sich auf die Bank fallen. Er keuchte. „D-D-Diese M-M-Mistk-k-kerle!", schluchzte er. Er war wütend und verängstigt zugleich. In seinem Inneren tobten Angst und Hass. Er war kurz davor, sich zu erbrechen. Diese dreckigen Schweine. Diese Pisser. Wie konnten sie es wagen? Warum tat keiner der Erwachsenen etwas? Jens Regin war verrückt. Total plemplem! Der gehörte in eine Anstalt. Es war doch nicht normal, dass dieser perverse Kerl kleineren Kindern die Strümpfe oder die Unterhosen stahl und verbrannte. Warum tat niemand etwas?

Bastian schlug das Herz bis zum Hals. Er beruhigte sich nur langsam. Als er seine Turnschuhe anziehen wollte, schoss ein scharfer Schmerz durch seinen rechten Fuß. Er sah nach. Er hatte einen Schnitt in der Fußsohle. Der Schnitt war nur klein, aber er ging tief. Auf seiner Flucht musste er in eine Glasscherbe getreten sein, wahrscheinlich bei den Containern für Altpapier und Glas.

„Mist!", brummte er und streifte den Schuh möglichst vorsichtig über. „Wie ich diesen widerwärtigen Kerl hasse! Ich wollte, er würde von einem Auto überfahren!"

Er überlegte, ob er Frau Schramm um Hilfe bitten konnte. Bei dem Gedanken schnaubte er unwillig. Nein, das ging nicht. Die alte Dame hatte gegen ein Vieh wie den Büffel keine Chance. Jens würde sie zerquetschen. Sie konnte ihm vielleicht helfen, wenn er sich vor jemandem verstecken musste, aber sie konnte unmöglich gegen Blödo und seine Schweinebande kämpfen.

Bastian hatte Frau Schramm im Winter gerettet, als sie im Stadtpark von Homburg im Eis eingebrochen war. Er hatte sie herausgezogen und Hilfe geholt. Die alte Dame war ins Krankenhaus gekommen. Dort hatte Bastian sie einen Tag später besucht.

„Du hast mir das Leben gerettet, junger Mann", hatte sie gesagt. „Dafür hast du etwas gut bei mir. Wenn du mal in Schwierigkeiten bist, komm zu mir. Dann helfe ich dir." Sie hatte ihre Adresse und Telefonnummer genannt und Bastian hatte alles auswendig lernen müssen. „Scheu dich nicht, mich um Hilfe zu bitten", hatte die Frau beim Abschied gesagt.

Bastian seufzte. Gegen Blödo und seine Scheißtypen konnte ihm so ein altes Mütterchen leider nicht helfen. Schade.

Er lief auf Umwegen nach Hause. Sein rechter Fuß tat bei jedem Schritt weh.

*

Helga merkte sofort, dass etwas mit ihm nicht stimmte.

„Was ist mit dir, Basti?", fragte sie weich und fasste nach seiner Hand. „Du hast doch etwas. Das kann ich sehen."

„Blödo und der Büffel haben mich in der Mangel gehabt", brummte Bastian. Er schaute zu Boden. „Das sind total kranke Idioten, die dauernd kleinere Kinder schikanieren. Richtige Drecksäcke sind das."

„Komm", sagte Helga. Sie nahm in bei der Hand und führte ihn zum Wiesental. Sie liefen ein Stückchen ins Tal hinein und setzten sich auf einen dicken Sandstein, der mitten in der Wiese lag. „Erzähl mir alles", bat Helga.

Bastian begann stockend zu berichten. Helga lauschte ungläubig. „Deine Socken verbrannt?", fragte sie.

„Ja", erwiderte Bastian. „Das macht der Idiot ständig bei den Kindern in unserem Viertel. Und als ich weggerannt bin, bin ich in eine Glasscherbe gelatscht. Das tut gemein weh. Es gibt nix Schlimmeres, als sich die Fußsohle aufzuschneiden." Er zog seinen Turnschuh aus und streifte den Socken ab: „Da schau. Das geht ganz tief. Es brennt und juckt wie der Teufel."

Helga wich ein Stück zurück. Im Licht einer Straßenlaterne vorne an der Brücke leuchtete Bastians Fuß weiß im Abenddunkel. Man erkannte deutlich den kleinen Schnitt. Ein roter Tropfen quoll heraus.

„B-B-B...", sagte Helga. Sie wich bis zum äußersten Rand des Sandsteinbrockens zurück.

„Was?“ Bastian schaute sie an. Ihre Augen waren weit aufgerissen.

„Du b-b-blutest, Basti!“

„Klar. Das blutet immer noch ein bisschen“, sagte er leichthin. „Ich wollte zu Hause ein Pflaster drauf tun, aber das hielt nicht. Es geht beim Laufen immer ab.“

„B-B-Blut“, sagte Helga. Sie schluckte. „Mach es weg! Bitte!“ Ihre Stimme war nur mehr ein Flüstern. „Bitte, Basti. Mach ... mach es weg! Schnell!“

„Hast du Angst vor Blut?“, fragte Bastian. Er spuckte auf die Wunde in seiner Fußsohle und streifte den Socken wieder über. Vorsichtig verpackte er seinen malträtierten Fuß wieder im Turnschuh. „So schlimm ist es nun auch wieder nicht. Es wird ein paar Tage lang jucken, aber das vergeht. Hatte ich schon mal. Vor zwei Jahren bin ich im Freibad auf einen Coladosenverschluss getappt. Das war noch viel schlimmer als heute die Glasscherbe. Die war ja winzig.“

Er machte eine einladende Bewegung: „Komm her. Ich habe den Schuh wieder an. Tut mir leid, ich wusste nicht, dass du kein Blut sehen kannst.“

„Blut“, flüsterte Helga. Sie rutschte wieder neben ihn. Sie war seltsam steif. Eine Weile schwiegen sie.

Bastian drang nicht in das Mädchen. Er ließ ihr Zeit, sich zu beruhigen. Den Anblick von Blut schien sie nicht ertragen zu können. So etwas gab es.

„Diese älteren Jungen“, begann Helga schließlich, „sind die ständig hinter dir her?“ Sie schaute ihn mir ihren blauen Augen an.

„Es geht so“, antwortete Bastian. „Sie sind hinter allen jüngeren Kindern her. Man muss halt aufpassen, dass sie einen nicht erwischen. Heute Mittag war ich in Gedanken. Die Typen sind echt unerträglich. Ich hasse sie. Es ist so ungerecht, dass sie kleinere, schwächere Kinder quälen dürfen, und keinen Erwachsenen kümmert es. Man fühlt sich so hilflos, so ausgeliefert. Es ist ekelhaft. Und der Büffel ist voll krank. Der Kerl nimmt Drogen und davon ist ihm das Gehirn weich geworden. Er ist gehirnkrank, echt. Der gehört in eine Anstalt.“

Helga schaute ihn an. „Würdest du dich gerne rächen?“

Bastian dachte nach. „Ein bisschen schon“, gab er zu. „Aber eigentlich möchte ich nur, dass die Blödmänner mich in Ruhe lassen. Ich will bloß meine Ruhe haben.“

Helga legte ihre Hand auf seine. „Ich kann dir helfen, Basti. Ich kann dir Tricks beibringen, mit denen sich ein kleiner, schwacher Mensch gegen einen großen, starken Kerl wehren kann.“

„Wirklich?“ Bastian schaute das Mädchen an. Erst jetzt fiel ihm auf, dass Helgas Gesicht wieder frisch und rosig aussah. Von der Blässe in der Nacht zuvor war nichts mehr zu sehen. „Was sind das für Tricks?“

„Judo und Messerkampf“, antwortete sie.

„Messerkampf?!“ Bastian riss die Augen auf. „Ich soll die Typen abstechen? Dafür komme ich ins Gefängnis!“

Helga lächelte. „Nicht abstechen. Nur anstechen. Ich besorge dir ein kleines, scharfes Messer, genau so eins, wie ich selber besitze. Ich habe es nicht dabei, aber morgen Abend bringe ich es mit. Ich werde dir beibringen, damit umzugehen. Wenn du so einen großen Kerl wie den Büffel erst mal an einigen Stellen angepiekst hast, wird der die Griffel ganz schnell einziehen, glaub mir.“ Ihre Augen leuchteten in einem seltsamen Glanz. „Wenn erst mal sein Blut fließt …“

Bastian schaute sie bewundernd an. Dieses kleine, schmale Mädchen konnte mit einem Messer kämpfen. Kampfsport konnte es auch. „Judo?“, fragte er.

„Das lernst du schnell. Man kämpft nicht gegen einen Feind. Man hebelt ihn aus und bringt ihn durch seine eigene Kraft zu Fall. Wenn man es richtig anstellt, wird es eine sehr schmerzhafte Landung.“

„Kann ich damit echt den Büffel langlegen? Das ist ein Riesenvieh!“

„Du kannst, Basti. Vertrau mir. Zieh morgen Abend alte Kleider an, die du sowieso wegwerfen wolltest. Ich werde dir zeigen, was ein kleines, scharfes Messer anrichten kann.“ Sie fasste nach seinen Händen und schaute ihn an: „Keiner darf dir was tun, Basti. Keiner.“

*

Perchtrude und der Schwarze wurden zum Herrscherpaar. Sie führten Feldzüge und brachten von erfolgreichen Schlachten Schätze und Sklaven mit. Ihre Macht wuchs von Jahr zu Jahr. Man kannte ihre Namen in ganz Germanien. Perchtrude ließ ihre Schwester im Kerker verfaulen. Acht lange Jahre verbrachte Frigga in dem Loch unter der Erde, ohne je einen Sonnenstrahl zu sehen. Als ihr Wille vollkommen gebrochen war, ließ Perchtrude sie frei. Sie tat, als verzeihe sie ihrer Schwester, und päppelte sie eigenhändig auf. Als Frigga wieder frisch und gesund war, nahm Perchtrude sie als Nahrung und erfreute sich am Entsetzen ihrer Schwester, als sie verstand, dass sie ausgesaugt wurde.

Die Schutz-Schar war inzwischen zu einer kleinen Sonderarmee angewachsen. Nur die stärksten, mutigsten und treuesten Kämpfer durften der Schar beitreten, Männer, die vollkommen auf Perchtrude eingeschworen waren.

Perchtrude blieb ihrem geheimen Verlies im Moor treu. All die Jahre ließ sie die zehn- bis zwölfjährigen Töchter besiegter Feinde in den Sumpf bringen und vergnügte sich mit ihnen. Sie perfektionierte den Einsatz der kleinen scharfen Messer. Immer raffiniertere Schnitttechniken eignete sie sich an. Es waren Zeiten purer Freude bei der alten Ruine im Sumpf. Wie sie die Schreie und das Flehen der kleinen Mädchen liebte, wenn sie verstanden, was mit ihnen geschah. Sie trank ihr Entsetzen. Wundervoll.

Alles hätte gut sein können, wäre nicht der Schwarze gewesen. Der entwickelte sich zusehends zu einem ernsten Problem. Sie lebten sich auseinander, auch Perchtrudes Freude am Foltern kleiner Mädchen wegen, und der Schwarze ging häufig eigene Wege. Oft lagen sie wochenlang nicht zusammen in ihrer gemeinsamen Gruft. Perchtrude holte sich junge, starke Männer aus der Schutz-Schar auf ihr Lager.

Der schwarze Prinz reagierte mit wilder Eifersucht. Er wollte sie für sich allein, wollte sie beherrschen. Doch Perchtrude wollte sich nicht beherrschen lassen. Sie nutzte die zunehmende Nachlässigkeit ihres dunklen Gefährten und schmiedete an die Außenseite der Tür, die zu ihrer gemeinsamen Gruft führte, einen schweren Riegel. Als der Schwarze eines Morgens nichts ahnend die Gruft aufsuchte, schlug Perchtrude die Tür hinter ihm zu und verriegelte sie von außen. Dann begab sie sich ein Stockwerk höher. Während drunten der Schwarze wütend gegen die massive Tür schlug, ließ Perchtrude zwei Fässer feinstes Lampenöl durch eine kleine Öffnung in der Decke in die Gruft hinunterplätschern. Ein Steinhauer aus der Schutz-Schar hatte diese Öffnung geschaffen. Als alles Öl unten in der Gruft schwappte, warf Perchtrude eine brennende Fackel hinterher und lauschte aufmerksam dem Geschrei des Schwarzen. Es dauerte ziemlich lange, bis er starb, und es ging ausgesprochen laut dabei zu.

Sie ging sehr zufrieden in einer anderen Gruft zu Bett.

In den folgenden Jahrzehnten vermehrte sie die Macht ihres Stammes. Sie gründete ein kleines, gut verteidigtes Reich und terrorisierte mit ihren hervorragend ausgebildeten Truppen die Nachbarländer, wo sie Getreide, Vieh, Gold und Sklaven zusammenstahl.

Immer brachten ihr die getreuen Männer der Schutz-Schar zehn- bis zwölfjährige Mädchen ins Moor, mindestens einmal pro Woche, in guten Zeiten jeden zweiten Abend. Die Feinde waren zahlreich und ebenso zahlreich waren ihre kleinen, süßen Töchter.

Perchtrude genoss ihr Leben und ihre Macht.

*

Am folgenden Abend zog Bastian uralte Sachen an, die demnächst in der Altkleidersammlung landen sollten: ein labberiges T-Shirt, dass ihm zu weit war, aber inzwischen auch viel zu kurz, eine abgeschnittene Jeanshose, die allmählich zu eng wurde, und die alten Turnschuhe, die er eigentlich nicht mehr trug, weil seine Zehen vorne anstießen.

Während er die Treppen hinunterging, dachte er an Helga. Wie sie ihn am Abend zuvor angesehen hatte. So richtig lieb. Er freute sich wahnsinnig darauf, sie wiederzusehen. Er wollte immer mit dem Mädchen zusammen sein.

„Ich kann nur abends." Dieser Satz ging ihm nicht aus dem Kopf. Warum konnte sie nur abends? Warum war sie so verrückt nach seinen Erzählungen vom hellen Tag?

Ist sie ein Vampir, überlegte er. Er musste grinsen. Quark mit Soße. Vampire gab es nur im Film, und die sahen ganz anders aus als Helga mit ihren weizenblonden Haaren und den seelenvollen, blauen Augen. Vampire waren dämonische Raubtiere. Sie liebten es, Menschen anzufallen und auszusaugen.

Nein, sie war kein Vampir, aber … er hielt mitten im Laufen inne. Was war, wenn Helga zu der ekelhaften Blutwurstsekte gehörte? Die Sektenfuzzis hielten sich vielleicht für Vampire und machten deshalb aus dem Blut ihrer Opfer Blutwurst. Oder Blutsoße.

Bastian hatte mal einen Film über Schafscherer in Schleswig-Holstein gesehen. Da war ein Schaf geschlachtet worden, und die Frau des Schafbauern hatte aus dem Blut eine ekelhafte, dicke, blau-schwarze Soße gekocht. Die hatten der Bauer, seine Frau und die Schafscherer mit Kartoffeln und Kohl aufgefressen. Das war so scheußlich gewesen. Superekelhaft. Wie konnte man nur Blut fressen? Pfui Spinne!

Was, wenn Helga ein Sektenkind war und man sie alle paar Tage zwang, Blutwurst aus Menschenblut zu essen? War sie deshalb manchmal so blass? Er würde auch blass werden, wenn er Blut essen müsste. Allein bei dem Gedanken drehte sich ihm der Magen um.

Vor seinem inneren Auge sah er den Hohepriester der Sekte am Kopfende des langen Tisches stehen und die Arme heben. Er betete zu irgendwem, einem Nachtdämon oder einem Blutgott: „Herr! Komm und segne unser blutiges Mahl!", und dann fraßen alle Blutwurst und tranken Blut aus Blechtassen. Helga hockte kreideweiß vor ihrem Teller und brachte keinen Bissen hinunter. Da packten die Erwachsenen sie und zwangen es ihr auf.

„Los, sauf!", rief jemand und hielt Helga die Nase zu, bis sie den Mund öffnete und er ihr das Blut in den Hals schütten konnte. Dann stopfte er schwabbelige Blutwurst in ihren Mund und hielt ihn zu, damit sie es nicht ausspucken konnte. Die anderen Kinder drumherum sahen mit aufgerissenen Augen zu. Sie ekelten sich grün und gelb.

Bastian schluckte. Was für eine abscheuliche Vorstellung. Schnell verscheuchte er die Gedanken.

Helga wartete unten auf den letzten Treppenstufen auf ihn. Sie lotste ihn die Berliner Straße in Richtung Bruchhof hinunter zu einem leeren Parkplatz, der von Straßenlaternen beleuchtet war. Bastian fragte sich, warum jemand einen leeren Parkplatz ausleuchtete. Die Lampen verbrauchten doch Strom und der kostete Geld. Die Erwachsenen waren echt komisch. Umweltfreundlich war das jedenfalls nicht.

„Hier können wir ungestört üben", sprach Helga. „Ich kenne den Ort. Um diese Zeit kommt niemand her. Wir haben unsere Ruhe."

Sie holte zwei kleine Gegenstände aus der Tasche ihrer Jeans und reichte ihm einen. Es war ein kleines Messer mit spitzer Klinge, das in einer Lederscheide steckte. Er zog es heraus.

„Der perfekte Piekser für kleine Leute wie uns", erklärte Helga fachmännisch.

Bastian bewunderte das Messer. Es war scharf wie Gift und sah teuer aus. „Wo hast du gelernt, so was zu benutzen?"

Ein Schatten flog über Helgas Gesicht. „Jemand ... jemand hat es mir gezeigt", sagte sie. „Er lebt nicht mehr. Bevor er starb, hat er mir beigebracht, mit Messern umzugehen und Judo zu machen."

„Gestorben?", fragte Bastian mitleidvoll. „War es jemand Verwandtes? An was ist er gestorben? An Krebs?"

„An gebrochenem Herzen", sagte Helga leise. „Sein Herz brach, weil er sein Leben nicht mehr ertrug." Sie sah aus, als wolle sie gleich in Tränen ausbrechen. „Er war ... kein direkter Verwandter." Sie zögerte. „Und doch waren wir verwandt, seelenverwandt gewissermaßen. Er hieß Manni. Manfred. Von ihm habe ich alles gelernt." Mit einer Handbewegung wischte sie die Erinnerung weg. Sie hielt das Messerchen hoch. „Jetzt wirst du es lernen, Basti."

„Da bin ich aber mal gespannt", sagte Bastian. Helga sah komisch aus mit dem Messer in der kleinen Faust. So gar nicht angriffslustig. Sie wirkte nicht wie jemand, der mit einer Stichwaffe umgehen konnte.

Plötzlich stieß das Mädchen einen schrillen Schrei aus und ging auf ihn los. Wie ein Derwisch wirbelte sie um ihn herum. Sie duckte sich, drehte sich um sich selbst. Sie stieß zu und zog ihren Arm zurück, immer wieder. Das alles ging so schnell, dass er die Bewegungen kaum wahrnahm. Sie war überall gleichzeitig.

Was tut sie, fragte er sich. Ist sie gaga geworden?

Da spürte er, wie sich sein T-Shirt in Einzelteile aufzulösen begann. Ungläubig betrachtete er seine Jeans. Lange Streifen schälten sich wie von selbst aus dem verwaschenen blauen Baumwollstoff heraus. Helga fetzte ihm buchstäblich die Klamotten vom Leibe.

„Aufhören!", schrie er erschrocken.

Helga wich sofort zwei Schritte zurück, das Messer auf ihn gerichtet.

„Sieh dich an", verlangte sie. „Ich habe dir die Kleidung durchlöchert. Sogar deine Schuhe."

„Was?", sagte Bastian dümmlich und schaute an seinen Beinen hinunter. Am rechten Turnschuh fehlten die Schnürsenkel. Sie waren sauber abgeschnitten, und zwischen der dicken Zehe und der nächsten war ein Schlitz in den Stoff des Turnschuhs geschnitten worden. „Uff! Wahnsinn!" Das Erstaunlichste an der Sache war, dass sie bei all dem Geschnippel seine Haut nicht mal angeritzt hatte. Sie hatte mit der Präzision eines Chirurgen gearbeitet.

„Stell dir vor, wie du dich fühlen würdest, wenn ich statt des Stoffs deine Haut so zersäbelt hätte", sagte das Mädchen und steckte das Messer ein. Sie lächelte ihn an: „Ich werde dir beibringen, dich genauso flink zu bewegen, Basti. Aber erst musst du fallen lernen, und danach lernst du, deinen Gegner zu Fall zu bringen. Wenn dir jemand ans Leder will, probier es immer zuerst mit Judo. Das Messer ist nur für den absoluten Notfall, hat Manni mir immer wieder vorgebetet. Nur wenn du dich mit Judo allein nicht wehren kannst, darfst du das Schnitti einsetzen. Verstehst du?"

Bastian nickte.

In der folgenden halben Stunde lernte er einige erstaunlich simple Handgriffe, mit denen man einen angreifenden Gegner locker aushebeln konnte. Dann brachte ihm Helga bei, mit dem kleinen Messer zu arbeiten. Er musste die scharfe Klinge in der Lederscheide lassen, um sich nicht unabsichtlich zu verletzen.

„Das reicht", sagte das Mädchen nach einer Stunde anstrengendem Training. Sie lächelte ihn mit schief gelegtem Kopf an: „Nächstes Mal lassen wir die Lederscheide runter von den Klingen. Du lernst schnell, Basti. Bald bist du so gut wie ich. Wir werden jeden Abend eine halbe Stunde üben, bevor wir was spielen."

„Wollen wir wieder einen Papierflieger segeln lassen?", schlug Bastian vor.

Ihre Augen leuchteten auf. „Au ja!"

Sie liefen zum Hochhaus. Unterwegs duckte sich Bastian und verzog sich plötzlich hinter ein parkendes Auto.

Helga folgte ihm. „Was ist los, Basti?", fragte sie flüsternd.

„Meine Alten", wisperte er. „Da vorne. Sie gehen in die Kneipe. Die brauchen mich nicht zu sehen, sonst kommen sie noch auf die Schnapsidee, mir zu verbieten, abends draußen rumzustromern, weil das gefährlich ist, jetzt wo der Metzger hier in der Gegend zugeschlagen hat."

„Der Metzger? Meinst du den Mörder aus dem Radio?"

„Genau der. So. Sie sind drinnen in der Kneipe. Gehen wir weiter."

Helga blieb an einem Straßenschild stehen. Sie drehte sich um und rieb ihren Rücken an dem Metallrohr, auf dem das Schild angebracht war. Bastian grinste. Das tat er auch manchmal bei sich zu Hause an der Tür seines Zimmers. Es gab eine Stelle am Rücken, an die man nicht richtig rankam, um sich zu kratzen.

Er ging zu Helga und fasste um sie herum. „Kraul-Kraul", sagte er und kratzte sie ein bisschen.

Sie drehte ihm den Rücken zu: „Mach!"

Nun kraulte er vorsichtiger, zärtlicher. „Kraul-Kraul!", sagte er noch einmal.

„Mm", sagte sie und hielt ganz still. Nach einiger Zeit hörte er auf und sie liefen weiter.

Im Hochhaus nahm er Helga mit in die Wohnung: „Komm rein. Meine Alten bleiben eine Weile weg. Kannst ruhig reinkommen." Er lief voraus in sein Zimmer und suchte den Block, um ein Blatt Papier für einen Flieger abzureißen.

„Was ist das?" Helga stand an seinem Schreibtisch. Ein aufgeschlagenes Fotoalbum lag dort.

„Eins der Alben von meinem Opa", erklärte Bastian. „Er hat gerne fotografiert."

„Zeigst du es mir?", bat sie.

Er zuckte die Achseln: „Klar. Warum nicht?" Er nahm das Album mit zu seinem Bett. Sie setzten sich nebeneinander und blätterten das Album durch. Bastian kommentierte die Fotos. Es gab zig Aufnahmen von Lokomotiven und Zügen und Bahnhofsanlagen, Naturaufnahmen und einige Fotos von Leuten, die sein Opa gekannt hatte. Kleine Bleistiftzeichnungen von Lokomotiven mit lustigen Gesichtern kommentierten die Fotos. Helga fand sie süß.

„Die hat Opa gezeichnet. Er war echt talentiert." Bastian blätterte weiter.

„Das ist Opa", sagte er und zeigte auf ein großes Foto in Schwarz-Weiß. „In seiner Wohnung. Da war er noch jung. Das Bild ist sehr alt, aber die Wohnung sah damals schon so aus wie heute. Oma ist sehr früh gestorben. Ich habe sie nie kennengelernt. Als ich geboren wurde, war sie längst tot.

In den Ferien war ich oft bei Opa zu Besuch und habe auch bei ihm übernachtet. Ich durfte auf der Couch im Wohnzimmer schlafen." Er blätterte weiter. „Das sind Fotos von Opas Wohnung. Die Küche. Siehst du den coolen Herd? Den hat Opa mit Holz oder Papierbriketts befeuert. Im Winter war es in der Küche immer mollig warm. Da in der Ecke steht der zweite Küchentisch mit der Eckbank. Da saßen wir oft nebeneinander und haben gemeinsam ein Bild gemalt."

„Was habt ihr gemalt?", wollte Helga wissen. Sie lehnte sich an ihn und ließ ihre Fingerspitze sanft über das alte Foto gleiten.

„Alles Mögliche", antwortete Bastian. Sein Herz hatte schneller zu schlagen begonnen, als sie sich an ihn lehnte. „Zum Beispiel einen Campingplatz. Der Reihe nach haben wir Zelte gezeichnet, mit Campingstühlen und Klapptischen davor, mit einem Grill und parkenden Autos, Kindern, die Federball spielen oder mit einem Schwimmreifen um den Bauch zum See laufen, um schwimmen zu gehen. Im Wasser ließen wir Enten und Boote schwimmen. Am Ufer standen Kinder und ließen einen Drachen steigen. Jemand fuhr mit dem Fahrrad, und es gab eine Bude, wo man Eis kaufen konnte und kalte Limonade. Wir haben so lange gezeichnet, bis das Blatt mit lauter Details vollgekritzelt war. Mal zeichneten wir nur mit Bleistiften oder Kulis und ein anderes Mal haben wir alles mit Buntstiften ausgemalt."

„Das klingt toll", sagte Helga. Ihr Gesicht nahm einen schwärmerischen Ausdruck an: „Können wir das auch mal machen? Bitte!"

Er schaute das Mädchen an: „Warum nicht? Mir hat das immer großen Spaß gemacht." Er grinste. „Manchmal haben wir unser Hochhaus gezeichnet mit extragroßen Fenstern, durch die man in die Wohnungen gucken konnte. Ganz unten hockte der Hausmeister vorm Fernseher und soff Bier. In einer Wohnung kochte eine Frau am Herd. Obendrüber bügelte eine. Rechts davon war eine Frau am Stricken. Eins höher mischte eine Frau ihrem Ehemann Gift ins Essen."

Helga riss die Augen auf: „Waas?!"

Bastian lachte: „Das machte Spaß. Neben der Killerfrau stand ein Mann am Fenster und schoss mit dem Gewehr auf die Autos, die auf dem Parkplatz standen. Er schoss alle Reifen platt. Eins höher duschte ein Mann. Er hatte den Duschvorhang offengelassen, weil er dachte, so hoch oben kann keiner zum Fenster reinschauen. Man sah seinen Eumel. Ganz oben warf ein Junge Papierschwalben zum Fenster raus. Ja, so Sachen haben Opa und ich oft gezeichnet." Er lächelte wehmütig: „Er ist vor drei Jahren gestorben. Ich vermisse ihn schrecklich. Er war gut zu mir, ganz anders als meine dämlichen Eltern. Die maulen nur mit mir." Er grinste Helga an. „Von Opa habe ich Kraul-Kraul. Wenn es im Sommer heiß war, saß ich nur in Turnhosen in der Küche. Dann kam er von hinten und hat mir den Rücken gekrault und die Schultern und die Arme. Ganz sachte ist er mit den Fingerkuppen über meine Haut gefahren. Das hat irre gekitzelt und ich habe eine Gänsehaut gekriegt, aber es war auch toll. Ich mochte, wenn er das machte. Opa war so lieb."

Helga schaute ihn an. Ganz lange. Sie schluckte.

„Ist was?", fragte Bastian.

Sie öffnete den Mund: „Ist ... kannst du ... ach ..."

„Sag doch", ermutigte er das Mädchen.

„Ich ..." Sie stockte und bekam rote Backen. „Ich würde gerne ... würdest du ...?" Sie fasste an den Saum ihres dünnen Sommerpullis und zog ihn ein Stückchen hoch: „Kraul?"

Da verstand er. „Ja doch. Los, zieh den Pulli aus. Ich kitzel dich durch."

Sie zog den Pulli über den Kopf und drehte ihm den Rücken zu. Sie war sehr schmal gebaut, mager, fast dünn. Sie sah aus wie die Kinder auf den alten Schwarz-Weiß-Bildern nach dem Zweiten Weltkrieg, als alle Menschen in Deutschland gehungert hatten.

Bastian hob die Hände und legte die Fingerkuppen zwischen ihren Schulterblättern auf die Haut. Unendlich sanft begann er zu streicheln und zu kraulen. Sie reckte sich in die Höhe und bog den Rücken durch. „Hnnn!", machte sie. Er wusste, was sie meinte. Es war unerträglich und gleichzeitig superschön.

Er streichelte weiter. Ihre Wirbelsäule hoch und hinunter, über die Schulterblätter, und er ließ seine Fingerkuppen sachte über ihre geschwungenen Schultern streichen. Dann ging es außen die Arme hinab. Helga bekam eine Gänsehaut. Sie gab einen hohen Ton von sich, aber sie hielt andächtig still.

„Das fühlt sich toll an", sagte sie leise. „Man kann es fast nicht aushalten, aber es ist toll."

„Gell?", bestätigte er. „Ich mochte das auch immer. Opa war ein Meister im Kitzeln. Im Kitzeln, im Fotografieren, im Zeichnen und im Trompete-spielen. Er hat in einer Combo gespielt. Nach dem Weltkrieg fing er damit an. Sie spielten die Schlager, die gerade in waren. Die Leute waren verrückt nach ihrer Musik. Opa und seine Bandkollegen haben am Wochenende so manches Scheinchen verdient und er hat mir erzählt, dass sie so viel Bier trinken durften, wie sie wollten, und es gab immer was Gutes zu essen.

Die Mädchen kamen zu den Musikern und schäkerten mit ihnen. Opa hatte viele Verehrerinnen, auch wenn er aus dem Krieg ein halblahmes Bein mit nach Hause gebracht hatte. Er sah gut aus und er war ein fantastischer Trompetenspieler. Leider habe ich nur noch wenige seiner Lieder. Er hat erst viel später angefangen, die Musik auf Tonband aufzunehmen. Er konnte sich so ein Gerät erst Anfang der Sechzigerjahre leisten. Ein Tonbandgerät kostete unheimlich viel Geld.

Nachdem er gestorben war, habe ich das Ding zu mir geholt. Ich habe alles per Mikrofon auf meinen Computer übertragen, mit einem kleinen Programm, das Knistern und Rauschen weggefiltert, und die Titel auf CD gebrannt. Mein Lieblingsstück ist JAVA. Das wurde 1964 von Al Hirt gespielt, aber Opas Version gefällt mir besser."

Sie drehte sich zu ihm um und für einen Moment erhaschte er einen Blick auf ihre Vorderseite. Sie war flach wie ein Brett. Unter ihren kleinen Brustwarzen wölbten sich noch keine Hügelchen wie bei einigen Mädchen in seinem Alter. Schade.

„Spielst du es mir vor?", fragte sie.

Er stand auf und ging zu seinem Regal mit den CDs. Er nahm eine heraus, legte sie in seinen CD-Spieler und startete ihn. Trompetentöne fluteten durch das

Zimmer. Helga zog sich den Pulli an und lauschte hingerissen.

„Das ist toll", kommentierte sie, als das Lied zu Ende war. „Spiel's noch mal ab, Basti."

Er tat ihr den Gefallen.

Plötzlich sprang sie in die Mitte seines Zimmers und begann zu tanzen. Zu den Klängen von JAVA drehte und wiegte sie sich, ihre bloßen Füßen stampften den Takt mit. Bastian schaute fasziniert zu. Helga konnte richtig tanzen. Das war kein ungelenkes Kindergehopse, wie er es manchmal auf irgendwelchen Feiern vom Kirchenhilfswerk sah, wenn in der Halle Musik lief und die Kinder dazu herumhüpften. Helga ging ganz in der Melodie und im Rhythmus von JAVA auf. Sie war wie ein Halm im Wind. Sie tanzte wie eine orientalische Haremsprinzessin. Sie sah wunderschön aus. Er konnte die Augen nicht von ihrem sich biegenden und drehenden Körper lassen. So etwas hatte er noch nie gesehen, nicht mal im Fernsehen.

Sie griff nach seinen Händen und zog ihn an sich: „Tanz mit!" Sie drehten sich gemeinsam im Kreis, er unbeholfen und tapsig wie ein tumber Bär, sie leichtfüßig und elegant wie eine Elfe. Bastian schaute in ihre Augen, sah ihr Lächeln. Das Mädchen, das sich an seinen Händen festhielt und mit ihm im Kreis herumwirbelte, war meilenweit von dem armen, todtraurigen Ding entfernt, das er am ersten Abend oben am Dachrand hatte stehen sehen. Es tat ihm unbeschreiblich wohl, Helga so freudig und aufgekratzt zu erleben. Ihre Freude war seine Freude.

Du bist schön, dachte er. Du bist das schönste Mädchen der Welt.

Er hätte es gerne laut gesagt, aber er traute sich nicht.

Später falteten sie eine neue Papierschwalbe und gingen nach oben, um sie der lauen Abendluft anzuvertrauen.

*

Als Rumpelbrunzchen mit einen neuen Sixpack Bier aus dem Keller hochkam, sah er das barfüßige Mädchen wieder. Es huschte die Treppe hinauf. Ein Junge war bei ihr. Er hielt etwas in der Hand, das aussah wie ein Stück Papier. Der

Junge war nicht barfuß. Rumpelstilzchen kannte ihn. Er wohnte im Hochhaus. Florian hieß er oder Bastian.

So, so. Der Junge kannte also das geheimnisvolle Mädchen, das sich hier herumtrieb.

Vielleicht sollte ich mal bei Gelegenheit mit diesem Florian oder Bastian reden, dachte Rumpelstilzchen. Ich könnte ihn so ganz nebenbei nach dem kleinen Fräulein fragen.

Er wollte zu gerne wissen, zu welcher Mietpartei das hübsche kleine Ding gehörte.

Aber nach zwei weiteren Bieren, hatte er die Angelegenheit bereits wieder vergessen. Viel wichtiger war ihm, dass er in Ruhe schiffen gehen konnte, ohne dass der perverse Synchronschiffer über ihm synchron brunzte. Das war verdammt viel wert, fand Rumpelstilzchen. Echt.

*

Helga hockte geduckt auf dem Balkon im ersten Stock und linste in das große Wohnzimmerfenster hinein. Auch hier wohnte jemand, der abends die Rollläden nicht schloss. Es war eine junge Frau Anfang zwanzig. Mit der Frau war es stets das Gleiche. Nach dem Duschen kam sie nackt ins Wohnzimmer, auf dem Kopf trug sie ein Handtuch in Form eines Turbans. Helga fand es dermaßen schräg, dass jemand ausgerechnet etwas über seine Haare zog, aber am restlichen Körper nackt und bloß blieb. Heute Abend war der Turban rosa. Letzte Woche war er türkisgrün gewesen.

Die Frau marschierte zu ihrem „Nach-dem-Duschen"-Sessel. Nur nach dem Duschen setzte sie sich dorthin. Von diesem Sessel aus konnte man nicht zum Fernseher schauen, wohl aber aus dem Fenster, weshalb sich Helga ein Stück weiter in die Dunkelheit zurückzog. Für die nackte Frau in der Wohnung war das Fenster ein Spiegel. Sie konnte nichts von der Welt draußen sehen. Sie sah sich selbst und genau das schien sie zu wollen. Aber sicher war sicher. Mit nur einem Auge linste Helga ins Zimmer von Frau Turban. Ihr Blick fiel zwischen die leicht geöffneten Schenkel von Turbinchen. Die war dort ganz nackt. Kein Pelz wie bei dem Mädchen, das so alt war wie Helga. Frau Turban rasierte das Haar dort unten regelmäßig weg.

Jetzt holte sie eine Zigarette aus der rot-weißen Schachtel und zündete sie an.

Rauchen! Bääh!

Doch Turbine sog den ekligen Qualm mit einem Ausdruck puren Behagens ein und lehnte sich entspannt zurück.

Helga sah zu. Die Turbanfrau tat noch andere Dinge, die bääh waren. Manchmal nahm sie einen Mann mit zu sich nach Hause. Dann tranken sie Wein, lachten albern und machten sich gegenseitig nackig. Sie fummelten aufgeregt aneinander herum und zum Schluss steckten sie ihre Pinkeldinger ineinander. Der Mann steckte seinen Schniedel, der plötzlich lang und dick aufragte, in die Mumu von Turbine und dann juckelten sie wild aufeinander rum. Wenn das nicht bääh war! Aber es schien der Frau großen Spaß zu machen, denn sie seufzte und stöhnte vor Wonne.

Helga wusste, was das war. Die zwei machten Sex. Sie machten ficken. Die Frau räkelte sich unter dem Mann, sie umfing ihn mit ihren Schenkeln und Armen. Ficken. Bumsen. Sex.

Helga besaß ein Buch: „Du und dein Körper - Alles, was heranwachsende Mädchen wissen sollten". Es ging um die Veränderungen im und am Körper von Mädchen, die „in die Pubertät" kamen. Helga hatte schon einmal so ein Buch gehabt, aber das neue war viel besser. Die Zeichnungen und Fotos waren offen und ehrlich, nichts wurde versteckt und verschleiert, und die Erklärungen waren leicht verständlich. In dem alten Buch hatten sie immer so blöd um den heißen Brei herumgeredet.

In Helgas Buch stand auch ein Kapitel über das, was die Turbanfrau nun machte. Die ließ die rechte Hand zwischen ihre Schenkel tauchen und knickte den Mittelfinger nach hinten. Sie begann dort unten an sich herumzukraulen und zu streicheln. Das schien ihr fast genauso viel Wonne zu bereiten wie mit einem Mann zu ficken, dessen Schniedel sich aufgeblasen hatte, denn sie räkelte sich genießerisch und sie fing an heftig zu atmen und sie seufzte wohlig.

Das nannte man masturbieren, und Helga fand, dass das wohl das bescheuertste Wort auf der ganzen weiten Welt war. Was zum Kuckuck hatte das Gefummel der Turbanfrau mit Bier zu tun?! Mast war es auch nicht. Die Frau aß ja nichts, also konnte sie nicht dicker und schwerer werden, und wieso schrieben die Heinis im Buch Uhr ohne H? Mast Uhr Bieren. Wie doof war das denn?

Bestimmt war das so ein dämliches, ausländisches Wort, wie sie die Leute immer benutzten, wenn sie sich nicht trauten, etwas auf Deutsch zu sagen, oder weil sie Angeber waren, die anderen Leuten zeigen wollten, wie superschlau sie waren, indem sie unverständliche Fremdwörter benutzten. Auf Deutsch hieß das, was die Frau machte, vielleicht selbstsexen oder handficken; zugegeben auch sehr komische Worte.

Frau Turbine stöhnte jetzt lauter. Sie schmiss die Zigarette in den Aschenbecher, bog den Kopf nach hinten über die Rückenlehne ihres Sessels und fingerte immer hektischer in der rosa Furche zwischen ihren geöffneten Schenkeln herum. Ab und zu stieß sie leise, juchzende Laute aus. Mit einem Mal bog sie den Rücken durch und erstarrte. Sie stieß ein langgezogenes Oooh! aus und sank sichtlich zufrieden in sich zusammen.

Dann steckte sie sich eine neue Stinkzigarette an und fraß den Rauch. Würg! Bääh!

Helga räumte das Feld. Sie kletterte am Regenrohr nach unten und machte sich auf den Weg nach Hause. Sie passte auf, dass niemand auf sie aufmerksam wurde.

In der Wohnung holte sie ihr Buch und las das Kapitel über Masturbieren noch einmal durch. Es war normal, dass heranwachsende Mädchen sich selbst befriedigten, stand da. So hieß das also auf Deutsch. Helga runzelte die Stirn. Befriedigen. Ja, Frau Turban hatte sehr zufrieden ausgesehen, nachdem sie ihr lang gezogenes Ooooh! von sich gegeben hatte. Kurz entschlossen sprang sie auf. Sie rückte ihren Sessel so, dass er in Richtung Wohnzimmerfenster zeigte, dann zog sie sich nackt aus. Als sie sich setzen wollte, zögerte sie. Sie hatte oft gesehen, wie Frauen und Mädchen es ohne machten, aber vielleicht wirkte es mit besser? Sie lief ins Bad und holte sich ein Handtuch. Es war hellblau. Helga wand sich das Handtuch wie einen Turban um den Kopf, dann setzte sie sich, nackt wie sie war, in den Sessel. Das Polster kratzte an ihrem Po. Sie öffnete die Schenkel und ließ die rechte Hand dort unten hinwandern, gerade so, wie sie es bei Frau Turban gesehen hatte. Vorsichtig betastete sie sich selbst. Keine Haare, kein noch so leichter Flaum. Aber die Ritze war da. Dort war die Haut sehr weich und zart. Weiche Spalte, kleine Falte.

Helga versuchte, die Turbanfrau zu imitieren. Nichts. Sie spürte ihre Hand, ihre Finger da unten, aber ihr Atem ging nicht schneller und sie musste nicht stöhnen. Unten eine kleine Öffnung in der zarten Falte. Sie ließ ihre Finger forschend höher streifen. Da war ein kleines, weiches Knöpfchen. Als sie es berührte, empfand sie etwas. Nichts Weltbewegendes. Sie drückte sanft. Eine Art … sachtes … was? Sie fand kein Wort dafür. Es war ein bisschen wie das Astgefühl. Das Geländergefühl.

Wenn sie auf einen Baum kletterte und sich auf einen Ast setzte, der nicht zu dick war, und sie rechts und links die Beine baumeln ließ … Der Ast drückte dort unten, und etwas brachte Helga dazu, die Beine fest nach unten zu recken, die Füße steil nach unten gestreckt. Dann fühlte sie etwas zwischen ihren Schenkeln, ein kleines … sie suchte nach einem Wort … Hübschgefühl. Es war angenehm. Manchmal setzte sich Helga absichtlich rittlings auf ein Geländer oder einen dünnen Ast, um dieses kleine Gefühl zu spüren. Aber stöhnen musste sie nicht.

Sie dachte an Bastian, wie er mit seinen Fingerkuppen sachte über ihre Haut gestreichelt hatte. Das war schön gewesen, so schön, dass sie dieses kleine, zufriedene Geräusch gemacht hatte: „Mmm!“ Sie streichelte mit den Fingerkuppen sanft über ihre Schulter. Ein leichtes Kitzeln. Angenehm. Mehr nicht.

Als Basti mich gestreichelt hat, war es viel schöner.

Streicheln war nur schön, wenn man von einem anderen Menschen gestreichelt wurde.

Ob Bastian …? Sie schluckte. Basti sollte sie … das unten?! An der Mumu? Nein! Nie im Leben! Was für ein Gedanke. Das war … schlecht. Unschicklich. Sündig. Das hatten die Nonnen im Waisenhaus gesagt. Dieser Körperteil war schmutzig, schlecht. Dort durfte man sich nicht anfassen. Nur zum Waschen. Alles andere war eine schwere Sünde. Hatten die Nonnen gesagt. Aber die hatten noch ganz andere Dinge gesagt. Die Nonnen waren nicht nett gewesen. Sie waren streng, böse. Sie hatten die Mädchen wegen der kleinsten Verfehlung geschlagen.

Helga schaute ins Buch. Eine Zeichnung mit Erklärungen: Die Scheide (Mumu), Vagina, Schamlippen (Lippen, die sich schämten? Wie idiotisch! Hatte ein Junge einen Schamschniedel? Nie gehört.) Innere und äußere Schamlippen. Der Schamhügel (Noch was, das sich schämen musste! Doof wie nur etwas!), die Klitoris … das war das kleine Knöpfchen, wo das schöne Geländergefühl …

Helga fasste sich erneut an. Sie rieb, drückte und rubbelte. Sie seufzte probeweise und warf den Kopf nach hinten. Nichts. Das Gerubbel war sogar unangenehm. Es fühlte sich blöd an. Genauso gut hätte sie ihren Ellbogen rubbeln können oder ihre Backe. Bescheuert!

Sie riss sich das Handtuch vom Kopf und warf es mitten ins Wohnzimmer. Es blieb verknäuelt auf dem Teppich liegen. Helga fühlte Frustration in sich aufsteigen. Sie wurde sauer.

„Blödes Buch!", fauchte sie. Sie verpasste dem Buch einen Stoß, dass es vom Tisch flog und aufgeklappt neben dem verunglückten Turban liegen blieb. „Du und dein Körper - Alles was heranwachsende Mädchen wissen sollten". Helga schaute das Buch giftig an.

„Was ich wissen soll? Ja und dann? Jetzt weiß ich es, und was nun? Es passiert nichts! Es geht nicht! Dämliches Buch, saublödes!"

Ihr kam ein Gedanke. Vielleicht funktionierte Masturbieren erst, wenn man Brüste bekam. Sie beobachtete sehr oft heimlich Mädchen und Frauen. Ganz kleine Mädchen untersuchten sich gelegentlich da unten. Mehr taten sie nicht. Erst wenn der Flaum zwischen den Schenkeln spross und den Mädchen kleine Hügelchen wuchsen, fing die Sache mit dem Befingern offensichtlich an, Spaß zu machen.

„Werde ich je …?", fragte Helga in das leere Zimmer. „Aber ich habe nie …" Sie atmete zweimal heftig ein und aus. Die Krankheit. Es musste mit der Krankheit zusammenhängen. „Deswegen werde ich niemals …" Ihr Trotz schlug unvermittelt in bodenlose Traurigkeit um. Die Augen starr geradeaus gerichtet blickte sie ins Zimmer.

„Dann … aber dann werde ich niemals …" Sie konnte nicht weitersprechen. Ihre Kehle schnürte sich zu. Nein! Sie zog die Knie an, verschränkte die Arme und legte das Gesicht darauf. Zusammengekauert wie ein Fötus hockte sie auf dem

Sessel. Nein! Oh nein! Ihr Herz verkrampfte sich vor Leid.

Helga begann zu weinen.

*

Bastian konnte nicht still sitzen. Ständig veränderte er seine Haltung auf dem Stuhl. Er konnte den Worten der Lehrerin kaum folgen. Er hatte Muskelkater. Von der kleinen Zehe bis rauf zum Kopf. Verdammt, er hatte sogar Muskelkater in den Arschbacken. Und was hieß da Muskelkater? Das war ein ausgewachsener Muskelsäbelzahntiger! Helga hatte ihn mit keinem Wort gewarnt.

Das Judotraining, dachte er. Ich habe es übertrieben beim ersten Mal. Ich hätte langsamer anfangen sollen. Jetzt habe ich den Salat.

Sein einziger Trost war, dass es nicht lange wehtun würde. Als er im Winter an einem Nachmittag stundenlang Schlitten gefahren war und immer wieder den „Todesberg" hinaufgestürmt war, um auf seinem Schlitten gleich wieder hinunterzusausen, hatte er am Tag darauf auch Muskelkater gehabt. Nach zwei Tagen war er weg.

Bastian freute sich auf das nächste Training mit Helga. Es war voll cool, zu lernen, wie man Idioten wie Blödo oder den Büffel austricksen konnte. Absolut obercool.

Er dachte oft an das Mädchen, und wenn er sich in seiner Fantasie einen kleinen Spielfilm ausdachte, spielte Helga darin die Hauptrolle.

*

Mittags lief Bastian nach Homburg, um sich sein Videoheft zu kaufen. Der Artikel über Raidsysteme interessierte ihn. Raids waren Computertower mit drei oder mehr Festplatten, die ihre Daten ständig auf mehrere Platten spiegelten. Ging eine Festplatte kaputt, waren die Daten auf den anderen Platten gesichert, genau das Richtige für einen jungen, engagierten Videofilmer. Leider auch tierisch teuer.

Für mich absolut unerschwinglich, dachte Bastian. Da kann ich so viele Prospekte austragen, wie ich will, und im Supermarkt bekomme ich viel zu selten mal einen Job. Na ja, man wird ja noch träumen dürfen.

Er dachte an die alte Dame, der er das Leben gerettet hatte. Konnte er die fragen? Nein, es war keine Notsituation. Außerdem hatte Frau Schramm bestimmt nur eine kleine, mickrige Rente. Fürs Erste musste er sich mit Träumereien begnügen. Erst als Erwachsener mit eigenem Einkommen konnte er an derart kostspielige Anschaffungen denken.

Er seufzte. Es war schlicht und ergreifend zum Kotzen. Warum konnte er keine Eltern haben wie Felix. Die kauften ihrem Sohn alles Mögliche, obwohl sie weiß Gott nicht reich waren. Aber sie gaben ja auch ihr Geld nicht für Zigaretten und Saufen aus, wie Bastians Eltern.

Wenigstens habe ich Helga.

Eine Frau mit zwei Mädchen im Alter von etwa sieben und neun Jahren kam ihm auf dem Bürgersteig entgegen. Die Mädchen trugen seltsame Schuhe. Sie waren flach wie Ballerinas und sahen eher wie Hausschuhe aus als wie Straßenschuhe. Sie waren aus Stoff und reich bestickt. Bastian kannte die Schuhe. In Russland trugen die Mädchen solche.

Das wäre was für Helga, dachte er.

Bastian fand es komisch, dass ihm neuerdings Sachen wie hübsche Schuhe auffielen. Früher hatte er so was nicht registriert. Er hätte nicht sagen können, ob eine Klassenkameradin am Tag zuvor einen Rock oder eine Jeans getragen hatte oder welche Farbe ihr Pulli gehabt hatte.

Ist mir das je aufgefallen, überlegte er.

Er dachte angestrengt nach und fand nur ein Ereignis in seinem Gehirn gespeichert. Im vorigen Sommer waren Tatjana und Lisa mit schreiend bunten T-Shirts zur Schule gekommen. Tatjanas war neongrün, Lisas neonrosa gewesen. Alle Mädchen der Klasse waren um die beiden herumgeschwärmt wie hungrige Bienen um lockende Blüten. Während des Unterrichts hatte Bastian gelegentlich zu Lisa und Tatjana hingeschaut. Die grellen Farben der T-Shirts stachen ihm in die Augen. An diese Farben erinnerte er sich genau, an den Rest der Bekleidung der Mädchen nicht. Hatten sie Jeans getragen? Röcke? Jeansröcke vielleicht? Oder naturfarbene Leinenhosen? Turnschuhe? Sandalen? Oder Flipflops? Bastian konnte es nicht sagen. Er wusste es nicht mehr.

Aber seit er Helga kannte, fielen ihm oft Kleinigkeiten auf, wie die hübschen bestickten Schuhe der kleinen Mädchen gerade eben.

Er kaufte sich am Bahnhofskiosk das Videoheft. Während des Nachhausewegs dachte er über Helga nach. Sie konnte immer nur abends kommen. Wie ein Vampir. War Helga ein Vampir? Nein, natürlich nicht. Eher eine kleine Zauberin, eine Hexe, eine Fee. Sie hatte ihn verzaubert. Ihretwegen sah er Blumen am Wegrand blühen, eine bunte Schleife im Haar eines kleinen Mädchens. Ihm fiel der Gesang der Waldvögel auf, und er sah hübsche Schuhe. Früher war ihm nichts davon aufgefallen. Er war blind durchs Leben gestapft. Helga hatte ihn verzaubert. Es zog ihn zu ihr hin. Waren sie zusammen, fühlte er sich wohl. War sie nicht bei ihm, fehlte ihm etwas. Er wollte ständig mit ihr zusammen sein und dachte sich kleine Spielfilme aus, die in seinem Kopf abliefen. In diesen Filmen lebten er und Helga in seinem geheimen Haus im Wald. Sie waren immer zusammen.

Sie konnte nur abends.

„Sie geht erst abends raus, weil sie sich vor den Pinguinen versteckt oder vor der Blutwurstsekte", murmelte er.

Daheim legte er die CD mit den alten Aufnahmen von Opas Combo in den Player und ließ „Java" laufen. Er schloss die Augen und stellte sich Helga vor, wie sie mitten in seinem Zimmer tanzte. Er ließ „Java" fünfmal hintereinander laufen, bevor er das Videomagazin aufschlug und zu lesen begann. Mit begehrlichen Blicken betrachtete er die neue Generation kleiner Videokameras mit lichtstarken Objektiven und Dreifachchip. Die Dinger waren wahnsinnig gut. Leider auch wahnsinnig teuer.

Warum dürfen Zwölfjährige noch nicht Lotto spielen? Wenigstens könnte es ein extra Kinderlotto geben, wo man für Taschengeldbeträge Gewinne bis zu fünftausend Euro machen könnte.

Das wäre es doch. Leider gab es das nicht. Wie er es auch drehte, es mangelte immer an Geld.

*

Abends trainierten Bastian und Helga Judo und sie übten mit den kleinen, scharfen Messern. Danach ließen sie Papierschwalben vom Hochhausdach segeln. Helga liebte dieses Spiel. Sie wurde nie müde, dem kleinen Papierflugzeug hinterherzuschauen, wie es ins Abenddunkel segelte.

Als sie wieder einmal nach unten stürmten, um die Schwalbe im Erbachtal aufzulesen, fragte sie draußen: „Wer war der Mann?"

„Welcher Mann?"

„Der dicke Mann, der in seiner Wohnungstür stand?"

„Das war Rumpelstilzchen."

Helga wandte ihm das Gesicht zu. „Rumpelstilzchen? Der Kobold aus dem Märchen? War der so groß und dick?"

Bastian musste lachen. „Nee, der ist das nicht. Unser Rumpelstilzchen kann kein Gold aus Stroh spinnen. Der spinnt höchstens, weil er Stroh im Kopf hat. Er ist der Hausmeister und er heißt Herr Rumpler, aber alle nennen ihn Rumpelstilzchen." Er begann auf der Wiese auf einem Bein im Kreis herumzuhüpfen und sagte einen Sprechgesang auf: „Ach wie gut, dass keiner weiß, dass ich Rumpelheinzchen stieß."

Helga kugelte sich vor Lachen. Bastian lachte mit.

„Rumpelstilzchen ist harmlos", sagte er, als sie Hand in Hand zur Papierschwalbe wanderten, die wartend im Gras hockte. „Er motzt gerne Kinder an, aber er tut keinem was."

„Der Mann hat komisch geguckt." Helga klang unbehaglich. „Es ist nicht gut, wenn jemand mich bemerkt."

„Warum nicht?", fragte Bastian.

„Weil es nicht gut ist." Helga hob den kleinen Flieger auf.

„Dann gehen wir ihm in Zukunft aus dem Weg", schlug Bastian vor.

„Ja", sagte sie. „Das ist eine gute Idee."

Sie liefen zum Hochhaus zurück.

*

Später am Abend, als Bastian gegangen war, lief Helga nach Homburg. Im Bahnhof wartete sie auf die Einfahrt eines Triebwagens. Mit ihren scharfen Augen scannte sie das Innere des Zuges ab. Kein Zugbegleiter. Gut. Sie stieg ein und setzte sich in ein leeres Abteil. Der Zug fuhr summend an, rauschte in die Nacht hinaus in Richtung Landstuhl und Kaiserslautern.

Vier Tage, dachte Helga. Es ist höchste Zeit.

Etwas wie das mit der armen, alten Frau im Wald durfte ihr nie wieder passieren. Sie lehnte sich zurück. Die Nacht war noch lang. Sie würde mit einem anderen Zug zurückfahren. Zurück zu Bastian. Bastian. Basti. Bastian.

*

Sie übten jeden Abend. Bald wurde Bastian flinker und selbstsicherer. Er brachte Helga gekonnt zu Fall und er fiel selber längelang hin, ohne sich auch nur eine kleine Schramme zu holen. Er blieb jeden Abend ein wenig länger draußen. Er wollte bei Helga sein. Seine Eltern kümmerte seine Abwesenheit nicht. Sie schienen es nicht zu merken, dass ihr Filius den ganzen Abend draußen war, obwohl der Metzger weiter sein Unwesen trieb.

Erst kürzlich hatte der berüchtigte Entbluter in Einsiedlerhof zugeschlagen, einem kleinen Ort zwischen Landstuhl und Kaiserslautern. Eine Gruppe Leute, die in einer Kneipe gefeiert hatten, hatte die Leiche auf dem Heimweg gefunden. Beim Näherkommen hatten sie jemanden davonschleichen sehen. Bastians Vater hatte wieder lautstark auf die unfähige Polizei geschimpft, aber wie üblich nicht mitbekommen, wie sein zwölfjähriger Sohn die Wohnung verließ.

Merken die überhaupt, was ich mache, fragte sich Bastian.

Anscheinend nicht. Sie dachten wohl, er sei bei Felix. Bastian fand, dass es durchaus Vorteile hatte, wenn sich die Eltern nicht um einen kümmerten. Dann konnte man sich abends verdünnisieren und draußen spielen, solange man wollte. „Anständige" Eltern hätten ihn vielleicht so spät abends nicht vor die Tür gelassen. Zu Helga.

Er überlegte noch immer, ob das Mädchen vielleicht Mitglied in der abscheulichen Blutwurstsekte war. Manchmal sah Helga blass und kränklich aus. Wie jemand, den man gezwungen hatte, etwas total Ekelhaftes zu essen wie Schweineschwarten oder Blutwurst. Heute sah sie gesund aus. Ihre Augen leuchteten.

Sie verbrachten einen schönen Abend miteinander.

*

Als Bastians Vater am nächsten Tag aus der Kneipe nach Hause kam, war er geladen. Er war auf Stunk aus, das merkte Bastian sofort. Beim Abendessen mäkelte der Vater an allem herum. Die Auswahl an Frischwurst war ihm zu gering, die Leberwurst schmeckte „fettig". Das Brot war zu labbrig, der Kaffee zu dünn.

Bastian versuchte sich unsichtbar zu machen. Still aß er sein Brot. Er wollte schnell weg vom Esstisch.

Doch wenn sein Vater diese Laune hatte, fand er immer einen Grund, Bastian anzumachen.

„Wie sitzt du denn da?", blaffte er. „Wie ein Korkenzieher! Hast du ein Gummiband im Rücken? Mach nicht so einen Buckel! Setz dich gefälligst gerade hin! Vom Kämmen hast du wohl auch noch nie was gehört. Wann lässt du deine Zottelhaare endlich mal schneiden? Glotz mich nicht so an, du Rotzlöffel!"

Bastian schaute auf den Tisch. Er zwang sich, von seinem Brot abzubeißen. Seine Mutter schwieg ängstlich. Wenn der Vater so war, konnte er aus dem nichtigsten Anlass explodieren.

„Du brauchst gar nicht so zu tun!", sagte er drohend zu Bastian. „Meinst du, ich weiß nicht, was du denkst, du Scheißer? Heh? Was starrst du so blöd die Tischplatte an? Steht da vielleicht ein Roman gedruckt? Ich habe dich etwas gefragt!"

KLATSCH, hatte Bastian eine Ohrfeige weg. Sein Vater stand auf: „Du denkst wohl, du kannst mich verarschen, du kleiner Pisser?!" Er schlug mit der Faust zu, so hart, dass Bastian vom Stuhl flog.

„Dir werde ich helfen, du Arschloch!", schrie sein Vater, das Gesicht von Wut und Alkohol dunkelrot gefärbt. Er zerrte Bastian in die Höhe und verpasste ihm noch eine.

Aufheulend flog Bastian gegen den Heizkörper unterm Küchenfenster. Er biss die Zähne zusammen. Er hatte vor Schmerz geschrien, aber weinen wollte er nicht. Vom Boden aus starrte er zu seinem Vater hoch, zu diesem alkoholbenebelten, widerlichen Miesling. In diesem Moment hasste er ihn von ganzem Herzen.

Sein Vater grinste ihn an. „Ich sehe, was du denkst", sagte er mit schwerer Zunge. „Du würdest gerne zurückschlagen, was, du kleiner Pisser?" Seine Stimme nahm einen drohenden Klang an: „Trau dich doch! Na los, Pisser! Steh auf und kämpf wie ein Mann!" Er ballte herausfordernd die Fäuste. „Komm schon! Schlag zu, du kleiner Pisser! Trau dich!"

Eine seltsame Ruhe überkam Bastian.

Nicht ich bin der Pisser, dachte er, du bist es. Forderst einen kleinen Jungen, der viel schwächer ist als du, zum Zweikampf heraus. Ich wette, in der Kneipe bei einem Kerl, der genauso groß und stark ist wie du, würdest du den Schwanz einziehen.

Mit einem Mal verstand Bastian, dass sein Vater ein Würstchen war. Die Erkenntnis erfüllte ihn mit gelassener Heiterkeit und bodenloser Traurigkeit zugleich. Ihm wurde blitzartig klar, dass er an diesem Tag seinen Vater auf immer verloren hatte, dass dieses alkoholgetränkte Etwas über ihm nicht sein Vater war. Seinen Vater gab es nicht mehr. Der war Stück um Stück in dem bösen Kerl, der über ihm stand, abgestorben.

Du bist nur ein armseliges Würstchen, dachte er. Auf dich gebe ich nichts. Du bist für mich gestorben. Na los! Schlag zu! Schlag ein Kind, das viel schwächer ist als du! Kannst du nicht so weit denken, dass ich in zwei oder drei Jahren zurückschlagen werde? Und zwar mit Karacho? Dass ich größer werde und Muskeln kriege? Nein. Dazu bist du zu blöd. Manchmal glaube ich, Opa und

Oma haben dich irgendwo im Rinnstein aufgelesen. Ich kann nicht glauben, dass du ihr leiblicher Sohn bist. Du hast überhaupt nichts mit ihnen gemein. Du bist ein Würstchen. Du bist ein Nichts. Geh fort. Niemand wird dir nachtrauern. Wenn ein Nichts fehlt, fehlt nichts.

Sein Vater schien zu bemerken, dass sich etwas in Bastian gewandelt hatte. Er machte einen Schritt rückwärts, wie jemand, der von einem bösen Hund angeknurrt wird. „Schaff dich aus meinen Augen!", schrie er. „Raus mit dir! Dein Abendessen ist gestrichen. Schaff dich fort!"

Bastian stand auf und verließ die Küche. Im Badezimmer betrachtete er sein Gesicht im Spiegel. Sein rechtes Auge war ein wenig zugeschwollen, mehr nicht. Bis zum nächsten Morgen würde das nicht mehr zu sehen sein. Er grinste. Sein Alter war sogar zu dämlich, ihm ein anständiges Veilchen zu verpassen.

Du Würstchen, dachte er. Wenn ich mein Messer ziehen würde, hättest du keine Chance. Ich würde dir die Finger in Streifen schneiden.

Aber das hatte er nicht getan. Daran war keine Feigheit schuld, begriff er. Ein anderes Wort segelte in seinen Kopf wie eine zarte Papierschwalbe, gebaut aus simplem, dünnem Papier und doch so stark, dass sie auf den Abendwinden reiten konnte. Weit. So weit. Das Wort war „Souveränität". Er hatte seinem Vater nichts getan, weil er weit über diesem ekligen, betrunkenen Mann stand. Helga hatte Bastian inzwischen so viel beigebracht, dass er sich zutraute, diesen tumben, alkoholgetränkten Klotz in Fetzen zu schneiden. Und er konnte den Alten mit einem simplen Judotrick auf den Rücken legen. Der würde am Boden liegen wie ein abgestürzter Maikäfer und sich die wehen Knochen halten.

„Würstchen", flüsterte er. Er holte die neue Taschenlampe, die er sich vom gesparten Prospektegeld gekauft hatte, und verließ die Wohnung. Helga und er wollten sein Segelschiffchen auf dem Heideweiher schwimmen lassen. Da draußen war es abends so schummrig, dass er sicherheitshalber die Lampe mitnahm, auch wenn Helga ihm versichert hatte, dass der Teich von den Lichtern des fernen Parkplatzes der Fabrik ausgeleuchtet sei. Er wollte sein kostbares Schiff nicht im Dunkeln verlieren. Das Schiffchen war das letzte Geschenk von Opa. Zwei Monate vor seinem Tod hatte er es Bastian gekauft. Es war teuer gewesen.

*

Rumpelspionierchen sah den Jungen die Treppe von oben herunterkommen. Er benutzte nie den Fahrstuhl. Kein Wunder. Der Fahrstuhl hatte eine Geschwindigkeit, bei der er von einer Schnecke überholt werden konnte. Es sollten schon Leute, die von oben bis unten damit fuhren, drin verhungert sein. Das Mädchen war nicht bei Florian. Oder hieß er Tristan? Bastian? Rumpelstilzchen wusste es nicht so recht. Dingsbumsian trug ein Segelschiffmodell mit sich. Was zur Hölle wollte der Junge abends mit einem Schiffchen draußen? Es im Erbach schwimmen lassen? Mit dem komischen Mädchen einen Segeltörn machen?

Rumpelstilzchen schüttelte den Kopf. Er schloss die Tür seiner Wohnung. Ihm konnte das doch egal sein. Bodo und seine Kumpane hatten vor einer halben Stunde einen großen Teil ihrer Diebesbeute im Keller abgeholt. Jemand hatte eine große Marge der gestohlenen Elektrogeräte aufgekauft, irgendein Flohmarkthändler oder einer von Ebay. Das hatte Rumpelstilzchen nicht genau verstanden. Es war ihm eh wurscht. Hauptsache, das Geschäft lief, und das tat es. Bodo hatte ihm ein paar knisternde Scheine in die Hand gedrückt und gesagt, dass sie nächste Woche ein größeres Ding drehen würden.

„Wir werden allen Platz da unten brauchen, Roland", hatte er gesagt. „Wir können uns doch auf dich verlassen?"

„Na klar, Bodo. Wisst ihr doch."

Rumpeldruckchen spürte seine angefüllte Blase. Das fünfte Bier. Er wandelte leichten Fußes zum Badezimmer und entwässerte sich genüsslich. Aaah! Tat das gut, dass der perverse piss-schwule Synchronschiffer fort war. Endlich allein und in Ruhe brunzen. Als Rumpelpisschen die Spülung betätigte, ging direkt über ihm die Klospülung los. Rumpelstilzchen erstarrte. Er blickte wütend zur Zimmerdecke. Ging das etwa wieder von vorne los? Was sollte das? Machte jetzt die Tusse der Brunz-Schwuchtel da weiter, wo ihr Macker aufgehört hatte?!

„Dämlicher Schlitzpisser!", fauchte Rumpelsauerchen. Er ging ins Wohnzimmer, um sich mit Bier Nummer 6 zu trösten. Er brauchte den Trunk wirklich dringend. Die Welt war schlecht.

*

„Basti.“ Sie kam hinter der Birke am Bachlauf hervor. Im Licht der Straßenlaternen leuchteten ihre Wangen rosig. Ihre Augen waren blank und leuchtend. Sie sah schön aus. Niedlich.

„Helga.“ Bastian lächelte dem Mädchen zu. Er hob sein Segelschiffchen in die Höhe: „Heideweiher?“

Sie nickte enthusiastisch: „Wie besprochen, wie beschlossen, Herr Kapitän.“

Bastian warf einen Blick auf ihre Füße. Wie immer trug sie keine Schuhe. Er dachte an die reich bestickten Stoffschühchen der beiden Russenmädchen. Solche Schuhe würden Helga bestimmt gut stehen.

Sie spazierten zum Waldrand und folgten dem schmalen Pfad, der in die Heide führte. Es war noch nicht ganz dunkel. Bastian konnte gut sehen, vor allem, weil sich seine Augen an das Dämmerlicht gewöhnten. Es war warm. Die Grillen zirpten. Sommergeräusche. Sommerwärme.

Was wird im Winter, dachte er. Wo sollen wir im Winter hingehen, wenn es bitterkalt wird? Der Wind wird uns vom Dach fegen, und im Wald ist es eisig. Wo sollen wir dann hin? Er überlegte, ob sie sich draußen irgendwo ein Häuschen bauen konnten. Wenn Sperrmüll abgeholt wurde, lag eine Menge brauchbares Zeug herum. Sie konnten Balken besorgen und sie ganz hinten ans Ende des Waldes schleppen. Sie konnten ein niedriges Gerüst bauen, alte Türen und Bretter drauflegen. Seitenwände aus Lehm und Steinen und alten Ziegeln. Vorne eine kleine Tür und ein altes Fenster einbauen. Drinnen olle Stühle, ein Tischchen, eine Matratze zum Draufsetzen, mit alten Teppichen belegt. Vielleicht konnten sie sogar ein kleines Öfchen organisieren. Er hatte schon öfter eins dieser praktischen Werkstattöfchen beim Sperrmüll gesehen und sehnsüchtig betrachtet. Unglaublich, was die Leute alles wegwarfen.

Sie kamen zum Heideweiher.

„Zieh deine Schuhe aus“, verlangte Helga.

Bastian schaute das dunkle Gewässer misstrauisch an. „Ich weiß nicht so recht. Was ist, wenn ich im Dunkeln auf einen Frosch trete? Im Wasser gibt es vielleicht Würgepflanzen. Oder ich trete in den Sumpf."

Helga lachte auf. „Ach Basti! Frösche springen weg, wenn du auf sie zuläufst. Noch nie ist ein Mensch auf einen Frosch getreten. Würgepflanzen gibt es nur in doofen Filmen. Im Weiher wachsen jedenfalls keine. Ich muss es wissen. Ich gehe hier oft schwimmen. Der Teich hat Sandboden. Das Wasser ist klar. Auf dieser Seite ist flacher Sandstrand. Überall. Am Ufer uns gegenüber ist es ein bisschen sumpfig mit Schilf und Binsen. Dort bleiben wir weg. Wir können uns auf verschiedenen Seiten aufstellen und das Schiffchen hin und her segeln lassen."

„Okay", stimmte Bastian zu. Er zog Turnschuhe und Socken aus.

„Tut es noch weh?"

„Häh? Was meinst du?"

„Da, wo du dir in die Fußsohle geschnitten hast."

„Ach das." Bastian tat cool. „Ist längst verheilt. Tut nicht mehr sehr weh. Ich kann was vertragen." Er krempelte die Jeans hoch und lief zum Wasser. Helga hatte recht. Das Ufer bestand aus weichem Sand. Weit und breit kein Sumpf. Er sank nicht in modrigen Morast ein. Genau wie das Mädchen gesagt hatte, beleuchteten die großen Strahler des fernen Fabrikparkplatzes das Wasser. Die Segel seines Schiffchens leuchteten im Abenddunkel. Er brauchte seine Taschenlampe nicht. Noch nicht.

Helga sauste auf die gegenüberliegende Seite des Weihers. Zehn Meter entfernt stand sie und winkte ihm auffordernd zu: „Lasst das Schiff zu Wasser, Herr Kapitän."

Bastian ließ das Schiffchen schwimmen. Der sanfte Abendwind blähte die kleinen Segel. Das Schiff schwamm in einer lang gezogenen Kurve auf Helga zu.

„Schiff ahoi", rief sie. „Ich kann Sie sehen, Kapitän. Halten Sie Kurs. Gleich sind Sie aus der Nebelbank heraus. Das rettende Gestade ist nahe." Helga wartete, bis das Schiffchen vor ihren Füßen aufs Ufer aufließ. Sie hob es hoch, drehte es um und sandte es zu Bastian zurück.

Sie spielten eine Weile mit dem Segelschiff. Es machte wirklich Spaß. Manchmal lief Bastian am Ufer neben seinen Boot her, das in zwei oder drei Metern

Entfernung den Heideweiher überquerte, die kleinen Segel vom sanften Abendwind gebläht. Der Schein der fernen Natriumdampflampen ließ sie orangerot über dem Wasser aufleuchten. Er wartete, bis Helga das Schiffchen umgedreht hatte, und folgte ihm erneut. Helga kam mit. Sie hüpfte an seiner Seite und schaute gebannt zu, wie das Miniaturschiff die Wellen durchschnitt. Sie war genauso aufgeregt wie beim Spiel mit einer Papierschwalbe.

Bastian schaute sie heimlich an. Wie konnte sich jemand über ein solch einfaches Spiel freuen? Hatte Helga keine Freundinnen? Kein Spielzeug? Durften sie in der Sekte keine Spielsachen haben? Floh sie deshalb jeden Abend, um ein oder zwei Stunden mit ihm zusammen zu sein? Fragen über Fragen.

Plötzlich drehte der Wind. Das kleine Boot änderte seinen Kurs und fuhr auf den dunklen Rand auf der anderen Gewässerseite zu.

„Mist! Es fährt in den Sumpf!“, rief Bastian. Er holte seine Taschenlampe raus und knipste sie an. „Da, guck! Mitten rein ins Schilf. Oh Kacke! Das ist sogar die Mehrzahl von Kacke. Das ist Kackadu! Jetzt müssen wir in den Sumpf waten.“

Helga lachte ihn an: „Keine Sorge. Ich hole es raus, Basti.“ Sie ging zu dem großen, flachen Sandsteinfelsen, der aus dem Heidesand herausragte wie das überdimensionale Ehebett eines Riesen. Ohne viel Federlesens zog sie sich aus. Sie legte ihre Kleider ordentlich zusammengefaltet auf den Stein und lief nackt ins dunkle Wasser hinaus. Nach wenigen Schritten wurde es so tief, dass sie schwimmen musste.

Bastian leuchtete ihr. Helga schwamm zum Schilfgürtel auf der anderen Seite des Weihers und holte das Schiffchen zwischen zwei Binsenbüscheln heraus. Sie drehte es um, und der Abendwind bewegte es zu Bastian zurück. Helga überholte es beim Schwimmen. Sie tauchte unter die Wasseroberfläche und blieb eine Weile verschwunden. Das Schiffchen fuhr zu Bastian. Er holte es aus dem Wasser und stellte es auf den flachen Sandstrand. Helga tauchte wieder auf. Sie schwamm auf ihn zu. Wie weiß ihr Leib im Abenddunkel leuchtete. Sie bewegte sich mit einer Anmut im Wasser, als wäre es ihr natürliches Element.

„Du bist eine Nixe“, sagte Bastian.

Sie schwamm ins flache Wasser, blieb mit dem Bauch im Sand liegen. Sie stützte das Kinn auf die Hände, winkelte die Unterschenkel an, sodass ihre Füße aus dem Wasser auftauchten, an den Knöcheln gekreuzt. Mit etwas Fantasie konnte Bastian sich vorstellen, dort keine weißen Füße zu sehen, sondern einen silbrig-grünen Fischschwanz.

„Du bist eine Nixe", wiederholte er. „Eine Heideweihernixe."

Sie winkte lockend: „Kommt herein, edler Ritter. Kommt zu mir ins Wasser und ich werde Euch umarmen." Die nassen Haare kringelten sich um ihr Gesicht.

„In diese Brühe?", fragte er misstrauisch.

Sie lächelte ihn lieb an, keine drei Schritte von ihm entfernt: „Ich bin ja auch drin. Das ist keine Brühe. Das Wasser ist sauber und klar und warm. Komm rein. Trau dich."

Bastian betrachtete den Kleiderhaufen auf dem Sandsteinfelsen. Warum eigentlich nicht? Es war dunkel. Außerdem waren Helga und er … sie … er fand kein Wort, aber es war okay, sich nackig auszuziehen und zu ihr ins Wasser zu gehen. Es war nicht eklig oder bääh, und es war keiner da, der sich darüber lustig gemacht hätte. Er zog sich aus, legte seine Klamotten neben Helgas Sachen und lief zum Wasser. Sie hatte sich erhoben und schaute ihm entgegen. Ihr schmaler, nackter Körper leuchtete im Licht der fernen Natriumdampflampen.

Sie sieht aus, als ob sie sich meinen Eumel ganz genau anschauen würde, überlegte Bastian. Ach was. Es war dunkel. Sie konnte nichts sehen. Und wenn schon. Sie würde ihm das Ding ja nicht abgucken. Sein Eumel und der Sack mit den Klickern würden an Ort und Stelle bleiben, wo sie hingehörten. Bastian ließ sich ins Wasser gleiten. Es war tatsächlich angenehm warm.

Er lief weiter hinein, und nach einigen Schritten war es tief genug zum Schwimmen.

Helga tauchte neben ihm auf: „Da bist du ja. Hast du dich doch noch getraut? Pass auf, da kommt ein menschenfressender Riesenaal!"

„Buuh!", rief Bastian.

Sie lachten und alberten im Wasser herum. Es wurde rasch dunkler, aber nicht so düster, dass sie nichts gesehen hätten. Die Laternen vom Fabrikparkplatz gaben genug Licht. Sie hatten einen Riesenspaß. Nach einer halben Stunde verließen sie den Teich und liefen zum Ufer. Sie legten sich auf den Sandsteinfelsen, um sich trocknen zu lassen. Er hatte die Wärme des Tages gespeichert und gab sie nun ab. Es war gemütlich warm auf dem Stein.

„Wenn ich gewusst hätte, dass man so cool in diesem Weiher baden kann", sagte Bastian. „Mensch! Ich hatte keine Ahnung. Hier geht keiner schwimmen. Die Kinder aus der Siedlung spielen am Wasser. Sie buddeln im Sand, sie fangen Kaulquappen oder lassen Schiffchen schwimmen, aber ich habe noch nie gesehen, wie sie in Badehosen ins Wasser gingen."

„Tun wir zwei ja auch nicht", sagte Helga.

Bastian fröstelte. Der Nachtwind war warm, aber auf seiner nassen Haut fühlte er sich kalt an. Er bekam eine Gänsehaut. Der Sandsteinfelsen unter seinem Rücken war warm von der Sonne des langen Sommertages. Bastian drehte sich auf den Bauch, um auch seine Vorderseite aufheizen zu lassen. Wie eine Eidechse schmiegte er sich an den glatten Felsen. Er schaute zur Seite. Helga lag auf dem Rücken. Der kühlende Wind schien ihr nichts auszumachen. Ihre Haare ringelten sich nass um ihren Kopf. Ihr Himmelfahrtsnäschen hob sich von ihrem Profil ab. Bastian ließ seinen Blick über ihren mageren Oberkörper, aus dem deutlich die Rippen hervortraten, bis zu ihrem Schoß schweifen. Dort wölbte sich ein kleines Hügelchen. Er schaute weiter zu den beiden Zwillingshügeln ihrer schmalen Knie.

Helga drehte sich zur Seite. Bastian tat so, als hätte er nur ihr Gesicht betrachtet. Etwas kitzelte ihn an der Wade. Helga hatte ihr rechtes Bein ausgestreckt und rieb sanft mit ihrer großen Zehe an seinem Bein auf und ab. Sie zeichnete mit dem Zehennagel ganz sachte kleine Kreise und unbekannte Buchstaben. Es kitzelte, aber es war angenehm. So ähnlich wie damals, wenn Opa Kraul-Kraul auf seinem Rücken gemacht hatte.

„Basti?"

„Hmm?"

„Erzählst du?"

Er wusste, was sie meinte. Sie konnte nur abends. Armes eingesperrtes Mädchen aus der ekligen Blutwurstsekte. Durfte sie tagsüber nie raus? Sah sie die Welt nie bei Tageslicht? Wie grausam konnten Menschen zu ihren Kindern sein!

Er fing an zu erzählen, dachte sich aus, wie die Heide bei Tageslicht aussah. Er beschrieb den glasklaren Weiher, in dem sie gerade gebadet hatten, er ließ Vögel über den Himmel fliegen und Bienen über das blühende Heidekraut. Zauneidechsen sonnten sich auf flachen Sandsteinen, und Ameisen marschierten auf Miniaturheerstraßen im Sand einher. Er beschrieb die Farben der Heide, das dunkle, fast schwarze Braun der Strünke, das fette Grün der kleinen Blätter und das sanfte Rosaviolett der winzigen Blüten, das Rot des Sandes, das hellere Grün der Blätter der niedrigen Büsche in der Heide und das knallige Blau eines unendlich hohen Sommerhimmels, an dem dicke weiße Wolken entlang segelten.

Helga lauschte hingerissen. Sie liebte diese Schilderungen.

Während er erzählte, kraulte sie ihn mit der Zehe. Nach einer Weile hob sie die Hand und streichelte ihn zwischen den Schulterblättern. Mm. Schön.

Später lagen sie faul auf dem Felsen. Sie waren längst trocken, aber sie blieben liegen, stumm. Es war herrlich, einfach faul auf dem Sandsteinfelsen zu liegen und so zu tun, als gäbe es da draußen keine wirkliche Welt. Sie schauten in den Himmel. Der Mond war halb. Er war am Zunehmen.

Bastian fand es großartig, mit Helga mitten in der Heide zu liegen. Sie hatten nichts an. Das musste etwas total Tolles sein, jedenfalls wenn man den älteren Jungs an der Schule zuhörte. Die machten immer ein Gewese daraus, wenn sie mal ein Mädchen ohne Klamotten gesehen hatten. Bastian glaubte, dass die Typen übertrieben. Es war nur deshalb großartig, weil es Helga war, die dicht neben ihm lag, und es wäre genauso großartig gewesen, wenn sie angezogen gewesen wäre.

Er richtete sich auf. „Ich muss langsam los.“ Er zog eine Grimasse. „Blöde Schule! Aber diese Woche ist die Fron zu Ende. Endlich Ferien.“

„Kannst du dann länger draußen bleiben?“, fragte Helga. Sie blieb liegen und schaute zu, wie er seine Kleider aufhob und sich anzog.

„Hmm“, sagte Bastian. „In den Ferien kann ich bis elf oder sogar bis Mitternacht. Morgens kann ich ja ausschlafen.“ Bevor er in seine Unterhose stieg, wischte er sich den Sand vom Hintern. Im Sommer zuvor war er am Jägersburger Weiher schwimmen gewesen und war danach sandig in den Slip geschlüpft und mit dem Fahrrad nach Hause gegurkt. Das Ende vom Lied war, dass er sich den Pöter wund gerieben hatte. Eine wunde Kackritze. Geil! Voll für'n Arsch war das gewesen, und er hatte sich zwei Tage lang den Hintern eincremen müsse, als sei er ein kleines Windelkind. Voll beknackt. Nie wieder. Aus Schaden wird man klug. Er zog seine Jeans an, dann das T-Shirt und zum Schluss die Turnschuhe. Socken hatte er keine an. Es war zu warm.

Helga lag noch immer splitternackt auf dem Sandstein.

„Willst du dich nicht anziehen?“, fragte er.

„Nö“, antwortete sie.

Bastian lachte. „Willst du etwa nackig nach Erbach zurücktappen?“

„Ich habe keine Lust, mich anzuziehen“, sagte sie. Ihre Stimme klang aufsässig.

Er sagte gespielt drohend: „Wirst du dich wohl anziehen, du freches Kind! Hör gefälligst auf deine Mama! Los! Aufstehen und anziehen!“

Sie setzte sich auf. „Ich kann mich nicht selber anziehen“, sagte sie und machte einen entzückenden Schmollmund.

„Warum nicht?“

„Hab's beim Schwimmen verlernt. Die Nixen haben mich berührt, da habe ich vergessen, wie es geht.“

Bastian lächelte in sich hinein. „Steh auf“, bat er leise. „Komm Helga. Steh auf, ja.“

Sie stand auf. Er kniete vor ihr auf dem Felsen und holte ihr Kleiderbündel. Nanu? Keine Unterhose? Er musste grinsen. Kein Schlüpfer, keine Socken. Helga war absolut kein Kandidat für Jens Regins Büffelfeuerzeug.

Außerdem, dachte er in einer plötzlichen, wilden Gefühlsaufwallung, würde ich ihm die Haut in Streifen runterschnibbeln, wenn er Helga anrühren sollte. Niemand darf meiner Helga etwas antun.

Er war froh, dass es so dunkel war, denn bei dem Gedanken wurde er knallrot.

Er hielt Helga die Jeans hin: „Steig hinein, Helga.“ Sie hob einen Fuß und er streifte die Hose über ihren Unterschenkel. Dann das andere Bein. Bastian zog ihr die Hose hoch. Dabei erhob er sich. Sie streckte die Arme aus, damit er ihr das Hemdchen überziehen konnte. Es war wieder eines dieser altmodisch aussehenden Leinenhemdchen. Bastian schloss Knopf um Knopf. Dann trat er hinter Helga, umfasste sie mit den Armen und steckte das Hemd in ihre Jeans. Sie zog den Bauch ein, und er knöpfte die Jeans zu und zog den Reißverschluss zu.

„So, jetzt bist du angezogen wie ein feines Mädchen."

Sie lehnte sich mit dem Rücken an ihn. „Mm", sagte sie leise. Er hielt sie umfangen und wiegte sie sanft. Sie legte ihre Hände auf seine Arme. Bastian hatte das Gefühl, als habe er gerade einen Panzer hochgehoben und über die Straße getragen. So musste sich das anfühlen. Absoluter Triumph. Pure Kraft. Mut. Können. Wow! Er hatte tatsächlich die Arme um Helga gelegt und hielt das Mädchen fest. Das war sogar noch großartiger, als einen tonnenschweren Panzer umhertragen zu können.

Kleine Leuchtpunkte flogen über die abendliche Heide.

„Da sind Glühwürmchen", sagte er. „Das bringt Glück. Wenn man Glühwürmchen sieht, darf man sich etwas wünschen. Aber man darf niemandem erzählen, was man sich gewünscht hat, sonst geht der Wunsch nicht in Erfüllung."

Er schloss die Augen und wünschte sich ganz, ganz fest, dass er immer mit Helga zusammenbleiben durfte. Als er die Augen wieder öffnete, flogen Dutzende und Aberdutzende Glühpunkte über die abenddunkle Heide. Es war ein wunderschöner Anblick, der dadurch erst richtig schön wurde, dass Helga an seiner Brust lehnte und seine Hände umfasst hielt.

Er wollte über die Glühwürmchen sprechen, aber heraus kam etwas ganz anderes: „Ich bin froh, dass ich dich auf dem Dach getroffen habe."

Sie wurde für einen Moment ganz steif. Dann drehte sie sich in seinen Armen um und schaute ihn an: „Sag das noch mal!"

Er blickte in ihre Augen. Trotz der Dunkelheit erkannte er fast alle Einzelheiten in ihrem Gesicht. Der Schein der fernen Natriumdampflampen auf dem Parkplatz überpinselte es mit warmem, orangefarbenem Glühen. Helga sah zu niedlich aus. Helga war hübsch. Er mochte Helga. Sehr sogar.

„Ich bin froh, dass ich dich auf dem Dach getroffen habe", wiederholte er.

Sie hob die Arme, legte ihre kleinen Hände auf seine Brust und schaute ihn an. Weil sie ein Stückchen kleiner war als er, musste sie zu ihm aufschauen, was sie besonders goldig aussehen ließ. Sie wollte etwas sagen, das spürte er. Sie rang nach Worten, brachte aber keinen Ton heraus. Er umarmte sie ein bisschen fester, um ihr Mut zu machen, und lächelte sie an. Sie nahm die Hände herunter, umschlang ihn und lehnte ihren Kopf in seine Halsbeuge. Sie drängte sich ganz nahe an ihn. Er spürte ihren warmen Atem am Hals.

„Sag … bitte sag es noch einmal, Basti", flüsterte sie.

„Ich bin froh, dass ich aufs Dach gekommen bin und dich dort oben getroffen habe, Helga", sagte er und drückte sie ganz fest. Er wollte sie nie mehr loslassen.

Sie kuschelte sich an ihn. Sie war ganz still. Er spürte ihren Herzschlag an seiner Brust. Ein Wahnsinnsgefühl. So nah. So lebendig. So wundervoll.

Sie blieben lange in stiller Umarmung stehen.

Dann gingen sie zum Hochhaus zurück, schweigend. Sie schwiegen gemeinsam. Es war ein gutes Schweigen. Wortlos brachten sie Bastians Segelschiff zum Versteck und gingen zum Haus.

„Bis morgen Abend, Helga", sagte Bastian beim Abschied.

Sie berührte seinen Arm mit der Hand. „Bis morgen Abend, Basti."

In seinem Zimmer stöpselte Bastian den Kopfhörer in seinen CD-Player ein und hörte „Java" in voller Lautstärke. Vor seinem inneren Auge sah er Helga tanzen.

Helga. Helga.

*

Sie trafen einander am nächsten Abend und ließen eine Papierschwalbe fliegen. Als sie zum wiederholten Mal die Treppen hinunterliefen, um sie wieder aufzusammeln, sah Helga eine Plastiktüte an der Tür von Bastians Wohnung hängen. „Was ist das?"

„Hab ich gekauft, kurz bevor die Geschäfte zumachten. Ein Laden, wo ich mir manchmal CDs kaufe, hatte einen Sonderausverkauf. Die Doppel-CD hat nur drei Euro neunundneunzig gekostet." Er holte die CD aus der Tüte und zeigte sie Helga: „Da sind coole Oldies aus den Siebzigern und Achtzigern drauf. Die zweite CD ist eine Karaoke-CD."

„Eine was?" Helga nahm das dicke Jewelcase in die Hand. „Karate?"

„Kara-Oke", sagte Bastian. „Das bedeutet, auf der CD ist nur die Musik und man kann den Text dazu selber singen."

Helga studierte die Titelliste: „Das kenn ich! *Ooh Shooby doo* von Aneka. Das da auch und dieses." Ihre Augen begannen zu glänzen: „*Sweet sweet smile* von den Carpenters! Das mag ich sehr. Ein schönes Lied."

„Ja, ist es", sagte Bastian. „Schade, dass meine Alten heute Abend keinen Ausgang haben, sonst hätten wir es uns in meinem Zimmer gemütlich machen und die Karaoke-CD ausprobieren können." Er legte die CD in die Tüte zurück und sie liefen nach unten, um den kleinen Papiersegler aufzusammeln. Sie passten gut auf, dass Rumpelspionierchen sie nicht beobachtete.

Draußen auf der Wiese hielt Helga ihn zurück, als er den Flieger aufhob und zum Hochhaus gehen wollte. „Basti?"

„Ja?"

„Kannst … du … kannst du … ein Geheimnis bewahren?"

Aha! Endlich wurde sie ihm sagen, warum sie nur abends konnte. Er nickte: „Kann ich, Helga. Was immer du mir erzählst, ich sage es auf keinen Fall weiter."

Sie schaute ihn sehr intensiv an. „Es ist wichtig, dass du schweigst, Basti. Wirklich."

„Ich werde schweigen", sagte Bastian.

„Ich …", setzte sie an, „… ich … lebe im Hochhaus. Ganz oben."

War das alles? Bastian runzelte die Stirn. Was war daran denn geheimnisvoll? Er schaute das Mädchen aufmunternd an.

„Wir … ich möchte dich gerne einladen", sagte Helga. Ihre Augen schauten flehend. „Aber bitte, bitte Basti, du darfst keinem Menschen sagen, dass ich hier wohne."

„Warum nicht?", fragte er. Wurde sie verfolgt? War es das? War sie vor der Blutwurstsekte geflohen und lebte nun versteckt bei Leuten, die sie bei sich aufgenommen hatten? Das würde erklären, warum sie nur abends raus kam. Tagsüber streiften die Männer mit den grauslichen Riesenhunden umher. Er hatte den einen Mann schon wieder gesehen. Er war mit seinem Killerhund fröhlich über die Dürerstraße spaziert, mitten über einen Zebrastreifen, sodass alle das ungeheuerliche Vieh sehen konnten, das er bei sich hatte.

Helga schaute ihn an. „Ich vertraue dir, Basti", sagte sie. „Komm."

Sie liefen zum Hochhaus. „Nimm deine CDs mit", bat Helga, als sie an Bastians Wohnung vorbeikamen. „Ich habe ein Abspielgerät."

Bastian wunderte sich über ihre geschraubte Ausdrucksweise. Abspielgerät. Nur alte Leute sagten so zu einem CD-Player. Sie stiegen die Treppen hinauf bis in den obersten Stock. Helga achtete darauf, dass niemand im Flur war, der sie hätte sehen können. Sie schloss eine Wohnung auf. „Komm herein, Bastian."

Er trat ein. Es war eine Wohnung wie die, in der er wohnte, allerdings besser eingerichtet und bedeutend sauberer und aufgeräumter. „Ist sonst niemand da?", fragte er.

Helga schüttelte den Kopf: „Nn-nn. Nur ich."

Bastian war baff: „Du wohnst hier ganz allein? Darfst du das denn?"

Sie schaute ihn lange an. „Das ist ja das Geheimnis, Basti. Niemand darf erfahren, dass ich hier oben lebe. Wenn es jemand herausfindet, muss ich fortgehen."

Fortgehen? Bloß nicht!

„Nein! Ich sage kein Wort", stieß Bastian hervor.

„Hier hat eine nette, alte Frau gewohnt", sagte Helga leise. „Eines Abends fand ich sie tot vor ihrer Wohnungstür. Sie hatte einen Herzanfall. Sie hat ihre Miete immer in einen Briefumschlag getan und beim Hausmeister eingeworfen. Alles hat sie so bezahlt, Strom, Heizung, Wasser, Miete. Sie bekam immer einen Brief, in dem stand, was sie bezahlen musste. Das tue ich immer noch. Niemand weiß, dass es mich gibt. Es darf auch niemand erfahren."

„Ich sage kein Wort", versprach Bastian. Er wollte auf keinen Fall, dass Helga fortging. Zudem war es irre aufregend. Ein zwölfjähriges Mädchen, das ganz allein hier oben hauste. Cool! Dann fiel ihm etwas ein. Wo war die tote Frau? Etwa noch in der Wohnung? Ein Bild erschien vor seinem inneren Auge: Im Badezimmer hockte eine alte Frau auf dem Lokus und starrte aus Glasmurmelaugen jeden, der eintrat, ungehalten an. Die alte Frau war ausgestopft. Er überlegte laut: „Die Frau …"

„Ich habe sie heimlich begraben", sagte Helga.

Bastian starrte sie ungläubig an. „Du hast eine Leiche weggetragen? Begraben? Nachts? Uff!"

„Es musste sein", sagte Helga. „Sonst hätte ich die Wohnung nicht haben können. Ich wusste nicht, wo ich hingehen sollte."

„Bist du auf der Flucht, oder so?", fragte Bastian. Er platzte beinahe vor Neugier. „Deshalb kannst du auch nur abends raus, stimmt's? Tagsüber ist die Gefahr zu groß, dass dich jemand sieht."

„So ähnlich", antwortete Helga leise. Sie stand ganz ruhig da. Ihre Arme hingen herunter.

„Wirst du verfolgt?", fragte Bastian.

„Ich kann es dir nicht sagen, Basti. Es ist eben so. Ich kann nur abends."

Er blickte sie scharf an: „Vertraust du mir nicht?"

Sie stand da wie ein Häufchen Elend. Aus großen Augen blickte sie ihn an. Sie sah furchtbar aus. Irgendwie verzweifelt. Wie jemand, der gerade erfahren hat, dass er in fünf Minuten in eine Grube mit bissigen Mörderhunden geworfen wird oder auf den Scheiterhaufen kommt, um lebendig verbrannt zu werden. Am ersten Abend hatte sie so ausgesehen, als sie am Rand des Dachs gestanden hatte. Er erinnerte sich an das todtraurige Lied. „Warum will mich keiner haben? Warum hat mich keiner lieb?"

„Mehr kann ich dir nicht sagen, Basti."

Er runzelte die Stirn: „Ich dachte, du vertraust mir. Echt."

Die Verzweiflung in ihrem Gesicht war nicht gespielt: „Basti! Bitte!"

Er räusperte sich: „Okay, okay! Ich frage nicht mehr. Versprochen. Auch wenn ich es schräg finde. In Ordnung?"

Sie nickte stumm. Dann machte sie eine einladende Geste zu der Couchgarnitur im Wohnzimmer: „Setz dich. Ich komme gleich."

Bastian ging ins Wohnzimmer. Auch dort war alles ordentlich und peinlich sauber. Im Bad wurde Wasser aufgedreht. Dann ertönte ein seltsames ratschendes Geräusch, eine Art rhythmisches Scharren. Neugierig schlich Bastian zum Badezimmer. Das fauchende Geräusch wurde lauter, als er näher kam.

Durch den offenen Türspalt sah er Helga am Bidet stehen. Sie hatte Wasser eingelassen, ihre Jeans hochgekrempelt und schrubbte ihre vor Schmutz dunklen Fußsohlen mit einer Wurzelbürste. Als er näher trat, schaute sie aus dem Augenwinkel zu ihm hoch und lächelte. Er lächelte zurück und ließ sie allein. Im Wohnzimmer machte er es sich in einem der tiefen Sessel bequem.

Nach einigen Minuten kam Helga. Ihre Füße waren sauber und rosig.

„Du legst mächtig Wert auf Sauberkeit und Ordnung?", fragte er. Sie nickte. Er schürzte die Lippen: „Hier sieht es viel besser aus als bei uns drunten. Ich kümmere mich ja ein bisschen, aber ich komme mit saubermachen nicht nach." Er dachte nach. Es wäre schön, zusammen mit Helga hier oben zu wohnen. Allein zu zweit. In dieser hochgelegenen, sauberen Wohnung, weit weg von seinem saufenden und prügelnden Vater. Was für ein Gedanke. Wie cool! Allein die Vorstellung ließ sein Herz schneller schlagen. Frei! Ruhe vor allen Arschgesichtern haben! Mit Helga zusammen! Helga …

Er schaute auf Helgas nackte Füße und wollte schon fragen, warum zum Kuckuck sie nie Schuhe trug. Am Geld konnte es nicht liegen, wenn sie Monat für Monat die Miete für diese Wohnung zahlte. Woher hatte sie eigentlich das Geld? Vom Sparbuch der alten Frau, die gestorben war? Fragen über Fragen. Er stellte sie nicht laut. Er dachte an sein Versprechen. Er wollte nicht, dass Helga wieder so ängstlich und verzweifelt guckte. Vielleicht würde sie ihm eines Tages so weit vertrauen, dass sie ihm die ganze Wahrheit über sich sagte. Bis dahin musste er sich gedulden.

Um abzulenken, griff er sich die CD. „Wollen wir?"

Sie nickte: „Hm. Das Abspielgerät steht auf dem Sideboard da drüben." Wieder diese altmodische Ausdrucksweise …

Sie standen gleichzeitig auf und gingen zu dem CD-Spieler. Es war ein Kombigerät mit Radioempfangsteil. Sehr gute Qualität, wie Bastian sofort bemerkte. Das Teil hatte ordentlich was gekostet, eine kleine Heim-Stereo-Anlage, die hervorragenden Klang versprach, besser als der billige kleine Player in seinem Zimmer. Er reichte Helga die CD-Packung. Sie holte die Original-CD heraus und ließ „Ooh Shooby Doo" laufen. Aneka sang mit ihrer hellen, etwas quiekigen Stimme, dass sie Sue hieß und ein Singer war und zu anderer Leute

Musik im Hintergrundchor immer „Uuh Schubi duu" sang. Ein cooles altes Lied. Opa hatte die „englische Quietschliesel", wie er Aneka nannte, gemocht. Er hatte den Song an seinem alten Radiorecorder auf Kassette mitgeschnitten und ständig dudeln lassen. Auf Helgas CD-Kombi klang es viel besser.

Beim Anhören lasen sie den ziemlich simplen Text aus dem Booklet mit und lernten ihn auswendig.

„Jetzt wir", sagte Helga. „Traust du dich?"

„Jo, men!", sagte Bastian mit Nuschelstimme. „Let the music play and I´ m gonna sing your head away."

Sie lachte und wechselte die CDs.

Das Intro des Liedes erklang. Genau gleichzeitig setzten Bastian und Helga ein: „My name is Sue and I´m a singer. I´m working nearly all the time. On the radio and all the big rock shows ..." Sie kreischten sich in höchstem Falsett durch den Song. "Ooh shooby doo doo lang", johlten sie. Sie mussten so lachen, dass sie die Hälfte des Textes nicht herausbrachten.

„Ooh shhhh ... ooh shhhhh...", stotterten sie, dann mussten sie so lachen, dass nichts mehr ging. Laut lachend ließen sie sich auf den Boden fallen.

„Das geht nicht", kicherte Helga. „Das Lied können wir nicht singen. Ich platze vor Lachen. Ich kriege vor lauter Gackern kein Wort raus."

„Na gut", sagte Bastian und wischte sich die Lachtränen aus den Augen: „Nehmen wir POP MUSIC."

„Pop, pop, pop music", sangen sie zu dem französischen Discosong aus den Siebzigern. Diesmal schafften sie den Text. Eine Weile experimentierten sie mit unterschiedlichen Liedern. Sie sangen gemeinsam oder teilten sich die Strophen.

Bastian schaute auf seine Uhr. Mist! Nicht mehr viel Zeit. Aber bald waren ja Ferien. Gott sei Dank.

Helga wählte einen neuen Titel. Das Intro von „Sweet sweet smile" erklang. Bastian schaute nur zu. Er wollte, dass Helga ihr Lieblingslied alleine sang. Zum ersten Mal fiel ihm auf, was für eine wundervolle Stimme sie hatte, volltönend und kräftig und nicht zu hoch. Sie würde im Chor eine fantastische Solosängerin abgeben. Helga klang nie schrill, obwohl sie den Song zwei Oktaven höher sang als Karen Carpenter. Beim Refrain veränderte sie den Text. Fasziniert hörte er zu.

Normalerweise hieß es: „You´re always in my heart. From early in the morning ´til it´s dark. I´ve gotta see your sweet sweet smile everyday"

Helga sang: "You´re always in my heart. From early in the evening. As long it´s dark. I´ve gotta see your sweet sweet smile every night."

Dabei schaute sie ihn unverwandt an

Sie singt es für mich, dachte Bastian. Sie singt mich direkt an. Er bekam Herzklopfen und heiße Ohren. Wie süß Helga beim Singen aussah. Er hatte das Gefühl, in ihren großen, seelenvollen Augen zu ertrinken.

Ich werde dich nie aushorchen, versprach er in Gedanken. Bewahre deine kleinen Geheimnisse, du allein lebendes, einsames Mädchen. Ich dränge dich nicht. Ich will nur mit dir zusammen sein. I´ve gotta see your sweet sweet smile every night.

Er wäre gerne zu Helga gegangen und hätte sie umarmt. Aber es war seltsam. Kaum fasste er den Gedanken, wuchsen seine Füße am Boden fest, und seine Beine wurden schwer wie Blei. Er konnte es nicht. Er traute sich nicht. Er konnte Helga nur anschauen und ihrem süßen Gesang lauschen.

Als er später in seinem Bett lag, ging ihm Helga nicht aus dem Kopf. Er hörte ihre wunderschöne Stimme das Lied immer wieder singen. Als er endlich einschlief, träumte er von ihr.

*

Jahrhunderte gingen ins Land. Perchtrude lebte nicht schlecht. Sie baute Reiche auf oder lebte für sich allein und folgte der Kriegsfurie, die ihr reichlich Nahrung und Kinder zum Spielen darbrachte. Sie lernte viele Sprachen, denn sie bereiste viele Länder. War sie des Nomadenlebens überdrüssig, wurde sie auf einige Jahre oder Jahrzehnte sesshaft. So verging das Mittelalter und die Neuzeit brach an.

Um 1760 lebte sie auf einem abgelegenen Schloss in Frankreich, wo niemand sie störte. Sie entdeckte die neuen Kinder für sich, die aus dem Orient gekommen waren, die Kinder mit der dunklen Samthaut und den rehbraunen Augen. Die Roma waren aus Griechenland nach Europa gezogen. Vorher, so hieß es, seien sie in Istanbul gewesen, davor in Täbris und noch früher sogar in Indien.

Perchtrude liebte die Musik des fahrenden Volkes und sie liebte es, ihre Kinder zu schälen. Dazu hatte sie sich eine besonders raffinierte Methode ausgedacht. Die Männer aus ihrer Schutz-Schar brachten ihr ein Zigeunermädchen, das sie im Lager der Fahrenden geraubt hatten, und ketteten es in einem Nebenraum an das eiserne Kreuz. Damit niemand das Mädchen schreien hören konnte, wurde es geknebelt.

Im Hauptraum mit dem Kamin spielten die Romamusiker zum Tanz auf und Perchtrude genoss den schönen Abend. Von Zeit zu Zeit schlüpfte sie in den Nebenraum und schnippelte ein wenig an dem hilflos angeketteten Opfer. Eines Nachts erstickte ein Mädchen, weil seine Nase vom Weinen dermaßen mit Rotz verstopft war, dass es keine Luft mehr bekam. Daraufhin konstruierte Perchtrude einen Lederknebel, der es dem Opfer erlaubte, durch den Mund einzuatmen, der sich jedoch fest verschloss, wenn das Opfer schreien wollte. Heraus kam nur ein leises Stöhnen.

Manchmal ließ Trude eine zurechtgemachte Zofe als Herrin des Schlosses auftreten. Die feierte dann draußen im Hauptraum mit den Zigeunermusikern, während Perchtrude im Nebenraum mit ihrem Opfer spielte und dabei die wundervolle Musik genoss zusammen mit dem Entsetzen des angeketteten Opfers. Welch ein Entzücken, wenn die Mädchen verstanden, was mit ihnen geschah. Trude liebte das reine und unverfälschte Grauen, das sich in ihren Augen spiegelte.

Herrliche Zeiten.

Nur ein einziges Mal hatte Perchtrude einen Gefährten von ihrem Blut kosten lassen. Vier Jahre waren sie ein Paar gewesen. Dann begann der Mann genauso zu werden wie der Schwarze. Schlimmer sogar. Er begann hinter Trudes Rücken gegen sie zu intrigieren und plante ihren Tod. In letzter Minute hörte sie von dem Verrat, und er starb auf die gleiche Art wie der schwarze Prinz. Nie wieder durfte ein Mann von Trudes Blut trinken. Sie erwählte sich ihre Bettgefährten aus ihrer Schutz-Schar. Immer wenn sie sesshaft wurde, zog sie eine Schar besonders ergebener Männer um sich zusammen, die sie auf sich einschwor.

Jahre flossen dahin wie die Wellen eines endlosen Flusses.

Herrliche Zeiten.

*

Die zwei Männer kannten keine Gnade. „Los, Alter! Her mit deinen Mäusen! Und das Handy gleich dazu, sonst gibt's die Fresse voll und ein Messer zwischen die Rippen!"

Der alte Mann, der ganz allein durch die nachtdunkle Gasse gelaufen war, hatte Angst, große Angst. Die zwei Kerle waren ihm körperlich weit überlegen und sie hatten Messer. Er übergab ihnen seine Geldbörse und sein Mobiltelefon.

Einer der Diebe fledderte das Portemonnaie aus billigem Lederimitat. „Ist ja fast nichts drin, du Wichser!", giftete er und schlug dem Mann den Geldbeutel auf den Kopf. „Nicht mal fünfzig Piepen! Und das Handy ist uralt. Was bist'n du für ein Arschloch? N Geizkragen, was?"

„M-M-Meine Rente ist so klein", stammelte der Mann.

„Hah! Rente so klein!" Sie boxten ihm in den Magen, dass er zu Boden ging. „Pisser!" Sie traten auf ihn ein, bis er laut aufschrie. Blut floss aus seiner Nase. Dann ließen sie ihn liegen, warfen das entleerte Portemonnaie vor ihm zu Boden.

Helga betrachtete den Mann kurz. Er hatte sich wehgetan und er hatte einen Schock, aber er würde überleben. Er war nicht schlimm verletzt. Gut. Sie folgte den beiden Halunken. Sie wollte herausfinden, wohin sie gingen. Zwei böse Menschen. Böse Menschen auf der Liste in ihrem Kopf.

Helga verbrachte nachts viel Zeit damit, in der Gegend und auswärts umherzustreifen und Ausschau zu halten nach Menschen wie den beiden gemeinen Dieben, die den armen, alten Mann beraubt und zusammengeschlagen hatten. Oft fuhr sie weit fort. Sie benutzte die Bahn. War sie sehr weit von Homburg weggefahren, suchte sie Unterschlupf in Verstecken, die sie früher entdeckt hatte. Sie kannte viele Plätze und sie merkte sich neue, wenn sie welche fand. Sie hatte ein extrem gutes Ortsgedächtnis. Das war lebenswichtig. Überlebenswichtig.

Helga verfolgte die beiden Diebe, bis sie wusste, wo sie die Kerle jederzeit wiederfinden konnte. Dann machte sie sich auf den Heimweg. Heute hatte sie nichts mehr zu tun. Morgen vielleicht. Spätestens übermorgen. Sie durfte nie wieder zu lange warten.

Sie dachte an Bastian. Er hatte ihr Fragen gestellt, Fragen die sie ihm nicht beantworten konnte. Wenn er ihr Geheimnis kennen würde, würde er sie verabscheuen. Vor ihr fliehen. Sie von sich weisen.

Er würde mich verstoßen, dachte sie mit wundem Herzen. Er darf es nie erfahren. Niemals! Wenn er von der armen, alten Frau wüsste … Er würde mich hassen. Vor mir ausspucken.

Oder noch entsetzlicher: Sich vor ihr fürchten. Allein der Gedanke tat so weh, dass Helga sich zusammenkrümmte und um ein Haar hingefallen wäre. Sie setzte sich in einem düsteren Hauseingang auf die Treppenstufen und umarmte sich selbst.

Wenn Bastian wüsste!

„Oh Basti!", flüsterte sie. „Basti, lieber Basti. Ich mag dich ja so gern. So gern! Bitte frag mich nie wieder." Sie zog die Knie an, legte den Kopf auf die Unterarme und weinte.

„Was soll ich nur tun? Ich weiß nicht, was ich machen soll, wenn er es raus findet. Ich habe solche Angst. Mein Bastian. Basti!"

Bastian war ihr der liebste Mensch auf der ganzen Welt. Bastian war der erste Mensch, der Helga wirklich zu mögen schien. Wie er sie nach dem Schwimmen im Heideweiher umarmt hatte. Das war so schön gewesen. Am liebsten hätte Helga ihn nicht mehr losgelassen. Er stand ihr näher als Ilse. Viel näher.

Sie und Ilse waren vom Schicksal zusammengeschweißt worden – im Lager. Die Not hatte sie zu Freundinnen gemacht. Doch Ilse hatte sie verlassen, als sie das Leben nicht mehr ertrug, zu dem die Krankheit sie gezwungen hatte; die ekelhafte Krankheit, mit der die böse Frau sie angesteckt hatte.

Helga schluchzte vor sich hin. Was sollte sie tun, wenn Bastian wieder fragte? Das würde er, da war sie sicher. Er würde von ihr verlangen, ihm alles zu sagen. Aber das konnte sie nicht. Unmöglich. Es würde alles kaputtmachen.

Helga blickte aus tränennassen Augen in den dunklen Nachthimmel auf. Der Mond war bereits untergegangen. Nur die Sterne funkelten wie winzige Diamanten auf einem Vorhang aus schwarzem Samt.

„Basti, bleib bei mir", flehte Helga. „Bitte, bitte, bitte bleib bei mir. Ich habe niemanden außer dir, und ich habe dich ja so gern."

*

Sie saßen an Helgas Küchentisch auf der Eckbank nebeneinander und malten ein Bild auf ein Papier im Format DIN A2, das Bastian von unten mitgebracht hatte. Es stammte von seinem Schulzeichenblock.

Sie hatten sich für den Heideweiher entschieden. Bastian hatte vorgeschlagen, eine Schnittzeichnung anzufertigen, damit es so aussah, als hätte ein Riese mit einem scharfen Messer den Teich mittendurch geschnitten. Auf diese Weise sah man, was sich unter Wasser abspielte. Es war, als ob man durch eine Glasscheibe in den Weiher hineinschauen konnte. Sie malten auch das Ufer draußen und um die Teichhälfte drumherum. Mit gespitzten Bleistiften zeichneten sie Wasserpflanzen auf den sandigen Grund des Weihers. Algen und Wasserpest und Quellmoos. Helga zeichnete eine Seerose, die ihre langen Stile zur Wasseroberfläche sandte, wo sie in breiten Schwimmblättern und Seerosenblüten endeten.

Sie ließen Fische unter Wasser umherschwimmen, Kaulquappen und Wasserkäfer durchs Wasser ziehen. Bastian malte eine Schatztruhe mit Goldmünzen und Edelsteinen darin, die auf dem Grund versteckt lag und Helga zeichnete eine hübsche, kleine Nixe, die den Schatz bewachte.

Am Ufer wuchsen Schilf und Binsen und Pfennigkraut. Weiter hinten gab es Heidekraut und Birken. In den Zweigen der Birken brüteten Vögel in ihren Nestern. Unten am Stamm wohnte in einer Höhle eine Mäusefamilie mit einem Mäusevater, einer Mäusemutter und sieben entzückenden Mäusekindern. Am Himmel flogen Vögel. Eine Libelle surrte über die Oberfläche des Weihers wie ein kleiner Hubschrauber. An den Stielen der Seerosen krochen Wasserschnecken in die Höhe. Ein Eichhörnchen kletterte auf einen Baum, der nahe beim Wasser stand. Immer mehr Details zeichneten sie in das Bild. Der Bogen Zeichenpapier füllte sich.

Bastian malte eine kleine Schlange.

„Uuh, eine Schlange!“, rief Helga. „Ist die giftig?“

„Nein, das ist eine harmlose Ringelnatter“, erklärte Bastian. Er schaute Helga an: „Hast du Angst vor Giftschlangen? Wenn dich eine giftige Schlange beißt, sauge ich das Gift aus der Wunde und spucke es aus.“

Sie zuckte zusammen wie unter einem elektrischen Schlag. Ihre Augen wurden riesengroß. „Nein! Nein, Bastian“, wisperte sie. Sie wurde aschfahl. „Das darfst du nie tun!“

„Helga? Was hast du?“ Er begriff nicht, warum sie plötzlich so erschrocken aussah.

Sie fasste nach seinen Händen: „Basti, hör mir zu! Du darfst nie, wirklich niemals von meinem Blut in den Mund bekommen! Auch nicht einen winzigen Tropfen. Versprich mir, dass du nie von meinem Blut in den Mund nimmst!“

„Warum nicht?“, fragte er. Er war ratlos. Warum war sie so aufgeregt?

„Bastian, ich habe eine schlimme Krankheit“, sagte sie. Sie schaute ihn sehr dringlich an. „Eine Blutkrankheit. Sie schadet mir nichts, aber andere Menschen dürfen nie mit meinem Blut in Kontakt kommen. Dann werden sie todkrank. Bitte Basti, versprich mir, dass du niemals an einer Wunde saugen wirst, falls ich mich verletze. Versprich es mir! Du musst!“

Sie schaute ihn so flehend an, dass er sofort nachgab: „Okay, ich versprech's. Kein Blut von dir. Versprochen. Ganz großes Ehrenwort.“

Sie atmete hörbar auf. „Danke, Basti.“

„Was ist das für eine Krankheit?“, wollte er wissen.

Sie blickte ihn scheu an: „Das kann ich dir nicht sagen, Bastian. Bitte frag mich nie mehr.“

Er griff nach ihrer Hand. „Wir sind doch ... mir kannst du es ruhig sagen, Helga.“

Sie schüttelte den Kopf. „Basti, bitte!“

Da ließ er sie in Frieden und wandte sich wieder dem Zeichenpapier zu.

Helga blickte ihn immer wieder von der Seite an. Einige Male blickte er zurück und entdeckte die Traurigkeit in ihrem Gesicht, die er gesehen hatte, als sie ihn bat, nicht nach Dingen zu fragen, die sie ihm nicht sagten durfte. Sie wirkte so ängstlich und verletzlich.

Sie ist auf der Flucht, überlegte Bastian. Sie ist irgendwo abgehauen, aus einem Heim oder aus einer megabescheuerten Sekte. Sie muss sich verstecken. Sie traut sich nur im Dunkeln raus. Tagsüber würde sie auffallen. Im Dunkel kann sie sich verstecken. Sie versteckt sich in der Nacht. Klar.

Zu gerne hätte er Helga gefragt, aber er traute sich nicht. Er hatte Angst, dass sie anfangen würde zu weinen oder noch schlimmer: dass sie so viel Angst bekommen würde, dass sie fortgehen würde. Undenkbar. Helga durfte nicht fortgehen. Niemals.

Schüchtern legte er seine Hand auf ihre freie linke. Sie hörte zu zeichnen auf und blickte ihn an, große Augen in einem blassen Gesicht. War sie so blass, weil sie Angst hatte? Oder steckte hinter ihrer immer wieder auftauchenden Blässe etwas ganz anderes, noch Schlimmeres?

Bastian stellte sich eine Sekte vor, in der die Mitglieder etwas Bestimmtes einnehmen mussten, eine Art Medikament oder eine Droge. So wurden die Sektenmenschen von der Sekte abhängig gemacht. Wer fortlief, riskierte den Tod oder zumindest eine furchtbare Erkrankung, wenn er sein regelmäßiges Serum oder was auch immer nicht bekam.

Er schaute Helga an. War das Mädchen von irgendetwas abhängig? Von einem geheimnisvollen Gegengift? Es war geflohen und lebte allein und versteckt ganz oben in einem Hochhaus. Kannte Helga Menschen, die ihr halfen? Menschen, die es irgendwie geschafft hatten, der bekloppten Sekte zu entkommen? Leute, die irgendwie an die lebensnotwendige Droge herankamen und Helga etwas davon abgaben? Eine Medizin, die gegen eine absichtlich erzeugte Krankheit wirkte? Warum war Helga dann nicht bei diesen Leuten?

Weil sie sicherer sind, wenn sie sich überall verteilen und keiner weiß, wo der andere wohnt, damit sie einander nicht unabsichtlich verraten können, wenn eine Einzelperson von den Häschern der Geheimsekte entdeckt wird, dachte Bastian. Sie treffen sich in unregelmäßigen Abständen an einem geheimen Ort, und die Menschen, die das lebensrettende Medikament beschafft haben, verteilen es an die anderen Flüchtlinge. Wer Geld braucht für Miete, Wasser und Strom und Essen, bekommt welches. Einige der ehemaligen Sektenmitglieder haben ihr Millionenvermögen der Sekte verschwiegen und verteilen nun ihr Geld an Bedürftige. Oder es sind die reichen Eltern von jungen Leuten, die der Sekte entrissen wurden.

Das klang plausibel, fand Bastian. Er lächelte Helga an. Sie lächelte scheu zurück.

Ich werde dich nicht fragen, dachte er. Arme Helga. Ich bin ja ganz still. Ehrlich. Ich will nicht, dass du Angst kriegst. Ich mag dich.

Die Zeichnung war fertig. Es war kein Platz mehr auf dem Blatt. Mit Bastians Holzfarbstiften kolorierten sie die kleine Welt, die sie erschaffen hatten.

„Schön", sagte Helga, als sie fertig waren. „Das behalte ich. Das hänge ich auf."

Bastian reckte sich und stand auf. Vom langen Stillsitzen war er steif geworden. Er pilgerte zum Wandregal im Wohnzimmer, wo Bücher und CDs standen. Helga folgte ihm wie ein Schatten. Es schien, als sei sie mit einem unsichtbaren Band an ihm festgebunden. Bastian ließ den Finger über die Rücken der CDs gleiten: „Mozart, Liszt, Beethoven. Lauter Klassik. Ah, nein. Da kommt noch mehr. Peter Alexander. Na ja ..." Er ließ seinen Finger weiterwandern: „Was ist das? Cigany." Er zog die CD aus dem Regal.

„Das ist Zigeunermusik", erklärte Helga. „Ich kenne die CD. Die lasse ich oft laufen. Es ist Musik der Roma und Sinti aus Rumänien und Albanien." Sie legte die Silberscheibe ins Abspielgerät und tastete auf „vorwärts", bis sie einen bestimmten Titel ausgewählt hatte.

Schnelle, rhythmische Klänge ertönten.

Die Musik gefiel ihm. Sie ging direkt ins Blut. Sie hatte Rhythmus, Schmiss.

Helga tanzte. Sie hopste und drehte sich. Sie schnippte mit den Fingern und hob beim Drehen die Arme über den Kopf oder stemmte sie in die Hüften. Ihre nackten Füße machten leise, stampfende Geräusch auf dem Fußboden. Sie tanzte genauso selbstvergessen und wundervoll wie zu „Java". Bastian schaute fasziniert zu. Helga wirkte ganz gelöst in ihrem schnellen Tanz. Die Angst war verschwunden. Ihr Gesicht strahlte gelassene Heiterkeit aus. Sie bewegte sich mit natürlicher Anmut. Er konnte die Augen nicht von ihr lassen.

Als das Lied um war, blieb Helga mitten in einer Drehbewegung stehen und schaute ihn mit schief gelegtem Kopf an.

„Schön", sagte Bastian. „Einfach schön."

Sie lächelte.

Und wieder nahm er ihr Lächeln mit nach Hause.

Er wäre gerne geblieben.

*

Ferien. Endlich Ferien! Freiheit für sechs lange Wochen.

Bastian streifte mit dem Fahrrad durch die Gegend. Er war an der Bahnstrecke gewesen, die von Homburg nach Saarbrücken führte. Direkt am Ortsausgang von Homburg, wo die breite ehemalige Heeresstraße anfing, die Napoleon Bonaparte hatte anlegen lassen, gab es nahe einer Unterführung eine Stelle, an der man ganz nahe an die Gleise gehen konnte, um Fotos zu schießen. Was hier entlangfuhr, musste bremsen, weil die Gleise in einer engen Kurve zum Bahnhof Homburg führten.

Bastian hatte geduldig gelauert und Züge fotografiert. Wenn man der Straße in Richtung Limbach folgte, gab es einen Kilometer weiter kurz vor der Ausfahrt nach Altstadt noch so eine Stelle. Auch dort war eine Langsamfahrstelle, denn die Strecke machte, an Altstadt vorbeikommend, einen doppelten Knick. Sogar die ICE-Züge mussten abbremsen, sodass man sie prima knipsen konnte. Bastian hatte reiche Beute gemacht. Eine Elektrolokomotive der französischen Gesellschaft FRET mit grünem Gesicht hatte einen gemischten Güterzug an ihm vorbeigezogen, und kurz darauf war aus Richtung Saarbrücken ein Autozug der CROSS-RAIL gekommen, gezogen von einer dunkelbraunen Taurus-Lokomotive aus dem Lokpool von MRCE. Ein Intercity, bespannt mit einer roten DB-Lok der Baureihe 101 war vorbeigerauscht und natürlich jede Menge rot-weißer „Engerlinge“ in verschiedenen Längen.

Nun war Bastian auf dem Weg in die Homburger City.

Er dachte darüber nach, wie cool eine kleine Videokamera wäre. Mit der könnte er die Züge filmen und das gesammelte Material zu kleinen Dokumentarfilmen zusammenschneiden. Wie „Eisenbahnromantik“ im dritten Programm stellte er sich das vor, und er hatte viele verschiedene Filme im Kopf: Er würde die unterschiedlichen Strecken in dreißigminütige Dokus zusammenfassen, dazu

Sonderthemen wie „Die saarländischen Bahnen im Winter" mit einer Menge Aufnahmen von Zügen im Schnee. Reine Dokus über die bunt lackierten Lokomotiven der Privatbahnen schwebten ihm vor und Mitfahrten in Personenzügen mit Filmaufnahmen der Innenräume und Aufnahmen aus dem Fenster während der Fahrt.

Eine schöne Vorstellung. Leider unerschwinglich für ihn. Er musste sich aufs Fotografieren beschränken. Das war ja auch nicht schlecht, vor allem, weil es praktisch kostenlos war, mit einer Digitalkamera zu knipsen. Er lud die Akkus der Kamera zu Hause auf und fotografierte nach Herzenslust. Die Fotos speicherte er auf seiner Computerfestplatte. Wenn er Geld übrig hatte, wollte er die besten Fotos im Fotogeschäft entwickeln lassen und in ein Album kleben.

Ein paar Tage zuvor hatte Bastian sich einen gebrauchten Scanner gekauft. Einer seiner Schulkameraden hatte das Gerät billig hergegeben. Bastian hatte angefangen, die Fotoalben seines Opas Seite für Seite zu scannen. Erst die gesamte Seite mit den Fotos und den handschriftlichen Anmerkungen seines Großvaters. Sein Opa hatte auch oft kleine, witzige Zeichnungen angefertigt. Es gab Dieter, die Diesellok, und Daniel, die Dampflok, kleine Lokomotiven mit Gesichtern, die alle Fotos kommentierten. Anschließend scannte Bastian die Fotos einzeln in voller Größe. Leider war die Festplatte seines Computers sehr klein. Er würde nicht alle Alben seines Opas dort speichern können.

Deswegen war Bastian unterwegs zu einem Elektrogeschäft in der City. Er hatte in einem Werbeprospekt gelesen, dass es dort mobile Festplatten zu Sonderpreisen gab. Es war eine 3,5-Zoll-Platte mit nahezu zehnmal mehr Speicherplatz, als sein primitiver Computer bot. Sie war sehr preisgünstig. Der Grund war, dass seit einem halben Jahr die neue Generation der mobilen Festplatten den Markt überschwemmte, kleine, kompakte Dinger, deren Festplatten nur einen Durchmesser von 2,5 Zoll hatten. Alle wollten die neuen kleinen Dinger, und die alte Bauart, die viel mehr Platz in Anspruch nahm, wurde zu Ramschpreisen verschleudert.

Genau richtig für Bastian.

Er kaufte sich eine Festplatte zu einem sehr günstigen Preis. Der Verkäufer gewährte ihm sogar Prozente, weil es das Vorführexemplar war. Ein USB-Kabel lag bei, mit dem er den großen Speicher mühelos mit seinem Computer verbinden konnte. Endlich konnte er wirklich knipsen, was das Zeug hielt. Nun hatte er Speicherplatz für die Ewigkeit.

Als er draußen seine Beute in der Satteltasche verstaute, bemerkte Bastian auf der gegenüberliegenden Straßenseite ein Pärchen, Mutter mit Tochter, die Arm in Arm aus einem Schuhgeschäft kamen. Das Mädchen trug ein Paar der hübsch bestickten Russenschuhchen, die er einige Tage zuvor bei den beiden Mädchen in Erbach gesehen hatte. Gab es in dem Geschäft solche Schuhe zu kaufen?

Bastian schob sein Rad über die Straße und nahm das Angebot im Schaufenster in Augenschein. Tatsächlich. Da standen sie. In mehreren unterschiedlichen Farben von dunkelblau über weinrot bis zu moosgrün. Sie hatten weiche Sohlen aus hellem Krepp und waren am oberen Rand mit silbernen Fäden bestickt. Sie waren nicht teuer.

Bastian betrat das Geschäft und ließ sich eine Auswahl der bestickten Stoffschuhe zeigen. Er hatte sich Helgas Fußgröße gemerkt. Auf einem Muster auf dem Teppich in ihrer Wohnung hatte ihr Fuß genau in ein rotes Viereck mit schwarzen und grauen Verzierungen gepasst. Er war vorne und hinten an den Rändern des Vierecks angestoßen. Bastians Fuß hatte einen Zentimeter übergestanden. Er erklärte dies der Verkäuferin, einer freundlichen Frau um die Dreißig.

„Ich weiß nämlich die Schuhgröße meiner Kusine nicht", sagte er. „Sie wünscht sich aber ganz doll solche Schuhe und ihre Mutter hat gesagt, die Geburtstagsgeschenke sind schon alle gekauft, und sie kriegt keine."

Die Verkäuferin lächelte ihn an: „Das ist aber mächtig nett von dir, dass du deinem Kusinchen diesen Wunsch zum Geburtstag erfüllen willst. Stell deinen Fuß mal hier hinein und wir finden ganz schnell ihre Schuhgröße."

Bastian musste seinen Fuß in einen hölzernen Kasten stellen, der rechts und links Dinger hatte, die wie dicke Lineale aussahen. Die Verkäuferin verschob die Lineale und als Bastian seinen Fuß rauszog, verkürzte sie die Länge um einen Zentimeter. Schwupp war die Schuhgröße von Helga erkannt.

Bastian wählte Schuhchen in dunkelblau. Die würden zu Helgas Augenfarbe passen, hatte die Verkäuferin gesagt. Dazu erstand er noch einen Dreierpack schneeweiße Söckchen mit umklappbarem Häkelrand.

Draußen zögerte er. Helga trug keine Schuhe. Das hatte einen Grund, glaubte er sich zu erinnern. Hatte sie nicht mal was vom Klettern erzählt? Damals, als sie so flink auf den Baum gekrabbelt war, um die festhängende Papierschwalbe zu befreien? In Schuhen konnte sie nicht gescheit klettern.

Sie muss die Schuhe zum Klettern ausziehen und wenn sie die unten stehen lässt, könnte sie einer klauen, überlegte er. Hmmm ... Sie muss sie mitnehmen können.

Ihm kam eine Idee. Das Geschäft, das den Artikel führte, den er suchte, lag nicht weit entfernt. Die zwei Dingelchen waren billig. Er bezahlte und fuhr mit seinen Einkäufen nach Hause. Er fuhr am Bahnhof von Homburg vorbei. Oben auf der Brücke, hinter der es nach Erbach weiter ging, machte er halt und knipste Züge, die den Bahnhof passierten. Er hatte Glück. Ein Gleismesszug fuhr durch. Es war ein dreiteiliger Dieseltriebwagen der Baureihe 614. Er war gelb lackiert wie alle Bahnfahrzeuge, die dem Gleisbau dienten.

Bastian dachte an Helga. Helga war seine Freundin. Oder? Hatte er vorher je Freunde gehabt?

Nicht wirklich, überlegte er.

Es gab zwar ein paar Jungs, mit denen er manchmal spielte, aber er war lieber für sich allein. Diese Jungen stellten dauernd was an. Das mochte Bastian nicht. Eigentlich hatte er im Leben nur einen einzigen richtigen Freund gehabt, Felix. Sie hatten zusammen viel unternommen und miteinander gespielt. Felix wollte nie Dummheiten anstellen. Allerdings interessierte er sich komischerweise nicht für die echte Eisenbahn, obwohl er eine Modelleisenbahnanlage hatte. Felix mochte nicht mit Bastian zum Homburger Hauptbahnhof laufen, um den Zügen bei der An- und Abfahrt zuzuschauen.

Helga kam gerne mit zur Bahn. Bastian dachte daran, wie erschrocken sie gewesen war, als er ihr angeboten hatte, ihre Wunde auszusaugen, sollte eine giftige Schlange sie beißen. Was war das für eine seltsame Blutkrankheit, mit der er sich anstecken konnte? Hatte Helga etwa AIDS? War sie deshalb oft so bleich und erschöpft? Das konnte nicht sein, entschied er. Wenn sie AIDS hatte und die Krankheit so weit fortgeschritten war, dass sie bleich und krank aussah, konnte sie nicht zwei Tage später gesund und rosig aussehen wie das blühende Leben.

Er schüttelte den Kopf. Ihm fiel keine Krankheit ein, die solche Symptome hervorrief. Und fragen durfte er Helga nicht. Wie ängstlich sie ausgesehen hatte! Er wollte ihr keine Angst machen. Auf keinen Fall. Dazu hatte er sie zu gern.

*

Zuhause kam wieder ein Bericht über den Metzger im Fernsehen. In der Nähe der Stadt Merzig an der Saarschleife wurde ein Mann vermisst. Das war erst heute aufgefallen, weil der alte Mann allein lebte und er bei seinen Nachbarn nicht beliebt war. Im Fernsehen sagten sie, er hätte mit seinen Nachbarn regelmäßig Streit vom Zaun gebrochen und hätte sie vor Gericht geschleift und wegen Nichtigkeiten gegen jeden geklagt. Der Mann hatte vor zwei Monaten eine junge Mutter aus der Nachbarschaft mit einem Messer verletzt. Trotzdem hatte er nach kurzer Untersuchungshaft wieder nach Hause gedurft.

„Diese Arschtörtchen!", schimpfte Bastians Vater mit schwerer Stimme. „Lassen so einen Messerstecher wieder frei! Damit er noch mehr Leute abstechen kann! Was haben wir nur für Idioten an unseren Gerichten?!"

Ausnahmsweise musste Bastian seinem Vater recht geben. Ein gemeingefährlicher Mensch wie dieser Messerstecher durfte nicht freigelassen werden. Womöglich stach er die junge Mutter in seiner Wut tot. Na, nun war er selber nicht mehr.

„Manchmal trifft es die Richtigen", sagte Bastians Mutter im Wohnzimmer. Bastian war in seinem Zimmer. Er verstaute die bestickten Schuhe und die Socken in einer Tüte.

Eine neue Meldung kam im Fernsehen. In der vergangenen Nacht war mitten in Homburg ein junger Mann tot aufgefunden worden, blutleer und mit durchgebissener Kehle.

Bastian merkte auf. Der Mann war von Passanten gefunden worden. Sie hatten gesehen, wie jemand davon lief, eine kleine Gestalt.

„Offensichtlich ist der Metzger in seinem Tun gestört worden", sagte der Nachrichtensprecher. „Er konnte die Leiche nicht fortschaffen."

Die Blutwurstsekte, dachte Bastian. Sie haben wieder mal jemanden von einem ihrer entsetzlichen Mordhunde totbeißen lassen.

Eine kleine Gestalt war fortgelaufen. Die Erkenntnis traf Bastian wie ein Schlag mit einem Knüppel. Eine kleine Gestalt. Ein Kind! Ihm wurde schwindlig. Er musste sich einen Moment auf den Stuhl bei seinem Schreibtisch setzen.

Helga? Du auch? Früher, bevor du geflohen bist?

Er verstand. Die miesen Leiter der Blutsekte zwangen die Kinder, bei ihren abscheulichen Verbrechen mitzumachen, um sie in ihre Macht zu bekommen. Die Erwachsenen suchten die Opfer aus, die grausigen Hunde bissen die Opfer tot und die armen kleinen Kinder mussten den Leichen dann das Blut abzapfen, um daraus Blutwurst zu machen.

Vor seinem inneren Auge sah er Helga zitternd neben einem Toten kauern. Mit einem Plastikeimer fing sie das Blut auf, das aus dem Hals der Leiche lief. Der Tote war auf eine Mauer gelegt worden, sein Kopf hing hintenüber und aus der klaffenden Wunde am Hals lief das dickeflüssige, warme Blut glucksend und murmelnd in den Eimer. Ekelhaft! Supersupersuperekelhaft!

„Der Tote war ein polizeibekannter Krimineller", berichtete der Nachrichtenmann. „Er hat Raubüberfälle begangen. Erst vor Kurzem hat er zusammen mit einem Komplizen in Homburg einen Rentner überfallen und zusammengeschlagen.

„Schön", flötete Bastians Mutter aus dem Wohnzimmer. „Schon wieder hat es den Richtigen getroffen. Von der Sorte könnte der Metzger ruhig noch mehr schlachten."

„Ich kenne da eine ganze Herde Politiker, die ich ihm liebend gerne zum Fraß vorwerfen würde", motzte Bastians Vater. Dann rülpste er. Kurze Zeit später ertönte ein lauter Furz.

Bastian packte die Tüte. Er schlich zur Wohnungstür und schlüpfte hinaus. Heute konnte er länger bleiben. Endlich Ferien.

Mit klopfendem Herzen lief er die Treppen hinauf zu Helgas Wohnung. Es wurde gerade erst dunkel. Wahrscheinlich war sie noch daheim. Sonst wartete sie oft auf dem Treppenabsatz über Bastians Wohnung und kam heruntergesprungen, wenn er zur Tür hinaustrat. Hoffentlich hatte sie nichts dagegen, dass er auf direktem Weg zu ihrer geheimen Wohnung kam.

Mit klopfendem Herzen stand er vor der Wohnungstür. Klingeln? Das würde sie vielleicht erschrecken. Dann würde sie denken, jemand wolle die Wohnung kontrollieren oder es sei einer, der die verstorbene Vormieterin besuchen wollte. Noch schlimmer: dass die Blutwurstsekte sie gefunden hätte.

Sie würde sich zu Tode erschrecken und mitten in der Bewegung erstarren, um auf eine bekannte Stimme zu warten: „Mach uns auf, Helga. Wir haben dich gefunden. Du kommst auf der Stelle mit, damit wir dich mit Blutwurst vollstopfen können. Mach sofort auf, Helga! Es hat keinen Sinn, sich zu verstellen. Wir wissen, dass du da drin bist. Aufmachen, oder wir brechen die Tür auf! Los, Mädchen! Du machst alles nur noch schlimmer. Wenn du nicht spurst, sperren wir dich mit den Mordhunden in den Keller und du bekommst eine Woche lang nur Blutwurst zu essen und gekochtes Blut zu trinken."

Bei der Vorstellung drehte sich Bastians Magen um. Nein. Klingeln war keine gute Idee.

Er klopfte an die Tür. „Helga? Hörst du mich?" Keine Reaktion.

Klopf-Klopf. „Helga?" Nichts.

Noch mal klopfen. „Helga? Ich bin es." Aus der Wohnung drang kein Piep.

Sie ist noch nicht wach, schoss es Bastian durch den Kopf. Sie ist kein Mädchen. Sie ist ein Vampir, und Vampire erwachen erst nach Sonnenuntergang. Wie sagte sie immer? „Ich kann nur abends." Sie ist ein Vampir.

Was für ein Käse. So einen Scheiß gab es nur in dämlichen Filmen. Er klopfte abermals. „Ich bin es, Helga. Machst du mir auf?"

Kein Ton zu hören.

Sie ist fort. Sie ist irgendwohin gegangen. Oder … Bastian schluckte. Sie ist vor Schreck aus dem Fenster gesprungen! Sie dachte, die Blutwurstsekte hätte sie gefunden, und da hat sie dermaßen Angst bekommen, dass sie gesprungen ist. Lieber tot als wieder in der grauslichen Blutsekte. Nein. Bittebittebitte nicht!

Ein Scharren an der Wohnungstür. Eine helle Stimme: „Basti? Bist du das?"

Bastian fühlte sich dermaßen erleichtert, dass er sich beinahe in die Hose gemacht hätte. „Ja", antwortete er. „Ich bin es, Helga. Darf ich reinkommen?"

Die Tür ging auf. Helga stand vor ihm. Sie trug nur ihr Leinenhemd. Es reichte ihr bis zur Hälfte der Oberschenkel. Ihre Haare waren strubbelig, als sei sie gerade erst aufgestanden.

Vampir, rief die kleine Stimme in Bastians Kopf. Sie ist gerade aus ihrem Sarg gekrochen. Und nun hat sie Durst. Buuh!

Halt den Rand, motzte Bastian die Stimme in seinem Schädel an. In der ganzen Wohnung gibt es keinen Sarg, du Drollo. Außerdem müsste sie im Keller pennen, wenn sie ein Vampir wäre.

„Ich …" Er trat von einem Fuß auf den anderen. „… tut mir leid, Helga. Ich … es war vielleicht keine gute Idee, einfach so zu dir raufzukommen. Soll ich wieder gehen?"

Sie schüttelte den Kopf. „Nein, Basti. Bitte bleib doch." Sie trat einen Schritt zurück. „Komm herein." Er trat ein. Sie schloss die Wohnungstür und ging ihm ins Wohnzimmer voraus. Sie sah hübsch aus nur mit dem langen Leinenhemdchen bekleidet, fand er. Aus irgendeinem Grund musste er ihre Kniekehlen betrachten. Seine Augen wurden von dem Anblick angezogen.

Sie hat Beine wie … wie ein junges Fohlen.

Der Gedanke erzeugte eine Art Wärme in seinem Bauch. Im Bauch und in der Brust. Komisches Gefühl. Unbekannt. Nie gehabt.

Sie drehte sich zu ihm um: „Setz dich auf die Couch, Basti. Ich geh duschen. Ich bin gleich zurück."

„Ah … ja … okay." Er ließ sich auf die Couch plumpsen. „Ich warte hier auf dich."

Er hörte, wie im Bad die Dusche aufgedreht wurde. Wasser platschte, gluckerte, pladderte. Kein Schrubb-Schrubb. Klar. Sie hatte saubere Füße gehabt, musste sie nicht mit der Wurzelbürste schrubben.

Ihr kleines Lächeln, als er sie durch den offenen Türspalt beim Füßebürsten beobachtet hatte. Warum musste er immerzu daran denken? Helgas Lächeln. Ihr Lachen. Die Art, wie sie sich bewegte. Ihr wundervolles Tanzen. Ihre Augen.

Die Dusche wurde abgedreht. Bastian hörte leise Wusch-Laute. Sie trocknete sich ab. Plötzlich startete im Badezimmer ein Düsenjäger. Etwas jaulte und heulte. Nanu? Dann grinste er. Sie föhnte sich die Haare. Der Düsenjäger war ein simpler Föhn. Der Föhn verstummte. Der Düsenjäger war gelandet.

Nach einigen Minuten kam Helga aus dem Bad. Sie trug ein frisches Leinenhemdchen und frische Jeans. Sie war barfuß wie immer. Ihre Haare waren nicht ganz trocken. Sie kringelten sich ein wenig von der Restfeuchtigkeit. Das sah sehr süß aus, fand Bastian. Alles an Helga sah irgendwie süß aus. Ihre blauen Augen leuchteten. Ihre Wangen waren rosig. Helga sah gesund aus. Keine fahle Blässe. Er betrachtete das Leinenhemdchen. Es sah aus wie alle Leinenhemden, die sie trug. Sie besaß auch T-Shirts, aber meist trug sie die langärmeligen Dinger. Einige davon hatten auch kurze Ärmel.

Helga legte den Kopf schief: „Was guckst du?“ Sie wirkte freundlich und interessiert.

„Dein Hemd“, antwortete Bastian. „Es sieht so ... irgendwie altmodisch aus.“

Ihr Gesichtsausdruck veränderte sich leicht. „Gefällt es dir nicht?“ Das klang beinahe ängstlich.

„Doch“, beeilte er sich zu sagen. „Sogar sehr. Es passt zu dir. Das sind Hemden, wie es sie heutzutage kaum noch gibt. Opa hatte so ähnliche von früher. Er hat mir mal einen Katalog mit sehr teurem Zeugs drin gezeigt. Manufactum hieß der Katalog. Da gibt es diese Sorte Hemden noch. Sie kamen um das Jahr 1900 in Mode und in den Fünfzigerjahren nach dem Zweiten Weltkrieg starben sie aus, weil Nylon- und Polyesterhemden in Mode kamen. Als man wieder Hemden aus Baumwolle machte, gab es diese gute Qualität und diese blassen Farben nicht mehr. Hat mir Opa erzählt. Dem gefielen diese naturfarbenen Hemden mit den dünnen Längsstreifen, die man fast nicht sieht. Ich finde dein Hemd schön.“ (Du siehst so was von niedlich darin aus!)

Sie schaute ihn an: „Ja?“

Bastian nickte: „Ja.“ (Totaaal niedlich! Zum Umfallen niedlich!)

„Die Hemden fand ich im Schrank der alten Frau, die vor mir hier wohnte“, erklärte Helga. „Sie sind alt, das merkt man. Ich glaube, sie gehörten der alten Frau, als sie noch ein Kind war, oder ihrer Tochter. Als die Frau starb, redete sie mit mir. Sie hat mich mit jemandem verwechselt.“ Sie strich über den Ärmel des Hemdes. „Ich mag den Stoff. Er fühlt sich schön weich an. Und das Hemd ist nicht so eng. Ich mag es luftig.“

„Du siehst hübsch darin aus.“ Die Worte schlüpften Bastian aus dem Mund, bevor er sie zurückhalten konnte. (supersupersuperniedlich!!!)

Helgas Augen wurden groß. „Meinst du das im Ernst?"

Bastian schluckte. „Mm."(Jaaa! Und wieee, du Niedlich-Helga!) Er brachte nur ein Nicken zustande. Verflucht noch mal! Warum konnte er manchmal so locker mit ihr umgehen, und dann wieder benahm er sich wie der allerletzte Blödmann? Er suchte verzweifelt nach Worten, aber sein Kopf war mit einem Mal leer. Er fühlte sich an wie mit Watte gefüllt.

Helga kam ihm zu Hilfe: „Was hast du da?" Sie zeigte auf die Tüte, die Bastian neben sich auf die Couch gelegte hatte.

„Das ist was Besonderes." Bastian hatte die Stimme wieder gefunden. Er stand auf. „Setz dich in den Sessel, Helga."

Sie gehorchte widerspruchslos. Bastian ging zu ihr und kniete sich vor ihr auf den Boden. Er warf einen forschenden Blick auf Helgas bloße Füße. Doch, das musste passen. Ganz bestimmt. Wäre ja volles Rohr superpeinlich, wenn die Dinger zu klein oder zu groß …

Er holte ein Paar der weißen Socken aus der Tüte. Er rollte eine auf und streifte sie Helga über den rechten Fuß. Das Mädchen saß regungslos da und schaute zu, ohne ein Wort zu sagen. Ihre Augen waren groß und fragend, aber sie sagte nichts. Bastian zog ihr den anderen Socken an. Er legt die Ränder der Socken um. Der umgelegte Rand sah aus wie etwas sehr fein Gehäkeltes. Dann holte er die bestickten Schuhe aus der Tüte. Aus Helgas Mund kam ein heller, feiner Ton, fast unhörbar. Sanft streifte Bastian ihr die Schuhchen über die Füße.

„So", sagte er. „Jetzt hast du mal feine Schuhe." Er schaute zu ihr hoch. Sie blickte ihn aus riesengroßen Augen an.

Hoffentlich habe ich keinen Fehler gemacht, überlegte er. Er nahm die beiden Karabinerhaken aus der Jeanstasche. „Die sind für den Fall, dass du auf Bäume klettern musst und dich die Schuhe dabei stören." Er stand auf. Helga tat es ihm gleich. Er klipste die Ösen aus Metall, an denen die Haken befestigt waren, an den Gürtel von Helgas Jeanshosen und demonstrierte, wie die Karabinerhaken funktionierten: „Du musst hier dran ziehen, siehst du? Es geht mit Federkraft. Wenn du loslässt, schnappen sie zu und halten alles fest, das in ihren Ösen steckt. Die Schuhe haben hinten über der Ferse kleine Schlaufen. Die sollen das

Anziehen erleichtern, aber du kannst die Schuhe damit auch an den Karabinerhaken aufhängen. Die Socken stopfst du einfach in die Schuhe rein. Dann bist du barfuß, falls du mal wieder an einem Baum hochklettern willst wie ein Eichhörnchen, und hast deine Schuhe bei dir." Er lächelte Helga an.

Das Mädchen stand vor ihm, zwei Schritte von ihm entfernt und sagte kein Wort. Helgas Augen waren riesengroß. Sie atmete heftiger als sonst. Schaute ihn unverwandt an. Dann blickte sie nach unten und musterte die bestickten Stoffschuhchen. Sah ihm wieder in die Augen. Er konnte den Ausdruck in ihrem Gesicht nicht recht deuten. Sie sah aus … als ob sie traurig wäre? Bedrückt? Ängstlich? Sie sah ein bisschen so aus wie am ersten Abend, als sie so verzweifelt gewesen war.

Wieder blickte sie auf ihre Füße, hob den Kopf und blickte ihn an, dass ihm ganz komisch zumute wurde. Sie hob den rechten Arm und ließ ihn wieder fallen. Schaute die Schuhe erneut an, dann in seine Augen.

„Basti." So leise, dass er es kaum verstand. Ihr Gesicht verzog sich zu …

Plötzlich flog sie ihm entgegen, umarmte ihn und hielt sich an ihm fest, klammerte sich mit aller Kraft an ihn, das Gesicht in seine Halsbeuge gelegt. Er spürte eine warme Nässe dort und begriff, dass sie weinte. Ihr schmaler Körper zuckte in leisen Schluchzern in seinen Armen. Bastian erschrak.

„Helga? Habe … hab ich was falsch gemacht? Ich … ich habe es nur gut gemeint. Ich wollte dir … was Schönes schenken, dir eine Freude machen. Bitte … wenn … ich …"

Sie klammerte sich noch fester an ihn und fing richtig laut an zu schluchzen. Sie konnte gar nicht mehr damit aufhören. „Basti", stieß sie hervor. „Basti! BastiBastiBasti." Ihre schmalen Schultern zuckten. Sie weinte sehr lange. Es dauerte seine Zeit. Irgendwann ließ es nach. Ihre Schluchzer verstummten allmählich. Sie ließ ihn los und schaute ihn an, das Gesicht ganz verweint.

„Danke, Basti", sagte sie. Ihre Augen wollten ihn schier auffressen. „So was hat noch nie ein Mensch für mich gemacht. Es ist ein wundervolles Geschenk. Vielen, vielen Dank."

Bastian konnte es nicht glauben. „Noch nie? Dir hat noch nie jemand was geschenkt? Nicht mal zum Geburtstag? Deine Eltern … sind … waren die … so eklig? Mochten die dich nicht?" Im gleichen Moment bereute er seine unbedachten Worte. Er hatte ihr doch versprochen, nicht nachzubohren.

„Ich habe kein Eltern", sprach sie ganz leise. Sie senkte die Lider. „Ich war im Waisenhaus. Die Nonnen haben uns nie was geschenkt. Die haben nur geschimpft und gehauen." Sie sah aus, als würde sie gleich wieder in Tränen ausbrechen.

Bastian hielt sie fest und drückte sie an sich. Das war es also. Waisenhaus. Strenge, böse Nonnen, die die Kinder lieblos und schlecht behandelten, sie verkloppten und ihnen nicht genug zu essen gaben. Helga war aus dem Waisenhaus abgehauen. Das war es. Kein Wunder, dass sie sich erst abends aus dem Haus traute. Tagsüber liefen in Homburg viele Nonnen herum. Bestimmt hatten die Pinguine vom Waisenhaus ein Foto von Helga an alle Klöster in Deutschland geschickt und ihre gestrengen Betschwestern darum gebeten, ihnen beim Auffinden des entwichenen Zöglings zu helfen. Die Nonnen vom Waisenhaus wollten Helga zurückhaben, um sie zu bestrafen. Sie würden Helga verprügeln, bis sie grün und blau war, und sie im Keller einsperren bei den Kohlen und den dicken, struppigen Ratten, und sie würde drei Tage nichts als Wasser und trockenes Brot bekommen oder sogar drei Wochen lang. Und danach bloß fettige, ekelige Blutwurst. Ohne Senf!

Neinneinnein! Die kriegen dich nicht, die ekelhaften Pinguine, dachte er und hielt Helga fest. Ich passe auf dich auf. Ich verrate dich nicht. Niemals! Du kannst hier so lange heimlich wohnen, bis du erwachsen bist. Dann können dir die Nonnen nichts mehr tun.

Helga löste sich sanft aus seinen Armen. Sie trat zwei Schritte zurück und musterte die bestickten Schuhchen: „Die sind schön." Ihr Gesicht hob sich ihm entgegen. „So schön! Vielen, vielen Dank, Basti." Wieder flog sie ihm in die Arme: „Du bist so was von lieb!"

Er hielt sie umarmt, spürte ihr kleines Herz bubbern. Ganz schnell. Viel schneller als sonst.

„Helga?"

„Ja, Basti?"

Er nahm allen Mut zusammen: „Willst du ..." Er musste fürchterlich schlucken.

„Sollen wir Freunde sein?"

Sie lehnte sich in seinen Armen zurück, die kleinen Hände auf seine Brust gestützt, und schaute ihn an. „Meinst du das ehrlich?"

Bastian nickte. „Mm."

Sie atmete ein paar Mal tief ein und aus, ließ sein Gesicht nicht aus den Augen.

„Willst du?", fragte er.

„Sind ..." Sie zögerte, wirkte mit einem Mal wieder ängstlich. „Sind ... heißt das ...? Gehören wir dann zusammen?"

Bastian nickte.

„Für immer?"

„Ja, Helga."

„Ehrlich?"

Wieder nickte er. „Willst du?"

„Ja. Ja, Basti. Ja!" Sie drängte sich eng an ihn. „Für immer."

„Für immer", bestätigte Bastian. „Freunde für immer." Mehr brachte er nicht heraus. Sein Hals war plötzlich wie zugeschnürt. Er konnte nur dastehen und Helga ganz fest umarmt halten.

Und das, fand er, war mehr als genug. Es war wundervoll. Das Schönste auf der ganzen Welt. Er vergrub sein Gesicht in ihrem duftenden Haar. Helga. Liebe, liebe Helga.

Helga.

Helga.

*

Mehrere Tage waren vergangen. Helga war unterwegs. Es war soweit. Fünf Tage. Das war schon einer zuviel. Sie fühlte bereits die schleichende Schwäche über sich kommen, die ihr die Kraft nahm, die sie brauchte, um an Nahrung zu kommen. Es war ein Kreuz mit der Nahrung.

„Wenn nicht alles so fest weggeschlossen wäre", flüsterte sie, während sie quer durch Homburg lief, immer in den Schatten versteckt, nie offen sichtbar. „Früher ging es eine Weile leichter."

Sie bog in eine Nebenstraße ab. Ein Umweg, aber die belebten Hauptstraßen mied sie nach Möglichkeit. Sie hätte später losziehen können. Sie kannte drei bis vier weitere viel versprechende Plätze mit guter Nahrung, aber dieser spezielle musste früher am Abend aufgesucht werden. Das kleine Mädchen musste noch wach sein. Das war wichtig. Ohne das Mädchen würde es nichts werden mit Nahrung. Das Mädchen war der Schlüssel, und heute war Mittwoch. Nur mittwochs war es möglich. Nun denn … es war längst an der Zeit, dem kleinen Mädchen zu Hilfe zu kommen. Und gleichzeitig an Nahrung zu kommen. Auf die schwierige Art …

Helga seufzte. Weggeschlossen. Eingesperrt. Immer auf die schwierige Art. Sie hätte ein zufriedenes Leben führen können, wenn die Menschen das, was Helga zum Leben brauchte, nicht dermaßen fest einschließen würden. Doch das taten sie. Einige Male hatte sie eindringen können, um sich zu nehmen, was sie zum Überleben benötigte. Doch das war lange her. Damals hatten die Leute die Nahrung in Zelten und LKWs gelagert. Helga hatte sich Vorräte besorgt und damit wochenlang überleben können. Die gestohlene Nahrung schmeckte nicht. Sie war fade, beinahe eklig, aber sie machte satt. Hauptsache satt und wochenlang keine Sorge, wo sie neue Nahrung hernehmen sollte.

Doch die Zelte mit dem roten Kreuz darauf gab es nicht mehr. Nicht in Deutschland.

Helga ging barfuß. Sie dachte an die wunderschönen Schuhchen, die Bastian ihr geschenkt hatte. Wie er ihr die Socken angezogen hatte und danach die bestickten Schuhe. Ganz sanft war er gewesen. Fühlte es sich so an, wenn man als Kind von einer liebevollen Mutter angezogen wurde? Helga hatte das nie erleben dürfen. Sie war im Waisenhaus gewesen, seit sie denken konnte. Schon als Kleinkind. Und später im Lager. Er hatte sie auch am Heideweiher angezogen. Angezogen wie ein kleines Kind. Wie sanft er mit ihr umgegangen war! Und die bestickten Schuhchen waren umwerfend schön. Bastian war so lieb mit ihr umgegangen. So unglaublich lieb.

Bastian, dachte sie und ihr Herz begann zu schlagen. Lieber, lieber Basti. Danke für dein wundervolles Geschenk.

Bastian hatte an alles gedacht. Helga konnte die Schuhe ausziehen und mit den praktischen Karabinerhaken am Gürtel befestigen. „Damit du besser klettern kannst", hatte der Junge gesagt. Ja, zum Klettern musste Helga barfuß sein, auch im tiefsten Winter. In Schuhen ging es absolut nicht. Hände und Füße mussten nackt sein. Keine Handschuhe, keine Stiefel.

Ganz zu Anfang, nachdem sie das Lager verlassen hatte, hatte sie einige Male vergessen, ihre Schuhe auszuziehen. Damals war sie im Klettern noch nicht geübt gewesen. Sie war mehrmals böse gestürzt. Sie hatte sich zwei Finger gebrochen und einmal sogar den Arm. Nein, in Schuhen ging es nicht.

Die Schuhchen von Bastian waren zu Hause geblieben. Helga hatte sie nicht mitnehmen wollen. Wenn sie mit Basti spielen ging, würde sie die Stoffschuhe mit den schönen Stickereien anziehen. Ihm zuliebe und weil sie sie selber schön fand. Sie waren so weich. Und so putzig. So hübsch. Aber nicht heute Nacht. Nicht, dass die schönen Schuhchen schmutzig wurden. Das durfte nicht passieren.

Selina lag im Bett. Am liebsten wäre sie nicht zu Bett gegangen, aber aufzubleiben nutzte nichts. Es würde trotzdem geschehen. Es war Mittwoch. Mittwochs war Mama nicht da. Mittwochs ging Mama mit ihren Freundinnen turnen und danach Pizza essen. Mittwochs war sie mit Hartmut allein.

Hartmut war ihr Stiefvater. Hartmut war gekommen, nachdem ihr richtiger Papa gestorben war. Hartmut war böse. Hartmut tat Selina weh. Merkte Mama das nicht? Aber Mama merkte nichts. Sie war viel zu verliebt in ihren neuen Mann. Selina hörte Hartmut in der Küche hantieren. Bald würde er kommen. Selina rollte sich unter der Bettdecke zu einem kleinen Ball zusammen. Mama, rief sie in Gedanken. Komm nach dem Turnen ganz schnell nach Hause. Lieber Gott mach, dass Mama ein bisschen Bauchweh hat und keine Pizza essen will. Mama muss kommen. Mama muss sehen, was Hartmut mit mir macht. Mama soll mir helfen. Bitte, lieber Gott.

Oder schicke einen Engel, der Hartmut fortbringt. Bitte, bitte, bitte!

Helga bog um eine Ecke. Sie war da. Der dunkle Hinterhof tarnte sie perfekt. Sie sah das sanft glühende Fensterviereck im dritten Stock. Es brannte nur ein klitzekleines Lichtchen in dem Zimmer, ein Nachtlicht, damit das kleine Kind sich nicht vor der Dunkelheit fürchtete. Helga verzog die Lippen zu einer abschätzigen Grimasse. Das Kind fürchtete sich nicht vor der Nacht. Das Kind fürchtete sich vor etwas ganz anderem.

Helga lehnte sich mit den Händen gegen die Hauswand aus Beton. Die Wand war glatt, viel glatter als die meisten Hauswände, doch für sie war das kein Problem. Sie konnte sogar an Glasscheiben hochklettern, wenn es sein musste. Sie hatte es probiert. Es funktionierte. Das war gut bei hohen Bürogebäuden, in deren oberen Etagen manchmal böse Männer bis in die Nacht arbeiteten, gemeine Managermänner, die am liebsten Leute entließen, damit diese Menschen kein Geld mehr verdienen konnten. Helga hatte solche Managermänner schon oft besucht. Viele von ihnen waren böse Männer.

Gewesen.

Heute besuchte sie einen Mann, der in einem Möbelgeschäft arbeitete. Dort verkaufte der Mann Möbel. Das ärgerte den Mann. Er wollte gern mehr Geld, bekam aber keins und sein Chef war nicht gut auf den Mann zu sprechen. Der Chef hatte den Mann schon oft ermahnt, dass er höflicher zu den Kunden sein sollte, damit sie mehr Möbel kauften. Einen Anschiss verpassen, nannte der Mann das. Sein Chef verpasste dem Mann sehr oft einen Anschiss. Wenn das passierte, ging der Mann nach Hause und war noch böser als sonst. Er kochte vor Wut über seinen Chef, weil er ihn zurechtgewiesen hatte, und flüsterte merkwürdige Worte. Dass er „die Alte" die gottverdammte Treppe runterstoßen würde, um endlich „an die Lebensversicherung zu kommen". Dass er einen Weg finden würde, es so aussehen zu lassen, als ob „die blöde Kuh" einen Unfall gehabt hätte. Dass danach endlich Schluss mit dem Versteckspiel sein würde und er sich „die Zicke" jeden Abend vorknöpfen konnte.

Der Mann war sehr, sehr böse.

Helga spürte, wie ihre Hände und Füße „anders" wurden. Handflächen und Fußsohlen veränderten sich, ebenso die Finger und Zehen. Etwas passierte damit. Helga hatte im Fernseher der Frau, in deren Wohnung sie lebte, einen Film über Geckos gesehen. Das waren Eidechsen, die an der glatten Wand hochkrabbeln konnten. Sie konnten sogar kopfüber an der Decke laufen. Weil sie

„Haftzehen" hatten. Eine Aufnahme aus einem Elektronenmikroskop war gezeigt worden: ein winziges Stückchen Geckozehe riesenhaft vergrößert. Lamellen und kleine Häkchen waren zu sehen. Damit haftete der Geckofuß an der Wand.

Helga hatte ihre Hände und Füße schon oft ganz aus der Nähe betrachtet, aber nichts gefunden außer kleinen Rillen. Die hatte jeder Mensch. Trotzdem musste da etwas sein, wenn sie zu klettern begann, denn Helga konnte Wände hochkrabbeln wie ein Gecko. Das tat sie nun. Sie kletterte zu dem Fenster im dritten Stock. Fliegen wäre besser gewesen. Aber fliegen konnte sie nicht.

In den Filmen konnten sie es manchmal. Lächerlich. So vieles in den Filmen war gelogen. Beinahe alles. Gut, es stimmte, dass man sie einladen musste. Ohne Einladung konnte sie kein fremdes Haus oder eine Wohnung betreten. Doch das meiste in den Filmen war total bescheuert. Helga hatte zum Beispiel sehr wohl ein Spiegelbild. Wie sonst hätte sie sich kämmen sollen? Und Fotoapparate konnten sie fotografieren. Die Filme im Kino und im Fernsehen waren blöd. Helga kletterte weiter die Hauswand hinauf.

Hartmut Kappler machte sich auf den Weg ins Kinderzimmer. Es war an der Zeit, es der Zicke mal wieder so richtig zu besorgen, der Zicke zu zeigen, wo der Hammer hing. Der Chef hatte ihn erneut zur Sau gemacht, der alte Kacker. Natürlich vor allen Leuten. Hartmut war auf hundertachtzig. Genau in der richtigen Stimmung, um es der verzogenen achtjährigen Schickse zu zeigen.

Die Zicke tat, als schliefe sie. Das tat das kleine Stück Mist immer. Hartmut ärgerte sich jedes Mal aufs Neue darüber. Er vertrug Missachtung nicht. Er konnte es nicht haben, wenn die Leute so taten, als gäbe es ihn nicht. Nun ... die Zicke würde gleich merken, dass es ihn gab. Oh ja!

Er zog sich aus, wie immer in aller Seelenruhe.

„Selina", sprach er lockend. „Selina, komm. Wir machen was total Schönes." Nackt marschierte er zu ihrem Bett. Wie gut, dass sie ein großes Erwachsenenbett hatte. In einem kleinen Kinderbettchen hätte er sich das Kreuz ausgerenkt.

Die Zicke tat, als schliefe sie tief und fest. Hartmut platzte beinahe vor Wut.

Miststück! Er zerrte die Decke von dem kleinen, mageren Kinderkörper. Die Zicke lag zusammengerollt da. Sie trug eines ihrer rosa Nachthemden. Ihre Beinchen waren nackt. Hartmut spürte, wie sich sein Gerät aufrichtete.

Er ging zum CD-Player der Zicke und legte die Mittelalter-CD ein. Die Zicke mochte Mittelaltermusik. Seit Hartmut das wusste, ließ er immer diese CD laufen, wenn er sie besuchte. Das machte Laune. Fröhliche Mittelaltermusik zu fröhlichen Tätlichkeiten.

Liegt da und tut, als ob sie schläft! Nicht mehr lange, dachte Hartmut und langte zu. Er gab sich erst gar nicht die Mühe, Zärtlichkeit vorzutäuschen. Sollte sie nur sehen, wohin es führte, wenn sie ihn ignorierte. Blöde Ziege!

Die Zicke glotzte ihn mit aufgerissenen Augen an und fing an zu flennen. Mit groben Bewegungen zog er ihr das Nachthemd aus, sich gerade mal so weit zurückhaltend, dass der blöde Fetzen nicht zerriss. Das durfte nicht geschehen. Das hätte die Alte misstrauisch gemacht, und die durfte nicht misstrauisch werden. Schließlich hatten sie erst vor einem Monat geheiratet und er war in Monikas Lebensversicherung als Nutznießer eingetragen worden, für den Fall, dass sie starb. Davor hatten sie ein halbes Jahr zusammengelebt. Hartmut Kappler hatte vor, seine Ehefrau schon bald sterben zu lassen. Ihr nervtötendes Gesabbel ging ihm auf den Sack. Er ertrug die Kuh nur noch mit äußerster Willensanstrengung. Und wegen ihrer Lebensversicherung, die sie auf ihn übertragen hatte. Na schön, auch ihre Titten waren toll. Der Rest auch. Wenn bloß das dämliche Mundwerk nicht gewesen wäre. Und Hartmut musste Selina zeigen, was Sache war. Das war wichtig für die Kleine. Sie sollte etwas lernen fürs Leben. Sie sollte wissen, wo der Hammer hing und wer in der Wohnung im dritten Stock das Sagen hatte. Ganz genau, Fräulein Zimperliese. Spiel dich nicht so auf.

„Hör auf zu flennen", zischte er und schlug Selina mit der flachen Hand ins Gesicht. Man musste der Zicke erst ein paar verpassen, damit sie spurte, damit sie im richtigen Gleis ging. Sein Gerät machte sich bereit. Es wuchs in die Höhe. Ja, auf sein Gerät war Verlass. Geil.

Zäng! Noch eine aufs Maul der Zicke. Immer drauf!

Er hatte im Internet eine Zeitlang in einem Pädophilen-Forum mitgelesen. Reine

Neugier. Waren das Typen wie er? Mit Schaudern dachte Hartmut an die zwei Wochen zurück, die er sich unter einem dämlichen Nicknamen dort herumgetrieben hatte. Das waren allesamt verklemmte Jammerlappen, die die kleinen Pissnelken anhimmelten und ihnen in den Kleinmädchenarsch kriechen wollten. Was für Pisser! Eine kleine Fee auf Händen tragen? Pah! Zeigen musste man es den kleinen Schicksen. Ihnen ein paar Dinger verpassen, bevor es zur Sache ging. Damit sie wussten, wo es langging. Wo der Hammer hing. Damit sie spurten. Die Kerle in dem Forum waren erbärmliche Weicheier gewesen. Idioten allesamt! Deppen! Die wussten nicht, wie es ging. Wo es langging.

Hartmut schmiss die Zicke auf ihr Bett und stürzte sich auf sie. Ihr Geflenne überhörte er geflissentlich. Sollte sie plärren. Solange sie nicht so laut wurde, dass die Nachbarn etwas hörten, war es ihm scheißegal. Und laut wurde die Zicke nicht. Das hatte er ganz zu Anfang abgestellt und zwar mit Nachdruck. Ja.

Hartmut legte los. Erster Durchgang. Sie war so geil eng. Scharf. Echt scharf. Nachher in einer halben Stunde noch ein Durchgang. Zweimal musste schon sein. Es sollte sich ja lohnen, wenn er mal richtig zulangen konnte. War halt Scheiße, dass es nur mittwochs ging. Die Alte hockte mit ihren fettärschigen Freundinnen beim Itaker und stopfte Scheißpizza in sich hinein. Guten Appetit, Schatzi!

So schlecht sah Schatzi gar nicht aus. Wenn nur ihre nervige Quasselei nicht gewesen wäre. Schatzi hatte super Titten und einen herrlichen Arsch. Eine Rassefigur, und das in dem Alter und bei dem miesen Zeug, das sie ständig in sich hineinstopfte. Schatzi machte ihn gnadenlos geil. Bei der Zicke machte ihn gar nichts geil, jedenfalls nichts an ihrem Aussehen. Das dürre, knochige Ding törnte ihn nicht an. Es war das Gefühl purer Macht, das ihn anmachte, wenn er es der kleinen Schlampe besorgte. Ihr Geflenne war Musik in seinen Ohren. Genau wie ihr dämliches Gebettel. Nur das erregte ihn bei der kleinen Fotze. Während er sich vergnügte, dachte er an Monikas Prachttitten. Yeah! Geil! Das macht Daddy Spaß. Großen Spaß. Das ist so was von scharf. Ein Superspaß. Lach doch mal, Zicke!

Aus dem CD-Player tönte die Galoppa, ein fröhliches Instrumentalliedchen mit einem wundervollen Rhythmus. Zickes Lieblingsmittelalterlied.

Lach mal, Zicke.

Mach mal, Zicke.

Geh mal aus dir raus, Zicke.

Hopp, hopp, hopp, Zicke.

Popp, popp, popp, Zicke.

Es tat weh. Schrecklich weh. Selina schluchzte. Sie weinte. Sie hatte Angst. Furchtbare Angst. Es tat da unten weh und es tat in ihrem Herzen weh. Sie bettelte Hartmut an, aufzuhören, weil es so furchtbar wehtat.

Mama? Mama, wo bist du? Mama, komm und hilf mir!

Aber Mama kam nicht. Mama kam nie. Es war Mama ganz egal, was Hartmut machte. Mama war blind geworden, seit sie in Hartmut verliebt war.

„Au! Au!", schluchzte Selina. Mama! Mama! Hilf mir doch! Auuu!

Mama kam nicht.

Lieber Gott! Lieber Gott, hörst du mich? Kannst du mir helfen? Bitte schick einen Engel, der Hartmut wegmacht. Bittebitte! Hilf mir! Bitte, lieber Gott. Aua! Es tut so weh!

Es klopfte ans Fenster. Selina blickte über den dicken Rücken Hartmuts dorthin. Ein Engel! Ein Engel war gekommen. Ein Engel mit blondem Haar und einem weißen Engelhemdchen. Der Engel saß draußen auf dem Fensterbrett und schaute zu ihr herein.

„Darf ich reinkommen?", fragte der Engel.

Selina nickte wild.

„Sag, dass ich reinkommen darf", bat der Engel. Wie schön er war. Es war ein Mädchenengel. Ein wunderschöner Mädchenengel mit blonden Haaren und blauen Augen. Noch nie hatte Selina ein so schönes Mädchen gesehen. Es musste geflogen sein. Anders hätte es nicht auf dem Fensterbrett sitzen können. Ein echter Engel.

Selina richtete sich unter dem bösen, wehtuenden Hartmut auf: „Komm herein! Du darfst hereinkommen. Bitte komm, Engel!"

Die Zicke faselte was von Engeln. Sie wurde richtig laut. Hieß das, dass er es ihr so gut besorgte, dass sie die Engel im Himmel singen hörte? Super! Geil! Supergeilomatico grande! Hartmut ackerte noch wilder. Das war so geil! Die Schickse ging ab. Sie ging voll unter ihm ab. Mann, war das geil!

Er spürte einen Luftzug. Das Fenster musste aufgegangen sein. Egal. Er war kurz vorm Abschuss. Weiterjackern!

Jacker-Jacker-Jacker!

Ich pflüge mich durch Zickes Acker.

Steche mein Gelurche

in Zickes nasse Furche.

Mein Gerät steht steil.

Geil geil geil geil geil!

Etwas landete auf seinem Rücken. Ein unangenehmes Zucken an seinem Hals.

„Heh! Was …?

Er bäumte sich auf und schüttelte das Ding ab. Es plumpste auf den Boden vorm Bett der Zicke. Was zum Teufel …?

Hartmut spürte etwas am Hals. Es tat weh wie der Stich einer Bremse. Einer verdammt großen Bremse. Unten auf dem Teppich kauerte etwas. Er hörte auf, die Zicke zu beackern, und schaute zu, wie das Ding auf dem Boden sich auf die Knie aufrappelte, sich halb aufrichtete wie ein Läufer am Start. Es sah zu ihm auf. Es war ein blondes Mädchen von circa elf Jahren, vielleicht auch zwölf, ein Mädchen von geradezu überirdischer Schönheit.

Dagegen ist die Zicke ein Dreck, sprach die kleine Stimme in Hartmuts Kopf. Wie eine hässliche Krähe gegenüber einem wunderschönen Schwan.

Die Lippen des Mädchens leuchteten wie eine offene Wunde in seinem Gesicht. Ein roter Schmierstreifen führte über die Wange des Mädchens. Ist das Blut? Hartmut, noch immer auf der Zicke liegend, fasste an die schmerzende Stelle an seinem Hals. Er fühlte klebrige Wärme. Als er die Hand vor seine Augen führte, erkannte er, dass es Blut war. Sein eigenes Blut.

Verdammt! Das kleine Biest hatte ihn gebissen. Wie war das Mistgör überhaupt hereingekommen? Er selbst hatte die Wohnungstür hinter Monika verschlossen. Das Fenster stand offen. Zickes Stimme: „Du darfst hereinkommen. Komm herein, Engel.“ Durchs Fenster?

Das Mädchen schaute ihn an. Etwas in seinem Gesicht veränderte sich. Ihre Augen … wie in dem Film mit dem bissigen Dobermann. Immer bevor er angriff, hatte der Hund so ausgesehen. Jesus! Was für grauenhafte Augen!

Noch nie in seinem Leben hatte Hartmut dermaßen grauenhafte Augen gesehen. Plötzlich fühlte er sich nicht mehr wohl in seiner Haut. Etwas stimmte hier nicht. Die Zicke lag unter ihm wie ein Brett - steif und still. Als ob sie wartete … auf was?

Er schaute zu dem Mädchen mit den fürchterlichen Augen hinunter. Es spannte seinen Körper an.

Ich muss hier weg, dachte Hartmut. Sofort!

Das Mädchen kam auf ihn zugeschossen wie ein lebendes Projektil. Hartmut hob den Arm, um sie abzuwehren, aber sie flog einfach auf seinen Rücken, verkrallte sich in ihn und senkte den Kopf. Sie gab ein Geräusch von sich, das ihn an eine schlechtgelaunte Katze erinnerte, und biss zu. Wilder Schmerz explodierte in Hartmuts Hals, als sich kleine, scharfe Zähne ruckelnd durch die Haut bohrten.

Es beißt mich, dachte er voller Entsetzen und Ekel. Es beißt mich! Oh Gott, ich kriege Tollwut!

Er griff nach dem verdammten Ding auf seinem Rücken, bekam es aber nicht recht zu fassen. Dazu duckte es sich zu tief über ihn. Bei seinen Bemühungen, das Mädchen zu fassen, flutschte er aus der Zicke heraus. Er kippte zur Seite und purzelte aus dem Bett. Das Ding, das wie ein lebendes Geschwür auf ihm hockte, fiel mit ihm. Er schlug so hart mit der Brust auf dem Boden auf, dass ihm die Luft aus den Lungen gepresst wurde. Die Zähne an seinem Hals mahlten unerbittlich.

Ich muss sie von mir runterbekommen, dachte er voller Panik.

Er stützte sich auf die Hände und richtete sich auf. Schlagartig witschte das Ding unter ihn und umfing ihn mit bärenstarken Armen und Beinen wie eine riesige Kralle aus Eisen. Es biss erneut zu, kaute sich in seinen Hals. Es machte Geräusche. Er fiel auf den Rücken. Es hockte geduckt auf ihm wie ein großer Blutegel und biss. Er schrie vor Schmerz. Heraus kam nur ein unterdrücktes Gurgeln.

Es saugt mich aus, dachte er voller Angst. Eisiges Entsetzen packte ihn. Es saugt mich aus! Es saugt mein ganzes Blut!

Das Ding auf ihm schlabberte und schluckte. Kleine Lippen, auf seinen Hals gepresst, die mit ungeheurer Kraft saugten. Hartmut zappelte wie ein Fisch auf dem Trockenen.

Es saugt alles aus mir raus! Ein Vampir! Helft mir! So helft mir doch!

Sein Glied, immer noch in einer unsinnigen Erektion versteift, wedelte hin und her wie ein dicker rosa Wackeldackel, als er sich unter dem Ding wand wie ein Aal in der heißen Bratpfanne.

Über dem fröhlichen Dudeln der Galoppa hörte er in seinem Kopf einen lustigen Kinderreim:

„Wackel, wackel, wackel,

macht Hartmuts Wackeldackel.

Wedel, wedel, wedel,

macht Hartmuts harter Dödel."

Er fühlte seine Kräfte schwinden. Ihm wurde schwindelig. Seine Augen suchten panisch das ganze Zimmer ab.

Die kleinen Mädchen in seinem Kopf sangen weiter:

„Suckel, suckel, suckel,

macht das Ding auf Hartmuts Buckel.

Und hockt das Ding auf Hartmuts Bauch,

saugt's sein Blut von dort aus auch.

Oh, wie dumm, oh, wie dumm,

Vampirlein bringt den Hartmut um."

Zu Hilfe! Helft mir! Hilft mir denn niemand? Ich habe so eine Angst! Es … es ermordet mich! Das darf es nicht! Das ist verboten! Es ist gegen das Gesetz! Helft mir doch endlich!

Die dünnen Arme und Beine des Wesens umschlangen ihn wie Stahlkabel.

Hartmuts Blick zitterte hin und her. Oben auf dem Bett lugte die Zicke über den Bettrand.

Zicke! Selina! Hilf mir! Nimm es weg! Nimm es von mir runter! Es bringt mich um! Hilf mir! Bitte! Biiitte!!!

Die Zicke dachte nicht daran, ihm zu Hilfe zu kommen. Im Gegenteil, sie grinste selbstzufrieden. Du bekommst, was du verdienst, sagten ihre Augen.

„Suckel, suckel, suckel,

macht das Ding auf Hartmuts Buckel.

Hartmut, der ist übel dran,

weil er nur noch zappeln kann.

Mit Zicke er allein im Haus.

Vampirchen bläst den Docht ihm aus.

Hartmuts Blut, das ist so rot,

gleich ist Hartmut mausetot."

Hartmut Kappler fuchtelte mit den Armen. Er hatte kaum noch Kraft. Es tat weh. Das Saugen tat weh. Er fühlte, wie sein Leben mit rasender Geschwindigkeit aus ihm herausgesogen wurde. Das grauenhafte Ding, das auf ihm kauerte und sich mit Bärenkräften an ihm festklammerte … brummte.

Es schnurrt, dachte er voller Entsetzen. Oh Gott, es SCHNURRT!

Er zappelte.

Es bringt mich um! Nein, bitte nicht! Bitte nicht umbringen! Zicke, hilf mir! Bitte! Ich weiß, ich habe es verdient, aber das habe ich nun wirklich nicht verdient! So hilf mir doch! Ich will dich auch nie wieder … Hilfe! Aua! Hilfe! Hi …!

Er war zum Bersten angefüllt mit eisigem Entsetzen. Er hatte Angst – Todesangst. Sein Verstand kreischte in wilder Furcht.

Es saugte. Es schnurrte. Es tötete ihn. Es totmachte ihn.

Hilfe, dachte er. Es …

Das Schnurren hörte auf. Von allen Seiten kroch Dunkelheit auf Hartmut Kappler zu. Er konnte sich nicht mehr bewegen. Es hatte ihn ausgesaugt.

Es hat mein ganzes Blut genommen. Mein ganzes Blut. Bitte …

Er sah das schmale Gesicht über sich schweben, als sie den Kopf hob. Das Mädchen war von betörender Schönheit. Viel hübscher als die Zicke. In dem

Mädchen hätte er auch mal gern sein Gerät versenkt. Um dem Mädchen zu zeigen, wo es langging. Wo der Hammer hing.

Das Mädchen betrachtete ihn still, abwartend. Seine Augen hatten nicht mehr diesen wilden, aggressiven Ausdruck. Kein angreifender Dobermann mehr. Es lächelte. Lächelte es? Lächelte es tatsächlich? Das Blut ließ ihre Lippen unnatürlich rot aussehen.

Das Mädchen senkte langsam den Kopf und öffnete den Mund. Das Letzte, was Hartmut Kappler in seinem Leben wahrnahm, war das auf unbeschreibliche Art knorpelige Knirschen, als das Mädchen ihm die Kehle durchbiss und seinen Kehlkopf zerfleischte.

Selina hockte auf ihrem Bett und sah zu, wie das Mädchen von Hartmut abließ. Es leckte sich die blutigen Lippen sauber. Es hatte Hartmuts Blut aufgesaugt, damit der Teppich nicht versaut wurde. Das Mädchen richtete sich auf seine Knie auf und fasste sanft nach Selinas Wange.

„Hab keine Angst, Selina“, sprach das Mädchen freundlich. „Der böse Mann wird dir nicht mehr wehtun.“ Das Mädchen war ungefähr elf Jahre alt, vielleicht auch zwölf. Es war sehr schön. Schön wie ein Engel.

„Bist du ein Engel?“, fragte Selina.

„Ja“, antwortete der Engel und stand auf.

Selina schaute ihr hinterher. Das Engelmädchen ging zum Fenster und schwang sich auf das Fensterbrett. Es war barfuß, wie die Engel in ihrem Lieblingsbuch. Das Engelmädchen wandte sich Selina zu und winkte: „Tschüss, Selina.“

„Tschüss, Engel“, sagte Selina.

Sie hörte, wie ein Schlüssel im Schloss der Wohnungstür umgedreht wurde. Mama kam früher nach Hause als sonst.

Du brauchst nicht mehr zu helfen, Mama, dachte Selina. Ein Engel ist gekommen und hat mir geholfen.

Sie schaute zum Fenster. Das Engelmädchen war verschwunden. Fortgeflogen. Selina stand auf. Sie schritt zum Fenster und schaute in die Nacht. Der Engel war fort. Selina stand noch immer am Fenster, als ihre Mama anfing zu schreien.

Mama schrie laut und schrill. Erst schrie sie im Kinderzimmer, dann schrie sie am Telefon und als die Polizisten kamen, schrie sie noch immer. Es dauerte lange, bis die Männer in den grünen Uniformen Mama beruhigen konnten.

Selina musste ins Krankenhaus. Mama kam mit. Sie nahm Selinas Lieblingsbuch mit. Mama war ganz zittrig und nervös.

Im Krankenhaus kamen nette Doktoren und Doktorinnen in weißen Kitteln, die sehr freundlich zu Selina waren.

„Keine Angst, Selina", sagte die Frau Doktor. „Wir wollen dir nicht wehtun. Wir müssen dich untersuchen, damit wir wissen, ob du verletzt bist."

Angst, dachte Selina. Warum sollte ich Angst haben? Hartmut ist doch weg!

Sie musste sich untenrum nackig machen und sich auf einem komischen Stuhl setzen, bei dem man nach hinten hing und die Beine auf die Armlehnen kamen. Sehr seltsam. Die Frau Doktor guckte mit einem kleinen Gerät in Selinas Mumu. Man konnte auf einem Bildschirm erkennen, was das kleine Gerät sah. Das kleine Gerät war nämlich eine Kamera. „Hm", sagte die Frau Doktor. „Hm-Hm."

Ein junger Onkel Doktor wurde im Gesicht so weiß wie sein Kittel und stammelte: „Jesus! Die ist ja total zerfetzt!" Es musste echt schlimm sein, wenn der Doktor keinen Engel rief, sondern gleich den Sohn vom lieben Gott.

Mama gab ein schrilles Quietschen von sich. „Ich lass sie nie wieder mit einem Mann allein in der Wohnung", schrillte sie, während dicke Tränen über ihre Backen kullerten. „Nie wieder im Leben!"

„Mach dir keine Sorgen, Selina", sagte die Frau Doktor. „Das verheilt wieder. Es wird alles gut."

Selina musste im Krankenhaus bleiben, zur Beobachtung. Sie lag in einem großen, weißen Bett, und Mama gab ihr das Buch mit den Engelgeschichten. Später kamen zwei Polizisten zu Selina und wollten wissen, was im Kinderzimmer passiert war. Selina erzählte ihnen, was Hartmut jeden Mittwoch mit ihr gemacht hatte. Die Mama fing furchtbar an zu weinen. Selina erzählte, wie sie den lieben Gott gebeten hatte, einen Engel zu schicken, weil Mama nicht kam, und wie der wunderschöne Engel zum Fenster hereingeflogen sei. Weil Hartmut zu dick und zu schwer war, um ihn fortzuschleppen, hatte der Engel ihn totgebissen.

„Es war ein echter Engel", sagte Selina. „Das hat der Engel mir gesagt. Ein Engel mit goldenen Haaren und einem Engelshemdchen." Sie hielt ihr Buch hoch und zeigte auf ein Bild: „Genau so hat der Engel ausgesehen."

Die zwei Polizisten schauten sich sehr komisch an und zuckten mit den Schultern.

Später war Selina allein. Mama war da, aber sie war eingeschlafen. Selina konnte noch nicht schlafen. Sie war überhaupt nicht müde. Ihre Mumu tat nicht mehr weh. Sie hatte eine Tablette bekommen. In ihrem Inneren tanzte eine sprühende Freude. Hartmut war weg. Er würde nie wieder kommen, um ihr wehzutun. Sie blätterte in ihrem Buch. Das Engelmädchen hatte wirklich so ausgesehen wie die Engel auf den Bildern. Flügel hatte Selina keine gesehen, aber vielleicht hatte der Engel sie zusammengeklappt. Wenn Vögel auf dem Erdboden herumhüpften, sah man ihre Flügel auch nicht. Erst in der Luft waren sie plötzlich da. Das Engelmädchen hatte ganz bestimmt Flügel gehabt. Wie hätte es sonst auf die Fensterbank im dritten Stock kommen können?

Selina hatte den beiden Polizisten nicht alles gesagt. Das Engelmädchen hatte nicht nur ein Leinenhemdchen angehabt sondern noch eine Jeans untendrunter. Aber nachdem die Polizisten sich so komisch angeguckt hatten, mochte Selina ihnen das nicht erzählen. Nachher dachten die noch, sie wäre plem-plem. Ein Engel in Jeanshosen. Hauptsache, der böse Hartmut kam nie wieder.

Das war großartig, fand Selina. Echt großartig.

*

Helga saß auf der hohen Mauer, die Knie angezogen, die Arme um die Beine gelegt. Sie wiegte sich selbst wie ein kleines Kind. In ihr tobte ein Sturm. Sie fühlte das frische Blut in ihren Adern toben, die pure Lebensenergie, die sie dem bösen Mann geraubt hatte – gestohlen, um zu überleben.

Sie ließ alles noch einmal an ihrem inneren Auge vorüberziehen. Beim ersten Angriff hatte der Kerl es tatsächlich geschafft, sie abzuwerfen, weil sie sehr schwach gewesen war. Sie hatte einen Tag zu lange gewartet. Aber bevor er sie auf den Boden schleuderte, war es ihr gelungen, ein paar Tropfen Blut zu saugen, und dieses Wenige hatte ausgereicht, ihren Körper zu regenerieren. Sie hatte auf dem Boden gekauert und zu ihm hoch geschaut, hatte die Wunde an seinem Hals angesehen wie hypnotisiert.

Das hervorquellende Blut hatte nach ihr gerufen. Geschrien.

Es war, als ob ein Kraftwerk in ihrem Körper hochgefahren würde. Jede Muskelfaser füllte sich mit elektrischer Spannung. Sie bekam eine Art Tunnelblick. Sie verkrallte die Finger und Zehen im Teppich, visierte die Halswunde des Mannes an, wo der kleine Strom aus Blut hervorquoll, und katapultierte sich auf Selinas Stiefvater. Nahrung! Sie umklammerte ihn und saugte mit aller Kraft. Einmal angefangen gab es kein Halten mehr. Ihr gesamter Körper verkrampfte sich. Es war ein wilder Rausch. Beißkrampf. Sie sog alle Lebensenergie des Mannes in sich auf. Sie saugte, bis das Leben aus seinem Körper wich. Dann der Fangbiss in die Kehle. Der Biss beschleunigte das Eintreten des Todes, verhinderte unnötige Qualen. Selbst für einen solch bösartigen Mann gab es Gnade.

Helga hockte auf der Mauer und zitterte.

„Du hast getötet", wisperte die Stimme in ihrem Kopf. „Du hast ein Menschenleben auf dem Gewissen. Du hast gemordet." Die Stimme kratzte von innen an ihrem Schädel.

„Sei still!", flüsterte Helga. „Geh weg! Lass mich in Ruhe!"

„Mörderin!"

„Schweig still!"

„Ich habe recht!"

Nein! Neinneinnein! Der Mann war böse. Sie atmete schwer. Der Mann war böse. Er war schlecht. Ein gemeiner Mann. Er hat sein Ding in das kleine Mädchen gesteckt und ihm furchtbar wehgetan. Das Mädchen hatte solche Angst. Er tat es nicht mal, weil er „geil" war. Er tat es aus purer Lust an der Macht, die er über das arme kleine Mädchen hatte. Es machte ihm Spaß, dem Mädchen wehzutun. Er war wie die böse Frau, die mich zu dem gemacht hat, was ich bin.

„Er hat es verdient!", wisperte Helga. „Es ist gut, dass er nicht mehr lebt. Er wird Selina nichts mehr antun." Liebe, kleine Selina. „Bist du ein Engel?", hatte sie gefragt, und Helga hatte gelogen und Ja gesagt. Damit Selinas Angst fort ging, damit ihre verwundete, kleine Seele wieder verheilen konnte, genau so verheilen wie ihre verletzte Mumu.

„Der Mann war schlecht!“, sagte Helga.

„Beinahe wäre es schiefgelaufen“, flüsterte die Stimme in ihrem Kopf. Wie nasse Spinnweben rubbelte sie innen an Helgas Schädel entlang. „Du hast zu lange gewartet. Noch zwei oder drei Tage, und du hättest dir wieder eine arme, alte Frau aussuchen müssen.“

„Sei still!“, wimmerte Helga. „Lass mich in Ruhe! Warum tust du mir das an? Leide ich nicht schon genug unter der Krankheit? Ich kann doch nichts dafür, dass ich mich bei der bösen Frau angesteckt habe!“

„Ich bin dein Gewissen“, hauchte die Stimme. Sie knisterte in Helgas Seele wie Eis. „Die arme, alte Frau. Sie war so lieb. Und du hast sie ermordet. Ich, dein Gewissen sage dir das. Damit du nicht vergisst.“

Helga wiegte ihren Oberkörper vor und zurück. Die arme Frau. Sie hatte sterben müssen, weil Helga zu lange gewartet hatte, weil sie es nicht ertrug zu töten, um an Nahrung zu kommen. Zum Schluss war sie so schwach gewesen wie eine normale Zwölfjährige. Von den Bärenkräften, die sie gerade erst gegen den bösen Mann eingesetzt hatte, keine Spur. Im Gegenteil, sie war dermaßen geschwächt gewesen, dass sie wie eine Fieberkranke im Wald herumgetorkelt war.

Dann war die alte Frau gekommen, die ihren Abendspaziergang machte: „Was ist mit dir, Kind? Bist du krank? Herrjeh, du Armes! Komm, ich stütze dich. Ich bringe dich zur Straße. Wir müssen Hilfe holen, Mädchen.“ Ihre Arme, die Helga zärtlich hielten.

Und Helga hatte gebissen. Helga brauchte Nahrung. Sonst wäre Helga gestorben. So aber starb die arme, alte Frau. Oh, diese Angst! Helga hatte das eisige Entsetzen der Frau deutlich gespürt mit jedem Liter Blut, den sie aus dem alten Körper heraussaugte. Wie die Frau gezittert hatte!

Helga schloss die Augen. Jetzt flossen die Tränen reichlich.

„Es tut mir leid“, flüsterte sie. „Ich wollte das nicht. Seitdem gebe ich mir Mühe, nicht mehr zu lange zu warten. Bitte, ich habe das nicht gewollt.“ Sie weinte.

Ich bin ein Monster. Ich bin Dreck. Abschaum. Das Allerletzte. Die Menschen fürchten sich vor mir. Sie ekeln sich vor mir.

Sie schniefte laut.

Vor mir muss man sich ekeln. Ich bin wie ein Haufen Kacke auf dem Frühstücksteller. Keiner mag mich. Mich kann man nicht mögen. Ich bin widerlicher als eine Tsetsefliege, die die Malaria überträgt. Ich bin viel schlimmer, viel verachtenswerter. Ich bin Lepra auf zwei Beinen. Ich bin aussätzig.

Sie dachte an Manni, an seine Idee mit dem zugespitzten Holzpflock: „Einfach ans Herz halten und sich dann von einer Mauer nach vorne fallen lassen. Dein Gewicht treibt den Pflock mitten durch dein Herz und dann ist Schluss. Endlich Ruhe."

Helga weinte. Sie war wieder da, wo sie in der Nacht gewesen war, als sie die arme, alte Frau getötet hatte. Ermordet. Oben auf dem Hochhaus hatte sie gestanden und davon geträumt, sich fallen zu lassen. Genutzt hätte es nichts. Ihr Körper wäre von dem Sturz völlig zerschlagen worden, aber nicht gestorben. Eine große, knochensplittrige Amöbe wäre heulend davongekrochen auf der Flucht vor dem Tageslicht. Irgendwo in einem finsteren Loch hätte die Krankheit, die Helgas Körper besetzt hielt, den zerfetzten Leib regeneriert, bis alles wieder so war wie zuvor. Einmal schlafen reichte aus. Dann war alles wie zuvor. Unveränderlich.

Auf dem Hochhausdach …

Bastian war gekommen. Bastian hatte sie angefleht, nicht zu springen. Zum ersten Mal in ihrem Leben hatte ihr ein Mensch gezeigt, dass sie ihm etwas wert war. Das hatte zuvor niemand getan.

Manni hatte sie nützliche Dinge gelehrt, Kampftricks, ihr beigebracht, wie man leichter durchs Leben kam. Für eine Zeit waren sie Gefährten gewesen. Mehr nicht.

Ilse war ihre Freundin gewesen. Vielleicht eher eine Kameradin? Es war die schiere Not, die sie zusammengeschweißt hatte. Im Lager. Sie hatten zusammengehalten. Ilse hatte ihr das Leben gerettet, als die böse Frau Helga dem sicheren Tod hatte überantworten wollen. Das Leben gerettet.

Aber war es denn ein Leben, was Helga seither führte? War es nicht eher ein

Vegetieren als Aussätzige, gezeichnet von der schrecklichen Krankheit, die sie zu einem Mordwesen machte? Hatte Ilse es vielleicht nur deshalb getan, um nicht länger allein zu sein? Sie waren über ein Jahr zusammen gewesen, und dann hatte Ilse sie verlassen. Sie allein zurückgelassen. Genau wie Manni später auch. Sie waren vor der Krankheit geflohen und hatten Helga im Stich gelassen, alle beide.

Bastian war anders. Er hatte sie angefleht, ihr Leben nicht wegzuwerfen. Helga erinnerte sich genau, wie er sie angeschaut hatte an jenem ersten Abend, der ihr Leben vollkommen verändern sollte. Bastian hatte mit ihr zusammen gespielt und sich mit ihr angefreundet. Bastian war lieb. Noch nie war er gemein zu ihr gewesen. Seine Zuwendung hatte Helgas todwundes Herz geheilt, hatte ihrem Leben einen Sinn gegeben, einen Mittelpunkt, Freude. Alles war neu für Helga. Seit sie Bastian kannte, fühlte sie sich zum ersten Mal angenommen und akzeptiert. „Wollen wir Freunde sein?" Seine Frage hatte sie überrascht, sie vollkommen überrumpelt. Er meinte es ernst. Er mochte sie. Und sie mochte ihn. Sehr sogar.

Helga seufzte abgrundtief. Bei Basti konnte sie das sein, was sie noch nie zuvor hatte sein dürfen: ein unbeschwertes, verspieltes, zwölfjähriges Mädchen. Wie liebte sie es, mit dem Jungen zusammen zu sein, mit ihm zu spielen, egal ob sie Papierschwalben vom Hochhausdach fliegen ließen, sein Segelschiffchen auf dem Wasser fahren ließen, in der Gegend herumstreiften oder einfach nebeneinander saßen und redeten. Sie lauschte mit Behagen seinen Erzählungen vom hellen Tag, von einer Welt, die ihr seit Langem verschlossen war. Sie liebte es, mit ihm diese Bilder zu malen, mit kleinen Einzelheiten, die das anfangs leere Blatt immer mehr füllten, bis aller Platz bedeckt war. Am meisten mochte sie es, mit ihm zusammen sein geheimes Haus im Wald zu erträumen. Wenn sie davon sprachen, wie das Häuschen aussehen würde, wie sie es mit all den kleinen, praktischen Dingen einrichteten und den Garten bewirtschafteten, vergaß Helga für eine Weile, was sie in Wirklichkeit war. Dann sah sie sich zusammen mit Bastian Zwiebeln in ein Beet stecken, Kartoffeln ernten und Sauerkraut einschneiden. Sie lief barfuß mit ihm durch den Garten und sie lief mit bloßen Füßen, weil es ein schönes Gefühl war, barfuß zu sein und die Erde unter den nackten Sohlen zu spüren, und nicht, weil sie barfuß die Wände hochgehen konnte, um Menschen zu ermorden.

Die kleine Stimme in Helgas Kopf meldete sich: „Wenn Bastian wüsste, was du in Wirklichkeit bist, würde er schreiend vor dir davonlaufen. Er würde dich verabscheuen. Er würde vor dir ausspucken. Er würde sich total ekeln." Die Stimme schwieg einen Augenblick, als müsse sie einatmen, um anschließend das Allerschrecklichste laut auszusprechen: „Bastian würde sich vor dir fürchten!"

Sie krümmte sich zusammen wie eine sterbende Wespe. „Ich weiß!", schluchzte sie. „Ich weiß es ja!" Ihre Seele tat so weh, dass sie hätte schreien können. Sie wand sich innerlich wie ein Wurm, der zertreten wurde. Sie litt Qualen wie noch nie zuvor.

Sie weinte lange. Als sie keine Tränen mehr hatte, saß sie minutenlang still auf der Mauer, ohne sich zu rühren.

„Bastian", sagte sie leise. „Bastian. Basti. Bastibastibasti." Sie bekam schreckliche Sehnsucht nach dem Jungen. Ob er noch wach war? Er hatte Ferien. Was, wenn er schon schlief? Wenigstens wollte sie ihn von draußen durchs Fenster sehen. Ihm nahe sein. Zumindest das.

Sie kletterte flink wie ein Eichhörnchen an der Mauer herunter und lief, so schnell sie ihre Füße trugen, nach Erbach. Sie rannte, als gelte es das Leben. Sie sauste dahin, ohne je zu ermüden. Im Licht der Straßenlaternen begutachtete sie ihr Äußeres. Auf ihrem Hemd waren Blutspritzer. Nicht gut. Sie fühlte getrocknetes Blut an ihrem Hals und auf der Wange. Noch schlechter.

So kann ich nicht vor Basti treten. Ich muss duschen und frische Sachen anziehen.

Obwohl sie vor Ungeduld fast närrisch wurde, sauste sie im Hochhaus zuerst zu ihrer Wohnung hinauf. Sie stopfte die getragenen Sachen in die Waschmaschine und startete das Buntwaschprogramm, bevor sie duschen ging. Nach dem Duschen zog sie sich an, auch die Socken und Schuhe, die Bastian ihr geschenkt hatte. Sie brachte nicht genug Geduld auf, sich die Haare zu föhnen. Sie wollte unbedingt zu Basti. Sofort. Sie hielt es nicht mehr aus. Sie flitzte die Treppen hinab.

Rumpelbeobachterchen sah Fräulein Schuhlos die Haustür hereinwitschen und zu den Treppen huschen.

„Sieh mal an, da ist die Kleine wieder", flüsterte er. Aus einer Augenblickslaune heraus hatte er seine Wohnungstür einen Spaltbreit offen gelassen und von Zeit zu Zeit auf den Flur gespäht. Rumpellauerchens Geduld wurde belohnt. Das geheimnisvolle Mädchen tauchte auf. Was war das auf ihren Klamotten? Sah beinahe aus wie getrocknetes Blut. Rumpelkombinierchen dachte scharf nach. Er war nicht Sherlock Holmes, aber wenn die Kleine Blut auf dem Hemd hatte, musste dieses Blut von irgendwoher stammen. Oder besser gesagt, von irgendwem. War sie in eine Messerstecherei verwickelt gewesen? War der Metzger über sie hergefallen und sie hatte gerade noch entkommen können? Hatte sie vielleicht jemanden abgemurkst? Drogen? Nö, eigentlich zu jung, wenn auch nur ein bisschen. Heutzutage fingen die Kids verdammt früh mit dem Zeug an.

Bier Nummer 6 meldete sich in seiner zum Platzen vollen Blase: Ey Chef! Ich bin's, dein sechstes Bier. Ich will raus!

„Scheiße! Ich muss schiffen!" Rumpelbrunzchen latschte zum Lokus und entwässerte sich ausgiebig. Exakt in dem Moment, in dem er die Klospülung betätigte, fing es über seinem Kopf an zu rauschen.

„Verdammte Schickse!", fauchte Rumpelexplodierchen. „Du blöde Sau! Machst du jetzt die Vertretung für deinen abgetretenen brunzschwulen Typen? Dämliche Kuh! Brunzwachtel! Geh kaputt! Scheißtusse, blöde!" Er kochte vor Wut. Ihm war so heiß, dass er sich schleunigst mit Bier Nummer 7 abkühlen musste.

Als Rumpelstocksauerchen im Wohnzimmer saß und soff, hatte er das Mädchen vergessen. Vorerst jedenfalls.

Helga stand vor Bastians Wohnungstür und lauschte mit ihrem empfindlichen Gehör. Der Fernseher, der sonst immer laut plärrte, schwieg. Waren Bastian und seine Eltern schon im Bett? Unmöglich. Zumindest die Eltern blieben viel länger auf.

Ausgegangen, überlegte Helga. Sie presste das rechte Ohr gegen die Tür. Irgendwo lief leise Musik. Sie erkannte „Java", das Lied, das Bastians Opa auf

Tonband aufgenommen hatte, von ihm selbst auf der Trompete gespielt. Basti hörte in seinem Zimmer Musik.

Helga nahm all ihren Mut zusammen und klopfte an: „Bastian?"

Keine Reaktion.

Sie klopfte noch einmal - lauter: „Basti?"

Nichts.

Ob ich klingeln soll?

Das war vielleicht keine gute Idee. Womöglich glaubte Bastian, dass ein Verbrecher vor der Tür stand, der wusste, dass er allein in der Wohnung war.

Mist! Was soll ich nur tun?

Sie wollte gerade ein drittes Mal anklopfen, da öffnete Bastian die Tür: „Helga!" Er lächelte sie an. „Du bist noch mal gekommen? Hast du etwas vergessen?"

„Nein … ich …" Helga trat von einem Fuß auf den anderen: „Ich … ich …wollte dich gerne sehen …"

Seine Brauen fuhren in die Höhe: „Mich sehen? Hast du in der kurzen Zeit vergessen, wie ich aussehe?" Er grinste.

„Ja. Nein. Doch. Nee. Ich … weil du … du hast gesagt, du hast Ferien und kannst so lange aufbleiben, wie du willst. Da habe ich mir gedacht … ja, ich habe …"

Er fasste nach ihrem Haar: „Du bist ganz nass."

„Hab geduscht."

„Ist dein Föhn kaputt?"

„Ja. Nein. Der ist ganz ganz … ich meine, er ist ganz in Ordnung. Er ist nicht kaputt."

Bastian schaute sie an: „Er ist nicht kaputt?"

Sie schüttelte den Kopf.

„Warum hast du dich dann nicht geföhnt?"

„Weil …" Helga suchte nach Worten. Ihr fielen keine ein. „Ich … willst du nicht, dass ich zu dir komme?" Ahnte Basti etwas? Hatte er eins und eins zusammengezählt? Wusste er, was sie war? Kannte er ihre Krankheit? Ihren Aussatz? Das Herz rutschte ihr in die Hose.

„Warum sollte ich das nicht wollen?", fragte Bastian ehrlich überrascht. „Wir sind doch Freunde. Ich freu mich, dass du gekommen bist. Aber deine Haare sind nass."

„Die ... trocknen bald."

„Hmm ... okay." Bastian kaute auf seiner Unterlippe. „Es ist bloß so, dass meine Eltern jeden Moment kommen können. Sie sind auf Kneipentour. Schon ziemlich lange." Er wirkte verlegen.

Sie verstand. Er wollte nicht, dass sie seine Eltern sah, weil er sich seiner Eltern schämte. Sein Vater war ungerecht und gewalttätig, und seine Mutter war nicht viel besser.

„Komm mit rauf zu mir", schlug sie vor.

Er schaute auf seine Armbanduhr: „Allzu lange geht es aber nicht. Wenn ich es nämlich übertreibe mit dem langen Wegbleiben, könnte mein Alter sich künstlich aufregen und mir Stubenarrest aufbrummen, einfach so, weil es ihm Spaß macht, mich fertig zu machen."

Helga hatte sich mit schier unmenschlicher Kraftanstrengung zusammengerissen. Sie hatte getan, als wolle sie Bastian nur noch mal kurz sehen, aber jetzt musste sie sich Mühe geben, nicht zu zittern.

„Bitte, Basti", sagte sie leise. Sie blickte ihn flehend an. „Bitte lass mich heute Nacht nicht allein!"

„Helga?" Er fasste nach ihren Händen. „Helga, was ist denn? Was hast du?"

Sie schüttelte den Kopf und hielt mit Gewalt die Tränen zurück: „Schon gut, Basti. Wenn du nicht kannst, gehe ich wieder. Wir sehen uns dann morgen Abend."

„Warte", verlangte er. Er runzelte die Stirn. „Kann ich bei dir pennen? Weil, wenn ich das durchziehe, darf ich erst morgen zum Frühstück wieder aufkreuzen. Hast du Platz für mich?"

Heiße Freude sprudelte in ihr hoch: „Ja!" Sie war so erleichtert, dass sie dachte, sie würde jeden Moment anfangen zu schweben. „Mehr als genug Platz. Das Bett ist riesengroß. Ich beziehe es jede Woche frisch."

Bastian grinste: „Hausmütterchen. Verputztes Hausmütterchen." Er winkte ihr:

„Komm rein." Sie schwebte glückselig hinter ihm her. In seinem Zimmer suchte er seine Holzbuntstifte und den Zeichenblock zusammen und drückte ihr das Zeug in die Hand. In der Küche riss er ein Blatt von dem Notizblock an der Wand. Mit Kugelschreiber schrieb er: „Ich bin zu Felix gegangen. Er hat eine neue Märklin-Lok geschenkt gekriegt. Ich bleibe über Nacht. Zum Frühstück bin ich wieder zu Hause. Bastian."

Bastian legte den Zettel auf den Küchentisch. „Ziehen wir Leine, bevor die beiden aufkreuzen." Gemeinsam liefen sie nach oben. Helga schlug das Herz vor Freude bis zum Hals. Sie waren auf dem nächsthöheren Treppenabsatz, als von unten Geräusche laut wurden.

Bastian grinste: „Siehste! Meine Alten. Das war knapp. Wir sind gerade noch entkommen." Sein Lächeln verbreiterte sich. „Wenn du Bock hast, können wir noch mal rausgehen und in der Gegend rumstreifen, sobald die Besoffskis in der Wohnung sind. Malen können wir später immer noch."

Sie stimmte zu. Hauptsache, sie konnte mit Bastian zusammen sein.

Alles was du willst, Basti. Solange ich nur bei dir sein darf. Solange du nur bei mir bist, lieber Basti.

Sie brachten die Zeichensachen nach oben und liefen die Treppen hinunter. Unten spitzten sie vorsichtig um die Ecke, ob Rumpelbeobachterchen herumschlich und sie sehen könnte. Sie hätten sich keine Sorgen machen müssen. Bier Nummer 8 hatte Rumpelbesoffchen die Augen zugedrückt. Er saß mit nach hinten gelegtem Kopf auf der Couch und schnarchte vor laufendem Fernseher.

Helga und Bastian liefen Hand in Hand in Richtung Bruchhof. Bastian schaute immer wieder zu dem Mädchen an seiner Seite hin. Sie war zu ihm gekommen. Nicht um zu spielen. „Bitte lass mich heute Nacht nicht allein." Das waren ihre Worte gewesen. Sie hatte ihn regelrecht angefleht. Einen Grund für ihren drängenden Wunsch hatte sie nicht genannt. Als er nachgefragt hatte, hatte sie ihn auf diese undefinierbare Art angeblickt: „Basti. Bitte." Er brachte es nicht übers Herz, in sie zu dringen. Helga hatte Geheimnisse vor ihm. Nicht aus Verschlagenheit oder weil sie ihm nicht vertraute. Das Mädchen schien eine

Heidenangst davor zu haben, dass er etwas über ihre Vergangenheit erfahren könnte.

Was hatte Helga erlebt, das so furchtbar war, dass sie nicht darüber sprechen konnte? In welchem Waisenhaus war sie gewesen? Und wo? Gehörte das Waisenhaus womöglich der Blutwurstsekte? Den Menschenblutsäufern? Holten sie sich in diesem Waisenhaus den Nachwuchs für ihre ekelhafte Gemeinschaft von Mördern? Wurden die Kinder von klein auf zum Blutzapfen ausgebildet? Er konnte keinen klaren Gedanken fassen. Entschlossen verjagte er das Thema aus seinem Kopf. Er wollte sich von nutzlosen Grübeleien nicht den Abend verderben lassen. Er würde bei Helga übernachten. Allein das war ein Grund zur Freude. Weg von seinem provozierenden, besoffenen Blödvater, diesem alkoholbenebelten Schläger. Sie würden ein neues Bild malen. Sie würden zusammen sein. Er freute sich.

Er warf einen Blick auf Helgas Füße. Sie trug Socken und die Russenschuhchen. Die Schuhe mussten ihr gut gefallen, wenn sie sie so oft trug. Er fragte Helga.

Sie lächelte ihn lieb an: „Du hast sie mir geschenkt, Basti. Dieses Geschenk ist mir das Liebste auf der ganzen Welt."

Er musste schlucken, weil sie das so … inbrünstig sagte. Es war nicht das erste Mal. Manchmal sagte sie etwas, und ihm schnürte sich der Hals zu. Arme Helga. Im Waisenhaus hatte sie es bestimmt nicht schön gehabt.

Sie liefen Hand in Hand. Manchmal schritten sie langsam aus, dann wieder rannten sie lachend dahin. Helga ließ ihn keine Minute los. Sie war anhänglich wie ein kleines Kind und hielt sich ständig an ihm fest. Verlor sie doch einmal kurz den Körperkontakt zu ihm, stieß sie einen feinen Jammerlaut aus und grabschte schnell nach ihm, als hätte sie Angst, er könne in der Nacht verschwinden und sie allein zurücklassen.

Auf der Bahnbrücke in Bruchhof blieben sie stehen. Aus Homburg kamen drei glühende Leuchtaugen über die Gleise auf sie zu. Die Lichter bewegten sich langsam.

Ein Güterzug, diagnostizierte Bastian. Ein Personenzug wäre viel schneller unterwegs gewesen.

Helga drängte sich an ihn. Sie fasste seinen Arm und legte ihn sich um die Hüfte.

Er hielt sie fest.

Sie will, dass ich sie im Arm halte, dachte er. Es war ein eigenartiges Gefühl, sehr schön.

Wir sind Freunde, dachte er, während der Güterzug durch die Nacht auf sie zufuhr. Freunde für immer. Ich habe eine Freundin gefunden.

Unter ihnen leuchteten die grellen Augen der 185. Sie schleppte ihre Last laut summend hinter sich her in Richtung Rhein. Die Lüfter der Elektrolokomotive rauschten. Bastian befand sich in einem angenehmen Schwebezustand. Er hatte alle unangenehmen Gedanken von sich geschoben und genoss den Augenblick, den milden Abend, den interessanten Güterzug, der unter ihm dahinrumpelte, das Zusammensein mit Helga und ihren biegsamen Körper in seinem Arm. Er war nicht begeistert oder zum Platzen glücklich. Er fühlte sich schlicht und ergreifend wohl. Er war zufrieden mit sich und der Welt. Alles fühlte sich richtig an. Alles war gut. Wenigstens für den Augenblick.

Später machten sie es sich oben in Helgas Wohnung auf der Eckbank gemütlich und zeichneten gemeinsam ein Bild. Sie lehnte sich praktisch ständig an ihn oder legte ihren Arm um seinen. Normalerweise hätte ihn das beim Zeichnen gestört. Bei Helga war es anders. Es fühlte sich gut an. Immer wieder blickten sie einander an und lächelten sich schüchtern zu.

„Basti", sagte sie manchmal leise. Nur seinen Namen. Einfach so. Und lächelte.

Als das Bild fertig war, betrachteten sie es gemeinsam, zeigten sich die Einzelheiten und kommentierten sie.

„Das Mädchen vor dem Zelt trägt dieselben Russenschuhchen wie du", sagte Bastian.

Helga, bei ihm untergehakt, lehnte sich an ihn: „Basti?"

„Hm?"

„Die Schuhe … wieso hast du sie mir geschenkt?"

Er schaute sie an: „Sie sahen hübsch aus. Ich dachte mir, dass sie dir gefallen könnten. Ich wollte dir eine Freude machen."

Sie drängte sich ganz fest an ihn: „In echt?"

„Ja." Pause. „Weil ich dich sehr mag, Helga."

Sie schaute ihn aus großen Augen an: „Sag das noch mal!"

Er lächelte sie an. Er konnte es laut aussprechen. Seine Kehle war nicht zugeschnürt, wie es oft der Fall war, wenn er ihr so etwas sagen wollte. „Ich mag dich, Helga. Sehr sogar. Ich kann dich total gut leiden. Ich bin froh, dass wir Freunde sind."

Sie presste ihr Gesicht gegen seine Schulter, klammerte sich an ihn. „Ich auch", nuschelte sie. Eine Weile blieb sie ganz still. Dann setzte sie sich auf und schaute ihn bittend an: „Kraul?"

Bastian verkniff sich ein spöttisches Grinsen. Sie hatte offenbar mit der grammatikalisch richtigen Anwendung des Wortes gewisse Probleme. Er beschränkte sich darauf zu nicken. Sie drehte ihm den Rücken zu und lupfte ihr Hemd. Er schob seine Hände darunter und fuhr mit den Fingerkuppen sachte an ihrer Wirbelsäule hoch. Sie legte den Kopf in den Nacken und gab ein zufriedenes Geräusch von sich.

Später saßen sie einfach nebeneinander auf der Couch. Bastian erzählte von seinen Touren im Tageslicht. Helga lauschte.

Irgendwann wurde Bastian müde. Er gähnte immer öfter. Schließlich gab er den Kampf gegen sein Schlafbedürfnis auf: „Ich muss in die Kiste."

Sie stand auf: „Komm, Basti. Ich bring dich ins Bett."

Er ließ sich von ihr an der Hand nehmen wie ein kleines Kind und ins Schlafzimmer führen. Dort stand ein bequemes, breites Bett mit aufgeschlagener Decke. Bastian zog sich bis auf die Unterhose aus. Helga stand neben ihm. Sie hängte seine Sachen ordentlich über eine Stuhllehne. Bastian schlüpfte unter die Decke.

„Kommst du nicht ins Bett?", fragte er.

„Ich schlafe woanders, Basti."

„Ja?" Er war benommen vor Schlaftrunkenheit. „Hm." Er bekam noch mit, wie sie ihn zudeckte. Sie setzte sich auf den Bettrand und hielt seine Hand: „Gute Nacht, Basti. Schlaf gut und träum was Schönes."

„Hm", sagte er. Dann dämmerte er weg.

Helga saß mucksmäuschenstill auf dem Bettrand und schaute auf Bastian hinunter. Er schlief tief und fest. Sein Gesicht sah im Schlaf gelöst aus. Unten schaute einer der Füße des Jungen unter der Bettdecke hervor. Er war nicht viel größer als ihre eigenen Füße, und doch konnte Helga erahnen, dass er als Erwachsener einmal wahre Kindersärge tragen würde. Genau wie Manni. In Mannis Schuhen hätte ein Kleinkind Boot fahren können.

Sie dachte an den Mann, an seine Worte: „Bevor ich gehe, gebe ich dir, was ich kann, damit du leichter durchs Leben kommst, Helga." Er hatte melancholisch gewirkt, sehr verletzlich. „Ich hatte einmal eine Tochter wie dich. Sie sah dir ähnlich. Heute habe ich nichts mehr. Nur noch die Krankheit, den Aussatz."

Er hatte sie im Messerkampf trainiert und ihr Judo beigebracht.

„Verlass dich niemals ausschließlich auf deine besonderen Kräfte", hatte er ihr immer wieder eingeschärft. Vielleicht wirst du keine Nahrung finden, und nach mehr als einer Woche wirst du schwach sein. Dann brauchst du Kampftechniken, wenn du nicht untergehen willst." Er hatte ihre Wange gestreichelt. Gelegentlich hatte er sie sogar umarmt, aber viel zu selten. Oh, wie sie sich nach diesen kleinen Zärtlichkeiten verzehrt hatte. Das hatte sie ja nie gekannt, von klein auf nicht. Außer im Lager, wo Ilse manchmal den Arm um sie gelegt hatte.

Manni war ein Riesenkerl mit Bärenkräften und doch saß er manchmal zusammengesunken da und weinte wie ein kleines Kind.

„Warum sind wir so?", fragte er dann unter Tränen. „Warum sind wir nicht wie in den idiotischen Filmen und Büchern? Wenn ich eine tollwütige Kreatur wäre, die einfach nur Blut saufen will, könnte ich es ertragen - ein gewissenloses Vieh, ein mordendes Raubtier, das nur auf der Suche nach Nahrung ist. Warum haben wir unsere Seelen behalten? Unser Gewissen? Das ist das Fürchterlichste, was die Krankheit uns antat! Wie soll man es aushalten, Woche für Woche Menschen umzubringen, um weiterzuleben?! Es ist unerträglich! Das halte ich nicht mehr aus! Ich habe mich doch nur gewehrt! Gegen den Soldaten gewehrt, der mich in Russland nachts auf Wache angriff. Ich habe ihn gebissen, als er sich auf mich stürzte. In die Hand gebissen, die das Messer hielt, das auf meine Kehle zielte. Weil ich leben wollte. Oh Gott! Wenn ich gewusst hätte, was sein Blut aus mir machen würde …!“

Im Nachhinein tat es ihr leid, dass sie nicht versucht hatte, dem Mann ein wenig Trost zu spenden. Vielleicht hätte er dann nicht den letzten Weg benutzt.

Er hatte sich eines Nachts aus heiterem Himmel von ihr verabschiedet: „Es ist Zeit für mich, zu gehen, Helga. Ich habe dir alles beigebracht, was ich weiß. Lauf nicht hinter mir her. Bleib hier und geh deinen eigenen Weg. Leb wohl, kleines Mädchen, und alles Glück der Erde.“

Sie bereute bis zum heutigen Tage, dass sie ihm klammheimlich gefolgt war zu der tiefen Kuhle in der Wiese, wo die drei großen Fässer lagen, deren ausgelaufener Inhalt einen kleinen See bildete. Erst als ihr der Geruch der Flüssigkeit in die Nase gestiegen war, hatte sie verstanden. Manni hatte ihr davon erzählt. Drei Arten des Todes gab es für ihresgleichen: die Sonne, den Pflock mitten durchs Herz und das Feuer.

Manni hatte sich für Letzteres entschieden. Den Aussatz ausbrennen. Viel später war Helga darauf gekommen, wieso er das getan hatte. Mit seinem entsetzlichen Tod wollte Manni für all die Leben sühnen, die er genommen hatte, Buße tun für all die Jahre des Mordens. Er lief mitten hinein in den See aus Benzin und tauchte darin unter. Dann stand er auf und zündete sein Feuerzeug an.

Nie vergaß Helga die entsetzlichen Schreie, als das sterbende Ding kreischend in dem brennenden Höllensee herumtobte. Es dauerte eine Ewigkeit, bis es endlich zusammenbrach.

Helga hatte nächtelang in einem Schockzustand zugebracht. War es bei Ilse ähnlich gewesen? Ilse hatte die Sonne gewählt. Und all die armen Kinder im Lager, die von der bösen Frau in den Käfig gesperrt worden waren, der an der Hauswand angebracht war?

Seither hatte Helga grauenhafte Angst vorm Selbstmord. Es war mehr diese Angst als Überlebenswille, der sie am Leben hielt. Nein. Das Feuer kam nicht in Frage. Das konnte sie nicht. Die Sonne musste ähnlich sein. Höchstens der Pflock … doch sie traute sich nicht, wagte es nicht, ihre krankhafte Existenz zu beenden. Nur wenn es ihr wieder einmal so richtig dreckig ging, waren da diese verschwommenen Fantasien in ihrem Kopf … dass man auf sie aufmerksam geworden war. Männer suchten und fanden sie. Tagsüber. Sie schlugen ihr im

Schlaf einen zugespitzten Holzpflock durchs Herz, ein schnelle, gnädige Erlösung.

Doch als sie auf der Bettkante saß und auf Bastian hinuntersah, verspürte sie keinerlei Lust auf den Pflock. Er lag auf dem Rücken. Sie streichelte sein Gesicht. Ihr Herz krampfte sich in süßem Schmerz zusammen. Noch nie hatte jemand sie lieb gehabt. Nur Basti. Bastian mochte sie.

Sie zog sich bis auf das Leinenhemd aus und schlüpfte zu dem Jungen unter die Decke. Sie wagte nicht, sich an ihn zu drängen, aus Angst, dass er sich vielleicht von ihr wegdrehen würde. Ganz still lag sie da und spürte die Wärme, die von seinem Körper ausging. Sie lauschte seinen Atemzügen.

Verlass mich nicht, Basti, flehte sie in Gedanken. Lass mich nicht allein. Ich habe dich ja so lieb. Oh bitte verlass mich nicht. Ich will ja alles tun, damit du mein Freund bleibst.

Sie hatte Angst davor, nicht mehr lange in der Wohnung bleiben zu können. Irgendwann würde man herausfinden, dass die alte Dame nicht mehr da war. Was dann? Was sollte sie dann tun? Von Basti fortgehen? Unmöglich.

Ich will bei dir bleiben. Bittebitte!

Er murmelte etwas im Schlaf. Dann drehte er sich zu ihr. Sein Arm plumpste über ihre Brust. Er umarmte sie gewissermaßen. Helga lag bewegungslos und genoss die Berührung mit jeder Faser ihres Körpers. Er war ihr nahe.

Basti, lieber Basti. Bleib bei mir. Bittebittebitte! Ich werde nur noch böse Menschen austrinken. Ich schwöre es. Ich habe auf die alte Dame aufgepasst, die hier einst wohnte.

Zwei junge Männer hatten sie überfallen und ihr die Handtasche mit dem Geld gestohlen. Die halbe Rente war in ihrer Geldböse gewesen. Wie bitterlich die Frau geweint hatte! Helga hatte die zwei Typen verfolgt und erledigt, einen nach dem anderen. Die Leichen hatte sie im Wald vergraben und dann der Frau ihr Geld zurückgebracht. Sie hatte es in ihren Briefkasten geworfen. Es steckte in einem Briefumschlag mit der Aufschrift GELD DANKEND ZURÜCK. Die alte Dame hatte vor Freude Tränen in den Augen gehabt, als sie ihr Geld wieder fand.

Ich bin nicht schlecht. Ich will ja gut sein, dachte sie. Ich kann nichts für die

Krankheit. Die böse Frau hat mich angesteckt.

Sie seufzte leise. Ach Basti.

Er rückte näher an sie heran, und dann sagte er im Schlaf ihren Namen.

Ein herrliches Brennen breitete sich in Helgas Brust aus, ein weiches Glühen, so schön und herzerwärmend. Es war, als ob in ihrem Herzen eine riesige Wunderkerze abbrannte. Basti! Sie war außer sich vor Glück, und nun drängte sie sich doch eng an ihn, kuschelte sich in seine Arme, um ihn mit dem ganzen Körper zu spüren, ihm nahe zu sein, seinen Herzschlag zu fühlen. Basti. Lieber, lieber Basti.

Sie blieb an ihn gekuschelt bei ihm im Bett liegen bis zum frühen Morgen. Bis zur letzten Minute lag sie neben ihm, streichelte seine Hand und sein Gesicht. Ihr Herz schlug nur für ihn. Erst als die Sonne über den fernen Horizont geklettert kam, stand sie auf und ging zu dem Raum ohne Fenster.

*

Bastian wurde von den Strahlen der Sonne geweckt. Zuerst war er verwirrt, sich in einem unbekannten Bett wiederzufinden. Dann fiel ihm alles wieder ein. Er war bei Helga. In Helgas geheimer Wohnung. Keine verkaterte, hustende Mutter vorm Fernseher, kein wütender Schlägervater. Ruhe. Echte Ferien. Herrlich. Er reckte und streckte sich ausgiebig. Dann stand er auf. Helga war nirgends zu sehen. Er streifte nur in Unterhosen durch die Wohnung. Helga war wie vom Erdboden verschluckt.

Nanu? Ist sie raus gegangen? Abgehauen?

Das konnte nicht sein. Oder doch? Er schaute auf seine Armbanduhr. Sieben Uhr zehn. Er holte seine Klamotten und zog sich an. Duschen wollte er unten, weil er dort frische Kleidung hatte. Ein kleiner, recht angenehmer Gedanke hüpfte in seinem Kopf auf und ab: Ich könnte ein paar Sachen hier oben bei Helga deponieren, wenn sie nichts dagegen hat.

Der Gedanke gefiel ihm. Überhaupt gefiel ihm das Leben wie noch nie. Er beschloss, in den Sommerferien noch öfters „bei Felix“ zu übernachten. Erstens würde er dann Ruhe vor seinem aggressiven Vater haben und zweitens wäre er mit Helga zusammen.

Er tappte noch einmal durch die Wohnung. Sie war genau so geschnitten wie die, in der er mit seinen Eltern wohnte. Wo war Helga? Er schaute sogar unterm Bett nach. Nichts. Blieb höchstens noch die Rumpelkammer. Seine Mutter verwahrte dort ihre Putzsachen, oder besser gesagt, Bastian tat das, da seine Mutter eigentlich nie putzte. Das musste ja er erledigen.

Er kratzte sich am Kinn. „Die Rumpelkammer? Warum sollte Helga dort drin stecken? Das wäre doch beknackt.“ Trotzdem ging er in den kleinen Flur und öffnete die schmale Tür.

Helga lag auf einem billigen Klappbett zusammengerollt wie ein Igel. Sie trug nur ihr Leinenhemd und war nicht zugedeckt. Bastian musste schlucken. Wie zart und verletzlich sie aussah. Die Kammer war duster. Sie hatte kein Fenster, und im Flur war es dunkel.

Sie schläft im dunkelsten Raum der Wohnung, dachte er. Warum?

Sie ist ein Vampir, sprach die kleine Stimme in seinem Kopf. Sie kann nicht in dem großen Bett schlafen, weil sie in der Sonne verbrennen würde.

Bastian gab ein Schnaufen von sich: Klar doch, und ich bin der Kaiser von China! Vampir? Was für ein Blödsinn. Wo ist der Sarg? Außerdem würde sie dann im Keller pennen und nicht ganz oben direkt unter dem Licht der Sonne.

Helga bewegt sich im Schlaf. Er betrachtete ihr hübsches Gesicht. Wie klein ihre Hände waren. Helga war sehr zart gebaut, elfenhaft schlank.

Elfenhaft. Genau. Endlich hatte er eine passende Bezeichnung. So tanzte sie. Elfenhaft. Geschmeidig und schwerelos wie eine Elfe. Helga, die Elfe. Helga, das Elfenmädchen. Der Abend am Heideweiher fiel ihm ein. Helga als Nixe. Ja, sie musste etwas Besonderes sein, eine Elfe oder Nixe, ein Wesen aus der Natur, das es in keinem Biologiebuch der Welt gab, nur in den Erzählungen der alten Leute, in Sagen und Legenden. Konnte das sein? Bastian war zwölf, und er glaubte nicht mehr an solche Sachen, aber hatte Helga nicht seltsame Angewohnheiten? „Ich kann nur abends, Basti.“ Nur abends. Sie war ein Nachtwesen. Elfen und Nixen lebten nachts. Tagsüber versteckten sie sich vor den Menschen. Helga lief ständig barfuß. Sie war nicht arm. Sie konnte die Miete für diese Wohnung bezahlen, also hatte sie Geld genug für Schuhe. Es musste einen anderen Grund dafür geben, dass sie ständig mit bloßen Füßen lief.

Sie braucht den direkten Kontakt zum Erdboden. Sie muss die Urmutter immerzu spüren. Erdstrahlen oder so was. Verbindung mit der Erde. Sie ist eine Waldfee.

Das klang logisch.

Und warum trägt sie dann deine komischen Russenschuhchen, Blödian, fragte die Stimme in seinem Kopf. Sie begann zu nerven.

Weil die Stoffschuhe ein Geschenk von mir sind, dachte Bastian. Sie trägt sie ab und zu, weil sie sich über das Geschenk freut. Vielleicht habe ich sogar ein bisschen Macht über sie gewonnen, weil ich ihr die Schuhe selber angezogen habe.

In den Märchen gab es solche Sachen. Mit Ringen, Tüchern oder Kappen konnte man Macht über die geheimnisvollen Wesen der Nacht erlangen. Wenn man es fertig brachte, einer Elfe eine Kappe aufzusetzen oder einen selbstgehäkelten Gürtel umzulegen, entstand ein Band zwischen Mensch und Elfe. Etwas in der Art hatte er mal gelesen, glaubte er sich zu erinnern.

Helga lag still da, zusammengerollt, und schlief. Ihr Atem ging in regelmäßigen Zügen. Eine Elfe? Eine menschgewordene Nixe? Eine schöne Vorstellung.

Depp, gröhlte die kleine Stimme in seinem Kopf. Denk mal nach, du Hirnie! Sie wohnt heimlich hier oben. Was ist, wenn Rumpelstilzchen Verdacht schöpft, weil er die alte Frau, die mal hier gewohnt hat, seit einer Ewigkeit nicht mehr gesehen hat? Na? Was wird er wohl tun, du Doofbacke? Genau! Den Generalschlüssel schnappen und heraufkommen, um nachzusehen. Könnte ja sein, dass die Frau einen Herzanfall hatte. Das passiert gelegentlich. Liest man ja in der Zeitung. Dann findet man nach drei Wochen eine ziemlich verweste Leiche in der Wohnung. Weißt du jetzt, warum deine tolle, süße, schnuckelige Helga nicht im großen Bett pennt? Hah? Schafskopf!

Bastian musste der Stimme in seinem Kopf recht geben. Helga war keine Elfe. Helga war ein Kind, das aus einem Waisenhaus geflohen war und um nichts in der Welt dorthin zurückgebracht werden wollte. Sie musste sich verstecken. Sie konnte es sich nicht erlauben, sichtbar in dem großen Bett zu schlafen. Sie schlief in der Rumpelkammer, weil hier niemand nachsehen würde, wenn er die

Wohnung durchsuchte.

Eine tiefe Traurigkeit packte Bastian. Helga, arme Helga. Was für eine Angst musste sie haben, wenn sie sich zum Schlafen in diesem engen Kabuff versteckte.

Meine arme Elfenhelga, dachte er und fasste nach ihr. Ganz sanft strich er ihr übers Haar. Schlaf gut, Helga. Ich verrate dich nicht. Dazu habe ich dich viel zu gern.

Er schaute sie ein letztes Mal an, dann schloss er die Tür. Er fühlte sich schlecht, weil er Helga ausspioniert hatte. Er kam sich vor wie ein mieser Eindringling.

*

Bastian kam vom Einkaufen. Er war in Gedanken bei Helga. Er freute sich auf den Abend. Vielleicht würde er bald wieder „bei Felix" übernachten. Sein Vater war in letzter Zeit unerträglich. Er wurde von Tag zu Tag unberechenbarer.

„Das kommt vom Saufen", hatte Opa dazu gesagt. „Der hat sich total den Verstand versoffen." Allmählich glaubte Bastian das auch. Sein Vater rastete wegen der kleinsten Nichtigkeit aus. Es war nicht mehr zum Aushalten.

Wenn ich nur hier weg könnte, dachte er sehnsüchtig. Wie so oft, ließ er vor seinem inneren Auge sein verstecktes Haus im Wald erstehen. Dort lebten Helga und er für sich allein. Niemand störte sie. Niemand würde sie je finden. Helga brauchte keine Angst mehr zu haben. Wenn sie eine Elfe war, würde sie eben tagsüber schlafen und abends konnten sie lange zusammen sein. Aber vielleicht konnte sie ihr Leben dort im Wald auch auf Tageslicht umstellen. In seiner Fantasie waren sie unauffindbar. Keiner kam je in den Teil des Waldes, wo sie wohnten. Also konnte Helga auch tagsüber munter sein. Sie hatte sich ihre Nachtaktivität ja nur aus Angst angewöhnt, weil sie befürchtete, dass man sie bei Tag sehen könnte.

„Heh! Wen haben wir denn da?" Der Büffel stand vor ihm. Jens Regin sah aus, als wäre er gewaltig auf Stunk aus.

Mist! Warum habe ich nicht besser aufgepasst, dachte Bastian in Panik. Er bekam irres Herzklopfen und sein Magen zog sich zu einem kleinen, heißen Ball zusammen. Ich Ochse!

Jens war in den vergangen Tagen mehrfach übel aufgefallen. Er hatte nicht nur seine heißgeliebten Käsfeuerchen entzündet, er hatte gleich dreimal kleinere Kinder zusammengeschlagen. Den dreizehnjährigen Florian aus der Siedlung am Kreisel hatte er so übel zugerichtet, dass seine Eltern ihn ins Krankenhaus bringen mussten. Seine aufgeplatzte Augenbraue musste mit vier Stichen genäht werden. Erst vorgestern war das passiert. Verflucht noch mal! Wieso durfte der Büffel noch frei herumlaufen? Warum hatte die Polizei den Psychopathen nicht kassiert? In was für einem Scheißland lebten sie eigentlich?

Jens grabschte nach Bastian. „Hab ich dich. Jetzt gibt es ein nettes kleines Käsfeuerchen."

Bastian reagierte gedankenschnell. Er griff nach der zupackenden Hand und hebelte den Büffel aus. Mit einem Rumms landete Jens Regin auf dem Boden. Bastian musste ein Lachen unterdrücken. Der Kerl lag zappelnd auf dem Buckel wie ein abgestürzter Maikäfer und glotzte dümmlich zu ihm auf. Helgas Judolektionen hatten sich gelohnt.

Er drehte sich um und gab Fersengeld.

„Bleib stehen, du Arsch!", schrie Jens hinter ihm her. „Dir brech ich sämtliche Knochen!"

Leck mich, dachte Bastian und rannte, was das Zeug hielt.

„Du sollst stehen bleiben!", brüllte es hinter ihm.

Bastian schaute über die Schulter. Verdammt, der Büffel hatte die Verfolgung aufgenommen. Jens Regin mochte groß und breit gebaut sein, aber langsam war er nicht. Wenn er es drauf anlegte, konnte er rennen wie der Teufel. Bastian gab Gas. Er bemerkte zu spät, dass er die falsche Richtung genommen hatte. Er war auf den Spielplatz abgebogen.

„Oh Kacke!" Der Spielplatz war von einem hohen Maschendrahtzaun umgeben, damit die Fußbälle der spielenden Kinder nicht in anderer Leute Gärten flogen.

„Shit!" Bastian bremste vor dem Zaun. Er schaute sich gehetzt um. Der Büffel kam auf ihn zugeschossen wie eine Dampflokomotive. Zum Ausweichen war es zu spät. Augen zu und durch! Bastian machte einen Satz auf Jens zu und ließ sich auf die Knie fallen. Jens hatte solch eine Fahrt drauf, dass er weder bremsen noch ausweichen konnte. Er stolperte über Bastian und schlug längelang hin.

Bastian sprang auf und rannte davon.

„Ich bring dich um, du Kröte!“, kreischte der Büffel hinter ihm. „Du verdammter kleiner Mistkübel! Na warte! Dir dresch ich das Hirn aus dem Schädel!“

Bastian riskierte einen kurzen Blick zurück. Jens rannte hinter ihm her, aber er humpelte. Er musste sich bei dem Sturz das Knie angeschlagen haben. Bastian raste weiter. Als er die Straße überquerte und zum Hochhaus flitzte, sah er, dass der Büffel weit abgeschlagen war. Sein Humpeln hatte sich noch verstärkt. Er würde ihn nicht mehr einholen.

„Ich krieg dich noch!“, brüllte Jens hinter ihm her. „Wart's nur ab, du Scheißer! In dieser Angelegenheit ist das letzte Wort noch nicht gesprochen, du Arschloch!“

Das nächste Mal nehme ich mein Messer mit, beschloss Bastian, als er im Hochhaus die Treppe hinauflief. Dann steche ich zu. Damit der Pisser merkt, dass ich mir nichts mehr von ihm gefallen lasse. Wenn die dämlichen Bullen nichts gegen diesen Gewaltverbrecher unternehmen, muss ich mir selber helfen. Es ist mein gutes Recht, mich zu verteidigen. Der Kerl ist gefährlich.

Sein Herz klopfte vor Angst und er hatte weiche Knie, doch gleichzeitig verspürte er ein ungeheueres Hochgefühl. Er, der kleine schmächtige Bastian, hatte es dem Büffel gezeigt. Manno! Das hatte es noch nicht gegeben. Das war cool! Total cool.

*

Bastian war gerade mit dem Abendessen fertig, als sein Vater aus der Kneipe nach Hause kam. Er hatte gewaltig geladen, und er war stinkig. Wahrscheinlich hatte er beim Kartenspielen wieder verloren. Er machte sich erst gar nicht die Mühe, einen Grund zum Ausflippen zu finden. Er torkelte auf den Küchentisch zu und schmiss alles runter: Margarine, Wurst, Tassen, Besteck. Alles flog klirrend und polternd zu Boden.

„Hier herumsitzen und auf meine Kosten fressen“, schrie sein Vater. „Das könnte dir so passen. Es wird Zeit, dass ich dir mal beibringe, wo es langgeht, Junge!“ Er kam auf Bastian zu und wollte ihn packen. Bastian wich aus und sauste um den Tisch herum.

„Bleib stehen!", brüllte sein Vater.

Bastian dachte nicht daran. Innerlich fluchte er. Er war zum zweiten Mal für diesen Tag auf der Flucht. Es kotzte ihn an. Er lebte mitten unter Verrückten, unter gefährlichen Irren.

Geh arbeiten, du versoffenes Arschloch, dachte er voller Bitterkeit. Was heißt hier „auf deine Kosten"? Du bringst doch kein Geld nach Hause. Du verspielst es nur und versäufst es.

Hinter ihm krachte es. Sein Vater war über einen Stuhl gefallen. „Komm auf der Stelle her!", schrie er.

Bastian witschte zur Wohnungstür. Seine Mutter folgte ihm: „Kannst du zu Felix gehen, Bastian?"

Er nickte. „Ich brauch aber frische Klamotten für morgen."

„Ich hänge dir später eine Tasche mit Kleidern draußen an die Tür", versprach seine Mutter. „Geh lieber." Ihre Stimme war drängend. „Im Moment ist er wieder schlimm. Es ist besser, wenn du ihm nicht unter die Augen kommst."

„Felix hat gesagt, ich kann drei oder vier Tage bei ihm übernachten", flüsterte Bastian. In der Küche rumorte sein Vater. Beim Versuch aufzustehen, riss er die Tischdecke herunter und legte sich gleich wieder flach. Er fluchte lautstark. „Ich bräuchte bloß genug Anziehsachen."

„Ich packe genug für dich ein", wisperte seine Mutter. „Geh jetzt! Ich komme klar. Mir wird er nichts tun. Er hat es auf dich abgesehen. Bitte, geh!"

Das ließ sich Bastian nicht zweimal sagen. Er lief die Treppen hinunter. Später würde er die Kleider abholen, die seine Mutter für ihn vor die Tür hängen wollte, und sie nach oben zu Helgas Wohnung bringen.

Drei oder vier Tage ohne blöden, gewalttätigen Vater und die ganze Zeit mit Helga zusammen. Das war doch mal was.

*

Sie hatten zuerst Judo geübt und dann mit den kleinen, scharfen Messern trainiert. Danach wanderten sie zum Heideweiher. Sie zogen sich aus und gingen schwimmen. Nach der körperlichen Anstrengung eine willkommene Abkühlung. Später legten sie sich zum Trocknen auf den flachen Sandstein.

„In Zukunft nehme ich mein Messer überall hin mit", sagte Bastian. Er hatte Helga von seinem Zusammenstoß mit dem Büffel erzählt. „Er wird mir auflauern und versuchen, mich zu verprügeln. Mit Judo allein werde ich ihn nicht los. Ich schätze, ich muss ihm ein paar Stiche in die Hand oder den Arm verpassen, damit er seine dreckigen Psychopathengriffel von mir lässt. Die Bullen tun einfach nichts gegen das miese Schwein." Er erzählte von Florians aufgeplatzter Braue.

Als er abgetrocknet war, zog er sich an. „Ich bin froh, dass du mir das Kämpfen beigebracht hast, Helga. Ich bin viel selbstsicherer geworden. Früher hatte ich immer Angst und habe mich nichts getraut. Heute war es anders. Ich hätte den Büffel beinahe ausgelacht, auch wenn ich Angst hatte. Ich habe nicht aufgegeben."

Sie lag auf dem Rücken und fasste nach seinem Bein: „Nein, das hast du nicht, Basti. Du warst mutig." Sie lächelte. Sie war noch immer nackt.

„Zieh dich an", verlangte Bastian. „Wir gehen zurück. Ich muss checken, ob meine Mutter die Tasche mit den frischen Anziehsachen vor die Tür gehängt hat."

Sie setzte sich auf und zog einen entzückenden Schmollmund: „Ich mag nicht!"

Bastian musste grinsen: „Fängst du schon wieder damit an? Du-hu!" Er drohte mit dem Finger. „Deine Mutti schimpft mit dir. Zieh dich sofort an, du ungezogenes Kind!"

Sie verschränkte die Arme. „Nein!"

„Was?", fragte er gespielt streng. „Warum nicht?"

„Hab's beim Schwimmen vergessen. Die Nixen haben mich berührt und alles aus meinem Kopf gezaubert. Ich weiß nicht mehr, wie es geht."

Bastian lächelte. Er wusste, was sie wollte. „Dann werde ich dich eben anziehen, du liederliches Kind", sagte er mit gestrenger Stimme. „Du kannst doch nicht splitterfasernackend einherspringen, du missratener Unschlunz."

Sie lachte hellauf: „Ein was?"

„Unschlunz!“, rief Bastian. Er musste selber lachen.

„U-U-Un-sch-sch-schlunz!“ Helga bog sich vor Lachen.

Er mochte es, wenn sie fröhlich war. Viel zu oft blickte sie traurig in die Welt.

Als sie sich beruhigt hatte, zog er sie an wie ein kleines Kind, zuerst die Hose, dann das Leinenhemd, das diesmal kurzärmelig war. Wieder umfasste er Helga von hinten, um ihr das Hemd in die Hose zu stopfen und ihre Jeans zuzuknöpfen. Sie hielt andächtig still. Dann hieß er sie, sich auf den Sandstein zu setzen, und holte die bestickten Stoffschuhe und die Socken. Bevor er ihr die Socken über die nackten Füße streifte, blies er durch ihre Zehenzwischenräume.

„Das kitzelt“, quietschte sie. „Warum machst du das?“

„Weil Sand zwischen den Zehen sein könnte“, antwortete er. „Das kratzt. Kann man wund von werden. Ist voll mistig.“ Er zog ihr Socken und Schuhe an. Er erhob sich: „Fertig. Nächstes Mal ziehst du dich alleine an.“

Sie blickte mit verschränkten Armen zu ihm auf: „Nein!“

„Du bist wirklich ein ungezogenes Kind“, sprach Bastian.

Sie blickte zu ihm auf: „Ja.“ Sie lächelte ihn lieb an. Dann drehte sie ihm den Rücken zu und zog ihr Hemd hinten aus der Hose. Sie schaute ihn über die Schulter hinweg an: „Kraul?“ Sie schaute so flehend, dass er sich ein Lachen verbeißen musste. Er setzte sich neben sie, schlüpfte mit den Händen unter ihr Leinenhemd und streichelte mit den Fingerkuppen ihren Rücken. Ihre Rippen standen vor, und ihre Wirbelsäule zeigte dicke Knubbel unter der Haut. Helga war wirklich ziemlich dünn.

Sie hielt still: „Mmm! Schön.“

„Gestreichelt werden ist viel schöner, als geprügelt zu werden“, sagte Bastian. Er erzählte von dem Auftritt, den sein besoffener Vater sich geleistet hatte. „Darf ich drei oder vier Tage bei dir bleiben?“, fragte er zum Schluss.

Sie drehte sich zu ihm um. „Vier Tage?“ Sie war ganz Begeisterung. „Ja, Basti. Gerne. Ich freu mich, dass du bei mir bist. Du kannst so lange in meiner Wohnung bleiben, wie du willst. Ich gebe dir den Zweitschlüssel. Du musst nur darauf achten, dass niemand sieht, wie du hinein- und hinausgehst.“

„Das verstehe ich“, sagte er. „Danke, Helga.“

Sie schaute ihn mit großen Augen an. „Dafür brauchst du dich doch nicht zu bedanken, Basti. Ich freue mich, dass du bei mir bist."

Bastians Mutter hatte ihm seine Sporttasche mit frischen Anziehsachen für mehrere Tage gepackt. Sie hatte einen zusammengefalteten Zettel beigelegt. Als Bastian ihn auffaltete, fiel ein Zwanzigeuroschein heraus. „Für dich, Bastian", stand auf dem Zettel. „Pass auf, dass er dich abends nicht sieht, wenn er aus der Kneipe kommt. Mutti"

Sie liefen die Treppen hoch.

„Dein Vater ist wirklich schlimm", sprach Helga bedauernd. „War er schon immer so?"

„Früher ging es einigermaßen", antwortete Bastian. „Als er noch Arbeit hatte, war er soweit erträglich. Aber aufbrausend und ungerecht war er schon immer. Er hat mich auch früher oft geschlagen." Er schaute Helga an: „Lass uns zu meinem Haus im Wald abhauen."

Sie legte eine Hand auf seinen Arm. „Wir nehmen gleich ein leeres Blatt und lassen es Wirklichkeit werden, Basti."

Sie „bauten" das Haus in einem kleinen versteckten Tal im Wald. Dort gab es einen Bach mit klarem, sauberem Wasser, einen Badeteich, so groß wie der Heideweiher, einen riesigen Garten und ein paar kleine Felder mit Kartoffeln, Raps und Getreide. Sie zeichneten allerlei Tiere in das Bild. Drinnen im Haus malten sie gemütliche Möbel und einen Ofen, der mit Holz befeuert wurde.

„Das Haus braucht keine Rumpelkammer wie deine Wohnung", sagte Bastian. „In unserem Haus brauchst du dich nicht in einer dunklen, engen Kammer zu verstecken."

Sie schaute ihn mit großen Augen an.

„Ich ..." Bastian senkte den Blick. „Ich ... du warst nicht da, heute Morgen. Ich dachte erst, dass du weggegangen wärst. Aber du versteckst dich ja den ganzen Tag. Hast du selber gesagt. Da habe ich unterm Bett nachgeschaut, und als ich dich dort nicht fand ... tja ... da habe ich die Tür der Rumpelkammer aufgemacht. Nur einen Spalt, ehrlich. Ich ..." Er schaute sie an. „Es tut mir leid, Helga. Ich wollte dir nicht hinterherspionieren. Du schläfst dort drinnen, damit dich keiner findet, wenn jemand die Wohnung kontrolliert, stimmt's?"

Sie blickte ihn lange stumm an. Angst stand in ihren Augen.

Bastian schämte sich. „Es tut mir echt leid, Helga. Bitte verzeih mir."

Sie fasste nach seinen Händen. „Basti. Du musst mir fest versprechen, dass du die Tür niemals offen lassen wirst. Versprichst du mir das?"

„Na klaro! Auf der Stelle", beeilte er sich zu sagen. „Ich will doch nicht, dass ein Kontrolleur dich findet und du ins Waisenhaus zurück musst.

„Ach Basti", sagte sie leise. Eine Weile saßen sie still nebeneinander. Dann zeichneten sie gemeinsam weiter an ihrem Bild.

Später machten sie Karaoke. Wieder schafften sie Anekas Hit „Oh shooby doo" nicht, weil sie so lachen mussten. Auf Bastians Wunsch sang Helga ihre Version von „Sweet sweet smile".

Irgendwann legte Helga die CD mit Gypsymusik auf und tanzte zu ihrem Lieblingslied.

Sie ist wirklich eine Fee, dachte Bastian, während das Mädchen geschmeidig durchs Zimmer wirbelte. Statt dem rhythmischen Stampfen ihrer nackten Füße begleitete diesmal das gedämpfte Patschen der bestickten Stoffschuhe die Musik.

Bastian schaute Helga fasziniert beim Tanzen zu. Sie war eine Elfe; eine wirkliche leibhaftige Elfe.

*

Jahrzehnte vergingen, und Perchtrude lebte noch immer ihr Leben in der Dunkelheit. Viele Länder hatte sie inzwischen bereist. Sie holte sich die Kinder der Bauern draußen in der Ödnis und die Mädchen des Fahrenden Volkes. Sie holte sich in den Städten die Bettelkinder von den Straßen und die Kinder aus den Waisenhäusern. Weit war ihr Weg, ja, sie kam bis nach Indien, das von den Engländern erobert worden war. Perchtrude gründete eine Blutsekte und erfand einen Kult um die Blutgöttin Kali. Es gab Nahrung und Kinder zum Spielen im Überfluss.

Eine neue Zeit begann. Die Dampfmaschine sorgte in Schiffen und Lokomotiven für schnelles Reisen. Perchtrude kehrte in ihr altes Stammland zurück. Der Kerker draußen im Moor stand immer noch. Eine Weile lebte sie zurückgezogen, während das Geld, das sie in früheren Jahren von abgelegten Ehemännern geerbt hatte, auf den Banken prächtige Zinsen trug. Russisches Gold, französische Francs und deutsche Goldmark mehrten ihr Vermögen im Laufe der Jahrzehnte. Perchtrude heiratete immer nur zu einem Zweck: um an das Geld ihrer Ehemänner zukommen, die bald nach der Hochzeit ablebten.

Ein neues Jahrzehnt kam. Perchtrude lernte einen Mann kennen, der am Übernatürlichen interessiert war und der in einem neuen Staat eine hohe Machtposition innehatte. Der Mann hieß Heinrich Himmler. Zum ersten Mal seit langer Zeit gab es wieder eine Schutz-Schar. Sie wurde Schutz-Staffel genannt, und Perchtrude holte sich so manchen Schutz-Staffel-Mann in ihr Bett.

Ein großer Krieg begann, und Trude machte es sich in einem abgeschiedenen Konzentrationslager gemütlich. Es gab kleine Mädchen im Überfluss und endlich wieder ein Zimmer mit einem eisernen Andreaskreuz, und draußen an der Hauswand war ein Käfig angebaut. Dorthin kamen die Mädchen, die im Laufe der Nacht zufällig oder beabsichtigt von Perchtrudes Blut getrunken hatten.

Trude genoss ihr Leben. Trude genoss ihre Macht. Trude genoss das Entsetzen der kleinen Mädchen. Sie kostete es voll aus. Perchtrude fühlte sich wohl.

*

Helga saß im Schlafzimmer. Sie hatte nur die kleine Lampe über dem Frisiertischchen ihrer Vorbewohnerin eingeschaltet, um Bastians Schlaf nicht zu stören. Er lag im Bett und schlief friedlich. Sie lauschte seinen tiefen Atemzügen. Wieder war sie auf der Bettkante sitzen geblieben, bis er eingeschlafen war. Sie hatte seine Hand gehalten und mit klopfendem Herzen miterlebt, wie er in ihrer Gegenwart einschlief.

Basti, oh Basti. Siehst du, dass du mir vertrauen kannst? Siehst du, dass ich dich beschützen will? Siehst du, dass ich kein Monster bin? Nie will ich zulassen, dass dir etwas geschieht, Basti. Siehst du, dass ich dich mag? Basti, ich habe dich lieb. So lieb!

Er hatte gesagt, dass er froh sei, dass sie ihm beigebracht hatte zu kämpfen. Kämpfen zu können war gut. Es ersparte einem so einiges. Manni hatte ihr beigebracht, was er wusste, bevor er gegangen war.

Die Bande von Mopedfahrern, die Helga eines Abends in der Altstadt von Saarbrücken gestellt hatte. „Was hast du kleines Gör dich spätabends draußen herumzutreiben?“ Halbstarke. Angeber. Idioten. Sie mussten „sich beweisen“, am liebsten, indem sie Schwächere drangsalierten. Einer der Kerle war abgestiegen und auf sie zugekommen. „Hast du keine Schuhe? Bist du ein Zigeunerkind? Schaff dich fort!“ Er hatte ein Messer aus der Tasche geholt und auf Knopfdruck flippte die Klinge aus dem Schaft heraus. Wahrscheinlich fühlte der Kerl sich mit so einem Spielzeugmesser cool. Nein, cool sagten sie damals nicht. Knorke. Genau. Damals sagten sie knorke. Helga hatte ihr kleines, scharfes Messer schneller in der Hand gehabt als der Blitz, und ihr Arm war vorgeschnellt, als er auf sie losging, um sie mit seiner Waffe zu bedrohen. Einmal, zweimal, dreimal. Schnell.

„Verdammt! Das Biest hat mich geschnitten! Drecksgör!“ Der Kerl blutete aus der rechten Hand und aus dem rechten Arm. Nicht schlimm. Helga hatte ihn nur angeritzt. Sie konzentrierte sich auf die Augen des Typen, um nicht das Blut anzustarren. Als er einen Schritt auf sie zumachte, stieß sie erneut zu, diesmal in Richtung seines Geschlechtsteils. Sie stach in die Hose. Nur in den Stoff, aber der Halbstarke machte sofort rückwärts.

Seine Kumpane lachten lauthals.

„Haha! Das ist eine kleine Wildkatze. Leg dich nicht mit der an, Dieter. Lass sie lieber in Ruhe.“

Sie hatten sich davongemacht, ohne Helga ein Haar zu krümmen. Sie hatte ihre besonderen Kräfte nicht einsetzen müssen. Nur ein paar Mal mit dem Messer gepiekt. Eine wahrhaft hilfreiche Technik.

Würde sie auch gegen den „Büffel“ wirken? Wenn man Bastian zuhörte, musste man zu dem Schluss kommen, dass der Sechzehnjährige verrückt war. Verrückte waren gefährlich. Helga beschloss, demnächst herauszufinden, wo Jens Regin wohnte und wo er abends verkehrte …

Sie blätterte in ihrem Mädchenbuch. Sie war bei dem Kapitel übers

Kinderzeugen. Auf Zeichnungen sah man, wie das Baby gezeugt wurde, nämlich durch die geschlechtliche Vereinigung von Mann und Frau, und wie es dann in der Mutter heranwuchs.

Helga schaute zu Bastian hin. Basti würde wachsen. Basti würde älter werden, alt genug, um selber Babys zu zeugen.

Und ich?

Sie umklammerte ihren Bauch, diesen flachen Kinderbauch vorne an ihrem schmächtigen Kinderkörper, diesem Körper, der immer so bleiben würde, klein, dünn, schmächtig, haarlos dort unten zwischen den Schenkeln und ohne Brüste.

Und ich?

Sie stand auf, streifte ihre Kleidung bis auf das Hemd ab und kroch zu Bastian unter die Decke. Sie kuschelte sich eng an ihn.

„Basti", flüsterte sie und streichelte sein Gesicht. „Basti, wenn ich dich nicht hätte!"

Aber hatte sie Basti denn? Und wenn ja, für wie lange? Basti wuchs. Basti wurde älter.

Helga nicht. Niemals. Sie würde bis in alle Ewigkeit zwölf bleiben. Für immer.

*

Standartenführer Wolfgang Furtwängler ging durchs Lager. Er war unterwegs zur Mädchenbaracke VII. Dort würde er seine SS-Männer von der Wachmannschaft treffen. In der Ferne in einer Ecke nahe beim elektrischen Zaun sah er Trudes Haus mit dem Eisenkäfig draußen an der Hauswand. Vor diesem Haus fürchteten sich die Kinder in den Baracken. Es war das Haus, aus dem man nicht zurückkehrte, das schlimmste Haus im gesamten Konzentrationslager. Dort gab es keinen netten Onkel Karl, der einem Brot zusteckte.

Furtwängler knurrte. Er würde mit Hauptscharführer Stein reden müssen. Karls Zuwendungen an die Kinder in den Baracken wurden allmählich zu offensichtlich. Das konnte gewaltigen Ärger geben. Karl war einfach zu weich. Furtwängler wunderte sich immer wieder, dass Karl Stein ausgerechnet zur SS gekommen war. Im Konzentrationslager wirkte er völlig fehl am Platz. Er verging vor Mitgefühl mit den Kindern, die nur zu einem Zweck im Lager waren: um an ihnen Experimente verschiedenster Art durchzuführen.

Wenn Karl nicht aufhört, die Kleinen zu füttern, muss ich ihn melden, dachte Furtwängler. Ein SS-Mann kam vorbei und grüßte zackig: „Guten Abend, Standartenführer."

Standartenführer Furtwängler. Mit dreiundzwanzig Jahren wahrscheinlich der jüngste Standartenführer im ganzen Reich. Furtwängler hatte Medizin studiert, und er war direkt nach dem Studium zur SS gegangen. Dort hatte er dann durch Zufall Trude Hartmann kennengelernt. Trude war mit dem Reichsführer SS Heinrich Himmler persönlich bekannt. Sie hatte Furtwängler ein Angebot unterbreitet, das er nicht abschlagen konnte. Medizinische Arbeit in einem Lager, weit draußen in Polen. Experimente an menschlichen Objekten. Experimente ohne jegliche Einschränkung. Furtwängler hatte freie Hand. Es gab nur wenige Vorgaben für ihn.

Finden Sie heraus, wie man Untermenschen schon im Kindesalter unfruchtbar macht.

Finden Sie heraus, ob man bestimmte Objekte eindeutschen kann.

Kann man polnischen Kindern arische Merkmale geben?

Sind diese Kinder dann eindeutschungsfähig?

Es gab eine Reihe solcher Fragen. Furtwängler arbeitete sie ab, wie er wollte. Er konnte es sich aussuchen. Derzeit experimentierte er mit verdünnten Säuren unterschiedlicher Art. Da diese Experimente nicht selten mit dem Ableben des Testobjektes endeten, hielt er sich an die Sinti- und Judenkinder im Lager. Wenn er versuchte, die Eileiter der Mädchen mit verdünnter Säure zu verschließen, trug er Gehörschutz. Das Gebrüll der Objekte störte seine Konzentration. Die Experimente zeigten, dass es schwierig war, den Mädchen die Eileiter mit Säurespritzen zu „verlöten". Die Methode war zu aufwendig, zu wenig wirksam und sie hatte zu viele Todesfälle zur Folge. Sie funktionierte nicht gescheit. Wenn er die Probanden nach einigen Wochen operierte, um nachzuschauen, ob die Säurebehandlung angeschlagen hatte, erwartete ihn so manche Enttäuschung.

Da hat dieser Dr. Mengele aber keine gute Idee gehabt, dachte Furtwängler. Soll er sich in Zukunft allein mit der Säurespritze herumschlagen. Ich probiere etwas Neues aus.

Von Professor Wenk aus Frankfurt hatte er eine interessante Theorie aufgeschnappt: bestrahlen des Unterleibs mit extrem starken Röntgenstrahlen. Furtwängler beschloss, sich eine entsprechende Apparatur bringen zu lassen. Es war Sommer 1944 und es begann sich abzuzeichnen, dass es mit dem propagierten Endsieg vielleicht doch nichts werden würde, aber Furtwängler konnte bestellen, was er wollte. Es wurde prompt geliefert. Trude Hartmann hatte Beziehungen. Furtwängler nahm sich vor, gleich am nächsten Morgen zu telefonieren. Es musste ein Mittel gefunden werden, schon die Welpen der Untermenschen unfruchtbar zu machen, damit sie nicht mit spätestens vierzehn Jahren ihre degenerierten Erbanlagen weitergaben. So frühe Schwangerschaften waren bei den Zigeunern, vor allem bei denen auf dem Balkan, keine Seltenheit.

Er kam bei Baracke VII an. Die SS-Mannschaft erwartete ihn bereits. Furtwängler schaute auf seinen Zettel: „Häftlingsnummer 198-232. Wird ins Forschungslabor von Frau Dr. Hartmann verbracht.“

Sie betraten die Baracke, wo die Mädchen bei ihrer abendlichen Suppe saßen. Ängstliche Blicke aus weit aufgerissenen Augen begrüßten sie. Sie hatten Angst, die kleinen Mädchen, Todesangst. Sie wussten, dass diejenige von ihnen, die ausgesucht wurde, nicht wieder zurückkehren würde.

Der Scharführer trat vor: „Häftling 198-232. Vortreten!“

Ein blondes Mädchen von ungefähr zehn Jahren erhob sich von seinem Platz. Die Kleine zitterte am ganzen Leib.

„Mitkommen!“, befahl der Scharführer. Seine Männer holten das Mädchen. Sie brachten es zu Trudes Haus.

Gerlinde hieß die Kleine, erinnerte sich Furtwängler. Er kannte sie alle beim Vornamen, weil er sie schon oft untersucht hatte. Er führte rassische Vermessungen des Körpers und des Kopfes an den Mädchen durch, maß Augenabstand, Brauenhöhe, das Kinn und andere Merkmale, die auf arisches Blut hinweisen konnten. In Baracke VII waren alle Mädchen blond und blauäugig.

Gerlinde weinte. Sie konnte sich kaum auf den Beinen halten. Zwei SS-Männer mussten sie an den Oberarmen packen und mitschleifen. Allein konnte sie nicht laufen. Arme Kleine. Es kotzte Furtwängler an, dass er für Trude den Büttel machen musste. Jedes Mal, wenn er ihr eins der Mädchen aus den Baracken zuführte, hätte er Trude am liebsten erschossen wie einen tollen Hund. Die kleinen Gänschen taten ihm leid. Wenn er sie zum Schreien und Heulen brachte, hatte das mit medizinischen Experimenten zu tun, aber Trude war für ihn einfach nur eine Sadistin mit einem krankhaften Drang, kleine Mädchen zu foltern.

Furtwängler war dafür verantwortlich, Trude Hartmann ihre ausgesuchten Objekte heranzuschaffen und zu präparieren. Er hasste es, aber Trude war seine direkte Vorgesetzte. Sie war es, die ihm seine Arbeit erst ermöglicht hatte. Also musste er die Zähne zusammenbeißen und Nachschub für sie heranschaffen, zweimal jede Woche, manchmal sogar öfter.

Warum vergriff sich Trude nicht an den Judenbälgern oder den kleinen Zigeunerinnen? Es waren genug im Lager. Aber nein, die Frau stand auf den blonden, nordischen Typ. Blond und blauäugig mussten die Mädchen sein, zart gebaut und zwischen zehn und zwölf Jahren.

„Wissen Sie, Furtwängler, mein Lieber", hatte sie zu ihm gesagt, „die kleinen Zigeunerinnen hatte ich bereits zur Genüge. Im Moment sind es die blonden, blauäugigen Mädchen, die ich brauche."

Immer abends. Trude war ein Nachtmensch. Niemand hatte sie je bei Tageslicht gesehen. Im Lager ging das Gerücht um, sie leide an einer seltenen Krankheit und ihre Haut vertrüge kein Sonnenlicht. Andere behaupteten, sie habe sich eine besondere Krankheit bei ihren Forschungen zugezogen. Trude Hartmann erforschte das Übersinnliche. Das war der Grund, warum der SS-Reichsführer Heinrich Himmler ihr völlig freie Hand ließ. Es hieß, Trude habe sich „auf der anderen Seite etwas eingefangen", was immer das auch bedeuten mochte.

Nach außen hin forschte Trude offiziell nach Methoden, um starke Blutungen zu stillen. Das war angeblich der Grund, warum sie in ihrem Labor so schlimme Dinge mit den Mädchen anstellte. Vor dem Krieg hatte Trude ihre Forschungen aus eigener Tasche bezahlt. Seit Himmler Interesse an ihrer Arbeit hatte, standen ihr Geldmittel in ungeheuerlicher Höhe zur Verfügung.

Trude erforschte übersinnliche Phänomene, hieß es. Furtwängler bezweifelte das. Trude war einfach nur ein Stück Mist. Was sie tat, war schlicht pervers! Trude war eine kranke Sadistin. Einzig die Behauptung, die Frau erforsche den Jungbrunnen, interessierte ihn vage. Ewige Jugend, das hatte was.

Tatsächlich war Trude eine junge Frau von atemberaubender Schönheit. Besonders die jungen, unverheirateten SS-Männer schauten ihr hinterher, und es war ein offenes Geheimnis, dass Trude gelegentlich einen von ihnen einlud, die Nacht mit ihr zu verbringen. Es gab Zigaretten, Alkohol und gutes Essen, und danach ...

Trude hatte auch ihm Avancen gemacht, aber Furtwängler hätte die Frau nicht mal mit der Kneifzange angerührt. Von Trude ging eine eisige Kälte aus, die jeglichen männlichen Trieb in ihm im Keim erstickte. An Trude war etwas Bösartiges. Sie war wie ein nimmersattes Raubtier, das auch dann noch jagte, wenn es längst satt gefressen war.

Sie betraten das Haus und brachten Gerlinde in Trudes Labor. Die SS-Männer zogen das Mädchen nackt aus und befestigten es an dem metallenen X. Gerlinde weinte. Sie flehte die Männer pausenlos an, sie gehen zu lassen. Sie tat Furtwängler leid. Das kleine Mädchen sollte nicht hier in diesem scheußlichen Raum an dem Andreaskreuz hängen. Trude Hartmann betrieb keine Forschung. Trude Hartmann war nichts weiter als eine Sadistin, die ihre Freude daran hatte, kleine Mädchen langsam zu Tode zu foltern.

Gerlinde war befestigt.

Furtwängler trat zu der verschlossenen Tür auf der anderen Seite des Labors. Er klopfte zweimal: „Das Objekt ist präpariert."

Er drehte sich um und verließ mit seinen Männern das Labor.

„Nein!", schluchzte Gerlinde verzweifelt. „Lasst mich nicht hier zurück! Bitte, bitte nicht!"

*

In Homburg war eine Kirmes. Irgendein Fest fand statt und es waren Karussells aufgestellt. Sie hatten diskutiert, ob sie es wagen konnten, hinzugehen. Bastian war die Kirmes egal. Helga nicht. Sie war ganz wild darauf.

„Ein Jahrmarkt", sagte sie auf dem Weg zum Kirmesplatz. „Dort gibt es viel zu sehen."

Bastian wollte ihr die Freude nicht verderben und ließ sie schwärmen – vom Geruch nach gebratenen Äpfeln und Zuckerwatte, Wahrsagern, Tierdompteuren, Kino im Zelt, Zauberern. Anscheinend verwechselte sie da was. Was sie beschrieb klang eher nach einem Zirkus in den dreißiger Jahren. Kannte sie die Kirmes nur aus dem Fernsehen? Manchmal war sie echt komisch.

Aber sie freute sich und hopste an seiner Hand herum wie ein Flummi, und weil sie so froh war, war Bastian es auch. Sie trug die bestickten Stoffschuhe. Anscheinend zog sie die Dinger nur zum Schlafen aus.

Das Wertvollste auf der Welt, Basti. Ein Geschenk von dir.

Er drückte ihre Hand. Sie erwiderte den Druck und lächelte ihn an.

Die Kirmes war nicht so, wie sie es sich vorgestellt hatte. Sie gefiel ihr trotzdem. Bastians Sorge, dass sie auffallen könnten, verflog rasch. Es war ein Höllenbetrieb auf dem Gelände. Kein Mensch achtete auf sie. Beim Zuckerwatteverkäufer wollte er Zuckerwatte für Helga kaufen. Sie lehnte freundlich ab.

Die Einladung, mit den unterschiedlichen Karussells zu fahren, lehnte sie nicht ab. Eng aneinandergedrängt hockten sie hintereinander im Flieger. Sie zog am Hebel und das Flugzeug hob ab, kreiste drei Meter überm Erdboden. Die Musik aus den Boxen dröhnte in ihren Ohren. Berg- und Talbahn. Andere Musik. Laut. Schön. Die Boxbahn. Neue Musik. Kreischende Kinder nebenan auf dem Twister. Rumms! Andere Boxbahnautos rammen. Selber angerummst werden. Helga lachte. Es war schön. Bastian freute sich. Er hatte zuerst nicht herkommen wollen, aber ihre Begeisterung steckte ihn an.

Arm in Arm zogen sie auf dem Kirmesplatz herum. Der Sommerabend war warm, aber nicht drückend heiß.

Sie kamen an zwei Jugendlichen vorbei. Bastian erkannte Claudio Schlaudio aus Blödos Bande. Von rechts kamen weitere Jugendliche heran.

„Ey, Lessing!", riefen sie. Der Jugendliche neben Claudio drehte sich um und winkte.

„Ey, Müller!", riefen sie. Claudio schaute, als ob ihm der Zuruf nicht gefiel.

Bastian brach in lautes Lachen aus. Er konnte nicht anders. Claudio Schlaudio, der sich so viel auf seine italienische Abstammung einbildete, hieß Müller. Einfach nur Müller. Müller, was für ein Knüller. Claudio schaute ihn bitterböse an.

Bastian zog Helga fort. Er wollte keinen Stunk mit dem Komiker. Nicht heute Abend. Er wollte sich die Kirmes nicht verderben lassen. Müller. Wie geil. Claudio Müller. Wirklich mucho totale italiano. Zum Wiehern.

Sie stromerten über den Platz. Die laute Musik spielte durcheinander. Wenn man sich zwischen zwei Fahrgeschäften befand, bekam man ein unsägliches musikalisches Kauderwelsch auf die Ohren geknallt.

Sie kamen zur Bude der Wahrsagerin am Rande des Platzes. „Madame Weiss weiß alles", stand auf dem Schild über der Bude. Madame Weiss saß gelangweilt auf einem Stuhl. Sie hatte keine Kundschaft.

Bastian juckte es in den Fingern: „Wollen wir uns die Zukunft vorhersagen lassen?" Er zog Helga zu der Bude und holte einen Schein aus der Tasche.

„Reicht das für uns beide?", fragte er die Frau in den Dreißigern, die sich als Zigeunerin verkleidet hatte. Wenigstens sah sie echt aus.

Madame Weiss lächelte gnädig: „Weil ihr es seid." Sie nahm den Schein und stand auf. „Kommt mit rein ins Zelt." Sie folgten der Frau in ihr Zelt. Drinnen war es schummrig. An den Zeltwänden waren komische Symbole aufgemalt. Bastian schaute sich alles an. Ein Tisch, ein paar alte Stühle, die schon bessere Zeiten gesehen hatten. Auf dem Tisch lag die obligatorische Kristallkugel auf einem hölzernen Halter. Daneben ein Kartenspiel, das alt und abgegriffen wirkte. Die Ausrüstung von Madame Weiss sah alt und müde aus. Wahrscheinlich hatte das Zeug schon bessere Zeiten gesehen. War ja auch klar. Sich im Zelt einer Wahrsagerin die Zukunft voraussagen zu lassen, war nicht mehr in. Wer machte das heutzutage noch?

Plötzlich tat die Frau ihm leid. Sie musste mit diesen alten Sachen ihren Lebensunterhalt verdienen, und es sah nicht so aus, als ob sie genug Geld bekäme, um davon gescheit leben zu können.

Madame Weiss machte eine einladende Geste: „Setzte euch." Sie schaute Helga an. Sie hatte Helga nicht aus den Augen gelassen, seit sie vor dem Zelt erschienen waren.

Die Frau setzte sich ihnen gegenüber: „Gib mir deine Hand, Junge."

Bastian hielt ihr die rechte Handfläche hin.

Madame Weiss studierte sie mit gerunzelter Stirn. „Dein Leben war traurig, aber seit einiger Zeit ist es besser geworden", sagte sie.

„Stimmt", sagte Bastian verblüfft.

Die Wahrsagerin schaute ihn ernst an: „Dir stehen Prüfungen bevor. Bestehst du sie, wirst du frei sein."

„Hm", sagte Bastian. Mehr nicht?

Madame Weiss fasste nach Helgas Hand und betrachtete die Handfläche des Mädchens. Sie blickte auf und sah Helga sehr seltsam an: „Jung, und doch alt. Von weit her. Leid. Von Kindesbeinen an. Seit einiger Zeit heilt dein wundes Herz, Mädchen." Die Frau schaute Helga nun mit unverhohlenem Mitleid an: „Du wirst weinen, Kleine. Sehr. Wenn derjenige, der es wert ist, zu dir hält, wirst du wieder lachen, und alles wird gut."

„Und wenn nicht?", fragte Helga. Ihr war unbehaglich, das erkannte Bastian deutlich. „Was dann?"

Madame Weiss hob die Hand und strich ihr über die Wange: „Versuche, an das Gute im Menschen zu glauben. Suche nicht das Feuer." Die Frau sah aus, als müsse sie mit Gewalt Tränen unterdrücken. Sie gab Bastian seinen Geldschein zurück. „Geht, ihr beiden! Geht fort. Geht nach Hause. Es ist keine Schande, sich in Zeiten der Gefahr zu verstecken."

Sie gingen.

„Was hat sie gemeint?", fragte Bastian. „Verstehst du das? Wieso hat sie mir das Geld wiedergegeben?"

„Ich glaube, sie ist eine echte Wahrsagerin", sagte Helga. Sie musste laut sprechen, um den Krach der Karussells zu übertönen. „Lass uns gehen, Basti. Bitte. Ich will nicht mehr hier sein. Ich will weg."

Sie marschierten zum anderen Ende des Kirmesplatzes. Der Wald war nicht fern. Plötzlich wollte auch Bastian weg. Es schien, als sei die Luft elektrisch aufgeladen. Er wollte nicht mehr auf dem lauten Kirmesplatz sein. Das seltsame Verhalten der Wahrsagerin hatte ihm die Stimmung verdorben. „Lass uns eine Papierschwalbe falten und vom Hochhaus fliegen lassen."

„Ja", sagte Helga. „Das ist eine gute Idee. Das machen wir."

„Hallo ihr zwei beiden." Sie waren zu viert, tauchten aus den Schatten zwischen zwei Schaustellerwohnwagen auf - Bodo, Hagen, Jens und Claudio. Claudio Schlaudio Müller.

Oh nein, dachte Bastian. Die Scheißer haben uns gerade noch gefehlt. So ein Mist.

Er schaute sich um. Sie befanden sich am Rande des Kirmesplatzes, an einer Stelle, wo sich kein Mensch aufhielt. Die vier Kacker hatten sie genau abgepasst. Es sah nicht gut aus.

Der Büffel holte sein Büffelfeuerzeug heraus: „Jetzt gibt's ein hübsches Käsfeuerchen, Kinder." Seine Augen waren glasig. Was immer das für ein Zeug war, das der Typ nahm, es bekam ihm nicht gut. Allzu viel ist ungesund.

Bastian sah sich nach einer Fluchtmöglichkeit um. Es gab keine. Die vier Jugendlichen hatten sie zwischen drei Schaustellerwagen eingekeilt. Mist!

Jens Regin zündete sein Feuerzeug: „Käsfeuerchen. Käsfeuerchen. Und danach sengen wir ein bisschen die Haare ab." Er nahm Bastian aufs Korn: „Du hast ein paar Zähne zu viel im Maul, Pisser. Das muss geändert werden."

Die meinen es ernst, dachte Bastian noch, dann zog er Helga an der Hand. Weglaufen! Sie mussten es zumindest versuchen. Die vier Kerle warfen sich auf sie.

Aushebeln!

Es funktionierte tatsächlich. Claudio landete auf dem Boden, gefolgt von Bodo. Hagen der Hagere leistete ihnen kurz darauf Gesellschaft. Aber sie waren zu viert und größer und stärker.

Es entspann sich eine wilde Keilerei. Bastian und Helga wehrten sich erbittert. Sie spürten, dass es ernst war. Die Typen wollten ihnen ans Leder. Bastian fing sich einen betäubenden Faustschlag auf die Schläfe ein. Farbige Nebel begannen vor seinen Augen zu tanzen.

Shit! Mir ist so schwummerig.

Ein Aufschrei. Noch einer. Claudio Schlaudio wich zurück. Er blutete an der Hand. Helga stand mit dem Messer in der Hand da. Von hinten kam der Büffel heran. Seine Augen glänzten bösartig. Nein! Bastian zog sein eigenes Messer. Er machte einen Ausfallschritt und stach nach dem großen Jungen. Obwohl Jens total zugedröhnt war, reagierte er erstaunlich schnell. Er machte einen Satz rückwärts und brachte sich außer Reichweite der Klinge in Bastians Hand. Bastian setzte nach. Helga brachte Bodo mit einem Judowurf zu Fall.

Wir müssen weg, dachte Bastian panisch. In diesem Durcheinander kann man sich nicht gescheit wehren.

Er war noch immer von dem harten Faustschlag gegen seine Schläfe angeschlagen. Als Blödo hochkam und nach Helga griff, ließ Bastian sein rechtes Bein hochschnellen und trat ihm mitten ins Gesicht. Aufkreischend ging der Kerl wieder zu Boden.

„Weg!", schrie Bastian. Sie gaben Fersengeld. Hinter ihnen wurden Flüche gebrüllt. Nichts wie weg. Abstand schaffen. Sie rannten die Straße hinunter, schlugen einen Haken und liefen in eine schmale Gasse. An deren Ende führte ein schmaler Weg in den Wald, das wusste Bastian. Nicht mehr weit und sie wären in Sicherheit. Sie hängten Blödo und seine Schweinebande ab.

„Uff!", rief Bastian. „Was für eine Saubande! Na, denen haben wir es gezeigt." Er steckte sein Messer ein. Er blieb stehen, um zu Atem zu kommen. Sie hatten es tatsächlich geschafft. Zwei dünne, kleine Würstchen hatten Bodo und seine Schweinebande abgebügelt.

Helga bremste ebenfalls. Plötzlich weiteten sich ihre Augen. „Basti! Pass auf!"

Eisenharte Arme packten Bastian von hinten und hoben ihn hoch, drückten ihm den Hals zu. Er wurde durchgeschüttelt wie eine Ratte von einem wütenden Terrier.

„Hallo Arschloch", sagte der Büffel. Er beugte sich nach vorne: „Hab ich dich endlich, du kleiner Pissdackel!" Er begann zuzudrücken.

Bastian zappelte verzweifelt. Jens drückte ihm die Luft ab. Er konnte kein Judo anwenden, weil er mit den Füßen in der Luft hing.

„Käsfeuerchen ist viel zu wenig für dich, du Scheißer", knurrte der Büffel. „Ich mach dich kalt, du Arsch!"

Er meint es ernst, dachte Bastian. Eisiges Entsetzen kam über ihn. Der Büffel meinte es ernst. Der Kerl war so mit Drogen zugedröhnt, dass er zu allem fähig war. Wo sind die Leute? Warum kommt niemand? Wir sind direkt neben dem Kirmesplatz. Hier müssen doch Menschen sein, die mir helfen können.

Er musste an den Jungen denken, der sich vor einem halben Jahr den Arm gebrochen hatte. Angeblich war er die Treppe hinuntergefallen, aber alle wussten, wer dahinter steckte - der Büffel! Der Typ drehte immer mehr durch. Er war gemeingefährlich.

Bastian zappelte hilflos. Er versuchte, Jens' Arme von seinem Hals wegzuziehen. Ebenso gut hätte er versuchen können, eine Planierraupe über die Straße zu schieben. Die Arme des Büffels umschlangen seine Kehle wie eine dicke Anakonda. Sie erwürgten ihn langsam, aber unerbittlich. In seiner Verzweiflung ballte er die Rechte zur Faust, ließ den Daumen vorstehen und hackte aufs Geratewohl hinter sich. Beim dritten Mal traf er den Büffel ins Auge. Jens kreischte laut auf.

„Du Scheißer! Mein Auge! Na warte! Jetzt bist du reif! Ich bring dich um! Ich mach dich kalt, du kleine Sau!"

Er tut es wirklich, dachte Bastian panisch. Er macht das. Er ermordet mich! Er erwürgt mich. Hilfe!

Er fummelte an seiner Jeans herum, um an sein Messer heranzukommen, aber Jens schüttelte ihn dermaßen durch, dass er nicht drankam. Farbige Nebel begannen vor seinen Augen zu tanzen. Er hatte schreckliche Angst - Todesangst.

Mein Messer! Ich muss an das Messer kommen! Sonst bringt er mich um!

Aus dem Augenwinkel sah er einen Schemen aus den Schatten heranhuschen. Etwas flog auf ihn zu, traf den Büffel. Der grunzte ungehalten und würgte Bastian weiter mit aller Kraft. Das Ding, das auf seinen Rücken gesprungen war, umklammerte Jens am Hals.

„Verdammt! Hau ab, du Schickse!" Jens ließ Bastian los, um sich zu befreien.

Bastian fiel zu Boden. Keuchend hockte er auf der Straße und rang nach Luft. Er drehte sich um und schaute den Büffel an. Er glotzte ungläubig zu Jens Regin hoch. Helga hing wie ein Geschwür auf seinem Rücken, den Kopf an Jens´ Hals gepresst.

„Aah! Verflucht! Hör auf!", rief Jens. Seine Stimme klang seltsam verwaschen, gurgelnd, irgendwie gedämpft. Er griff nach Helgas Armen und wollte sie von sich herunterzerren. Er schaffte es nicht.

Ungläubig sah Bastian zu, wie der Büffel einen komischen Tanz aufführte. Er drehte sich wie ein Brummkreisel in dem Versuch, Helga abzuschütteln. Er wollte schreien, aber es kam nur ein Röcheln heraus. Helgas Gesicht strahlte eine unglaubliche Wildheit aus. Ihre Augen blitzten wie die eines Raubtiers beim Angriff. Ihr gesamter Körper war von einer Art Krampf befallen. Sie klebte förmlich auf dem Büffel, den aufgerissenen Mund auf seinen Hals gepresst. Plötzlich brach Jens in die Knie, fiel nach vorne wie ein gefällter Baum. Helga klebte noch immer auf ihm wie ein Oktopus, den Mund in den Hals ihres Opfers verbissen. Jens' Arme zuckten unkontrolliert. „Nein!", gurgelte er. „Bitte …!" Man verstand ihn kaum über dem … Geräusch. Saugen, schlürfendes, gieriges Saugen, und da war noch etwas.

Sie schnurrt, dachte Bastian voller Grauen. Sie schnurrt! Er rang nach Atem. Seine Lunge rasselte und pfiff.

Die Bewegungen des Büffels wurden immer kraftloser. Seine Arme und Beine zuckten. Helga hockte über ihm und saugte ihn aus.

Mein Gott! Bastian verstand. Innerhalb weniger Sekunden fügten sich alle Puzzleteile zu einem Bild zusammen. Keine Mordhunde. Keine Blutwurstsekte. Kein Metzger. Helga! Ein Vampir!

Unten hob Helga den Kopf und leckte sich die Lippen. Dann biss sie Jens in den Kehlkopf. Es knackte. Der Büffel streckte sich und lag still. Helga stand auf. Ihr Mund war mit Blut verschmiert. Nicht viel. Nur ein bisschen. Ein sehr reinlicher, sauberer Vampir. Was ein sauberer Vampir ist, der versaut sich nicht die Schnute beim Blutsaugen.

Versau dir nicht die Schnute

mit des Opfers Blute.

Helga leckte ihre Lippen sauber. Bastian starrte.

Stimmen näherten sich von hinten.

„Weg!", zischte Bastian.

„Die Leiche!", sagte Helga. „Wir müssen sie im Wald …"

Er zerrte sie hoch. „Weg, bevor uns einer sieht!“

Sie rannten zum Wald. Kaum waren sie in der Dunkelheit verschwunden, ging das Geschrei hinter ihnen los. „Um Gottes Willen! Da liegt einer! Der ist tot!“

Helga übernahm die Führung. Sie nahm Bastian an der Hand und lotste ihn in einen Nebenweg. „Warte hier.“ Sie verschwand in der Dunkelheit. Bastian hörte Wasser plätschern. War das die Quelle, aus der er manchmal auf seinen Radtouren trank? Es war schummrig im Wald, obwohl der Mond voll war.

Helga kam zurück. Sie hatte sich das Gesicht gewaschen. Trotz der Dämmerung sah er, wie rosig ihr Gesicht war. Nie hatte sie lebendiger und gesünder ausgesehen.

Kein Wunder. Sie hat gerade gegessen.

Sie ist sattgefressen. Das knorpelige Krachen dröhnte wieder und wieder durch seinen Kopf, das Geräusch, als Helga dem Büffel die Kehle durchgebissen hatte. Das Schlürfen beim Blutsaugen. Das Schnurren, ein Geräusch reinen Behagens. Wie eine große Katze hatte sie geklungen. Knorpeliges Knacksen. Blut. Knacksen. Kehle durchgebissen. Blut …

Es war zu viel. Bastian beugte sich nach vorne und erbrach sich lautstark. Er konnte gar nicht mehr aufhören. Er kotzte sich die Seele aus dem Leib. Er reiherte, bis nur noch Galle kam. Würgend und spuckend stand er da und rang um Atem.

„Wasser“, stieß er hervor. „Wo hast du … dich gewaschen. Mund … ausspülen. Trinken …“ Er konnte nicht richtig sprechen. Noch einmal spuckte er krampfhaft.

„Komm, Basti.“ Helga nahm ihn bei der Hand und führte ihn durch den Wald. Er ließ sich von ihr leiten.

Da war die in Stein gefasste Quelle. Bastian kniete nieder und trank. Er spülte seinen Mund, spuckte aus, gurgelte mit Wasser. Er trank. Es war frisch und kalt und gut. Sein rebellierender Magen beruhigte sich.

Er stand auf. Seine Beine fühlten sich merkwürdig zittrig an. „Manno!“ Er spuckte einen Schluck Wasser aus und rieb sich mit dem Handrücken über den Mund.

Die gefasste Quelle befand sich auf einer kleinen Lichtung. Von der Straße her fiel ein einzelner Lichtstrahl einer Straßenlaterne zu ihnen ins Dunkel. Er beleuchtete Helgas helles Gesicht.

„Manno!", sagte Bastian noch einmal. In seinem Inneren tobte ein Sturm der Gefühle. „Das ist es also. Du ... du bist ein Vampir." Er hatte es nicht beabsichtigt, aber in seiner Stimme schwang Abscheu mit. Und Angst.

Sie schaute ihn mit riesengroßen Augen an. Die Arme hingen ihr an den Seiten herunter. Ihre Schultern waren gekrümmt. Ganz klein und zusammengeduckt sah sie aus.

„Deswegen kannst du nur im Dunkeln. Darum schläfst du in einem Raum, wo keine Sonne hinkommt. Der Metzger im Fernsehen ... das bist du!"

Sie stand still da. Blickte ihn nur an. Ängstlich. So hatte sie am ersten Abend ausgesehen, oben auf dem Dach, als er dachte, sie würde springen. „Du bist ein Vampir."

„Ja", sagte sie leise.

Keine Fee. Keine Nixe. Keine Elfe.

Ein Vampir. Ein Killer. Eine Mordkreatur. Seit Jahrzehnten. Im Fernsehen hatten sie es gesagt. Seit dem Zweiten Weltkrieg. So lange schon? Oder gab es mehr von ihrer Sorte? „Wie alt bist du?"

„So alt wie du", antwortete sie. Sie wirkte schüchtern, was sie noch anziehender wirken ließ. Sie war von betörender Schönheit.

„Aber der Metzger ...", setzte Bastian an. „Im Fernsehen sagen sie, es gibt ihn schon lange. Das bist du, stimmt's?"

Sie nickte. Angst stand in ihren Augen.

Wovor hat sie Angst? Dass ich ihr was tue? Herrgott, sie hat den Büffel kaltgemacht. Einfach abgemurkst. Sie könnte mir wahrscheinlich das Genick brechen.

Er schaute Helga an. Sie hat Angst, dass ich schreiend davonlaufe, dachte er. Sie hat Angst, dass ich nichts mehr mit ihr zu tun haben will, jetzt, wo ich weiß, was sie ist.

Die Frage stieg in ihm auf, blies sich auf wie ein riesiger Ballon. Er musste fragen: „Wenn du wieder Hunger hast, wirst du mich ...?"

Ihre Augen weiteten sich. „Nein!“, schrie sie entsetzt. „Niemals!“ Sie fing an zu zittern. Tränen traten ihr in die Augen. „Du …“ Sie streckte ihm die Hand in einer flehenden Geste entgegen.

Er rührte sich nicht. „Du bist ein Vampir. Du tötest Menschen.“

Ihre Hand sank herab.

„Wie viele?“ Er machte in Gedanken eine Überschlagsrechnung. All die Leichen und die Vermissten … „Jede Woche einer. Kommt das ungefähr hin?“

Sie nickte. Tränen liefen ihr über die Wangen. „Basti.“ Ihre Stimme war leise, sie zitterte.

„Du … du killst jede Woche einen Menschen. Einfach so.“

„Anders kann ich nicht überleben.“ Ihre Stimme war so leise, dass er sie kaum verstand. „Ich habe mir das nicht ausgesucht. Es ist eine Krankheit. Jemand hat mich damit angesteckt. Hat den Fluch auf mich übertragen.“

„Auch Kinder?“ Bastian musste es fragen.

Sie zuckte zusammen. „Nein. Nicht … mehr. Am Anfang … als ich noch nicht … nicht mehr. Nur … ich … ich streife umher und suche die … Passenden?“

Bastian dachte an das, was seine Mutter gesagt hatte. „Da hat es den Richtigen getroffen.“ Den Passenden?

„Leute wie der Büffel? Miese Typen? Verbrecher? Da war dieser Dreckskerl, der seine achtjährige Stieftochter regelmäßig vergewaltigte. Sie sagte, ein Engel hätte ihn getötet. Das warst du.“

Sie nickte unter Tränen. „Basti, ich … ich kann nichts dafür. Ich tue es nicht aus Lust am Töten. Ich würde sterben, wenn ich nicht …“

„Du tötest Menschen. An die sechzig Menschen pro Jahr. Du bist ein Killer.“

Ihre Augen ... Sie gab auf, erkannte er. Sie sank in sich zusammen. Sie senkte den Blick. Ihre Schultern sackten noch tiefer herab. Sie stand still da. Weinte. Drehte sich um. Wollte fortgehen. Hielt inne. Drehte sich zu ihm und schaute ihn an: „Kann … darf ich wenigstens die Wohnung behalten? Ich … früher … ich hatte erst dreimal einen Platz zum Leben. Sonst war ich immer draußen … Höhlen. Alte, verfallene Gebäude … darf ich die Wohnung …?“

Er brachte kein Wort heraus.

Sie blickte zu Boden. „So? Gut. Ich verstehe." Sie blickte ihn an: „Ich kann dich verstehen, Basti." Noch nie hatte er eine solche Verzweiflung im Gesicht eines Menschen gesehen. Ihr Blick schnitt ihm ins Herz wie ein Messer. „Dann gehe ich wohl besser. Danke für die schönen Schuhe, Basti. Danke für alles. Du bist ... du hast ... noch nie hat ein Mensch mich ... ich hatte nie ... keinen Freund ... ich war immer allein ... Mich hatte noch nie jemand lieb. Danke für alles, Basti. Ich habe dich wirklich sehr gern."

Sie drehte sich um, langsam, als sei sie unendlich müde und zu Tode erschöpft.

Bastians Herz krampfte sich schmerzhaft zusammen. Seine Kehle war wie zugeschnürt.

Sie ging.

Ein Schritt. Zwei Schritte. Drei Schritte.

„Helga!" Wie ein Schrei flog ihr Name von seinen Lippen.

Helga blieb stehen.

„Helga!", rief er.

Sie drehte sich um.

„Helga!" Jetzt war seine Stimme ein einziges Flehen: „Geh nicht weg!"

Sie stand still. Sah ihn nur an. Fragend. Ängstlich. Mit riesengroßen Augen.

Er machte einen Schritt auf sie zu. Seine Beine fühlten sich an, als seien sie mit flüssigem Blei gefüllt. „Bleib bei mir, Helga", bat er. „Geh nicht fort. Lass mich nicht allein. Ich habe doch nur dich. Bitte ..." Er rang die Hände. „Ich ... ich habe dich gern." Noch ein Schritt auf sie zu. „Ich habe dich lieb, Helga. Du bist meine Freundin."

Sie sah ihn an, die Augen in Tränen schwimmend. Ihre Lippen zitterten. „Ist ... ist das wahr? Meinst ... meinst du das ehrlich?" Wie verletzlich sie aussah. Wie ängstlich.

„Wir waren doch zusammen", stammelte er. „Du und ich. Wir haben uns vertragen. Miteinander gespielt. Wir waren im Heideweiher schwimmen. Wir ... du hast mir Judo beigebracht. Eben grad hast du mir das Leben gerettet. Der Büffel hätte mich umgebracht, ehrlich. Helga, ich mag dich. Bitte geh nicht weg. Ich werde niemandem verraten, wer du bist. Bitte bleib. Lass uns weiter Freunde sein. Du und ich, wir halten zusammen, komme, was wolle. Bitte, Helga!"

Sie stand still. Schaute ihn nur an, die Augen aufgerissen und voller Unglauben. Sie war so ängstlich.

„Helga. Bitte. Ich mag dich. Ehrlich. Bleib bei mir. Bitte."

„Basti!" Nur dieses eine Wort. Sie flog ihm in die Arme, klammerte sich an ihn wie eine Ertrinkende. Er hielt sie fest. Sie drängte sich weinend an ihn. Ihr schmaler Körper wurde von wildem Schluchzen geschüttelt. „Basti! B-B-Basti! Ich hab dich ja so lieb! Oh Basti!"

Er hielt sie fest und ließ sie weinen. Ihm schossen selber Tränen in die Augen.

„Helga. Liebe Helga", sagte er und drückte sie. Er hielt sie ganz fest an sich gedrückt. Er wollte sie nie mehr loslassen.

*

Perchtrude spazierte durchs Lager. Wo immer sie vorbeikam, begegneten ihr furchtsame Blicke. Die kleinen Insassen in diesem Teil des KZ wussten genau, wer sie war und was sie mit den Auserwählten anstellte. Perchtrude genoss die Angst, die ihr vorauseilte wie ein großer, blutrünstiger Hund. Selbst die gut gewachsenen Männer der Schutz-Staffel fürchteten sie ein wenig. Macht! Das war pure Macht. Perchtrude liebte es. Wenn Krieg war, war das Leben am schönsten. Das war schon immer so gewesen.

Sie kam an Baracke VII vorbei und betrachtete die Mädchen durch die Fenster. Die kleinen Dinger saßen bei ihrer abendlichen Suppe. Sie taten so, als würden sie nicht sehen, wer draußen vorbeiging, aber Perchtrude konnte ihre Angst beinahe körperlich spüren. Es war erregend schön. Sie waren so jung, so zart gebaut, so schön und so unschuldig. Wie herrlich sie sich fürchten konnten.

Perchtrudes Blick fiel auf eine bezaubernde Elfjährige mit kornblondem Haar und wasserblauen Augen. Sie merkte sich die Häftlingsnummer für später. Furtwängler würde sich darum kümmern. Er würde die kleine Schönheit in Trudes Haus bringen, wo sie schreien würde bis zum Morgengrauen. Trude hatte sich keine Mühe gegeben, einen geräuschgedämmten Raum herzurichten, im Gegenteil. Sie wollte, dass die anderen Mädchen es hörten. Das schürte ihre

Angst. Es war erregend, die Furcht in ihren großen Augen zu sehen.

Nicht mehr lange, dachte Perchtrude bedauernd.

Die Deutschen schienen den Krieg, den sie angezettelt hatten, zu verlieren. Wenn nicht ein Wunder geschah, würde es vielleicht noch ein Jahr weitergehen. Dann war Schluss. Schade. Hätte Adolf Hitler seinen großen Plan wahr gemacht und Russland erobert, Perchtrude wäre im Osten in all den vielen Kinderheimen fündig geworden, und in Lagern, wo man Experimente machte von der Art, wie Furtwängler sie durchführte. Wirklich schade.

Doch vorerst hatte sie noch ihren Spaß an den Lagerkindern. Oh, wie sie ihre Angst genoss. Erst war es ein unendlich zarter Kitzel, ihre Furcht zu wecken, dann ein brünstiges Verlangen, das Gefühl absoluter Macht, ein erregtes Zucken des Machtnervs, wenn sie verstanden, was mit ihnen geschah.

Es war wie damals bei Friggas kleiner Tochter Erlfriede. Es war herrlich. Perchtrude liebte es. Es war zu ihrem Lebenszweck geworden. Den Männern der Schutz-Staffel erzählte sie von Experimenten mit übernatürlichen Mächten, doch das war nichts als Tarnung. Furtwängler schien zu ahnen, was wirklich in Perchtrudes Haus ablief, aber er hielt den Mund. Alles, was er hatte, und alles, was er war, hatte er Perchtrude zu verdanken. Furtwängler würde schweigen. Alle anderen ließen sich täuschen. Gut.

*

Helga weinte lange. Sie wollte überhaupt nicht mehr aufhören. Bastian ließ sie weinen, auch als seine eigenen Tränen längst getrocknet waren.

Im Wohnviertel kam Tumult auf.

„Sie haben den Büffel gefunden", sagte Bastian. „Helga, wir müssen stiften gehen. Die Polente wird bald aufkreuzen und alles absuchen. Wir dürfen nicht hierbleiben."

Sie drängte sich an ihn. „Halt mich!"

„Ja. Ich halte dich. Ich lass dich nie mehr los."

Sie schaute zu ihm auf: „Willst du mich wirklich behalten? Als Freundin. Jetzt, wo du weißt, was ich wirklich bin?"

Er drückte sie: „Ja, Helga. Das will ich. Aber wir müssen hier weg."

Sie legte die Wange an seine Schulter. „Du willst wirklich?" Basti, Basti, Basti. Sie löste sich von ihm und nahm ihn bei der Hand: „Komm. Ich führe dich. Vertrau mir. Ich sehe alles im Dunkeln. Ich kenne einen Weg." Sie liefen in den nachtdunklen Wald hinein.

Bastian konnte es nicht lassen: „Hat er geschmeckt?"

„Was?" Sie schaute zu ihm hin, die Augen dunkle Teiche in ihrem hellen Gesicht.

„Der Büffel. Hat er geschmeckt?"

Sie verzog das Gesicht. „Er war komisch. Da war etwas Ekliges in seinem Blut."

„Drogen", sagte Bastian. „Deswegen war er so durchgedreht. Er nahm alles Mögliche ein. Ziemlich ungesund. Na, jetzt ist es egal."

Sie kamen aus dem Wald heraus.

„Gehen wir zu mir?", fragte sie schüchtern. „Ich … ich will nicht mehr draußen sein. Es …"

„Schon gut. Deine Wohnung ist okay. Wir verschwinden besser von der Bildfläche."

Sie liefen quer durch Homburg zum Bahnhof und weiter nach Erbach. Im Haus passten sie höllisch auf, dass Rumpelstilzchen sie nicht sah.

„Vor dem müssen wir uns in Zukunft noch besser in Acht nehmen", sprach Bastian. „Rumpelstilzchen ist ein komischer Vogel. Der ist nicht ganz sauber. Ein hinterhältiger Sack, glaub mir. Der würde seine eigene Großmutter verkaufen, wenn es ihm einen Gewinn einbrächte."

Droben in der Wohnung setzten sie sich nebeneinander auf die Couch. Sie ließen keine Musik laufen. Musik ging nicht. Unmöglich.

„Nun weißt du alles über mich", sagte Helga leise.

Bastian griff nach ihrer Hand: „Ich weiß überhaupt nichts, Helga. Gar nichts. Sag es mir. Erzähl mir alles. Bitte. Wer bist du? Wie bist du so geworden? Du hast gesagt, jemand hat dich angesteckt."

„Das ist eine lange Geschichte", sagte Helga.

Er blickte sie auffordernd an. „Ich habe viel Zeit."

„Ich bin aus Polen", begann Helga. Sie schaute ihn an. Da stand so viel Angst und Unsicherheit in ihren Augen. Immer noch. Es schnitt ihm ins Herz. Er legte den Arm um sie und drückte sie. Helga lehnte sich an ihn. „Ich weiß nicht, ob ich ein polnisches Mädchen war oder ein deutsches. Aufgewachsen bin ich in einem deutschen Waisenhaus bei Nonnen. Sie waren sehr streng. Ich bin wahrscheinlich um das Jahr 1932 geboren. So genau weiß ich das nicht."

Strenge und Lieblosigkeit hatten Helgas Kindheitsjahre geprägt. Die Nonnen schenkten den Waisenkindern keinerlei menschliche Wärme. Prügel gab es dafür umso mehr. Für das kleinste Vergehen wurden die Mädchen schwer bestraft. Helga und ihre Leidensgenossinnen fragten sich oft, was nach all den Verboten und den vielen Möglichkeiten, eine schreckliche Sünde zu begehen, noch übrig blieb. Erlaubt schienen nur Schlafen, Aufstehen, Arbeiten und Beten. Die Nonnen verlangten bedingungslosen Gehorsam. Zudem überschütteten sie die Mädchen mit ständigen Vorwürfen. „Sei froh, dass du hier im Waisenhaus untergekommen bist", war ihr Lieblingsspruch. Essen gab es stets zu wenig. Die Kinder hatten immer Hunger. Viele Jahre später las Helga einen Artikel in einer Zeitschrift über Mangelernährung. Kinder, die nicht genug zu essen bekamen, blieben kleiner als Gleichaltrige, die ausreichend ernährt wurden. Helga war zu klein für ihr Alter.

Kurz bevor sie zwölf wurde, kamen seltsame Männer ins Waisenhaus, deutsche Männer mit einem Totenkopf am Kragenspiegel. Es war Krieg, und die Deutschen hatten den Krieg gewonnen. Die Männer suchten sich Mädchen aus. Sie mussten blond und blauäugig sein. Die nahmen die Männer am liebsten. Doch sie wählten auch einige Mädchen aus, die das genaue Gegenteil dieses Ideals darstellten, Mädchen mit dunklen Haaren und braunen Augen.

Die Männer brachten Helga und ihre Kameradinnen ins Lager. Dort lebten sie in engen, unbeheizten Baracken. Es gab nie ausreichend zu essen. Sie hatten solchen Hunger, dass es wehtat. Nur ein älterer SS-Mann steckte ihnen ab und zu heimlich ein Stück Brot zu. Er war der einzige Mensch im Lager, der sie nicht behandelte wie Dreck. Er hieß Karl Stein. Sie nannten ihn Onkel Karl. Onkel Karl gab ihnen gelegentlich zu essen. Aber Onkel Karl bekam Angst.

„Ihr dürft um Himmels Willen nichts sagen", verlangte er von den Mädchen. „Ich glaube, mir will einer als Leder, weil ich euch ab und an was zustecke.

Schweigt! Redet mit keinem darüber, wenn ich euch Essen gebe. Die bringen mich sonst vors Kriegsgericht. Ich glaube, Furtwängler steckt dahinter, der falsche Hund.“

Ständig wurden Mädchen fortgeholt, um Experimente mit ihnen zu machen. Meistens mussten sie sich nur vor Männern und Frauen in Ärztekitteln nackt ausziehen und sich anschauen lassen. Die Deutschen maßen mit komischen Linealen, wie lang ihre Hände und Finger waren. Sie untersuchten Füße und Zehen. Vor allem hatten sie es auf den Kopf abgesehen. Der Augenabstand wurde vermessen, die Länge der Ohren und ob die Ohrläppchen angewachsen waren oder nicht. Die Wölbung der Stirn interessierte die Ärzte, die Form der Nase, genauso wie das Kinn. Ein „fliehendes Kinn“ war schlecht.

Die Mädchen mit den braunen Augen und den dunklen Haaren wurden in eine spezielle Baracke gebracht. Ein Mädchen, das zurückkam, berichtete, dass dort ein Mann versuchte, die braunen Augen der Mädchen mit Farbe aus einer Spritze blau zu machen. Vor der Baracke hatten die Mädchen alle große Angst. Dort wurde einem wehgetan.

Doch die größte Angst hatten sie vor dem Haus der bösen Frau, wo die Mädchen erst schrien, und dann verschwanden. Außen an dem Haus war ein großer Eisenkäfig an die Wand gestellt. Eine Tür führte vom Haus dort hinein. Kein Mädchen kam je aus dem Haus der bösen Frau zurück.

Man sah die Frau fast nie. Sie kam immer erst abends heraus und ging im Lager umher. Sie trug keinen Ärztekittel, sondern eine Uniform. Sie war groß, blond und ihre blauen Augen blickten stechend. Wenn sie im Lager umherging, duckten sich die Mädchen instinktiv, denn sie wollten nicht von der Frau ausgewählt werden. Zweimal pro Woche wurde ein Mädchen in das Haus mit dem Eisenkäfig gebracht. Sie verschwanden einfach. Vorher schrien sie. Die ganze Nacht lang.

Die übrigen Mädchen erzählten einander voller Angst, dass die Auserwählten bei fürchterlichen Experimenten langsam getötet wurden und anschließend im Krematorium landeten, wo die Leichen vollkommen verbrannt wurden. Niemand wollte in das Haus geschickt werden. Die nächtlichen Schreie trieben den Mädchen in den Schlafbaracken den Angstschweiß auf die Stirn, jedenfalls den Zehn- bis Zwölfjährigen. Nur Mädchen dieses Alters wurden ins Haus der bösen Frau gebracht. Jüngere oder ältere Mädchen nicht.

Im Lager traf Helga auf Ilse. Ilse wurde die erste Freundin in Helgas jungem Leben. Im Waisenhaus hatte sie keine Freundin gehabt. Das hatten die Nonnen verboten. Im Lager verbot niemand Freundschaften, aber weil die Mädchen in der angeschlossenen Fabrik arbeiten mussten, hatten sie so gut wie keine Zeit für Freundschaften. Trotzdem fanden Helga und Ilse zusammen. Ilse war so alt wie Helga und glich ihr ein bisschen. Wenn sie zusammen waren, taten sie manchmal so, als seien sie Schwestern. Sie hielten zueinander und gaben sich gegenseitig Halt und Trost.

Wieder einmal hatten sie ein Mädchen aus der Baracke abgeholt, die kleine Anneliese mit den korngelben Haaren und den dunkelblauen Augen.

Sie lagen im Bett, als die Schreie anfingen. Anneliese schrie und schrie. Es waren Schreie höchster Qual und Angst.

Helga lag zitternd auf ihrer Pritsche, die dünne Decke fest um die Schultern gewickelt. Sie versuchte sich die Ohren zuzuhalten, aber es funktionierte nicht. Annelieses entsetzliche Schreie drangen trotzdem zu ihr durch.

Etwas plumpste vom oberen Bett herunter. Eine Sekunde später schlüpfte Ilse unter die Decke und klammerte sich an Helga fest wie eine Ertrinkende. Sie weinte. Helga weinte ebenfalls. Eng aneinandergeklammert lagen sie unter der Decke, und sie weinten vor Angst.

Annelieses Schreie gellten durchs Lager. Sie wollten nicht aufhören. Helga und Ilse zitterten am ganzen Leib. Jederzeit, das wussten sie, konnten auch sie am Abend abgeholt werden, und dann würden sie ebenso laut schreien wie die arme Anneliese.

„I-I-Ich habe solche A-A-Angst“, stotterte Ilse. „Helga! Ich habe ja so A-A-Angst!“

„Ich auch“, gab Helga zurück. Sie weinte.

Rund um sich herum hörte sie andere Mädchen schluchzen. Sie und Ilse waren nicht die Einzigen, die in ständiger Angst lebten. Die Nächte, wenn aus dem Haus der bösen Frau die Schreie gellten, waren die schlimmsten. Die Tage waren erträglicher. Doch die Angst war immer bei den Mädchen. Sie schlich um sie herum wie ein schreckliches Raubtier.

Eines Abends war Ilse fort. Als sie die entsetzlichen Schreie aus dem Haus der bösen Frau hörte, wusste Helga, wer da schrie: ihre Freundin Ilse. Ilse starb einen fürchterlichen Tod. Helga lag in der Baracke auf ihrer Pritsche und presste die Hände auf die Ohren. Trotzdem hörte sie Ilse schreien wie am Spieß.

Helga weinte. Sie weinte um Ilse, und sie weinte vor Angst. Ilse schrie die ganze Nacht. Helga tat kein Auge zu. Erst morgens, kurz bevor die Sonne aufging, verstummte ihre Freundin für immer. Helga weinte. Sie betete inbrünstig zum Lieben Gott, er möge sie doch bittebitte ganz schnell älter als zwölf Jahre machen, damit sie nie, nie, nie in das fürchterliche Haus mit dem Eisenkäfig müsse.

Ilse kam nicht wieder. Helga war wie erschlagen. Sie hatte die einzige Freundin verloren, die sie je gehabt hatte.

Der Tod schwebte über dem Lager. Leute wurden fortgebracht und in Kammern gesperrt, wo sie starben. Gas, sagten die Mädchen zueinander. Wer nicht mehr arbeiten kann, wird ins Gas geschickt. Und danach im Krematorium verbrannt. Jeder im Lager konnte den Tod finden.

Doch nun schien sich der Tod auch für die Deutschen zu interessieren. Wachsoldaten wurden gefunden, tot und mit aufgerissener Kehle. Die Deutschen durchsuchten das gesamte Lagergelände mit Hunden. Sie fanden nichts. Das machte sie unruhig. Nach zwei Tagen lag der nächste tote Deutsche unter einem der Wachtürme.

Anscheinend hatte der Liebe Gott keine Lust, auf Helgas Gebete zu hören, oder er war gerade in die Ferien gefahren und hatte sie nicht gehört. Jedenfalls dauerte es keine vier Wochen und sie holten Helga ab. Beim Abendessen, als die Mädchen gerade ihre dünne Suppe löffelten, kamen die Männer in Uniform und packten Helga: „Mitkommen!“

Als Helga sah, wohin die Männer sie brachten, machte sie sich ganz steif vor Angst. Ihre Beine wurden zu Gummi. Sie konnte keinen Schritt weitergehen.

„Nein“, wimmerte sie. „Nicht dorthin! Bitte nicht!“

Sie achteten nicht auf sie und schleiften sie einfach weiter wie einen Kartoffelsack.

Helga bettelte und flehte den ganzen Weg über. Ihr war vor Angst eisig kalt. Sie stotterte und stammelte in einem fort, sie sollten sie bitte loslassen, sie nicht in das Schreckenshaus bringen. Sie war außer sich vor Angst. Sie klapperte mit den Zähnen.

„Bi-bitte bringt mich nicht dorthin“, flehte sie. „Bitte nicht!“

Die böse Frau wartete an der Tür. „Komm herein, kleines Mädchen. Sei herzlich eingeladen“, sagte sie freundlich und ging hinein.

Im Haus schleppten die Männer Helga in einen großen Raum. Dort stand ein Eisengestell, das wie ein großes X aussah und untendrunter Räder hatte. Neben dem Andreaskreuz stand ein kleiner Tisch mit Messern und kleinen Bechern aus Blech. Die Männer nahmen Helga all ihre Kleider fort und stellten sie mit dem Rücken an dieses metallene X. Sie zerrten ihr die Arme und Beine auseinander und befestigten ihre Hand- und Fußgelenke mit eisernen Klammern an dem X. Die Klammern ließen sie einschnappen und verschlossen sie mit kleinen Vorhängeschlössern. Den Schlüssel für die Vorhängeschlösser hängten sie an einen Haken an der Wand. Einer klopfte fest gegen eine Tür am anderen Ende des Raumes. „Das Forschungsobjekt ist präpariert“, rief er. Dann gingen die Männer und ließen Helga allein.

Sie stand nackt an das große X gekettet und zitterte vor Furcht. Oh Gott, was wird man mir antun? Ich habe solche Angst. Lieber Gott, hilf mir. Bittebittebitte!

Die Tür am anderen Ende des Raumes ging auf. Die böse Frau stand dort. Sie schaute Helga an und lächelte.

„Guten Abend, kleines Mädchen“, sagte sie. Ihre Stimme klang weich und freundlich. Doch Helga sah, dass die Frau nicht freundlich war. Sie sah aus, als hätte sich ein Wolf ein Schafsfell übergezogen. Das Lächeln der Frau machte ihr mehr Angst als alles andere. Sie blickte auf den Tisch mit den Messern. Es waren Rasiermesser. Die Frau bemerkte ihren Blick und lachte leise. Sie kam ohne Eile näher und betrachtete Helga wohlgefällig. Ihre Augen wanderten über Helgas entblößten Körper.

„Wie hübsch du bist, kleines Mädchen. Wie süß du aussiehst. Zum Anbeißen süß."

Helga wollte die Frau bitten, sie gehen zu lassen, ihr nichts zu tun, aber der Blick aus den eisblauen Augen machte sie stumm. Sie wusste sowieso, dass kein Flehen diese Frau erweichen konnte.

Sie wird mir wehtun. Mir furchtbar wehtun. Ich habe so Angst. Ich habe ja so Angst!

Sie erinnerte sich an die schrecklichen Schreie der Mädchen, die vor ihr in diesem Haus gelandet waren. Die ganze Nacht ... Helga begann zu weinen.

„Ach, wer wird denn weinen, Schätzchen?" Die Frau strich ihr sanft über die Wange. „Wein doch nicht, Häschen."

Sie ging zu dem Tisch neben dem großen, metallenen X, an das Helga angekettet war, und betrachtete die Messer. Sie sahen alle gleich aus, Trotzdem ließ sie sich viel Zeit damit, das richtige auszuwählen. Sie hob es auf und kam damit zu Helga.

Helga sah die scharfe Klinge, sah, wie sich das Deckenlicht in der polierten Klinge spiegelte. Die Frau lächelte. Helga wollte zurückweichen. Sie spürte das kalte Metallkreuz hinter ihrem Rücken. Zurückweichen war unmöglich. Es gab kein Entkommen. Sie weinte noch mehr. Die Frau hob das Messer hoch und berührte Helgas rechten Oberarm an der Innenseite.

„Bitte nicht", flehte Helga unter Tränen.

„Doch", sagte die Frau leise und schnitt.

Helga schrie auf.

„Ist doch nur ein klitzekleiner Schnitt", sagte die Frau in gutmütigem Spott. Sie holte einen Edelstahlbecher vom Tisch und hielt ihn gegen Helgas Arm direkt unterhalb der Wunde. Helgas Blut tropfte hinein. Die Frau setzte den Becher an die Lippen und trank. „Hmm! Das war gut. Ein feines Tröpfchen."

Sie stellte den Becher ab und griff zum Messer. Sie setzte es unterhalb von Helgas linker Brust an.

„Nein! Nein!" schrie Helga. Sie streckte sich in die Höhe in dem verzweifelten Versuch, der Klinge zu entgehen.

Die Frau schnitt. Sie schnitt tief. Sie fuhr mit der Klinge hinunter, zur Seite und wieder hoch. Sie schnitt einen Streifen Haut aus Helgas Körper.

Helga schrie wie am Spieß. Es tat weh. So weh. Die Frau beugte sich vor und leckte das austretende Blut ab. Dann biss sie zu.

Helga brüllte. Sie machte unter sich. Sie machte Pipi. Unheimlich viel Pipi. Vor lauter Schmerz und Angst. Es hörte überhaupt nicht mehr auf. Es war, als ob sie dort unten jemand ausdrückte wie einen Schwamm.

Die Frau schaute interessiert zu. Es gefiel ihr, dass Helga vor Angst pinkelte wie irre. Sie lächelte zufrieden. Dann lachte sie leise. „Du spritzt ja wie ein Feuerwehrschlauch, Kleines."

Sie nahm das scharfe Messer und setzte es dort unten zwischen Helgas Beinen an. Helga streckte sich lang wie eine Schlange. Sie versuchte, irgendwie an dem Andreaskreuz in die Höhe zu kriechen, weg von der Klinge. Die Frau setzte das Rasiermesser an, die Klinge zeigte nach oben. „Nein! Nein!", heulte Helga.

„Doch, doch, Fräulein", sprach die Frau und schnitt aufwärts.

Helga wand sich brüllend in ihren eisernen Fesseln. Die Frau hielt ihr den Becher unter die Wunde und fing das austretende Blut auf. Wieder trank sie. Sie leckte sich die Lippen. „Deliziös", sagte sie. „Wirklich deliziös." Sie kniete nieder und näherte ihren Mund Helgas Schoß. Sie biss zu. Fest. Dann saugte sie heftig.

Helga schrie sich die Kehle wund. Schmerz raste wie ein weißglühendes Eisen durch ihren Unterleib. Sie wand sich. Sie heulte und schrie. Sie konnte überhaupt nicht mehr aufhören zu schreien.

*

Furtwängler hörte wieder einmal die furchtbaren Schreie aus Trudes Haus. In solchen Nächten blieben alle dem Haus fern. Er hatte selbst hartgesottene SS-Männer bleich werden sehen, wenn die Schreie losgingen.

Er glaubte nicht an Trudes Erklärungen.

„Ich opfere die Kinder einer höheren Macht", behauptete sie. „Ich bringe sie einer übernatürlichen Wesenheit dar, um Kontakt mit dem Zwischenreich herzustellen."

Er hatte es nie geglaubt. Er war immer davon ausgegangen, dass Trude das nur erzählte, um ihre Perversion zu kaschieren. Er erinnerte sich, wie er mehrmals gehört hatte, wie Trude zu ihren hilflosen Opfern gesagt hatte: „Ich werde dich schälen wie eine Orange." Das war doppelt pervers, weil die Mädchen bis auf wenige Ausnahmen überhaupt nicht wussten, was eine Orange war.

Seit einiger Zeit war die abgebrühte Perchtrude nervös. Etwas war passiert. Etwas ging um im Konzentrationslager. Tote wurden gefunden, blutleer und mit aufgerissener Kehle. Zum ersten Mal war Furtwängler bereit, an Trudes angebliche Kontaktversuche mit dem Zwischenreich zu glauben. Trudes Experiment war aus dem Ruder gelaufen. Etwas war entkommen. Es ging im Lager um und tötete, und Trude bekam es nicht in den Griff.

Die Wachmannschaften hatten das gesamte Lager mit Hunden durchsucht und nichts gefunden. Was immer aus Trudes Haus geflohen war, hatte phänomenale Tarnfähigkeiten. Diese zu erforschen, wäre gewiss eine interessante Aufgabe. Dazu mussten sie jedoch erst einmal fangen, was entkommen war. Trude war keine Hilfe. Sie schwieg sich aus und tat so, als wäre nichts geschehen. Aber Furtwängler spürte ihre Nervosität. Trude schien sogar ein wenig Angst zu haben.

Es musste schlimm stehen, wenn sogar ein eiskaltes Biest wie Trude sich fürchtete.

Vielleicht, überlegte Furtwängler, sollte ich in nächster Zeit einen Antrag auf Versetzung stellen. Ich könnte mich heimatnah versetzen lassen. Weg von hier.

Die Front rückte auch immer näher. Es wurde ungemütlich im Lager.

*

Die Frau blieb die ganze Nacht bei Helga. Sie schnitt und trank. Sie biss und trank. Sie fand immer neue Stellen, wo sie Helga schneiden und beißen konnte. Sie schälte das Fleisch von Helgas Armen und Beinen. Helga wand sich in wilden Schmerzekstasen an dem Metallkreuz. Sie schrie und schrie und schrie.

Die Frau streichelte ihr übers Gesicht. „Keine Angst, Kleines, es dauert noch lange“, versprach sie lächelnd und schnitt in Helgas Bauch.

Helga schrie auf. Die Hand der Frau glitt über ihren aufgerissenen Mund. Ohne zu wissen, was sie tat, biss Helga zu, biss einfach zu in ihrer Not. Sie schmeckte den Kupfergeschmack von Blut in ihrem Mund.

„Au!“ Mit einem wütenden Aufschrei sprang die Frau zurück und funkelte Helga an. „Du! Duuu!“ Sie betrachtete ihren kleinen Finger, aus dem Blut zu Boden tropfte. Dann schaute sie Helga an. Sie begann zu lachen. Sie kriegte sich nicht mehr ein vor Lachen.

„Das ist ja toll“, wieherte sie. „Das macht alles noch schöner. Hahaha!“ Die Frau lief vor Lachen blauviolett an. Sie schien aufs Höchste amüsiert. Es dauerte lange, bis sie sich beruhigte.

„Exquisit“, sagte sie lächelnd zu Helga, die weinend am Andreaskreuz hing. „Wirklich prima, Mädchen. Extrabonus für dich.“ Wieder lachte sie. Dann schnitt und biss sie weiter.

Helga wand sich in Todesqualen. Die Zeit verlor jede Bedeutung. Es war immer jetzt, und jetzt bedeutete immerwährende Tortur. Die entsetzlichen Schmerzen füllten sie ganz aus. Sie wollte nur noch sterben.

Und sie starb. Die Frau saugte das Leben aus ihr heraus, Stück um Stück, Stunde um Stunde, während sie Helga grausam folterte. Helga wurde immer schwächer. Ihre Schreie wurden leiser, ihre Bewegungen immer lahmer. Alles an Helga wurde schwächer. Nur der Schmerz nicht.

Helga bettelte bis zuletzt. Die Frau hörte ihr interessiert zu und schnitt und biss weiter.

Irgendwann bückte sie sich und löste die Bremse an den Rollen unter dem Metallkreuz, an dem Helga starb.

„Zeit für den Abschied, kleines Fräulein“, sagte die Frau lächelnd. Sie schob Helga über den Boden zu der Tür, durch die sie den Raum betreten hatte, schob sie in einen anderen Raum. Dort war eine andere Tür. Hinter der war der Eisenkäfig. Dort hinein schob die Frau Helga. In den Eisenkäfig. Nun befand sich Helga draußen vor dem Haus. Es war noch dunkel. Nichts rührte sich im Lager. Am Horizont färbte sich der Himmel purpurn. Die Sonne würde in Kürze aufgehen.

Die böse Frau stand vor Helga. „Danke für die amüsante Nacht, Fräulein", sprach sie freundlich. „Es war sehr schön mit dir, Kleine." Sie beugte sich vor und biss Helga in den Hals, die einzige Stelle, die sie bisher mit dem Messer nicht angerührt hatte. Sie saugte genüsslich. Helga fühlte, wie ihre Kräfte vollends schwanden. Nur die grauenhaften Schmerzen blieben. Die Schmerzen schwanden nicht.

Die Frau ließ von ihr ab. „Das war alles", meinte sie trocken. „Zeit, ins Bett zu gehen. Schönen Tag, Kleine." Lachend ging sie ins Haus und ließ Helga allein.

Helga hing wahnsinnig vor Schmerz an dem großen, eisernen X. Die Frau war gegangen, aber es war aus, das spürte sie. Sie würde sterben. Sie hob noch einmal den Kopf, um in die Richtung zu schauen, in der gleich die Sonne aufgehen würde. Da sah sie etwas sehr Seltsames. Die tiefen Schnitte in ihrem Arm bluteten nicht mehr. Auf den Schnitten hatte sich eine Kruste bebildet. Helga ließ den Kopf sinken und schaute an sich herunter. Überall dasselbe Bild. Alle Wunden hatten aufgehört zu bluten, auch die ganz tiefen. Sie waren allesamt mit Wundschorf bedeckt. Auch dort, wo die schreckliche Frau ganze Fleischbrocken aus Helga herausgeschnitten hatte, floss kein Blut mehr. Dabei hatte die Frau sie regelrecht geschält.

Was ist das, fragte sich Helga. Was geschieht mit mir? Auch die Schmerzen schienen nachzulassen.

Ich werde ohnmächtig. Deswegen tut es nicht mehr so weh.

Nein … ich sterbe.

Die Tür hinter ihr ging auf. Ein Schatten huschte zu Helgas Füßen. Mit leisem Klicken sprangen die Metallklammern auf, die ihre Fußgelenke gehalten hatten. Der Schatten erhob sich und fasste nach Helgas Handgelenken, schloss die Halterungen auf.

Helga starrte ungläubig. „Ilse!", krächzte sie. Es war ihre Freundin, ihre tot geglaubte Freundin. „Ilse! Wo kommst du denn her?"

„Hab mich versteckt", sagte Ilse lapidar und schloss das letzte Vorhängeschloss auf. Helga fiel um wie ein Kartoffelsack. Ilse fing sie auf und legte sie sanft auf den Boden. „Bin gleich so weit, Helga. Ich muss die Schlösser an Ort und Stelle hängen. Damit die Alte denkt, dass sie nie geöffnet wurden. Wie gut, dass die

Schlampe den Schlüssel drinnen im Folterkeller an der Wand hängen hat. Tss-Tsss! Keinerlei Gefühl für Sicherheit. Ich konnte einfach so reinkommen." Ilse grinste. „Weißt du, warum? Weil sie an dem Abend, als die Männer mich zu ihr brachten, in der Tür stand und sagte: „Komm herein, liebe Kleine. Sei herzlich eingeladen." Sie hat mich tatsächlich eingeladen. Tja!" Ilse schien sich prächtig zu amüsieren. „Das hat sie nun davon. Sobald du wieder auf dem Damm bist, werden wir einen Weg finden, sie auszuschalten. Ich weiß auch schon, wie. Aber erst mal müssen wir dich in Sicherheit bringen."

„Ich sterbe", hauchte Helga kraftlos. „Lass mich, Ilse." Es sollte vorbei sein. Sie wollte es hinter sich bringen. Sterben. Endlich keine Schmerzen mehr und keine Angst haben.

Ilse hob sie hoch, als sei sie ein kleines Kind: „Nix da. Gestorben wird ein andermal." Sie trug Helga im Laufschritt durchs Haus und hinaus. Sie schloss alle Türen hinter sich. Dann rannte sie mit Helga in den Armen durchs Lager. Helga war zwar völlig benommen vor Schmerzen und Kraftlosigkeit, aber sie wunderte sich trotzdem, wie Ilse mit ihr in den Armen dahinsausen konnte wie der Wind. „Wir müssen uns geschwind verstecken", sagte Ilse. Sie atmete nicht mal schwer, obwohl sie rannte, als wäre der Teufel hinter ihr her. Am Horizont wurde es hell. Die Sonne ging auf. Ilse stürmte in eine Baracke. Es stank. Die Latrinenbaracke. Ohne viel Federlesens sprang Ilse auf ein Loch nahe der Wand zu.

Helga protestierte schwach: „In die Latrine?"

Ilse bugsierte sie durch das Loch und kroch hinterher. Dabei hielt sie Helga an einem Handgelenk, als wöge Helga nicht mehr als eine Stoffpuppe. Ilse kam durch das Loch. Sie hielt Helga fest und kroch unter dem Holz entlang.

Wie kann sie das, fragte sich Helga erstaunt. Sie kann doch nicht kopfüber an der Decke klettern.

Aber genau das tat Ilse und schleppte Helga zu einem breiten Mauersims an der Wand, zwei Meter über der Oberfläche der braunen Suppe dort unten, von der der Gestank ausging. Es war stockduster dort. Der Sims befand sich in einer Ecke der Baracke und war halb hinter der Holzwand des Hauses versteckt. Kein Sonnenstrahl fand den Weg an diesen Platz. Ilse legte Helga auf den Sims und legte sich neben sie. Es war genug Platz für sie beide.

„Wir sind in der Latrine", sagte Helga. Vor Schwäche konnte sie kaum sprechen.

„Nicht gerade das erste Hotel am Platz", witzelte Ilse, „aber dafür dunkel und sicher. Die Latrine ist der einzige Platz im Lager, wo sie nie suchen. Schön blöd, die SS!"

Sie umarmte Helga. „Ich habe mich vorher nicht getraut, ins Haus der Frau zu gehen. Ich hatte rasende Angst, dass sie mich vielleicht spüren kann. Aber als ich sah, dass sie dich holten, Helga ..." Sie küsste Helga auf die Wange. „Ich musste dich da rausholen. Tut mir leid, dass ich dich nicht eher befreien konnte. Ich weiß, welche Qualen du durchgestanden hast. Ich habe die Tortur ja ebenfalls in voller Länge erlitten. Ich konnte aber erst zu dir, nachdem die Alte in den Keller gegangen war, um den Tag zu verschlafen."

Helga war todmüde. Sie konnte keinen klaren Gedanken mehr fassen. „Wieso bist du nicht tot?", fragte sie.

„Weil sie dachten, ich sei tot", antwortete Ilse. „Schlaf jetzt. Der Schlaf heilt alle Wunden."

Helga dämmerte weg.

Als sie aufwachte, war es dunkel. Sie wusste im ersten Moment nicht, wo sie war. Dann stieg ihr der Gestank in die Nase, und alles fiel ihr wieder ein. Das Haus, die Frau, die grauenhaften Schmerzen, die Wunden. Sie setzte sich auf. Seltsam, sie spürte keinen Schmerz. Sie schaute ihren nackten Körper an. Ein erstaunter Ausruf flog ihr von den Lippen. Sie hatte keine Wunden mehr. Ihr Körper war vollkommen heil.

Das kann nicht sein, dachte sie ungläubig. Ich war schwer verwundet, mein Körper war vollkommen zerschnitten.

Die Frau hatte sie geschunden bis auf die Knochen, hatte ihr Haut und Fleisch vom Körper geschnitten, sie gebissen und ihr Blut getrunken. Sie hatte Helga leer getrunken.

„Guten Abend." Ilse hockte neben ihr. Obwohl es dunkel war, erkannte Helga das Lächeln im Gesicht ihrer Freundin ganz genau. Als sei heller Tag. Aber es war Abend, Nacht.

Helga hielt Ilse ihren Arm hin. Er war mit makelloser Haut bedeckt. Kein Schnitt. Keine Narbe. „Ich habe keine Verletzungen mehr."

„Der Schlaf heilt alle Wunden", sagte Ilse lächelnd.

„Wieso bist du nicht tot?", fragte Helga.

„Sie dachte, ich sei tot. War ich aber nicht. Die Frau hat sich an ihrem eigenen Messer geschnitten. Von dem Blut bekam ich was in den Mund. Sie hat es nicht gemerkt, sonst hätte sie mich in den Eisenkäfig gebracht wie dich. Das tut sie immer, wenn eines ihrer Opfer von ihrem Blut gekostet hat. Es ist nämlich was Besonderes an ihrem Blut.

Sie wusste es nicht und ließ mich zum Krematorium bringen, um meine Leiche zu verbrennen. Dort landen die Kinder, wenn sie mit ihren fertig ist. Ich war ohnmächtig und erwachte, als sie mich zu den Öfen brachten. Ein Mann allein trug mich rein und wollte mich aufs Förderband legen. Ich habe ihn umarmt und gebissen. Er landete im Ofen. Ich überlebte. Seither lebe ich versteckt im Lager. Sie suchen mich, aber sie finden mich nicht. Ich werde sie alle ausrotten, die ganze SS-Wachmannschaft. Vor allem aber müssen wir uns um die Alte kümmern. Die ist gefährlich. Der dürfen wir nicht in die Finger geraten. Ich weiß jetzt, wie wir es anstellen müssen. Als du gestern Nacht geschrien hast, fiel mir plötzlich die Lösung ein. Es ist riskant, aber wir müssen ihrem Treiben ein Ende setzen. Du und ich, wir schaffen das, Helga." Sie fasste Helga an der Hand. „Komm. Die Nacht gehört uns. Du brauchst Nahrung."

Wie zur Bestätigung begann Helgas Magen laut zu knurren. Es stimmte, sie war hungrig. Sie hatte einen Mordshunger.

Sie folgte Ilse, die kopfüber an der Decke entlang kroch. Erst jetzt sah sie, dass Ilse barfuß war. Sie selber war nackt, aber sie fror nicht, obwohl es kalt war. Sie war so durcheinander, dass sie ihrer Freundin hinterherkrabbelte, ohne zu fragen. Sie kroch über das Holz zu dem Loch, durch das sie am frühen Morgen gekommen waren.

Ich krieche kopfunter umher, dachte sie verwirrt.

Dann waren sie draußen vor der Baracke.

„Wir besorgen dir Klamotten, damit du nicht auffällst", meinte Ilse. „Total nackig sieht man dich zu leicht im Dunkeln. Deine Haut leuchtet wie eine weiße

Warnbake. Aber erst brauchen wir Nahrung. Komm."

Helga lief hinter ihrer Freundin her. Ilse hielt sich in den tiefen Schatten, wo die Flutstrahler der Wachtürme nicht hinleuchteten. Plötzlich blieb sie stehen. „Da kommt einer. Prima, er ist allein." Ein Mann kam des Weges. Er trug ein Gewehr auf dem Rücken. Offensichtlich ein SS-Mann auf dem Weg zur Wachablösung. Arglos schritt er in den tiefen Schatten zwischen den zwei langen Baracken, wo Helga und Ilse standen. Er sah die Mädchen nicht.

Alles ging sehr schnell. Ilse sprang an dem Mann hoch und umklammerte ihn. Sie presste den Mund auf seinen Hals und biss zu. In atemlosem Entsetzen beobachtete Helga, wie sie den Mann zu Fall brachte, wie sie ihn aussaugte. Sie schmatzte und schlürfte. Sie schnurrte laut. Der Mann lag auf dem Rücken. Seine Arme wedelten seltsam kraftlos.

Ilse ließ von ihm ab und schaute zu Helga hoch. Ihre Lippen waren blutverschmiert. „Jetzt du. Komm. Trink."

Helga starrte ihre Freundin an. „Was? Ich soll …" Sie wich zurück, bis sie mit dem Rücken gegen die Barackenwand stieß.

„Mach schon", sprach Ilse drängend. „Trink einfach. Wenn du angefangen hast, geht es von alleine. Schnell! Jeden Moment kann jemand kommen!"

Helga wollte fortlaufen. Sie wollte schreiend davonrennen. Aber ihre Augen wurden von der offenen Wunde im Hals des Mannes angezogen. Ihr Magen knurrte energisch. Helga begann zu zittern, nicht aus Angst, sondern vor Hunger. Sie warf sich auf den Mann und biss zu, biss in die Wunde in seinem Hals. Blut spritzte ihr in den offenen Mund. Es war wie eine ungeheuere Explosion. Ihr Körper verkrampfte sich, und sie saugte, saugte mit aller Kraft. Sie hätte nicht aufhören können, auch wenn sie es gewollt hätte. Pure Lebensenergie schoss in ihr Inneres. Sie trank. Sie schnurrte. Der Beißkrampf ließ nicht nach. Sie musste trinken, trinken, trinken …

Erst nach einer geraumen Weile konnte sie den Mann loslassen. Der Krampf, der ihren ganzen Körper befallen hatte, wich. Sie hatte noch immer schrecklichen Hunger, aber sie konnte den Kopf heben und Ilse anschauen.

„Saug weiter", munterte diese sie auf. „Ein bisschen ist noch in ihm drin. Dann holen wir uns den nächsten. Du brauchst viel Nahrung in deiner ersten Nacht."

Sie lächelte Helga an. „Später reicht ein- bis zweimal die Woche, aber dein Körper hat viel Arbeit leisten müssen, um die schrecklichen Verwundungen zu heilen. Trink aus, dann suchen wir uns noch einen. Es laufen genug SS-Leute im Lager herum. Der Tisch ist reich gedeckt."

Sie besorgten Häftlingskleidung für Helga. Dann streiften sie durch die tiefen Schatten und warteten auf einen Unbekümmerten, der vorbeikam. Obwohl es mehrere ungeklärte Todesfälle gegeben hatte, ließen es die SS-Leute an der nötigen Vorsicht mangeln.

Die nächste Nahrung war ein Mann, der zum Pinkeln an eine Barackenwand trat, anstatt den Abort im Mannschaftskasino zu benutzen. Er rauchte. Seine Kippe warf einen glühenden Lichtschein über sein Gesicht. Er war jung und gleichgültig. Er hatte wenige Minuten zuvor im Kasino erzählt, dass er am Nachtmittag zwei Juden erschossen hatte, die nicht schnell genug marschiert waren. „Ich wollte nicht, dass wir zu spät einrücken", hatte er gesagt. „Sonst hätte ich womöglich noch den Feierabend verpasst. Lahmarschige Saujuden! Na, die beiden stören mich nicht mehr mit ihrem Spaziergängertempo."

Ilse erledigte ihn genauso gewandt wie den anderen eine halbe Stunde zuvor. Sie ließ Helga ihren Anteil. Sie wurden beide satt.

Anschließend krochen sie unter einem Wachturm in die Schatten. Sie setzten sich nebeneinander, hielten sich umarmt und unterhielten sich flüsternd.

„Was ist mit mir geschehen?", fragte Helga. Sie war kurz vorm Durchdrehen. „Ich … ich habe Blut getrunken."

„Weil du ein Vampir bist", erklärte Ilse. „Du hast Blut von der Foltermeisterin getrunken. Sie ist ein Vampir. Wenn man das Blut eines Vampirs trinkt, wird man selber zum Vampir. Der Biss allein genügt nicht. Wenn du einen leer saugst, stirbt der. Bekommt er von deinem Blut in den Mund, wird er zum Vampir. Sei also vorsichtig bei der Jagd."

„Jagd?" Helga schauderte. „Soll das heißen, dass ich in Zukunft immer …"

Ilse sah sie mitleidig an. „Ja, Helga. Du brauchst Blut zum Leben. Alle paar Tage. Drei oder vier Tage kannst du ohne auskommen, länger sogar, aber nach dem fünften Tag kommt die große Schwäche über dich. Dann verlierst du allmählich deine Kräfte, und wenn du schwach bist, kannst du nicht gut jagen. Sie halten ja nicht freiwillig still, wenn du ..."

Helga starrte ihre Freundin an. „Nein!" wisperte sie voller Entsetzen. „Das kann doch nicht wahr sein! So etwas gibt es nur in alten Sagen."

„Sieh dich an", sagte Ilse ruhig. „Dein Leib war in Fetzen geschnitten und nun ist deine Haut makellos und heil. Die Schlampe hat dir ganze Fleischstücke aus Armen und Beinen gesäbelt. Sie hat dich geschält wie eine Orange, das Biest. Sieh dich an, Helga. Du bist heil. Nichts ist zurückgeblieben. Einmal schlafen und alles ist heil. Einmal schlafen und du bist wieder genau wie zuvor. Ich habe mir vor zwei Wochen einen Finger gebrochen. Tat echt gemein weh. Am nächsten Abend war er wieder der alte. Rasier deinen Schädel. Morgen Abend sind deine Haare wieder da. Stich dir die Augen aus. Sie kehren zurück. Einmal schlafen genügt. Der Schlaf heilt alle Wunden."

Helga war verzweifelt. „Das darf nicht sein! Wie konnten wir so werden? Wir sind unnatürlich! Wir sind Monster!" Sie begann zu weinen.

Ilse wiegte sie in den Armen. „Wehr dich nicht dagegen", sprach sie sanft. „Hör auf, dagegen anzukämpfen. Du kannst nicht gewinnen. Es ist stärker als du. Es zwingt dich, zu überleben. Es gibt keinen Ausweg."

„Der Tod."

„Ja, der Tod. Die Sonne." Ilse drückte Helga. „Wenn du in die Sonne gehst, ist es vorbei. Deswegen bringt die Mordfrau die Mädchen in den Eisenkäfig. Weil sie sich innerhalb weniger Stunden verwandeln, wenn sie von ihrem verdorbenen Blut getrunken haben, sterben sie morgens in der Sonne. Von ihnen bleibt nichts übrig. Nicht einmal Asche. Sie verpuffen."

„Die Frau ist böse", sagte Helga. „Sie ist das böseste Geschöpf auf der ganzen Welt. Wie viele Kinder hat sie schon zu Tode gefoltert? Sie liebt es, Schmerzen zu bereiten. Es genügt ihr nicht, das Blut der Mädchen zu trinken. Wie viele wird sie noch ermorden?"

„Nicht mehr viele", sagte Ilse. Sie lächelte Helga an. Es war kein gutes Lächeln. „Das nächste Mädchen, das so wird wie wir, wird ihr Ende sein. Deine Schreie brachten meinen Gehirnkasten auf Trab. Hör zu." Sie begann zu erklären.

„Jede Nacht?", fragte Helga entsetzt. „Wir sollen uns das jede Nacht aus nächster

Nähe ansehen? Uns die schrecklichen Schreie anhören?"

„Nicht jede Nacht. Nur in den Nächten, in denen sie sich ein Mädchen aus dem Lager bringen lässt. Anders geht es nun mal nicht. Oder willst du, dass sie immer weitermacht? Jahrzehnte? Jahrhunderte? Ich glaube, sie ist uralt."

Helga senkte den Blick. Sie atmete tief durch: „Gut. Tun wir es. Für die Mädchen aus Baracke VII."

„Ja, für die Mädchen aus Baracke VII und für alle Mädchen der Welt, die zwischen zehn und zwölf Jahre alt sind. Es muss aufhören."

Helga schaute ihre Freundin an. „Müssen wir wirklich ständig töten, um zu leben?"

Ilse nickte: „Keine Sorge, Helga. Im Lager gibt es viele böse Menschen; Menschen, die es verdient haben, zu sterben. Sie ermorden die Lagerinsassen oder quälen sie. Wir tun Gutes." Doch der Ausdruck in ihren Augen strafte ihre locker hingeworfenen Worte Lüge.

Es brauchte mehr als einen Monat, bis sie dafür sorgen konnten, dass die Schreie der Mädchen im Haus der bösen Frau für immer verstummten.

Ilse und Helga hielten sich versteckt. Nur wenn sie Nahrung brauchten oder die böse Frau sich ein Mädchen aus den Baracken bringen ließ, kamen sie heraus. Sie schlichen sich unter das Fenster, hinter dem die Schreie erzwungen wurden, und lauschten und spähten vorsichtig in den Raum mit dem metallenen Andreaskreuz und dem Tischchen mit den Rasiermessern.

Sie mussten das unsägliche Grauen ertragen, auch wenn die Schreie des jeweiligen Opfers sie in den Wahnsinn trieben, weil sie dem armen Mädchen nicht helfen konnten. Selbst dem allerletzten Opfer konnten sie nicht helfen. Sie durften es nicht.

In jener Nacht hatte die böse Frau die kleine, zehnjährige Gertrud kommen lassen. Gertrud schrie und weinte. Sie litt unvorstellbare Qualen, genau wie all die anderen Mädchen vor ihr. Helgas Herz verkrampfte sich. Sie mochte Gertrud. Gertrud war ein stilles, fügsames Mädchen, das niemandem etwas zuleide tat. Nun musste Gertrud einen schrecklichen Tod sterben. Die böse Frau folterte sie langsam und unter unsäglichen Schmerzen zu Tode.

Bei der kleinen Gertrud war etwas anders als bei ihren Vorgängerinnen. Sie biss die böse Frau in ihrer Not. Die böse Frau lachte ihr ekelhaftes Lachen und folterte Gertrud weiter. Als der Morgen graute, bückte sie sich und löste die Bremse an den Rädern unter dem Andreaskreuz. Sie schob Gertrud aus dem Folterzimmer zum Eisenkäfig.

Helga und Ilse stürzten zur Vordertür. Sie war nie abgeschlossen. Kein Mensch wagte es, das düstere Haus zu betreten, wenn die Schreie daraus hervorquollen wie giftiger Dampf. Die Mädchen schossen durch die Räume zu der Tür, die nach draußen in den Käfig führte. Die böse Frau stand vor dem, was von Gertrud noch übrig war. Es hing blutig am Andreaskreuz und wand sich. Immer noch. Helga wusste darum. Sie hatte sich auch gewunden wie ein Wurm am Angelhaken. Bis zuletzt.

Die böse Frau sprach zu Gertrud: „Du bleibst hier, mein Engel. Ich wünsche dir einen schönen Tag." Sie lachte.

Ilse und Helga schlugen die Tür zu und legten den Riegel vor.

Das Lachen verstummte abrupt. Drei Sekunden herrschte gespenstische Stille. Dann trommelten Fäuste mit ungeheurer Wucht gegen die massive Tür.

„Aufmachen!", kreischte es von draußen. „Sofort aufmachen!"

Ilse und Helga gaben Fersengeld. Sie rannten um ihr Leben. Im Osten ging die Sonne auf. Als sie in die Latrinenbaracke flohen, begannen hinter ihnen die Schreie. Sie hörten sie selbst drunten in ihrer finsteren Ecke. Von der unglücklichen, kleinen Gertrud hörten sie nichts. Das geschundene Mädchen hatte wohl keine Kraft mehr zum Schreien. Aber die böse Frau brüllte wie am Spieß. Es dauerte nicht lange, doch es war eine sehr geräuschvolle Angelegenheit.

„Keine Schreie mehr im Haus der bösen Frau", flüsterte Ilse.

„Keine zu Tode gefolterten Mädchen mehr", antwortete Helga.

Perchtrude amüsierte sich mit Gertrud. Sie fand es stets erhebend, wenn die kleinen Mädchen etwas von ihrem eigenen Blut abbekamen und anfingen, sich zu verwandeln. Das machte die Angelegenheit noch delikater. Mit beginnender Verwandlung hielt ihr kleiner Körper noch mehr Folterqualen aus, ohne gleich zu sterben.

Während sie Gertrud schnitt und biss, dachte sie an das Problem. Es war vor einiger Zeit aufgetreten. Etwas war entkommen. Eins der Mädchen war entwischt, nachdem die Verwandlung eingesetzt hatte. Anders waren die blutleeren Leichen mit durchbissener Kehle nicht zu erklären, die in regelmäßigen Abständen im Lager auftauchten. Aber wie hatte das geschehen können? Aus dem Käfig konnte kein Mädchen entwischen. War eine Kleine in Verwandlung begriffen und nicht im Käfig gelandet? Aber die kamen doch ohne Umschweife in die Öfen im Krematorium.

War eins der Mädchen entwischt? Es musste so sein. Perchtrude hatte die Wachmannschaften auf das Problem angesetzt. Bislang hatte man nichts gefunden. Aber es war nur eine Frage der Zeit. Es war unmöglich, unbemerkt aus dem Konzentrationslager herauszukommen. Also musste das Mädchen im Lager sein. Irgendwann würden sie sein Versteck aufspüren. Perchtrude würde die Kleine eigenhändig in den Käfig stecken.

Perchtrude sah auf die Uhr. Zeit, aufzuhören und schlafen zu gehen. Sie fuhr das, was von Gertrud übrig war, hinaus in den Käfig.

BUMMS!

Es dauerte volle drei Sekunden, bis Perchtrude verstand. Jemand hatte die Tür hinter ihr zugeworfen und den Riegel vorgelegt. Perchtrude stand im Käfig. Draußen!

Das entwischte Mädchen! Es war heimlich ins Haus gekommen und hatte gelauert, bis Perchtrude Gertrud in den Käfig schob. Perchtrude erstarrte.

Ich habe jede von ihnen eingeladen, durchfuhr es sie. Ich habe sie eingeladen, ich blöde Kuh! Nach ihrer Verwandlung konnte sie eintreten. Weil ich sie eingeladen hatte, konnte sie in mein Haus kommen. Sie hat mich ausgesperrt.

Sie wusste, was das bedeutete.

Sie warf sich gegen die Eisentür und trommelte mit den Fäusten dagegen.

„Aufmachen! Mach sofort auf!“, schrie sie in wilder Panik. Die Sonne ging auf. Die Sonne!

„Mach sofort die Tür auf, sonst ergeht es dir übel!“, kreischte Perchtrude.

Ihr Herz schlug in irrsinnigem Takt.

Oh nein! Das durfte nicht sein!

„Aufmachen!", heulte sie. „Mach die Tür auf!"

Sie wusste, dass dies nicht geschehen würde. Ihr war klar, dass es hier und jetzt zu Ende sein würde. Sie war zu weit gegangen.

Ich hätte sie nie einladen dürfen! Nie!

„Wache!", brüllte sie. „Wache, sofort zu mir!" Sie mussten ihr helfen. Sie mussten die Tür von innen öffnen!

Schnell. Schnell! So kommt doch!!!

Die Sonne ging auf. Gleißend hell stieg sie überm Horizont auf. Große Lichtfinger tasteten gierig nach Perchtrude. Sie heulte vor Schmerz, als sie bei lebendigem Leib verbrannte.

Perchtrude machte zwei wichtige Erfahrungen kurz vor ihrem Ableben.

Es schmerzte schlimmer, als sie immer gedacht hatte. Viel, viel schlimmer.

Es dauerte länger, als sie immer gedacht hatte. Viel, viel, viel länger. Es dauerte unendlich lange.

Perchtrude heulte und schrie, während sie in Flammen aufging. Sie konnte überhaupt nicht mehr aufhören zu schreien.

Ilse und Helga richteten sich in ihrem neuen Leben ein. Keiner kam ihrem Versteck in der Latrinenbaracke auf die Spur. Die SS-Männer im Lager wurden nervös. Einige baten um ihre Versetzung in andere Lager. Keiner wollte bleiben. Im Lager ging der Tod um. Alle zwei bis drei Tage zwei Leichen mit aufgerissener Kehle.

„Der Werwolf geht um", raunten die Lagerinsassen. „Er tötet nur die Deutschen."

In der Ferne begann ein Grollen wie von einem Gewitter. Erst war es leise, aber jeden Tag wurde es ein wenig lauter. Die Front kam auf das Lager zu. Die deutsche Wehrmacht musste vor den Russen zurückweichen.

Die Wachmannschaft bereitete das Lager auf die Evakuierung vor. Die Gefangenen sollten in ein anderes Lager überführt werden, das weiter weg von der Front lag. Diejenigen, die zu alt und schwach waren, am Marsch teilzunehmen, wurden in die Gaskammern getrieben. Die Krematorien arbeiteten bis zuletzt.

Der Werwolf ging weiter um. Obwohl die SS-Männer sehr vorsichtig geworden waren, gab es ständig neue Opfer. Eine Gruppe Männer, die im Haus der verschwundenen Trude Hartmann einquartiert war, wurde innerhalb von drei Wochen auf die Hälfte dezimiert. Die anderen Männer verließen das Haus und weigerten sich, dort zu schlafen. Das Haus war verflucht. Lieber würden sie sich erschießen lassen.

Das Donnergrollen der Front rückte immer näher.

*

Standartenführer Furtwängler hatte seine Versetzung beantragt. Es war Zeit, zu gehen. Trude war verschwunden, einfach weg. Eines Abends war ihr Haus leer. Die Tür stand offen. Wenn schon die abgebrühte Perchtrude in Panik davonlief, musste es schlimm sein - schlimmer als schlimm.

Etwas war bei Trudes Experimenten aus dem Ruder gelaufen. Trude hatte mit ihren entsetzlichen Kinderopfern eine übernatürliche Macht beschworen. Etwas war durchgebrochen in Furtwänglers Welt und außer Kontrolle geraten. Der Tod ging um im Lager. Wenn sogar eine eiskalte Person wie Trude Hals über Kopf floh, hieß das, es gab keine Chance gegen das, was ausgebrochen war, anzugehen.

Furtwängler hatte weitere SS-Männer in Trudes leerem Haus einquartiert, einen ganzen Schwung Neuankömmlinge, die dabei helfen sollten, das Lager zu evakuieren. Die Front rückte mit jedem Tag näher.

Die Männer in Trudes Haus wurden Nacht für Nacht dezimiert. Man fand fast jeden Morgen jemanden mit aufgerissener Kehle. Schließlich weigerten sich auch diese Männer, in dem Haus zu wohnen.

Ja, es war etwas durchgekommen in die hiesige Welt, etwas durch und durch Bösartiges. Manchmal dachte Furtwängler bei sich, dass die Wesenheit, die Trude herbeigerufen hatte, die Frau erledigt haben könnte.

Es war Zeit, zu gehen.

Wirklich.

*

Es wurde schwieriger für Helga und Ilse, Nahrung zu finden. Kein SS-Angehöriger blieb nachts allein. Sogar die Wachtposten auf den Türmen waren mit zwei Mann besetzt.

Der Mann, der allein hinter der Küchenbaracke stand und rauchte, war hochwillkommen. Ilse war an der Reihe. Sie sprang ihn an und verbiss sich in seinen Hals. Als er kraftlos am Boden lag und sie ihn zur Hälfte entleert hatte, ließ sie von ihm ab und lächelte Helga mit blutigen Lippen an: „Für dich, Schwester."

Der Mann lag auf dem Rücken und wedelte kraftlos mit den Armen. „Nein! Bitte nicht!", flehte er im Flüsterton. Man sah die grauenhafte Angst in seinen Augen nur zu deutlich. „Bitte tötet mich nicht. Ich habe vier kleine Kinder. Bitte …"

Helga zuckte zurück. Es war der ältere SS-Mann, der den Mädchen in den Baracken oft ein Stück Brot zugesteckt hatte. Es war Onkel Karl. Das war kein böser Mensch. „Oh nein! Er ist es."

„Ich weiß", sagte Ilse zerknirscht. Sie sah aus, als würde sie jeden Moment in Tränen ausbrechen. „Ich habe es zu spät gemerkt. Als ich ihn erst mal angegriffen hatte, konnte ich nicht mehr aufhören."

Helga verstand nur zu gut. Der Beißkrampf. Einmal angefangen, hörte es erst auf, wenn man mit Blut angefüllt war; mit Lebensenergie.

Der SS-Mann schaute zu ihr auf. Er weinte vor Schmerz und Furcht. „Helga", flüsterte er. „Bitte … tut mir das nicht an. Bitte …" Unendliche Qual stand in seinen aufgerissenen Augen.

„Du musst!", drängte Ilse, als Helga zurückschreckte. „Er stirbt sowieso. Durch dein Zögern verlängerst du nur seine Leiden. Saug ihn aus. Schnell!"

„Ich … ich kann nicht", wisperte Helga.

Der Mann schaute zu Ilse hin: „Ilse. Ilschen. Warum? Was tut ihr? Ich war doch immer gut zu euch."

Helga hielt es nicht mehr aus. Der Mann litt entsetzliche Qualen. Sie stürzte sich auf ihn und begann zu saugen. Ihr Körper verkrampfte sich und holte die Energie aus dem sterbenden SS-Mann. Als sie fertig war, blickte Helga ihn an. „Es tut mir leid. Ich wollte das nicht. Ich kann nichts dafür, Onkel Karl." Sie begann zu weinen.

„Los weg hier!", drängte Ilse.

Der Mann lebte noch. Helga beugte sich zu ihm herunter und biss ihm die Kehle durch. Es knackte, und der Körper streckte sich aus. Onkel Karl war tot. Endlich.

Später unten in der Latrine weinte sie. Sie schluchzte. Sie schrie wie eine Möwe. Sie konnte nicht mehr aufhören, egal, wie sehr Ilse sie beflehte, still zu sein. Helga weinte sich schier tot. Ihr Herz litt Schmerzen, die schlimmer waren als die Schmerzen ihres Leibes, damals, als die böse Frau sie gefoltert hatte.

Von jener Nacht an benutzte Helga den Fangbiss. Wenn sie mit Trinken fertig waren, tötete sie das Opfer schnell und gnädig. Ilse lernte es von ihr und tat es ihr nach.

Die Front kam immer näher. Aufregung herrschte im Lager. Eines Abends erwachten Helga und Ilse, und das Lager war leer. Alle waren gegangen.

Die Mädchen folgten ihnen. Sie schliefen in Scheunen und Höhlen, in den Kellern leer stehender Bauernhäuser und in alten Burggewölben. Sie dezimierten die Wachmannschaften und ließen Männer, Frauen und Kinder frei. Die Menschen dankten ihnen, aber sie berührten die Mädchen nicht. Sie wussten, was Ilse und Helga waren.

Dann war die Front da. Kämpfe, Tote, Verwundete. Es gab reichlich Nahrung. Auf beiden Seiten gab es viele böse Menschen. Ilse und Helga litten keine Not. Sie folgten der Front bis nach Deutschland hinein. Soldaten plünderten. Sie steckten Häuser in Brand. Sie vergewaltigten. Nahrung im Überfluss.

Erst als der Krieg aus war, änderte sich das. Die Nahrung wurde knapp. Es gab keine Killersoldaten mehr, keine Schinder von Untergebenen, keine Quäler von Gefangenen, keine Vergewaltiger.

Deutschland füllte sich mit halbverhungerten Elendsgestalten. Die konnten Ilse und Helga nicht nehmen. Sie brachten es nicht über sich. Flüchtlingstrecks nach Westen, Alte, Frauen und Kinder. Keine Nahrung. Nein. Sie wollten nicht sein wie die böse Frau. Aber es wurde immer schwieriger, passende Menschen aufzuspüren.

Da war der Dieb, der einer Flüchtlingsfamilie einen Eimer voller Kartoffeln stahl. Er kochte einige davon im Wald auf einem Feuer. Er kam nicht dazu, sie zu essen. Sie ließen ihn neben seinem Feuerchen mit durchbissener Kehle liegen und brachten die Kartoffeln zurück. Heimlich. Ein SS-Offizier, der im KZ gearbeitet hatte, verkleidet als einfacher Heeressoldat. Als er einen Kameraden traf und seine wahre Identität preisgab, machte er sich zu Nahrung.

Fünf Tage ohne Nahrung. Sechs. Sieben. In der achten Nacht mussten sie es tun. Sie brachen in ein Lazarettzelt ein und fielen über die Verwundeten her, die keine Kraft zur Gegenwehr hatten.

„Wir dürfen nie wieder so lange warten", sagte Ilse danach. „Wir waren völlig entkräftet." Sie weinte. Helga weinte mit ihr.

Sie warteten nie mehr so lange. Also töteten sie. Auch Menschen, die nicht ganz so böse waren. Viele. Ilse wurde immer stiller. Sie ging an dem, was sie taten, zugrunde. Sie nannte Helga nicht mehr Schwester. Sie stieß sie von sich, wenn Helga sie trösten wollte, duldete ihre Umarmung nicht mehr.

„Wir sind Höllengeschöpfe", brach es aus ihr heraus. „Wir sind Abschaum. Die Natur will uns nicht. Der Tag hasst uns. Wir sind etwas Abartiges, etwas, das es gar nicht geben dürfte." Sie weinte. Noch einmal hatte sie Tränen, die sie weinen konnte. Doch die Tränen brachten keine Erleichterung mehr. Und irgendwann versiegten sie für immer.

Eines Abends erwachte Helga allein. Neben ihr lag ein gefaltetes Blatt Papier. Eine Nachricht von Ilse: „Liebe Helga,

ich halte es nicht mehr aus, unschuldige Menschen zu ermorden. Sechzig bis achtzig Menschenleben im Jahr. Sie alle lasten auf meiner Seele und erdrücken mich. Wir haben uns mit einer furchtbaren Krankheit angesteckt. Lepra, Aussatz! Wir sind Aussätzige, unheilbar krank. Wir werden nie mehr gesund. Ich kann nicht mehr. Es muss ein Ende haben. Ich gehe in die Sonne. Ich mag dich. Bitte verzeih mir.

Ilse."

Ilses Kleider lagen mitten auf der Wiese verstreut. Sie hatte sie Stück für Stück ausgezogen, bis sie nackt war, um sicherzustellen, dass die aufgehende Sonne …

Helga kniete dort. Lange. Sie fand nichts, nur eine schreckliche Leere in ihrem Herzen. Ilse hatte sie alleingelassen. Mutterseelenallein.

Sie nahm keine Nahrung zu sich. Tagelang nicht. Sie konnte sich nicht dazu überwinden. Sie wurde schwach. Schrecklich schwach. Die Flüchtlingsfamilie …

Von da an suchte Helga wieder. Es war Winter, doch sie fror nicht. Sie streifte durch das zerbombte Nachkriegsdeutschland und hielt Ausschau. Mit der Zeit bekam sie einen Blick für die bösen Leute. Der Dieb, der einem Mann die Lebensmittelmarken für einen ganzen Monat stahl. Wer keine Marken hatte, bekam keine Lebensmittel. Das war ein Todesurteil. Helga folgte dem Dieb. Sie erledigte ihn und brachte die Marken zurück. Die Familie weinte vor Glück und Dankbarkeit. Helga war satt, prall gefüllt mit Lebensenergie.

Schieber und Diebe. Es gab sie. Man musste sie nur finden.

Das Zelt mit dem roten Kreuz. Nahrung im Überfluss. Helga nahm von den Beuteln mit, so viele sie tragen konnte. Die Nahrung schmeckte fade, aber sie brauchte wochenlang nicht auf die Jagd zu gehen. Erst als die Blutkonserven alle waren, suchte sie wieder nach schlechten Menschen, doch auch, wenn sie noch so böse und gemein waren, jeder einzelne Mord lastete auf Helgas Seele und drückte sie erbarmungslos nieder.

Sie lebte nicht, sie vegetierte. Noch ein einziges Mal fand sie Vorräte beim Roten Kreuz. Sie hielten lange, weil Helga sie streng einteilte. Danach musste sie aufs Neue töten, um zu überleben. Jahrelang, jahrzehntelang. Sie lebte in Höhlen und verfallenen Häusern. Nur zweimal besaß sie für eine Weile richtige Wohnungen. Zuerst für ein halbes Jahr und beim zweiten Mal war sie fast zwei Jahre geblieben. Ihr wurde zum Verhängnis, dass sie in der Nähe jagte. Die Menschen begannen, nach ihr zu suchen. Eines Nachts waren Männer mit Hunden gekommen. Helga war überstürzt geflohen.

Sie lernte aus dem Vorfall. Sie benutzte die Eisenbahn. Tötete in zehn Kilometer Entfernung ebenso wie hundert Kilometer weit weg. Sie schlief in Verstecken, streifte kreuz und quer durch ein weites Revier, bevor sie weiterzog.

Nun lebte sie in Erbach ganz oben im Hochhaus. Sie hatte in letzter Zeit viele Menschen in der direkten Umgebung gehabt. Bald musste sie anfangen, weiter fortzufahren, um an Nahrung zu kommen, um mögliche Verfolger in die Irre zu führen. Helga war mit den Jahren sehr gut in Sachen Tarnung und Verschleierung geworden. Sie fühlte sich sicher. Aber sie war nicht glücklich. Sie litt unter dem, was sie war, was die Krankheit aus ihr gemacht hatte.

*

Helga blickte Bastian an: „Das war es. Nun weißt du alles."

„Mein Gott!" Bastian schnaufte. „Die Lager. Darüber habe ich gelesen. Die fürchterlichen Experimente mit lebenden Menschen. Ich habe Bücher gelesen. Die haben Ungeheuerliches getan. Menschen in Eiswasser erfrieren lassen, Farbe in die Augen gespritzt und sonst was." Er warf einen Blick auf Helgas Füße. Sie trug die bestickten Stoffschuhchen, die er ihr geschenkt hatte. „Deshalb bist du dauernd barfuß. Damit du überall hochklettern kannst wie eine Stubenfliege. Das kam mir gleich an unserem ersten Abend komisch vor, wie du an dem Baum hochgesaust bist, um unseren Flieger zu holen." Er runzelte die Stirn: „Du hast dir beim Klettern echt den Arm gebrochen?"

Sie nickte. „Das war direkt nach dem Krieg. Ich habe nicht daran gedacht, die Schuhe auszuziehen, und musste fliehen. Jemand kam dazu, als ich … ich musste verduften. Ich also die Mauer hoch wie ein vergifteter Affe, und so auf drei Metern Höhe verlor ich den Halt und fiel runter. Knacks!"

„Hat es wehgetan?"

„Was denkst du? Natürlich. Ich habe gebrüllt wie am Spieß. Das Schlimmste war, dass keine Zeit mehr blieb, die Schuhe auszuziehen. Die Verfolger waren direkt hinter mir. Ich musste mich nur mit den Händen an der Mauer hochziehen. Kannst dir wohl vorstellen, wie sich das in dem gebrochenem Arm anfühlte."

„Und am nächsten Abend war alles verheilt?"

„Alles verheilt. Keine Schmerzen mehr."

„Du bist wirklich unsterblich?"

„Nicht ganz. Manni hat es mir erzählt. Drei Dinge töten uns: das Licht der Sonne, Feuer und der Pflock mitten durchs Herz."

„Du hast außer deiner Freundin Ilse echt nur den einen getroffen?", fragte Bastian.

„Es gibt nicht viele von uns. Die meisten bringen sich wahrscheinlich irgendwann um, weil sie es nicht aushalten, ständig Menschen ermorden zu müssen, um zu leben."

„Der bösen Frau im KZ hat es offenbar großen Spaß gemacht, zu töten."

„Die war eine Ausnahme. Wie viele Menschen kennst du, die eine Freude daran haben, Kinder zu Tode zu foltern?"

„Einige", rutschte es Bastian raus. „Der Büffel, Blödo, die ganze Schweinebande. Gut, die haben noch keinen umgebracht, aber sie haben eine sadistische Freude daran, schwächere Kinder zu quälen. Und der Büffel wollte mich umbringen. Hast aber Recht. So viele Leute gibt es wohl nicht, die dermaßen abartig sind." Er zögerte. „Hast du … du hast gesagt, du suchst dir nur Böse aus, außer am Anfang … hast du mal jemand richtig Gutes getötet? Jemanden, der total nett zu dir war? Jemand anderes außer dem Onkel Karl?"

Sie sah aus, als hätte er sie ins Gesicht geschlagen. „Die Flüchtlingsfamilie im Winter …" Ihre Stimme war nur ein heiseres Flüstern.

Sie war auf der Landstraße unterwegs. Sie hatte gewartet, viel zu lange gewartet, hatte den Tod gerufen. Gekommen war nur die Schwäche. Und der ungeheuerliche Hunger. Die Krankheit wollte nicht sterben. Sie zwang Helga zu leben. Flüchtlingstrecks zogen über Land, durch Schnee und Eis. Pferde, alte Leute und Kinder lagen erfroren am Wegesrand. Helga taumelte mehr, als dass sie ging. Sie war völlig entkräftet.

Die Flüchtlingsfamilie in ihrem Zelt am Wegesrand. „Komm herein, Mädchen. Wir haben nichts zu essen, aber wenigstens kannst du dich ein wenig aufwärmen." Sie waren so lieb gewesen. Sie besaßen nichts als das, was sie auf dem Leib trugen. Dazu einen kleinen Handwagen, auf dem sie das Zelt und einige erbärmliche Habseligkeiten transportierten. Vater, Mutter und vier Kinder, das jüngste gerade mal drei Jahre alt.

Der Ausruf der Frau: „Ach Gott, das arme Kind! Hat nicht einmal Schuhe. Wie hältst du das nur aus, Kleines? Komm herein. Leg dich zwischen unsere Kinder. Wärm dich ein wenig auf. Vielleicht finden wir morgen was für dich. Es liegen … Menschen liegen am Straßenrand. Wegen der Schuhe …"

Helga hatte sich zwischen die Kinder der Familie gelegt, die Augen geschlossen und getan, als ob sie schliefe. Die ganze Zeit schrie ihr Leib vor Hunger. Der Hunger schmerzte. Zitternd vor Hunger wartete sie, bis alle schliefen. Helga wollte es nicht tun, aber die entsetzliche Krankheit in ihr zwang sie dazu.

Sie beugte sich über das kleine Kind. Es war ein zarter Junge mit wunderschönen Engelslocken. Seine Augen waren haselnussbraun, das hatte sie gesehen, bevor er sich schlafen legte.

Ich will nicht, dachte Helga. Ich kann das doch nicht tun! Diese lieben Menschen! Sie wollen mir doch nur helfen! Bitte nicht!

Aber die Krankheit zwang sie. Sie kam nicht dagegen an. Helga begann stumm zu weinen.

„Bitte vergib mir", flüsterte sie. „Bitte verzeih mir."

Sie umarmte den kleinen Jungen und biss zu. Der Beißkrampf setzte ein, und sie musste tun, wozu die Krankheit sie zwang. Sie konnte nicht mehr aufhören zu trinken. Das Kind regte sich. Es erwachte und wehrte sich. Es wollte schreien.

Helga hielt den Jungen fest. Sie drückte ihm den Mund zu und trank wild. Das Kind kämpfte verzweifelt um sein Leben. Helga spürte seine Todesangst. Sie saugte, so schnell sie konnte.

Irgendwann erschlaffte der kleine Körper in ihren Armen. Helga weinte wortlos über der Kinderleiche.

Vergib mir, dachte sie. Bitte verzeih mir.

Weinend stand sie auf und schlich sich aus dem Zelt. Als sie hinausschlüpfte, fuhr ein Windzug hinein. Helga hörte, wie der Vater erwachte. Sie rannte davon, so schnell ihre Beine sie trugen. Hinter sich hörte sie den Mann aufheulen. Er schrie wie ein Wolf. Dann ertönten die lauten Verzweiflungsschreie der Mutter.

Helga schrie wie eine Möwe. Draußen im Wald. Sie weinte und schrie, bis ihre Stimmbänder anfingen zu bluten. In der folgenden Nacht war ihre Stimme wieder wie neu. Helga schrie erneut wie eine Möwe. Stundenlang …

Die alte Frau im Wald, an jenem Abend, als Helga und Bastian einander zum ersten Mal getroffen hatten. Es war Jahre her, dass Helga die Nahrungsaufnahme zu lange hinausgezögert hatte. Sie wusste ziemlich genau, wie viel sie sich zumuten konnte. Diesmal hatte sie es übertrieben. Die alte Frau war so lieb gewesen. Sie wollte Helga helfen. Sie stützte das Mädchen. Dafür musste sie sterben. Die furchtbare Angst in ihren Augen! Das eisige Entsetzen, als Helga ihr das Leben nahm, es buchstäblich wegnahm, aus ihr heraussaugte …

Helga saß mit gesenktem Kopf neben Bastian. „Das bin ich, Basti. Eine Mörderin. Ich kann gut verstehen, wenn du mich nicht mehr haben willst. Vor mir muss man sich ekeln."

Er schwieg lange.

Sie seufzte. „Du kannst ruhig gehen, Basti. Ich verstehe dich." Noch immer schaute sie zu Boden.

„Helga", sprach er sanft.

Sie reagierte nicht.

„Helga. Sieh mich an. Bitte."

Sie beugte den Kopf noch tiefer, als erwarte sie den Schlag des Henkers mit dem Beil.

Er fasste nach ihrer Hand. „Helga." Sanft packte er sie an den Schultern und drehte ihren Oberkörper auf sich zu. „Helga. Schau mich an."

Sie schüttelte den Kopf.

Er drückte sie an sich. „Ich habe dir doch gesagt, dass ich dich lieb habe, Helga."

Sie hielt den gesenkten Kopf gegen seine Brust gepresst und sagte nichts.

Er fuhr ihr sachte durchs Haar: „Ich habe dich lieb, Helga. Egal was kommt. Du kannst doch nichts dafür, dass du dich angesteckt hast. Solange du nur böse Menschen aussaugst, ist alles gut. Das mit der armen, alten Frau … das war ein Unfall. Ich mag dich, Helga. Ich will, dass wir Freunde bleiben. Ich verlasse dich nicht."

„Meinst du das ehrlich?", fiepte sie.

„Ja, Helga."

Sie drehte den Kopf und schaute zu ihm auf: „In echt?"

Er nickte.

Sie drängte sich an ihn. „Ich will ja so gerne bei dir bleiben, Basti. Ich mag dich. Ich habe niemanden außer dir. Du bist der erste Mensch in meinem Leben, der mich gern hat."

Er lächelte sie an. Dann beugte er sich vor und gab ihr einen flüchtigen Schmatz auf die Lippen.

Sie lächelte zurück, beugte sich vor und gab ihm auch einen Schmatz. Sah ihn an. Lange. Stumm. Da legte er seine Lippen auf ihre, und sie küssten sich. Auf die Lippen. Vorsichtig, sanft. Und lange. Helgas Lippen waren wunderbar weich.

Danach umarmte er sie. „Wir halten zusammen, Helga. Komme, was wolle. Wir sind Freunde."

Sie kuschelte sich an ihn. „Ja, Basti. Freunde."

Er rückte ein Stück von ihr ab. „Und du machst keinen Selbstmord?"

Sie schüttelte den Kopf: „Nein, Basti. Nicht, solange du bei mir bist."

„Ich bleib immer bei dir, Helga. Immer."

Sie kuschelte sich an ihn. „Immer."

*

Am nächsten Tag schlief Bastian lange. Er wollte noch nicht weg aus Helgas Wohnung. Unten, wo sein Alter stänkerte, war es ihm im Moment zu ungemütlich. Er checkte die Tasche, die seine Mutter für ihn gepackt hatte. Seine Zahnputzsachen waren darin. Er lächelte. Sonst war er seiner Mutter ziemlich egal, aber diesmal hatte sie an alles gedacht. Manchmal war sie wie eine richtige Mutter, fand er. Er fühlte einen merkwürdigen, kleinen Piekser im Herzen.

Wenn sie nur immer so wäre, dachte er sehnsüchtig. Sie könnte sich scheiden lassen, und wir würden weggehen von Vater. Dann könnte er allein saufen und schimpfen und sich sonst wen suchen, um ihn zu vermöbeln.

Bastian seufzte. Das würde nie geschehen. Seine Mutter hatte oft von Scheidung gesprochen, aber sie hielt zu ihrem Mann. Meistens waren die beiden so etwas wie ein Herz und eine Seele. In letzter Zeit gingen sie wieder viel gemeinsam aus. Sogar im Kino waren sie gewesen. Danach natürlich in der Kneipe, um abzutanken, klar.

Er ging ins Bad und putzte sich die Zähne. Anschließend duschte er und zog sich frische Klamotten an. Im Wohnzimmer sah er fern. In den Regionalnachrichten brachten sie die Sache mit dem Büffel ganz groß. „Der Metzger hat wieder zugeschlagen", hieß es, und dass ein Jugendlicher ermordet worden sei.

Die Sprecherin berichtete, dass man in Jens Regins Körper mehrere verschiedene Drogen gefunden hatte. Der Büffel hatte so ziemlich alles eingeworfen, an das er rangekommen war. Speed, Extasy und sonstige Amphetamine. Dazu hatte er ein Faible für Klebstoff entwickelt. Alles zusammen hatte ihm das Gehirn mächtig ausgetrocknet. Es lagen mehrere Anzeigen gegen ihn vor von Eltern, deren Kinder von Jens misshandelt worden waren.

Zeugenaussagen wurden zitiert, nach denen Jens zusammen mit seinen Schweinekumpanen auf der Kirmes eine Gruppe jüngerer Kinder angegriffen hätte.

„Von uns weiß keiner was", flüsterte Bastian. „Von Helga und mir ist keine Rede. Geil!" Richtig, sie waren ja von Blödo und Co zwischen den Schaustellerwagen gestellt worden. Es gab keine Zeugen für den ungleichen Kampf; ebenso wenig wie für den Tod von Jens. Die Zeugen gaben an, den ausgebluteten Leichnam gefunden zu haben.

„Da war weit und breit niemand", sagte eine Frau in die Kamera. „Der Killer muss eiskalt zugeschlagen haben und sich dann davongemacht haben wie der Blitz. Der arme Junge."

„Blöde Trulla", brummte Bastian. „Wärst du mal an unserer Stelle gewesen oder an Stelle der armen Kinder, die von Jens terrorisiert wurden. Das war kein armer Junge, das war ein krimineller Gewalttäter, ein perverser Psychopath. Ihr habt doch allesamt keine Ahnung, ihr blöden Erwachsenen."

Bastian schaltete den Fernseher ab. Er hatte genug gehört. Helga und er waren in Sicherheit.

Helga.

Bastian hatte ein ganz eigenartiges Gefühl, wenn er an das Mädchen dachte. Eigentlich hatte sich zwischen ihnen nichts geändert und doch war alles anders.

Herauszufinden, was sie wirklich war, das war ein Schock gewesen. Ein Schockerlebnis auch ihre Erzählung über ihren „Werdegang". Die böse Frau im KZ, Perchtrude. Sie hatte den Tod verdient. Ebenso wie Jens Regin. Bastian wunderte sich, dass er keinerlei Probleme damit hatte, die Tötung des Büffels zu akzeptieren. Nicht Rachegelüste waren befriedigt worden. Das war es nicht. Es war die simple Tatsache, zu wissen, dass ein gefährliches Etwas, das als ständige Bedrohung über seinem Leben gehangen hatte, entfernt worden war. Plipp! Weg damit. Und Tschüss!

*

Drei Tage lang blieb Bastian in Helgas Wohnung. Sie malten zwei neue Bilder, und natürlich ließen sie wieder Papierschwalben segeln. Sie passten höllisch gut auf, dass Rumpelstilzchen sie nicht sah. Nach dem Vorfall mit dem Büffel war es keine gute Idee, allzu sichtbar zu sein.

Helga ging einmal auf Nahrungssuche. Sie fuhr mit der Bahn ein gutes Stück von Homburg weg. Den Mann, der allein in einem Haus im Wald lebte und der seine Frau und seine beiden erwachsenen Töchter auf dem Gewissen hatte, vermisste niemand. Wenn überhaupt, würde es noch lange dauern, bis man nach ihm suchte. Wahrscheinlicher war, dass man annehmen würde, er hätte sich abgesetzt. Die Dorfbewohner mochten den Kerl nicht. Der war nur auf Stunk aus, wenn er ins Dorf kam. Dass er fernblieb, würde man positiv aufnehmen.

*

Bastian hatte lange geschlafen. Seit er bei Helga war, blieb er möglichst lange auf. Dafür musste er am folgenden Tag lange pennen. Was kein Problem war. Schließlich hatte er Ferien. Nach dem Duschen machte er sich ein paar Brote mit Butter und Marmelade. Zufrieden kauend hockte er am Küchentisch und betrachtete das allerneueste Bild, das er und Helga am Abend zuvor gemalt hatten: Ein Bahnhof mit zig Gleisen, allen nur möglichen Sorten von Lokomotiven und vielen, vielen Leuten auf den Bahnsteigen. Auf Gleis 6 wartete sogar eine Entenfamilie auf den einfahrenden Zug. Mutti Ente trug ein Kopftuch und Papa Ente eine Melone wie ein Engländer. Die Entenjungs hatten Schlipse umgebunden und die Entenmädchen trugen bunte Schleifen auf den Köpfchen.

Bahnhof, überlegte Bastian. Das ist es. Ich geh die Eisenbahn knipsen. Ich gehe mit der Digitalkamera zum Hauptbahnhof. Ich habe Zeit. Ferien. Es ist ja erst Mittag. In einer Stunde kommt der ICE aus Saarbrücken zur Weiterfahrt nach Mannheim.

Er marschierte los. Helga hatte ihm den Zweitschlüssel zu ihrer Wohnung gegeben, ein riesiger Vertrauensbeweis. Er konnte zurück in die Wohnung, wann immer er wollte, auch wenn das Mädchen noch schlief und im Schlaf vollkommen wehrlos war.

In Homburg hing er auf den Bahnsteigen herum und fotografierte eifrig. Er blieb den ganzen Nachmittag. Als er hungrig wurde, kaufte er sich eine Bockwurst mit Brötchen.

*

Es ging auf Abend zu, als er nach Erbach zurückkehrte. Bastian war gut gelaunt. Er freute sich auf Helga. Sie hatten einander noch so viel zu erzählen, und natürlich wollten sie miteinander spielen. Vielleicht würden sie zum Heideweiher gehen und sein Segelschiffchen fahren lassen. Es war windig genug dazu.

Helga war ein Vampir. Das war nicht leicht zu akzeptieren. Doch Bastian sah in ihr vor allem das Mädchen, das er vor Wochen kennengelernt hatte, und dieses Mädchen mochte er sehr. Sie würde ihm niemals etwas antun. Sie war keine blutrünstige Killermaschine, die tollwütig auf der Suche nach Opfern durch die Nacht streifte. Im Gegenteil. Sie zögerte es hinaus. Sie ging so selten wie möglich auf Nahrungssuche.

Solange sie Typen wie diesen Vergewaltiger oder den Büffel austrinkt, soll es mir egal sein, dachte Bastian.

Er wollte noch nicht zurück in die elterliche Wohnung. Bei Helga zu wohnen war das Paradies. Außerdem konnte er dann mit dem Mädchen zusammen sein. Seit er ihr Geheimnis kannte, mochte er sie fast noch mehr. Sie erschien ihm so schützenswert. Sie lebte in ständiger Gefahr, entdeckt zu werden.

Ich passe auf dich auf, Helga, dachte Bastian. Ich verrate dich nicht.

Er erhielt einen Stoß in den Rücken, so heftig, dass er nach vorne taumelte und hinfiel.

„Hallo Süßer. Nett, dass du mal vorbeischaust." Bodo beugte sich über ihn. Claudio Schlaudio und Hagen der Hagere standen neben ihm.

Verflixt noch mal, dachte Bastian. Nicht schon wieder! Warum habe ich nicht besser aufgepasst, ich Hornochse?

Er sicherte sich nach allen Seiten, während er sich langsam aufrappelte. Es konnte klappen. Er musste nur zwischen Hagen und Claudio durchschlüpfen, dann konnte er Gas geben und davonrennen.

Als hätten die beiden seinen Plan erahnt, gingen sie auf Schulterschluss und kamen auf Bastian zu. Bodo packte ihn von hinten: „Wir haben ein Hühnchen mit dir zu rupfen, Kacker! Wegen letztens. Was du mit deiner hässlichen Freundin auf der Kirmes abgezogen hast, ist nicht hinnehmbar. Erst recht nicht, weil deinetwegen das mit Jens passiert ist, du Wichser! Wärst du nicht gewesen, wäre Jens nicht dem Mörder in die Hände gefallen."

Bastian hebelte den Jugendlichen aus. Bodo ging zu Boden. Beinahe wäre Bastian entkommen, aber die drei Mistkerle mussten sich zuvor abgesprochen haben. Gingen sie der Reihe nach gegen Bastian vor, würde er sie mit Judogriffen langlegen. Sie mussten sich gemeinsam auf ihn stürzen, um seine Abwehr lahmzulegen. Leider gelang ihnen das. Bastian konnte noch einen Wurf anbringen, dann packte ihn Hagen von hinten und bog ihm die Arme hinterm Rücken hoch. Bastian schrie auf.

„Schluss ist mit hinterlistigen Judotricks", rief Claudio. „Denkst du wohl, du kommst mit so Schweinereien durch, was?" Er lachte. „Nein, diesmal wir haben aufgepasst. Kriegst Fresse voll."

„Feige Schweine!", schrie Bastian. Er wusste, es war aus. Er konnte sich in seiner Lage nicht mit Judo wehren und er kam nicht an sein Messer heran. Er hatte verloren und sie würden es ihm verdammt ungemütlich machen, das stand fest.

„Ihr feigen Scheiß-Schweine!", brüllte er entrüstet. Er würde die Schnauze eh voll kriegen, warum also klein beigeben? „Zu dritt fallt ihr über einen kleinen Jungen her, der schwächer ist als einer von euch allein. Ihr Wichser! Vergreift euch zu dritt an einem Kind! Ihr dreckigen Hurensöhne!"

Bodo versetzte ihm einen Schlag auf den Solarplexus, so hart, dass Bastian die Luft wegblieb.

„So lass ich mich nicht von dir nennen, du Arschgesicht", sagte er und schlug erneut zu, diesmal ins Gesicht.

Bastian würgte. Bodo trat ihm in die Hoden. Bastian schrie wie am Spieß. Claudio stellte sich neben Bodo: „Hast gemachte Ärger mit unsere Freund Jens, du Arschgeige. Wir dir zeigen." Er schlug mit voller Wucht zu.

Bastian versuchte, sich aus Hagens Haltegriff zu befreien, aber er hatte keine Chance. Der dicke Jugendliche war ihm kräftemäßig haushoch überlegen. Claudio und Bodo schlugen Bastian systematisch zusammen.

„Für Jens! Und noch mal für Jens! Und erneut für Jens!", rief Bodo bei jedem Schlag.

„Und für misch, Arschloche", rief Claudio Schlaudio. „Für deine blöde Lacherei, dasse ich Müller heiße. Kanne ich was für, wenn meine blöde Mutter mein Vater nicht geheirat? Ich bin Italiener, du Scheißtype!"

Bastian schrie und heulte. Sie droschen weiter auf ihn ein.

Helft mir, dachte Bastian in wilder Panik. Warum hilft denn keiner?! Die schlagen mich kaputt! Die bringen mich um!

„Halt's Maul!", rief Bodo und schlug ihm erneut mit aller Kraft auf den Solarplexus.

Bastian ging zu Boden. Er erbrach sich lautstark. Beim Atmen und Schreien geriet Kotze in seine Luftröhre. Er würgte, röchelte und schrie. Sie traten erbarmungslos auf ihn ein.

„Scheißtype! Verdammter Scheißtype! Du lach mich nicht mehr aus", rief Claudio und trat Bastian in die Nieren. Bodo trat ihm in den Magen und dann gesellte sich noch der fette Hagen dazu.

Bastian ringelte sich am Boden wie ein zertretener Wurm. Er hatte Todesangst. Die drei Kerle waren irre geworden. Sie mussten was eingenommen haben.

Warum kam denn niemand? Sie waren mitten in einem Wohnviertel! Wo waren die Menschen? Die Kerle brachten ihn um! Sie traten ihn zu Tode, und keiner half!

„Kommst du uns noch mal mit hinterlistigen Judotricks, häh?“, fragte Bodo und trat Bastian ins Gesicht. „Ich hab dich was gefragt, du Bazille! Gib Antwort!“

Bastian wollte etwas sagen, aber er hatte Kotze in der Lunge und hustete und würgte und rang verzweifelt nach Atem. Weitere Tritte prasselten auf ihn ein.

Irgendwann hörten sie auf. Bodo hob Bastians Digitalkamera vom Boden auf. „Was ist denn das für ein dämliches Kinderspielzeug? Dreck!“ Er warf die Kamera mit solcher Wucht auf den Boden, dass sie zerschellte.

Bodo beugte sich über ihn. Bastian lag heulend am Boden, zusammengekrümmt wie ein Igel. Er blutete aus unzähligen Wunden. „Leg dich nie wieder mit uns an, du kleiner Wichser!“, zischte Bodo. „Sonst bist du dran!“ Er packte Bastian bei den Haaren, riss seinen Kopf hoch und knallte ihn mit voller Wucht auf den Asphalt. Blut spritzte.

Die drei ließen von ihm ab und gingen. Plötzlich drehte sich Claudio Schlaudio um und rannte auf Bastian zu. Mit Anlauf trat Claudio ihm mitten ins Gesicht. „Ist für dein blöde Lach über mein Name, Arschloche.“ Claudio schaute Bastian an wie ein lästiges Insekt: „Du sagst in Schule mein Name, du tote! Kapierte? Wichser!“

Endlich gingen sie, ließen sie ihn liegen.

Bastian blieb heulend liegen. Er traute sich nicht aufzustehen, aus Angst, dass sie ihm Knochen gebrochen hatten. Laut schluchzend lag er im Rinnstein. Autos fuhren vorbei. Keines hielt an.

Ich könnte hier sterben, dachte er. Keiner würde mir helfen. Ich verrecke und niemand hält an. Sie sind vorbeigefahren, als die drei Schweine mich fast umgebracht haben!

Er setzte sich auf. Alles tat ihm weh. Sein Gesicht war verschwollen. Er blutete aus Nase und Mund. Er fuhr mit der Zunge über die Zähne. Gott sei Dank. Alle noch heil. Nur seine Unterlippe war aufgeplatzt wie eine Bratwurst. Sein Sehfeld färbte sich rot, weil ihm Blut aus einer Wunde an der Stirn ins rechte Auge lief.

Ich muss nach Hause, dachte er. Ich muss mich hinlegen. Nicht hier draußen. Es wird dunkel. Die kommen vielleicht zurück und bringen mich um.

Taumelnd kam er auf die Beine. Ihm war schlecht. Sein Körper war eine einzige Prellung. Langsam lief er los in Richtung Hochhaus.

Umbringen.

Umbringen.

Wenn ich sie nicht umbringe, bringen sie mich um.

Der Gedanke war kurz, simpel und klar wie Glas. Kein Mensch würde Bastian helfen. Die drei Irren hatten ihn gerade krankenhausreif geprügelt, ohne dass jemand auch nur einen Finger gerührt hatte. Sie hatten ihn beinahe ermordet.

Die müssen mich doch schreien gehört haben. Wir sind doch dicht bei den ersten Häusern. Nichts haben sie gemacht! Nicht mal die Bullen haben die gerufen. Man darf mich einfach so umbringen!

Bastian stakste dahin wie eine schlecht geölte Aufziehpuppe.

Ich bringe sie um. Ich besorge mir eine Knarre und erschieße sie. Alle drei. Die oder ich. Oder mit dem Messer. Einen nach dem anderen.

Er weinte. Mit dem Taschentuch wischte er sich das Blut ab, die Tränen auch. Er kam beim Hochhaus an. Keine Treppen heute Abend. Die würde er nicht schaffen. Der Fahrstuhl. Helga. Nur hoch zu Helga. In ihrer Wohnung konnte er sich hinlegen. Ausruhen. Nur weg von der Straße, wo die Irren umherstreiften und kleine Jungen halb zu Tode prügeln durften, ohne dass sich jemand daran störte.

Rumpelspähchen spitzte durch den Türspalt. Junge, Junge! Dieser Florian, oder wie er hieß, hatte ganz schön was abbekommen. Sah echt wüst aus. Als hätte er sich mit einer schlechtgelaunten Planierraupe angelegt.

„Von wem hat der solche Dresche bezogen?", fragte sich Rumpelgrübelchen flüsternd. „Hat sich wohl mit den Falschen angelegt. Selbst schuld, du kleine Rotznase. Kümmer dich mal lieber um deine eigenen Angelegenheiten."

Rumpelstilzchen sah zu, wie der Junge in den Fahrstuhl humpelte. Er hatte echt was abgekriegt.

Vielleicht war's sein Alter. Der schlägt ja wie ein Bekloppter zu. Seine Alte hat letztens auch wieder ein hübsches Veilchen spazieren getragen. Mistkerl! Lässt seine schlechte Laune an Frau und Kind aus. In der Kneipe zieht er den Schwanz ein, wenn's hart auf hart kommt, der saubere Herr. In seiner eigenen Gewichtsklasse ist er zu feige, um anzutreten. Was für ein jämmerliches Arschloch! Warte mal, wenn der Junge sechzehn ist, Alter. Dann dreht er den Spieß um und vertrimmt dich nach Strich und Faden. Gönnen tät ich es dir, du Hyäne.

Rumpelstilzchen kehrte in seine Wohnung zurück.

Nur gut, dass ich mit der ganzen Sache nichts zu tun habe. Mir kann es ja egal sein.

Rumpelegalchen holte sich Bier Nummer 1 und machte es sich vorm Fernseher bequem. Genug gearbeitet für heute! Die Ex des Synchronschiffers von obendrüber war mit ihrem neuen Macker abgehauen in die Stadt. Wenigstens würde sie nicht versuchen, die Urlaubsvertretung für den Synchronbrunzer zu machen. Rumpelschiffchen würde mehrere Stunden lang ungestört von Synchronattacken schiffen können. Das war doch mal was.

Sie war schon wach, als er zur Wohnungstür hereingetaumelt kam.

„Basti!" Sie flog ihm entgegen, die Augen aufgerissen. „Basti! Was ist geschehen? Komm, ich helfe dir. Ich stütze dich." Sie führte ihn in die Küche zu einem der Stühle am Tisch. „Setz dich hin."

Bastian ließ sich auf den Stuhl fallen.

Helga war außer sich vor Sorge. „Was ist passiert, Basti?"

„Blödo und seine Schweinebande", flüsterte Bastian. Ihm war immer noch schlecht. Alles tat ihm weh. Sein Kopf summte wie ein Transformator. Er fühlte Blut über sein Gesicht laufen. „Hast du Lust? Wegtupfen tut zu weh."

„Basti!" Sie schaute ihn ängstlich an. „Was ist mit dir? Musst du ins Krankenhaus? Soll ich …"

„Nein", sagte er. „Nur hinlegen und schlafen. Morgen geht es mir besser. Die haben mich zusammengeschlagen. Hagen hat mir die Arme hinterm Rücken verdreht und Claudio und Bodo haben geschlagen und getreten. Zum Schluss haben sie alle drei getreten, als ich am Boden lag."

Er hob die Hand. Sah sein zerknülltes Taschentuch darin. Vollgesogen mit Blut. Der Anblick ekelte ihn. „Helga? Bitte … mach es weg aus meinem Gesicht." Er war so schwach, dass er nur leise sprechen konnte.

Sie kam zögernd näher. „Basti!" Sie berührte sein Gesicht mit den Fingerspitzen. „Du siehst entsetzlich aus."

„Ich fühle mich entsetzlich." Er versuchte ein Grinsen. Es gelang ihm nicht. „Das Blut, Helga. Bitte."

„Halt ganz still", bat sie und näherte ihr Gesicht dem seinen. „Mach die Augen zu."

Er gehorchte. Augen zu. Dunkelheit. Mmmm. Gut. Schwärze. Schlafen. Ausruhen.

Er spürte ihre Lippen unendlich zart an der Stelle, wo auf seiner Stirn die kleine Platzwunde war. Wie sanft sie ihn berührte. Dann ihre Zunge. Schleck-schleck-schleck. Sanft. Zart. Es kitzelte.

Sie leckte alles Blut aus seinem Gesicht. Zum Schluss von der Unterlippe. Sie umschloss sie mit ihren eigenen Lippen und nahm das austretende Blut so sanft in Empfang, dass es nicht im Mindesten wehtat. Die Wunde hörte auf zu bluten.

Helga zog sich zurück und blickte ihn an. „Basti. Was haben die mit dir gemacht!"

Er fing an zu weinen, konnte es nicht verhindern. All die Angst und die Schmerzen stürmten auf ihn ein. Helga nahm ihn in die Arme wie ein kleines Kind und tröstete ihn.

„Sie haben weiter auf mich eingetreten, als ich hilflos am Boden lag", sagte Bastian unter Tränen. „Die haben mit aller Kraft zugetreten. Ich hatte Angst. Ich dachte, ich muss sterben. Und niemand ist mir zu Hilfe gekommen. Dabei waren wir ganz nah bei den Häusern. Die müssen mich doch schreien gehört haben. Ich habe geschrien wie am Spieß. Ich hatte solche Angst."

Er versuchte, sich hochzuhieven. „Ich will mich waschen. Ich bin ganz blutig und voller Straßendreck. Ich will duschen."

Helga hob ihn hoch und half ihm ins Bad. „Duschen schaffst du nicht, Basti. Ich lass dir Badewasser ein."

Sie wusch ihn, als sei er ein kleines Kind. Unendlich sanft rieb sie mit einem weichen Schwamm über seinen geschundenen Körper. Nun war sie es, die weinte, als sie all die Blutergüsse sah. Kaum ein Stück Haut, das nicht purpurfarben verfärbt war.

„Die haben ganze Arbeit geleistet, was?", versuchte Bastian zu witzeln. Er ließ zu, dass sie ihn aus dem Wasser hob wie ein Kleinkind und ihn unendlich vorsichtig abtrocknete. Sie brachte ihn ins Schlafzimmer, zog ihm einen Schlafanzug an und legte ihn ins Bett.

„Danke, Helga", sagte er leise. „Ich bin so schwach, ich glaube, ich hätte es nicht geschafft, den Schlafanzug selber anzuziehen." Er hob die rechte Hand und strich ihr zärtlich über die Wange. „Ich bin froh, dich als Freundin zu haben. Du bist das beste Mädchen der Welt." Er schaute zu ihr hoch. „Habe ich geschmeckt?"

Sie erwiderte sein verunglücktes Lächeln nicht. Sie blieb ganz ernst. „Schlechte Menschen schmecken besser, Bastian", sagte sie. Sie leckte sich die Lippen. „Schlaf jetzt. Ich gehe raus. Ich habe Hunger." In ihren Augen glomm ein gefährliches Feuer. „Sie werden dir nichts mehr antun, Basti. Nie mehr!"

Bastian spürte, wie der Schlaf nach ihm griff. Er fasste nach ihrer Hand. „Wen immer du als Ersten erwischst", flüsterte er mit geschlossenen Augen, „sag ihm einen schönen Gruß von mir."

Sie beugte sich zu ihm hinab und küsste seine geschwollene Lippe unendlich sanft. „Ich werde dran denken, Basti. Versprochen."

Er hörte noch, wie sie die Wohnung verließ, dann schlief er ein.

*

Claudio Schlaudio, der Müllerste aller Claudionen war auf dem Nachhauseweg. Claudio war verdammt gut drauf. Erstens hatten sie am frühen Abend diesem kleinen Scheißer aus dem Hochhaus gezeigt, wo es langging. Dann hatten Bodo, Hagen und er den Deal mit der Crew aus St. Ingbert klargemacht. Da steckte verdammt viel Taschengeld drin. Mehr, als sie je mit einem einzigen Geschäft eingesackt hatten. Und Claudio hatte die scharfe Tusse langgelegt, der er seit zwei Wochen hinterherstieg. Marion hieß sie und war eine rassige Bionda, eine Blondine mit atemberaubenden Kurven und Brüsten, bei deren bloßem Anblick seine Eier zu kochen anfingen.

Diesem Bastian hatten sie die Fresse ordentlich poliert. Der würde nicht noch mal mit seinen dreckigen Judotricks herummachen, und erst recht nicht würde der Pisskopp in der Schule verraten, dass Claudio mit Nachnamen Müller hieß. Ey, konnte Claudio was dafür, dass seine Mutter den Vater ihres Sohnes nicht geheiratet hatte? Dann würde er heute Bertani heißen – Claudio Bertani. Stattdessen Scheiße Claudio Müller. Echt Scheiße, Mann.

Aber jetzt war Ruhe. Dem Bastian hatten sie es gegeben, für seine Frechheit und wegen Jens. Der Büffel hatte ebenfalls Streit gehabt mit Bastian. Ehrenangelegenheit. Ernste Sache. Jens war tot. Ermordet. Vom Metzger umgebracht. Das war echt schlimm, fand Claudio. Jens hatte zu ihrer Gruppe gehört. Ohne Jens fehlte etwas. Jens war ein guter Freund gewesen. Er hatte alle „Besorgungen" mitgemacht. Jetzt mussten sie die Einbrüche zu dritt organisieren. Nun ja ... wenigstens konnte Claudio sich auf morgen freuen, wenn er Marion Dickbrust, die schicke Bionda, wieder treffen würde.

Er kam am Wald vorbei und ging weiter in Richtung Kreisel an der Berlinerstraße entlang. Noch ein halber Kilometer bis nach Hause. Claudio beschloss, sich in den nächsten Tagen einen Scooter zu organisieren. Es kam nicht in die Tüte, dass er sich jedes Mal, wenn er Marion vögeln wollte, die Hacken ablief. Mit einem Motorroller war er schneller bei ihr.

Im Wald raschelte es. Etwas lief dort drinnen, parallel zu Claudio.

Er ging weiter. Ein Reh vielleicht.

Marion war echt spitze. Sie war scharf wie ein Rasiermesser. Er freute sich schon auf den nächsten Fick.

Schritte durch altes Laub vom Vorjahr. Tschapp-Tschapp. Ein Hund? Ein Reh würde einem Menschen nicht folgen. Lief ein Köter frei herum?

Marion hatte ihn ewig warten lassen. Wollte wohl nicht, dass er sie für eine Schlampe hielt. Aber er hatte sie endlich herumgekriegt, und nachdem sie ihn einmal rangelassen hatte, konnte sie nicht genug bekommen. Claudio grinste.

Ruf mich an, hatte sie verlangt. Gleich morgen. Klar würde er.

Tapp-Tapp-Tschapp-Tschapp.

Das ist kein Hund, dachte Claudio. Das ist etwas mit zwei Beinen. Irgendeiner lief parallel zu ihm im Wald. Er blieb stehen und lauschte. Nichts. Nicht der leiseste Laut kam aus dem Wald. Kopfschüttelnd ging er weiter.

Tschapp-Tapp-Tschapp.

Claudio blieb stehen. Der im Wald auch. Claudio schaute nach vorne. Noch hundert Meter bis zum Kreisel. Wer immer im Wald neben ihm hertappte, musste dort rauskommen oder nach links abhauen, tiefer in den Wald hinein.

Claudio lief weiter. Das Rascheln und Tappen im Wald folgte ihm. Es klang leise, als ob jemand darauf achtete, möglichst keine Geräusche zu machen.

„Ey Alter, was tapschte du neben mir here wie Schwuler?", rief Claudio. Er war wütend. Der Idiot im Wald lenkte ihn von Marion Dickbrust ab. Blöder Wichser!

Die Schritte folgten ihm unbeirrt. Claudio blieb stehen. Der im Wald auch.

„Ey Schwuli, isch komme gleich reine in Walde und polier dir Fresse!", rief Claudio hitzig. Er kochte. Was wollte das Arschloch im Wald von ihm?

Noch fünfzig Meter bis zum Waldrand. Claudio schritt weit aus. Er beschleunigte seine Schritte. Der im Wald hielt mit ihm Schritt. Ein mulmiges Gefühl beschlich Claudio Schlaudio. Jens war tot. Der Büffel war vom Metzger geschlachtet worden, mitten in Homburg neben dem Kirmesplatz. Wer immer der Metzger war, er musste groß und stark sein, denn er hatte den Büffel geschafft. Und er war schnell. Jens war nur kurz verschwunden. Sie hatten ihn gesucht, und da hatten sie auch schon die Leute schreien hören. Der Killer hatte nicht mehr als drei oder vier Minuten gehabt. Claudio sah sich um. Er war ganz allein auf der Straße. Gegenüber standen Häuser, aber es war kein Mensch zu sehen.

Tapp-Tapp-Tschaff-Tschaff, machte es neben ihm im Wald. Die Häuser auf der anderen Seite sahen verdammt weit weg aus.

Mensch, mach dich nicht selber verrückt, sagte er zu sich. Das ist ein Spinner im Wald, sonst nix. Oder vielleicht Bodo? Erlaubte der sich einen Scherz mit ihm? Verdammt! Dann bloß nicht ängstlich wirken! Bodo würde sich einscheißen vor Lachen, wenn Claudio jetzt kopflos über die Straße rannte und an einer Haustür um Hilfe brüllte.

Das Ende des Waldes kam näher. Claudio schluckte. Okay. Weitergehen. Wer immer es auch ist, weitergehen. Wenn es Bodo war, würden sie einander in die Rippen boxen und sich gegenseitig Arschloch nennen. Wenn es irgendein dummer Wichser war, der ihm einfach so gefolgt war, würde Claudio ihn vermöbeln, aber nicht schlecht.

Und wenn es der Metzger ist, fragte eine kleine Stimme in seinem Kopf.

Halt die Schnauze, gab Claudio zurück.

Es half nichts. Es war dunkel. Er war allein auf der Straße. Neben ihm schlich etwas durch den Wald. Und er hatte Herzklopfen. Ziemlich wenige Straßenlaternen hier in der Gegend.

Der Wald war zu Ende. Claudio starrte angestrengt. Nichts.

Er atmete auf. Was immer im Wald war, es kam nicht heraus. War wohl doch ein Reh. Blödes Vieh! Tappte einfach neben ihm her. Jetzt gab es sogar schon schwule Rehe. Er schritt gut gelaunt auf den Kreisel zu.

Von der Seite kam etwas Kleines auf ihn zugeflogen und warf sich gegen ihn.

„Hey! Passe aufe, Arschgeige, sonste gib's was auffe Fresse!", schrie Claudio.

Als er den schrillen Fauchlaut hörte, wurde ihm schlagartig klar, dass das etwas Ernstes war. Dünne Arme und Beine umschlangen ihn. Ein Arm drückte ihm den Hals zu. Er versuchte, ihn herunterzureißen, aber er brachte ihn keinen Millimeter von der Stelle. Ein Kopf mit dichtem, hellem Haarschopf schoss vor. Zähne gruben sich in seinen Hals - ein scharfer Schmerz.

„Aufhören!", schrie Claudio, oder besser gesagt, versuchte Claudio zu schreien. Aus seiner zugedrückten Kehle kam nur ein heiseres Röcheln.

Das Ding auf ihm begann zu saugen. Es knurrte und schlürfte. Es saugte mit unglaublicher Gewalt. Claudio fühlte seine Kräfte schwinden.

Nein! Nein! Aufhören!

Er begann zu taumeln, verlor das Gleichgewicht und ging zu Boden. Zu den Schmerzen gesellte sich Angst, nackte Angst. Jens! Was ihn angefallen hatte, war das gleiche Ding, das den Büffel erledigt hatte. Der Metzger! Der Blutsauger! Ein Vampir! Um Himmels willen! Madre mia! Eine Vampire!

Claudio lag auf dem Rücken. Er wedelte mit den Armen. Er fühlte sich erschöpft und völlig ausgelaugt. Er hatte keine Kraft mehr. Er hatte nur noch Angst. Fürchterliche Angst.

Es saugt mich aus! Es saugt mein ganzes Blut! Ich sterbe! Neiiiin!

Das Ding ließ von ihm ab, hob den Kopf. Claudio erkannte im gelblichen Licht der Straßenlaternen alles genau. Es war das Mädchen. Die komische Kleine, die bei Bastian gewesen war. Das Mädchen war elf oder zwölf und von betörender Schönheit. Schon jetzt sah man ihr an, dass sie einmal eine echte Teenage Queen werden würde. Wenn sie fünfzehn war, würden die Jungs sich um sie reißen. Sie war ein Vampir. Ein Killer.

„Gnade", flüsterte Claudio. Er war vor Angst halb wahnsinnig. Er hatte noch nie in seinem Leben eine solche Angst gehabt. Er wollte alles, wirklich alles tun, um heil aus dieser Sache herauszukommen. „Bitte töte mich nicht. Gnade", bettelte er.

Sie leckte sich die blutroten Lippen ab und schaute auf ihn herunter. „Schönen Gruß von Bastian", sagte sie und lächelte. Plötzlich verkrampfte sich ihr Gesicht zu einer entsetzlichen Fratze.

Ihre Augen, dachte Claudio. Oh heilige Mutter Maria, ihre Augen!

Er pisste sich voll.

Der Kopf des Mädchens senkte sich über seinen Hals. Sie biss in die offene Wunde und begann erneut zu saugen. Sie schnurrte laut. Claudio verstand. Es gab keine Gnade. Er begann sich einzuscheißen. Angst! Er hatte wahnsinnige Angst.

Er starb in einem Tornado aus Furcht und Schmerz.

*

Bastian schlief tief und fest. Helga tat sein Anblick weh. Sein Gesicht war verschwollen, sein ganzer Körper war ein einziger Bluterguss. Die drei gemeinen Jungen hatten ihm furchtbar zugesetzt. Helga war außer sich vor Entrüstung. Wie konnten Kerle, die viel größer und stärker waren, zu dritt über einen kleinen

Jungen herfallen? Aber so waren sie nun mal. Basti hatte ihr von dem Jungen erzählt, dem der Büffel den Arm gebrochen hatte.

Der Büffel würde keinem Kind mehr den Arm brechen, und Claudio würde nie wieder einem zwölfjährigen Jungen, der hilflos am Boden lag, mit Anlauf ins Gesicht treten. Claudio lag begraben im Wald, so tief, dass Hunde ihn nicht erschnüffeln konnten.

Helga ging ins Bad und schrubbte sich die Hände sauber. Anschließend duschte sie. Mit trocken geföhnten Haaren und in einem frischen Hemd legte sie sich zu Bastian ins Bett. Mit ihren nachtaktiven Augen tastete sie sein Gesicht ab, streichelte jeden Bluterguss mit zarten Blicken.

„Lieber Basti", flüsterte sie. „Bald wird dir keiner mehr etwas antun. Das verspreche ich dir. Die beiden anderen werden mir auch als Nahrung dienen." Es war selten, dass sie nach der Tötung eines Menschen kein schlechtes Gewissen hatte. Bei Claudio fühlte sie keine Schuld. Sie hatte einen potentiellen Totschläger ausgeschaltet. Damit rettete sie Bastian vor einem Totmacher.

Unendlich zart küsste sie Bastian auf die zerschlagene Lippe. Sie war nicht weich wie bei dem Kuss, als sie einander umarmt hatten. Sie fühlte sich prall und kratzig an und schmeckte auf irgendwie rostige Weise nach eingetrocknetem Blut. Helga wusste, dass einmal schlafen Bastians Verletzungen nicht heilen würde. Das würde mehrere Tage in Anspruch nehmen. Wenn Bastian aufwachte, würde er bestimmt Schmerzen haben. Armer Basti.

„Sie dürfen dir nichts mehr antun", wisperte Helga. „Keiner darf dir was tun, Basti."

Sie blieb die ganze Nacht bei Bastian. Erst der aufkommende Morgen trieb sie in die Besenkammer.

*

„Ooh! Auu!" Bastian setzte sich vorsichtig auf „Scheiße, tut das weh!" Tränen schossen ihm in die Augen. Er wischte sie weg, zog den Schlafanzug unter Stöhnen aus und betrachtete sich von Kopf bis Fuß. Sein Körper war eine einzige Prellung, garniert mit purpurblauen Blutergüssen und Blutkrusten. „Oh Shit!" Er blieb eine Weile auf der Bettkante sitzen.

Die drei aus der Schweinebande hatten ihn schlimm zugerichtet. Er beschloss, noch eine Weile bei Helga zu bleiben. Es war nicht gut, wenn sein Vater ihn in dem Zustand sah. Bastian hatte keinen Bock auf dämliche Fragen und dumme Anspielungen, was für ein Weichei er sei.

„Wenn die drei Scheißer dich mal dazwischennähmen, sähst du genauso alt aus", brummte er. Er stand auf. Er wollte duschen und dann unten nachschauen, ob sein Vater außer Haus war, um neue Klamotten nachzufassen. Da sah er den Brief auf dem Nachttisch. Er war von Helga.

„Lieber Basti", schrieb sie. „Ich hoffe, du hast nicht allzu schlimme Schmerzen, wenn du aufwachst. Wenn doch, nimm eine der Tabletten aus der linken Schublade im Küchenschrank. Die hat die alte Frau immer geschluckt, wenn ihr die Hüfte zu arg wehgetan hat. Ich habe dich lieb. Ich habe dich lieb. Ich habe dich lieb ..." Das ganze Blatt, von oben bis unten, vollgeschrieben mit dem immer gleichen Satz: „Ich habe dich lieb." In schöner, sauberer, rundlicher Mädchenschrift. Nur ganz unten kamen noch ein paar anderen Worte: „Ich habe dich lieb. Das meine ich ehrlich. Ich habe noch nie einem Menschen so lieb gehabt wie dich, Basti. Deine Helga"

Bastian lächelte. Ihm wurde ganz warm ums Herz. Ein herrliches Gefühl machte sich in seiner Brust breit. Ihm tat alles weh, aber er fühlte sich trotzdem wohl. Neben Gewalt, Angst, Hass und Schmerz gab es Liebe und Zuneigung. Das war unendlich tröstlich.

Er putzte seine Zähne und duschte. Noch nie war er beim Einseifen seines Körpers so vorsichtig gewesen. Bekleidet mit frischen Klamotten schlich er nach unten.

Er hatte Glück. Niemand war da, weder Vater noch Mutter. Er holte einen ganzen Packen Sachen aus seinem Kleiderschrank und schrieb seiner Mutter, dass Felix´ Eltern ihn eingeladen hatten, noch ein paar Tage länger zu bleiben. Den Brief legte er wie ein Lesezeichen in das Taschenbuch, das sie gerade las. Dann ging er wieder nach oben. Er hatte keine Lust, draußen herumzustreifen. Dazu tat ihm sein Körper zu weh. Außerdem hatte er keine Lust, in derart zerschlagenem Zustand einen erneuten Zusammenstoß mit Blödo und der

Schweinebande zu riskieren. Er konnte nicht schnell rennen. Auch seine Beine hatten zig Tritte abbekommen.

„Nächstes Mal hol ich sofort das Messer raus", murmelte er. „Ihr feigen Hyänen! Auch noch die Frechheit besitzen und behaupten, meine Judotricks seien hinterlistig und feige! Ihr Arschgesichter! Wer ist denn hier hinterlistig und feige? Ihr doch wohl! Ihr miserablen Totschläger!"

Während er Helgas Wohnungstür aufsperrte, lächelte er. Es war kein freundliches Lächeln. „Ich habe nicht im Geringsten was dagegen, wenn ihr zu Futter für meine Freundin werdet. Nicht im Geringsten."

Es wurde dunkel draußen vor den Fenstern. „Nanu? Ist schon Abend? Habe ich so lange gepennt?" Das hatte er. Sein geschundener Körper hatte sich die Auszeit genommen, um die Schäden zu heilen. Es würde noch ein paar Tage dauern, aber am nächsten Morgen würden die Prellungen fast weg sein und die blauen Flecke allmählich verblassen.

Bastian ging zur Besenkammer und öffnete die Tür. Helga lag zusammengerollt auf ihrer Matratze. Er setzte sich neben sie und streichelte ihr durch das seidige, blonde Haar.

Meine Freundin. Wir sind Freunde. Wir gehören zusammen. Wir halten zusammen. Gemeinsam sind wir stark. Bitte geh nie von mir weg, Helga. Das will ich nicht. Dazu mag ich dich zu sehr. Es macht mir nichts aus, dass du ein Vampir bist. Solange du nur böse Menschen aussaugst, soll es mir recht sein.

Er träumte sich einen kleinen Spielfilm im Kopf zusammen. Helga und er lebten in seinem geheimen Häuschen im Wald. Er hatte Zugriff auf die Vorräte einer Blutbank und konnte Helga regelmäßig Blutkonserven mitbringen, weil er dort arbeitete. Keiner merkte was, weil er die Daten im Computer verfälschte. Oder besser noch: Er wurde wohlhabender Oberarzt und konnte die Konserven einfach kaufen wie Mehltüten im Supermarkt. Helga lebte fast ausschließlich von Spenderblut. Nur manchmal zog sie los und jagte böse Leute, Leute, die es verdient hatten. Leute wie die Frau, die ihre kleinen Kinder immer allein in der Wohnung gelassen hatte und die Kinder dauernd verkloppt hatte. Leute wie den Mann, der seine kleine Stieftochter vergewaltigt hatte. Leute wie den Büffel und den Rest der Schweinebande. Solche Mistbienen durfte Helga sich ruhig schmecken lassen, fand Bastian. Er verspürte keinerlei Mitgefühl mit der Schweinebande. Nicht, nachdem sie ihn beinahe umgebracht hatten.

Sie regte sich. Bastian nahm ihre Hand.

Mit einem Seufzer erwachte Helga. Sie öffnete die Augen und schaute zu ihm auf. Ein Lächeln flog über ihr Gesicht. „Basti."

Er drückte ihre Hand: „Ich habe deinen Brief gelesen. Danke."

„Es ist die Wahrheit."

„Ich weiß."

„Du bist viel mehr als Ilse, Basti."

„Es tut mir leid, was dir passiert ist, im Lager. Mir ist ganz anders geworden, als du davon erzählt hast. Dass es solche Unmenschen geben darf!" Bastian ließ seine Finger über ihren nackten Arm gleiten. Ihre Haut war seidig glatt und makellos. „Geschält wie eine Orange … Mein Gott!"

„Zuerst gestochen. Dann geschnitten. Dann gebissen. Zum Schluss fing sie an, mir das Fleisch von den Knochen zu schneiden. Sie hat mich geschält wie eine Orange und vor mir unendlich viele andere Mädchen. Sie alle starben eines schrecklichen Todes voller Angst und Qualen."

„Es war gut, dass ihr sie gekillt habt", sagte Bastian. „Für den Büffel brauchst du dich auch nicht zu schämen. Der hatte es verdient. Er war eine wandelnde Zeitbombe, ein Psychopath. Irgendwann hätte er jemanden ermordet, so verrückt wie der war. Ich mein's ehrlich, Helga."

Sie setzte sich auf und kuschelte sich an ihn. Ihr Haar kitzelte ihn an der Nase. Eine Weile lehnte sie sich an ihn. Dann stand sie auf. „Komm Basti. Hör mal Radio."

Kurz darauf kam es in den Nachrichten: „Seit gestern Abend wird der sechzehnjährige Claudio Müller aus Homburg-Erbach vermisst. Claudio war ein enger Freund von Jens Regin, der vor zwei Tagen in der Nähe der Homburger Kirmes vom Metzger ermordet wurde. Die Polizei geht von einem weiteren Gewaltverbrechen aus und bittet die Bürger um Mithilfe."

Bastian schaute Helga an. Die nickte. Bastian hob die geballte Faust und streckte den Daumen in die Höhe.

*

Obermedizinalrat Wolfgang Furtwängler saß gemütlich beim Abendessen in der kleinen, familiären Pension nahe der Saarschleife. Hier auf dem Dorf gab es keine Scheiß-Türken-Assis oder sonstiges Ausländergesocks, das in den Städten die Luft verpestete. Die Juden hatten sie ausgerottet, beinahe jedenfalls, und eine neue Pest war in den Sechzigerjahren in sein geliebtes Deutschland eingefallen wie eine stinkende Krankheit. Das ganze Gesindel aus den Südländern, das zu Hause nichts wurde, kam nach Deutschland, um die Sozialsysteme auszunutzen und seine kriminelle Energie hier freizusetzen. Furtwängler hasste die Ausländerbagage von ganzem Herzen.

Aber hier auf dem Dorf gab es den Abschaum nicht. Der ehemalige Standartenführer machte gerne Kurzurlaub im Saarland. Seit seine Frau vor einigen Jahren verstorben war, zog es ihn nicht mehr weit in die Ferne. Früher waren er und seine Frau in der ganzen Welt herumgereist. Leisten konnten sie sich das. Nach dem Krieg hatte es Furtwängler an die Saar verschlagen, wo er sich entnazifizieren ließ. Es lief alles glatt. Bald schon bekam er eine gut bezahlte Stelle in Saarbrücken, und später wechselte er nach Homburg an die Uniklinik.

All die Jahre, die nach dem Zweiten Weltkrieg vergingen, hörte Furtwängler Radio und verfolgte die Nachrichten in Zeitung und Fernsehen. Etwas ging um in Deutschland. Etwas mordete in regelmäßigem Rhythmus und hinterließ ausgeblutete Leichen mit durchbissener Kehle. Die Zeitungen dachten sich einen Namen für den Mörder aus: der Metzger. Es hieß, es sei ein männlicher Psychopath, der auf sadistische Rituale stand.

Furtwängler wusste es besser. Was immer Trude damals im Lager mit ihren verfluchten Experimenten in die Welt gerufen hatte, existierte noch immer, und es ging im ganzen Land auf die Jagd. Furtwängler las Bücher, die von übernatürlichen Phänomenen handelten, und kam zu dem Schluss, dass es ein Vampir sein musste. So verrückt das klang, alles passte. Die blutleeren Leichen, die aufgerissenen Kehlen, das ewige Leben.

Hatte Perchtrude absichtlich den Kontakt mit dem Wesen hergestellt? Oder war sie vielleicht sogar selbst ein Vampir gewesen? Sie hatte nachts gelebt. Hatte eine seltsame Krankheit vorgeschoben, aber hatte das gestimmt? Trude war ein eiskaltes Raubtier gewesen, gerade so, wie die Vampire in Film, Fernsehen und in Büchern. Und sie war jung gewesen, so jung. Furtwängler entwickelte seine ganz eigenen Theorien. Da war die zerfleischte Kehle der Opfer. Wenn man von einem Vampir gebissen wurde, verwandelte man sich selbst in einen. Hatte das Wesen seine Opfer getötet, bevor sie sich verwandeln konnten? Um Nahrungskonkurrenten auszuschalten? Denn Vampire lebten ewig. Und sie blieben ewig jung.

Ewige Jugend ... Furtwängler kaute auf seinem Schnitzel herum. Früher war ihm das nie besonders aufgefallen, aber heute war er ein Greis von über neunzig Jahren. Er hatte sich gut gehalten, sicher. Noch immer war er bei klarem Verstand, sein Körper war drahtig und konnte weite Strecken wandern. Doch von der Spannkraft der Jugend war nichts mehr zu spüren. Stattdessen plagten ihn die Zipperlein des Alters. Überall tat es weh. Die Knochen, die Gelenke. Das Herz machte auch nicht mehr so richtig mit. In den letzten Jahren hatte Furtwängler oft über das Leben der Vampire nachgedacht, besonders nach dem Tod seiner Ehefrau. Filme und Bücher waren sich einig: Es gab keine alten Vampire. Sie waren alle jugendlich und kraftvoll. Jedenfalls, solange sie Nahrung fanden.

Nach dem Essen trank Furtwängler einen erlesenen Wein. Er dachte darüber nach, wie es sich anfühlen mochte, wieder jung und kraftvoll zu sein. Dem Alter entfliehen ... der Gedanke hatte etwas.

*

Bodo Lehmann lief die Straße am Wald entlang. Er wollte zu Silke. Es war an der Zeit, die Braut flachzulegen. Er hatte sie lange genug angebaggert.

Nicht dass mir Claudio mit seiner Marion zuvorkommt. Der muss ja immer beweisen, dass er von der schnellen Truppe ist.

Der Gedanke war einfach so in seinem Gehirn aufgeblitzt. Erst danach fiel ihm ein, dass Claudio seit zwei Tagen spurlos verschwunden war. Fort. Weg. Keiner wusste etwas. Normalerweise hätte Bodo angenommen, dass sein Kumpel eine Auszeit nehmen würde, dass er vielleicht ein paar Tage in Saarbrücken abhängen, eine neue Tusse aufreißen oder einen Zug durch die Gemeinde machen würde. Claudio hatte früher in Saarbrücken gewohnt und manchmal bekam er Sehnsucht nach seinen alten Freunden und besuchte sie. Das Problem war, dass keiner seiner Freunde in Saarbrücken wusste, wo Claudio war. Bodo und Hagen hatten telefoniert. Claudio war wie vom Erdboden verschluckt.

„Der Metzger", murmelte Bodo. „Das gleiche Schwein, das Jens umgebracht hat, hat sich Claudio gekauft. Er liegt irgendwo mit durchgebissener Kehle, ermordet von einem irren Psychopathenschwein. Was ist das nur für eine Welt, in der Psychopathen umhergehen können und einfach Leute anfallen?

Hatte jemand den Metzger auf sie angesetzt? Zwei Leute aus der Clique, und das innerhalb kurzer Zeit. Das sah nicht nach Zufall aus. Hatte dieser mickrige Zwerg aus dem Hochhaus was damit zu tun? Dieser Bastian, den sie verdroschen hatten? Wie denn? Der konnte ganz sicher nicht der Metzger sein. Erstens konnte solch ein Hänfling es nicht mit einem Typen wie dem Büffel aufnehmen und zweitens war er schlicht zu jung. Den Metzger gab es seit Jahrzehnten. Das musste ein alter Knacker sein, oder? Bodo war nicht besonders gut im Nachdenken. Hatten die St. Ingberter was eingefädelt? Aber warum? Der Deal war sauber abgemacht worden. Es gab keinen Grund für einen Krieg zwischen den Gangs.

Dieser Weber ist auch umgebracht worden, dachte Bodo. Der wohnt im Hochhaus. Ziemlich viele Leute aus der näheren Umgebung hatten dran glauben müssen. Da war doch auch die versoffene Tusse gewesen, die ihre Kinder schlug und allein zu Hause ließ. Alle aus Homburg und Umgebung.

Bodo bog in die Straße am Waldrand ein. Er wollte eine Abkürzung nehmen. Silke sollte nicht zu lange warten müssen und sein geiler Schwanz erst recht nicht. Er lachte leise in sich hinein.

Jemand stand vor ihm auf dem Weg. Bodo erschrak. Der Metzger! Bodo zuckte zusammen. Dann gab er ein Schnaufen von sich. Die Person vor ihm auf dem Weg war klein. Ein Kind. Shit! Beinahe hätte er sich vor Schreck in die Hosen gemacht.

Beim Näherkommen erkannte er das Kind. Es war die Kleine, die mit diesem Bastian auf der Kirmes gewesen war. Sie stand einfach in der Dämmerung auf dem Weg und rührte sich nicht. Ein komisches Kind. Etwas war seltsam an ihr. Es dauerte drei Schritte, bis es ihm auffiel. Sie war barfuß. Na, schönen Dank! Im Dunkeln auf eine Brombeerranke latschen. Das Scheißzeugs wuchs hier überall, und die Ranken hingen bis auf den Bürgersteig. Oder noch geiler: in einen frischen Hundehaufen treten. Hmmm! Toll! Dämliche Assi-Tusse.

Er passierte das Mädchen. Es stand still, schaute ihn an. Als er vorbeiging, drehte sie sich mit und ließ ihn nicht aus den Augen. Bodo runzelte die Stirn. Was war mit der los? War die vielleicht nicht ganz just im Kopf? Was hatte die so dämlich zu schauen?!

Er hörte leises Patschen auf dem Asphalt hinter sich. Als er sich umdrehte, sah er, dass sie ihm in drei Schritt Entfernung folgte.

„Zieh Leine!", sagte er unwirsch. „Ich bin nicht deine Mutti."

Er lief weiter. Sie folgte ihm wie ein Schatten. Mann! Das nervte voll ab! War die Kuh irgendwie geistig gestört, oder was? Lief ohne Schuhe rum, glotzte Leute an und hing einem am Arsch wie eine verdammte Windel!

Er fuhr herum. „Ich hab gesagt, zieh Leine! Bin ich dein Kindermädchen, oder was? Hau ab!"

Sie blieb stehen. Gab sich unbeeindruckt.

„Ich hab gesagt, zieh Leine. Mach den Aal!" Bodo schlug nach dem Mädchen.

Es wich gedankenschnell aus. Bodo ging weiter. Sie folgte ihm auf dem Fuß. Jetzt wurde er echt wütend.

„Verpiss dich, du Kröte!", fauchte er und fasste nach ihr. Sie witschte so fix zurück, dass er sie nicht zu fassen bekam.

„Hau ab!", brüllte er und ging auf sie los. Er wurde allmählich echt sauer. Sie sauste schnell wie ein Reh davon. Als er bremste, bremste sie auch und blieb stehen. Sie schaute ihn an. Bodo platzte fast vor Wut. „Scheißtusse, asoziale!" Er rannte los. Sie huschte davon.

Schwer atmend blieb er stehen. Das Mädchen auch.

„Ach, leck mich doch!" Bodo wandte sich um und ging die Straße entlang. Er hatte keine Zeit, sich um dieses Wickelkind zu kümmern. Silke wartete.

Er hörte das Tappen hinter sich. Nahe. Er rollte mit den Augen. Direkt unter einer Straßenlaterne blieb er stehen und drehte sich um. Sie stand drei Schritte von ihm entfernt und schaute ihn an.

„Sag mal, bist du bekloppt?", rief Bodo. Er tippte sich mit dem Zeigefinger an die Stirn. „Hast du Matsch in der Birne? Was rennst du mir hinterher? Hast du was am Sender?"

Sie blickte ihn unverwandt an. Sie war hübsch. Sehr hübsch sogar. Drei oder vier Jahre älter, und sie wäre ein Fall für Bodo gewesen. Aber so?

Wie die ihn anblickte. War die etwa in ihn verknallt? Ach du Scheiße mit Preiselbeersoße! Das hatte ihm gerade noch gefehlt. Ein Küken, das ihn anhimmelte.

Sie stand still da und blickte ihn an. Sie schaute nicht verliebt. Sie schaute ... irgendwie hungrig. Bodo schluckte. Hungrig? Ja, da war so ein seltsamer Ausdruck in ihren Augen. Als ob sie ein leckeres Eis betrachtete, das sie gleich schlecken würde.

„Mach, dass du nach Hause kommst", sagte er barsch. „Lass mich in Ruhe, du dumme Ziege! Hau ab." Er lief weiter.

Sie lief hinter ihm her. Das leise Tappen ihrer bloßen Füße ging ihm auf den Geist. Er mochte den Klang nicht, dieses verstohlene Tapsen ...

Er warf sich abrupt herum und wollte sie packen. Sie machte einen Satz auf ihn zu, schlug einen Haken und sauste an ihm vorbei. Bodo hätte sich beinahe auf die Waffel gelegt.

„Jetzt reicht's mir!", keuchte er und rannte los. „Jetzt bist du reif!"

Sie huschte davon. Bodo gab Stoff. Er holte sie ein. Urplötzlich schlug sie einen erneuten Haken und bog nach links ab, Bodo hinterdrein. Er kochte vor Wut. Er würde die kleine Schlampe windelweich prügeln. Verdammtes kleines Aas! Sie rannte schnell, aber er kam rasch näher. Gleich hab ich dich, du Assi-Schlampe. Gleich vergeht dir die Frechheit. Ich verdresche dich wie deinen kleinen Freund, diesen Scheißer Bastian.

„Hey!" Er bremste. Blieb stehen. Starrte. „Was?" Sie war weg. Hatte einen Spurt hingelegt, bei dem selbst ein irischer Windhund alt ausgesehen hätte, und war im Waldesdunkel verschwunden. Waldesdunkel? Bodo schaute sich um.

„Verflucht!" Er war mitten im Wald. Die Kleine hatte die Straße verlassen und war in einen Waldweg eingebogen.

„Na toll!" Er lief zur Straße zurück. Die Kleine schrieb er ab. Um die würde er sich später kümmern, am besten zusammen mit Hagen. Die würde ihm nicht noch mal so frech kommen. Wenn sie erst einmal so verbeult aussah wie dieser Bastian, würden ihr die Fisimatenten vergehen, der blöden kleinen Ziege. Miststück!

Leises Tappen hinter ihm. Verstohlen. Tapp-Tapp-Tapp. Er wirbelte herum. Nichts. Der Waldweg hinter ihm war leer. Er wandte sich in Richtung Straße, lief los.

Tapp-Tapp-Tapp. Leise. Er erkannte das Geräusch. Das sanfte Tappen nackter Füße auf einem unbefestigten Weg. So klang es, wenn im Freibad Kinder über die kurz geschnittene Wiese liefen. Liefen, nicht gingen. Wenn sie sich schnell bewegten. Dauerlauf. Noch war es kein Rennen. Es war Joggen. Bodo schritt schneller aus.

Tapp-Tapp-Tapp.

Dieses blöde Barfußtappen. Es klang wie … Bodo überlegte. Es klang ein bisschen, wie wenn ein Hund lief. Hunde hatten diese weichen Ballen unter den Pfoten.

Bodo bekam eine Gänsehaut. Ein Hund. Ein sehr, sehr großer Hund. Ein böser Hund. Ein bissiger Hund. Bissig …

Tapp-Tapp-Tapp.

Er fuhr herum und starrte hinter sich. Da war nichts. Der Weg war leer.

Das gibt's doch nicht, dachte er. Wo ist das kleine Biest? Mistzecke! Dir brech ich sämtliche Knochen, wenn ich dich in die Finger bekomme!

Tapp-Tapp-Tapp. Es war im Wald! Ziemlich nahe. Zu nahe. Bodo wandte sich um und ging weg. Er schritt so schnell aus, wie er es gerade noch wagen konnte, ohne dass es in Rennen ausartete. Die blöde Ziege sollte nicht denken, dass er Angst hätte. Wer hatte schon Angst vor so einem kleinen Mädchen? Aber ihre Blicke. So … so hungrig. Irgendwie gierig. Die Kleine war nicht normal.

Tapp-Tapp-Tapp. Rechts hinter ihm, höchstens zwei Schritte vom Weg entfernt.

Tapp-Tapp-Tapp.

Bodo bekam den Hass. Blöde, barfüßige Assi-Schlampe! In Zukunft würde er jedes Balg verdreschen, das ihm ohne Schuhe über den Weg lief. Ohne es zu wollen, verfiel er in leichten Trab.

Tschaff-Tschaff-Tschaff.

Sie läuft auf dem Vorfuß. Sie setzt die Füße nicht mehr ganz auf. Sie … rennt!

Er bekam am ganzen Körper eine Gänsehaut. Sie überholte ihn, raste drinnen im Wald an ihm vorbei und kam auf den Weg. Er starrte. Wo war sie? Er hatte sie vor sich auf dem Weg gesehen. Oder hatte die Dämmerung ihm einen Streich gespielt?

Tapp - -Tapp - -Tapp.

Sehr leise. Verstohlen. Schleichend.

Tschaff-Tschaff.

Rechts von ihm. Wie ein Hund. Hunde haben diese dicken, weichen Ballen unter den Füßen. Hunde können ewig laufen. Schnell laufen. Hunde stammen vom Wolf ab. Wölfe können einen ganzen Tag lang laufen, ohne je müde zu werden. Der Wolf hetzt seine Beute, hetzt sie zu Tode.

Der Büffel war tot. Mausetot. Gefunden direkt hinter dem Kirmesplatz. Mit durchgebissener Kehle. Zum ersten Mal rekapitulierte Bodo, was er in den Nachrichten gehört hatte. Drogen. Klar! Der gute Jens hatte es zum Schluss ein wenig übertrieben mit den Chemikalien. Manchmal war er ganz schön daneben gewesen. Aber der Biss!

„Es sah so aus, als hätte ein Tier mit eher kleinem Gebiss den Hals des Toten zerfleischt. Mit mehreren Bissen. Die Schlagader war zerstört und die Leiche wie immer blutleer. Es befand sich fast kein Blut mehr in dem Körper. Der Biss oder die Bisse, die den Hals des Opfers zur Gänze zerfleischt hatten, schienen als letzte angebracht worden zu sein." Das hatte die Tante im Fernsehen gesagt, abgelesen von ihrem Blatt, weil sie zu blöd war, ihren Text auswendig aufzusagen.

Biss in die Schlagader. Blutleer. Kleines Gebiss.

Bodo schluckte. Ein Vampir. Es ist ein gottverfluchter Vampir! Nur ein Vampir kann lange genug leben, um vom Ende des Zweiten Weltkrieges an bis in die Jetztzeit sein Unwesen zu treiben. Der Metzger war kein Mensch. Das war völlig unlogisch. Um 1945 einen Erwachsenen zu ermorden, musste der Killer wenigsten sechzehn gewesen sein. Dann wäre er heute ein alter Knacker von über achtzig Jahren. So ein oller Zausel konnte nicht mehr umherstreifen und Leute meucheln.

Es war dieses Scheißbalg! Das Balg, das mit diesem Bastian aus dem Hochhaus umherzog. Vielleicht bewachte er sie bei Tag, damit niemand sie abmurkste. Bodo kannte sich aus. Er hatte genug Filme gesehen. Wenn man einen Vampir bei Tageslicht erwischte, war er wehrlos. Dann musste man einen spitzen Holzpflock durch sein Herz schlagen und PUFF! Was, wenn Bastian dem Vampir ein sicheres Versteck bot? Und sie beschützte ihn dafür vor seinen Feinden. Feinde! Das sind wir! Der Büffel, Claudio, Hagen und ich!

Sie hatten diesen Bastian in der Mangel gehabt, mehrmals. Jens hatte dem Kerl die Stinkesocken gezogen und sie mit seinem Feuerzeug gebüffelt.

Drogenzugefickter Volldödel! Damit hast du uns den Vampir an den Arsch gehetzt, du Idiot!

Bodo zuckte zusammen. Er hatte dermaßen angestrengt nachgedacht, dass er stehen geblieben war. Verdammt! Er sah die Straßenlaternen durch die Bäume scheinen. Es war nicht mehr weit bis zur Straße. Hundert Meter, höchstens.

Ein leises Geräusch hinter ihm. Er drehte sich um. Sie stand mitten auf dem Weg, ein kleines, barfüßiges Mädchen in Jeans und einem komischen, altmodischen Hemd, das aussah wie Marke Dreißigerjahre. Bodos Gänsehaut wurde fast zwei Zentimeter hoch. Dreißigerjahre? Trug sie die Mode der Zeit, in der sie zum Vampir geworden war? War sie einer? Sie sah so klein aus, so nett. Richtig hübsch. Noch ein paar Jahre, und die Kerls würden sich nach ihr umdrehen. Eine kleine Schönheit.

Sie lächelte ihn an. Bodo erschauerte. An diesem Lächeln war nichts Freundliches, überhaupt nichts Freundliches. Sie blickte ihn an, lauernd. Hungrig.

Bodo wollte etwas zu ihr sagen. „Es tut mir leid, was mit deinem Bastian abging.

Können wir drüber reden? Ich mach's wieder gut." Etwas in der Art.

Ihre Augen veränderten sich. Wurden ... noch hungriger. Gieriger. Bösartiger. Eine Art ... Hundeblick. Kampfhund direkt vorm Angriff. Zähnefletschen.

Bodo drehte sich um und schritt zur Straße. Einfach so tun, als sei nichts gewesen. Mach sie nicht wild. Es ist wie bei Kötern. Man darf ihnen nicht zeigen, dass man Angst hat. Man darf nicht rennen. Das reizt sie zum Angriff. Sieh doch. Nur noch fünfzig Meter bis zur Straße. Da vorne ist Licht. Dort sind Autos. Dort sind Menschen. Ich habe Angst. Ich will hier weg.

Sie war neben ihm, ging neben ihm her, als machten sie einen gemeinsamen Spaziergang. Überm Rumpeln seiner Stiefel hörte er das leise Tapsen ihrer bloßen Füße.

Warum trägt sie keine Schuhe? Der Film aus Amerika ... der Vampir konnte an Hauswänden hochklettern. Ihm wuchsen Krallen an Händen und Füßen.

Bodo schritt weiter aus; er machte größere Schritte. Er fing an zu zittern. Sein Herz schlug in rasendem Takt. Sein Magen zog sich zu einem heißen, kleinen Ball zusammen. Er hatte eine Scheißangst. Das Balg hatte den Büffel umgenietet, diesen Bullen von einem Kerl. Es musste Riesenkräfte haben. Hatten sie. Alle. In den Filmen hatten die Vampire besondere Kräfte.

Bodo machte Riesenschritte. Weg hier!

Sie machte ein, zwei Hopser und war neben ihm. Ließ sich nicht abhängen. Fiel zurück. War plötzlich auf der anderen Seite neben ihm.

Bodo verlor die Nerven. Er warf sich nach vorn und begann zu rennen. Er rannte so schnell wie noch nie zuvor. Er rannte um sein Leben. Ich will weg! Ich will hier weg!!! Die Straße. Da ist die Straße. Endlich.

Es war direkt hinter ihm. Es beschleunigte. Er hörte das Tappen. Tapptapptapptapptapp.

Stille. Es springt. Es springt mich an!

Sie landete auf seinem Rücken. Sie war klein und schmal. Sie war federleicht. Aber ihre Arme und Beine umklammerten ihn wie Stahlkabel.

Angst! Schreckliche Angst!

Die Angst des Herdentiers, wenn der Wolf kommt. Wenn der Löwe es anfällt.

Wenn der Tiger zupackt. Wenn das Raubtier seine Nahrung schlägt. Nein! Bitte nicht!

Sie biss zu. Eine wilde Schmerzexplosion an seinem Hals. Er schrie wie am Spieß und versuchte, sie von seinem Rücken herunterzubekommen. Nichts davon gelang ihm. Sein Schrei war nichts als ein leises, gedämpftes Gurgeln, und er konnte ihre Arme keinen Zentimeter weit bewegen. Sie hatte Bärenkräfte.

Sie saugte mit rasender Geschwindigkeit. Ihr dünner Körper verkrampfte sich von oben bis unten, verkrallte sich in Bodo. Sie biss und saugte. Bodo fühlte, wie sein Leben ihn verließ, wie es aus ihm herausgerissen wurde. Sein Herz pumpte in idiotischem Takt, unterstützte den lebenden Albtraum auf seinem Rücken noch dabei, ihn vollkommen zu entleeren. Die Beine knickten unter ihm ein. Sie waren weich wie Gummi. Bodo machte sich vor Angst in die Hosen.

„Bitte lass mich!", schrie er in Panik. Heraus kam nur ein lächerliches, leises „Bääääh!" Wie der Schrei eines Kaninchens, das vom Fuchs geschlagen wird. „Bäääh!"

Er fiel hin. Sie rückte keinen Millimeter ab, bohrte ihre Zähne noch tiefer in seinen Hals. Saugte. Und ...

Es schnurrt! Um Gottes Willen! Es schnurrt!

Bodo lag auf dem Rücken. Er wollte sie wegstoßen, aber seine Arme waren völlig kraftlos. Er konnte nur damit wedeln wie ein abgestürzter Mistkäfer, der auf dem Rücken gelandet war. Kraftlos. Wie damals, als er klein gewesen war und schweres Fieber gehabt hatte. Er hatte seine Arme kaum heben können. Seine Mama hatte ihn gepflegt. Sie hatte seinen Oberkörper angehoben, der vor Hitze glühte und so schwach war, dass er kaum den Kopf gerade halten konnte, und hatte ihm Tee eingeflößt. Mama.

Mama, hilf mir! Mama, da ist ein Vampir! Er bringt mich um. Hilf mir, Mama, bitte!

Das Mädchen ließ von ihm ab. Ihr Gesicht hing über ihm. Die nahen Straßenlaternen beleuchteten sie. Sie leckte sich die Lippen. Lächelte. Sie war von betörender Schönheit. In ein paar Jahren ...

Bitte tu mir nichts, wollte Bodo sagen. Aus seiner zerfetzten Kehle kam nur ein schwächliches Gurgeln. Ich habe so Angst. Bitte tu mir nichts. Bitte lass mich gehen. Du bist doch satt, nicht wahr? Lass mich leben. Bitte mach mich nicht tot. Sonst muss meine Mama weinen. Meine liebe Mama …

Ihr Lächeln verbreiterte sich, wurde beinahe gütig.

Sie versteht. Oh, sie versteht, was ich sagen will. Sie wird mich gehen lassen. Sie hat genug getrunken. Sie hat mich bestraft, mir eine ernste Warnung zukommen lassen. Jetzt geht sie, und ich werde leben dürfen. Danke. Mama wird sich freuen.

„Schönen Gruß von Bastian", sagte sie. Der grauenhafte Ausdruck kehrte in ihre Augen zurück, als sie den Kopf senkte und der Krampf ihren Körper aufs Neue befiel. Sie saugte Bodo aus. Keine Gnade für Bodo. Hatten Jens und Claudio auch solche Angst gehabt? Hatten sie ebenso gelitten? Waren sie genau so … gestorben?

Ich sterbe. Sie tötet mich. Sie ermordet mich. Ich werde von einem schrecklichen Wesen der Nacht getötet! Ich habe Angst. Mama, ich hab ja so Angst! Bitte hilf mir, Mama! Das Mädchen tut mir weh. Es macht mich tot, Mama.

Bodo lebte noch, als sie ihn am Handgelenk packte und fortschleifte wie einen Mehlsack. Im Wald lag er still da und hörte das Scharren. Was machte sie da? Er hatte überhaupt keine Kraft mehr. Es war noch nicht ganz dunkel.

Wieso weiß ich das? Meine Augen stehen offen! Ich kann sie nicht schließen. Nicht mal dazu habe ich genug Kraft. Ich kann überhaupt nichts mehr. Nur sterben. Bitte nicht. Ich habe Angst.

Sie packte ihn und schleifte ihn vorwärts. Er fiel und schlug mit dem Rücken auf harten Boden. Er spürte eine Baumwurzel unter seinen Rippen. Da begriff er.

Ich liege in einem Grab. Sie verbuddelt mich. Ich liege in meinem eigenen Grab!

Scharren von oben. Sie warf Sand und Humus auf ihn.

Nein! Neiiiiin!!! Neinneinneinneiiiiin!!! Bitte nicht! Nein! Neiiiiiiiiiiiin!

Er lebte noch immer, als sie ihn komplett mit Erde bedeckte und sein Grab feststampfte. Er hörte das weiche Auftreten ihrer nackten Füße über sich, ein gedämpftes Tschof-Tschof-Tschof, während er immer weniger Luft bekam. Die kalte Erde hielt ihn umfangen.

Erde. Ich werde beerdigt. Be-Erd-igt.

Er glaubte zu spüren, wie sich kleine Wesen auf ihn zuarbeiteten.

Würmer. Es sind die Würmer. Sie kommen, um mich aufzufressen. Die Würmer kommen! Neiiin!!!

Er hatte Angst, schreckliche Angst. Bis zuletzt hatte er furchtbare Angst. Es dauerte lange. Sehr lange. Die Angst blieb bei ihm wie ein treues Tier und nagte mit scharfen Zähnen an seiner zitternden Seele, während sie immer mehr verblasste und schließlich erlosch wie eine Kerzenflamme im Wind.

*

Das Mädchen stampfte die Erde fest. Dann lief es zu einer Pfütze und wusch sich ausgiebig das Gesicht und die Hände. Schließlich marschierte es summend davon, als hätte es gerade ein schönes Spiel gespielt und würde nun zufrieden nach Hause zu seiner Mutti gehen.

Sie bemerkte den massiven Schatten mitten im Wald nicht.

Der Schatten stand starr. Er rührte sich nicht. Der Schatten hatte gesehen, wie das Mädchen Bodo auf dem Waldweg angefallen hatte. Der Schatten hatte zugesehen, wie das Mädchen mit bloßen Händen ein Loch in die Erde gescharrt und Bodo darin vergraben hatte. Der Schatten hatte alles gesehen.

Und der Schatten wusste, wer das Mädchen war.

Das war die kleine Schnalle, die bei diesem Scheiß-Bastian gewesen war. Auf der Kirmes. Verdammt!

Hagen der Hagere stand im Wald und konnte sich vor Entsetzen nicht rühren. Er hatte Angst, dass das bösartige Raubtier zurückkommen und ihn erwischen könnte. Seine rechte Hand hielt noch immer sein Glied umfasst. Sein Dödel war winzig und verschrumpelt. Die Angst hatte ihn schrumpfen lassen, die Angst, die sich in seine Eingeweide gebohrt hatte wie eine riesige Hand mit messerscharfen Klauen.

Hagen war in den Wald marschiert, um seinen Joystick zu massieren. Er kam bei den Mädchen nicht so doll an wie seine Freunde. Während Jens, Bodo und besonders Claudio die Schnallen reihenweise flachlegten, hatte Hagen gewichtige Probleme. Er sah nicht eben umwerfend aus, und er war kein Meister im Flirten. Ihm blieb meist nur Handarbeit, um gewisse sich aufbauende Spannungen loszuwerden.

Nachdem er zwei Currywürste lang die prallen Möpse der neuen Bedienung an der Rostwurstbude angestarrt hatte, war er Richtung Wald geflüchtet, um Hand an sich zu legen. Seine Scharfenbergkupplung hatte sich gerade zu voller Pracht aufgerichtet, als sein Freund Bodo direkt vor seiner Nase von dem Mädchen erledigt wurde. Das Mädchen hatte Bodos Leiche in den Wald geschleift und dort verbuddelt, keine zehn Meter von Hagen dem Hageren entfernt. Hagen hatte vor Angst geschwitzt wie ein Schwein. Wenn Schwitzen Geräusche erzeugen würde, hätte Hagen getutet wie ein Schiffsnebelhorn. Die ganze Zeit über.

Er wartete eine Ewigkeit, bevor er es wagte, sich zu bewegen. Mit klopfendem Herzen arbeitete er sich aus dem Wald heraus. Erst als er auf der Straße nach Erbach stand, fiel ihm ein, seinen offenen Hosenstall zu schließen.

„Killerzicke!" Er wagte kaum ein Flüstern. „Mordkind. Vampir, verdammter!"

Hagen ging die Straße nach Erbach entlang. Seine Augen scannten den vor ihm liegenden Weg ab. Wenn das Killerkind aufkreuzte, würde er sich schleunigst aus dem Staub machen. Der Metzger! Der verfluchte Mörder, der in Homburg sein Unwesen trieb.

Es ist dieses Mädchen, dachte er.

Es war nicht zu fassen. So eine kleine Schnalle hatte Dutzende Menschenleben auf dem Gewissen. Sie musste stark sein. Anders hätte sie den Büffel nicht plattmachen können. Hatten Vampire nicht besondere Körperkräfte?

„Ich mach dich alle!", flüsterte Hagen. „Du hast meine Freunde ermordet. Das wirst du bezahlen." Innerlich aber schlotterte er vor Angst. Er war dabei gewesen, als sie Bastian zusammengeschlagen hatten. Er wusste, was das kleine blonde Rabenaas umtrieb: Rachedurst. Sie rächte ihren blöden Bastian. Weil sie ihn liebte.

Hagen schnaufte wütend.

Stinkende kleine Schickse! Hat noch keine Titten und rennt schon den Jungs hinterher. Nutte!

Er fühlte, wie seine Wut wuchs. Immer kam die Wut in ihm hoch, wenn er es sah. Bei Bodo, Claudio und Jens war es anders gewesen. Die drei waren seine Freunde. Wenn die von Mädchen angehimmelt wurden, war das okay. Hagen ertrug es klaglos, auch wenn er nie ein Mädchen abbekam. Ein paarmal küssen war alles, auf das er in seiner erotischen Laufbahn zurückblicken konnte. Hagen war fett, hässlich und kein bisschen charmant. Er kam bei den Mädels nicht an. Eine ehrliche Haut hätte ihm vielleicht sagen können, dass das Problem durch seine Antipathie gegen Wasser und Seife noch verstärkt wurde. Hagen Pirrung war unsauber. Hinter seinem Rücken nannten ihn die Mädchen aus seiner Klasse ein stinkendes Schwein.

Hagen kam nicht von selbst drauf. Lieber hasste er diejenigen, die in vollen Zügen genießen durften, was ihm verwehrt blieb. Wenn er verliebte junge Pärchen sah, wenn er sah, wie zärtlich sie miteinander umgingen, hätte er ausflippen können. Wenn er zuhause in seinem Zimmer Hand an sich legte, stellte er sich oft vor, wie er über ein junges Liebespaar herfiel. Er stach den Jungen mit dem Messer ab und vergewaltigte anschließend das Mädchen. Dazu wichste er sich einen. Die Vorstellung machte ihn geil.

Je näher Hagen seinem Zuhause kam, desto härter wurde er in der Hose. Die verfluchte kleine Schickse! Ob sie es Bastian besorgte? Konnte die überhaupt schon? Oder wichste sie ihm einen? Mit der Hand? Oder … mit dem Mund? Dieser kleine blutrote Mund. Hagen erinnerte sich ganz genau an die Begegnung auf der Kirmes. Das Mädchen an Bastians Seite war geradezu überirdisch schön gewesen. Zu jung, klar, sie sah aus wie ein Bügelbrett, aber in zwei Jahren oder drei …

Hagen steckte die Rechte in die Tasche seiner Jeans und griff zum Steuerknüppel. Er stellte sich das Mädchen mit weiblicherer Figur vor und mit kleinen, festen Brüsten. Uuuh! Kleine Schnalle, kleine Schlampe, ich zeig's dir. Komm her, Schnalle, ich leg dich flach. Zuerst stech ich deinen Bastian ab, und dann kaufe ich dich mir. Schnalle. Schnalle. Schickse.

Gerade als er am Hochhaus vorbeischlurfte, kam er. Schnalle! Oh, Schnalle! Aah.

Anschließend holte er sein Mobiltelefon heraus und rief die St. Ingberter Crew an. Es galt, den Deal abzuschließen. Die anderen drei waren weg. Traurig, aber wahr. Nun, dann würde Hagen Pirrung eben alles allein einstreichen und ein wohlhabender junger Mann werden. Vielleicht würden sich die Mädchen ja mal für ihn interessieren, wenn er mächtig viel Knete hatte.

Danach galt es, eine Knarre zu besorgen, um dem Vampir das Handwerk zu legen. Zu den Bullen zu gehen kam für Hagen nicht in Frage. Die würden ihm eh nicht glauben und zudem in Sachen herumstochern, die sie nichts angingen. Nein, nein. Erst der Deal. Rumpelstilzchen würde wie immer seinen Anteil kriegen. Anschließend würde Hagen sich um die kleine Schnalle kümmern.

Knoblauch wäre nicht schlecht, überlegte er, und ein Kruzifix. Half nicht auch Weihwasser? Eine Pistole jedenfalls würde ganz sicher helfen, das war gewiss. Vor allem, wenn sie mit Silberkugeln geladen war. Das wusste er aus den Filmen im Kino. Die Kugeln konnte er sich beschaffen, ebenso wie die Wumme. Die Typen aus St. Ingbert hatten gewisse Kontakte. Für das entsprechende Geld konnte Hagen alles bekommen, wenn es sein musste sogar ein AK 47. Eine handliche Pistole war aber besser, entschied er. Leichter zu transportieren.

„Ich werde meine Freunde rächen", flüsterte er. Wut und Angst kochten in ihm.

Er entschied, direkt nach dem Deal mit den St. Ingbertern unterzutauchen. Die Vampirschnalle lauerte hier rum. Keine gute Idee, ihr ohne Knarre über den Weg zu laufen. Er musste aus dem Schussfeld, bis er aufgerüstet hatte. Er würde bei seiner Tante in Blieskastel unterkriechen. Er war am Wochenende oder in den Schulferien oft dort.

Sobald er die Knarre hatte, würde er zurückkommen und die Sache geradebiegen. Schluss mit dem Metzger. Hagen Pirrung würde es richten.

„Das werdet ihr alle sehen", brummte er befriedigt.

Er stellte sich vor, wie er Bastian mit der Pistole bedrohte. Weil sie Angst um sein Leben hatte, wurde die Vampirschnalle handzahm. Ihr kleiner Freund musste sie fesseln, damit sie Hagen nicht angreifen konnte. Hagen knallte Bastian eiskalt ab und kümmerte sich anschließend um die hilflos angebundene Schickse. Mit dem Messer würde er ihr die Klamotten vom Leib schälen. Es würde sein, als ob er zu Weihnachten Geschenke auspackte. Runter mit dem Geschenkpapier! Shit, dass an der Kleinen nichts dran war. Leider.

In Hagens Vorstellung hatte sie Hüften wie Lena aus seiner Klasse und genau die gleichen tollen Brüste.

Im Weitergehen musste er gleich wieder die rechte Hand in die Jeanshose stecken und zum Steuerknüppel greifen.

Geile kleine Schnalle, wart's nur ab! Dir mach ich es. Und wie.

*

Jemand rüttelte sie sanft an der Schulter. „Helga? Helga! Mensch, wach auf!"

„Was?!"

Bastians Gesicht schwebte über ihr. Wenn man genau hinsah, erkannte man Blutergüsse, die sich zurückbildeten. „Bist du endlich wach? Manno! Du hast im Schlaf geweint. Ich dachte, du stirbst, so hast du dich aufgeführt." Er streichelte ihr durchs Haar und lächelte sie an: „Schlecht geträumt?"

Helga schluckte. Dann nickte sie: „Mmm."

Er wischte ihr die Tränen aus dem Gesicht. „Jetzt ist es vorbei. War es schlimm?"

„Ja", fiepte Helga.

„Hast du vom KZ geträumt? Von der bösen Frau?"

Helga nickte. „Ich war in dem Eisenkäfig, und dann ging die Sonne auf."

Bastian nahm sie in die Arme. „Du Armes."

„Es war fürchterlich", nuschelte sie.

„Willst du es mir erzählen?", fragte Bastian. „Wenn du drüber redest, wird es besser." Er hielt sie im Arm, schaute sie an und wuschelte ihr durchs Haar, eine unendlich schöne Geste des Vertrauens. „Red nur, Helga. Ich höre dir zu."

Helga erzählte den Traum in voller Länge. Wie sie verzweifelt an den Gitterstäben gerüttelt hatte und wie es hell wurde und die Sonne ihre Finger nach ihr ausstreckte. Sie fing an zu brennen. Sie verbrannte bei lebendigem Leib.

„Ach du lieber Gott!", sagte Bastian, als sie fertig war. Er verging vor Mitgefühl. „Du Armes! Das ist ja furchtbar." Gleich nahm er sie wieder in die Arme und hielt sie fest. „Arme Helga."

Sie blieb in seinen Armen und erholte sich von dem schrecklichen Traum.

„Träumst du immer so grausiges Zeug?", fragte Bastian.

„Nein", antwortete sie. „Ich träume nur selten, und wenn, dann meistens was Schönes. Erst wenn ich aufwache, bin ich darüber traurig."

Er schaute sie an. „Traurig? Weil du was Schönes geträumt hast?"

Sie lächelte ihn schüchtern an. Ihre Tränen waren getrocknet. „Vor zwei Wochen habe ich geträumt, dass wir zwei ganz winzig sind und auf deinem Segelschiffchen durch die Welt fahren. Wir waren auf dem Heideweiher und haben die Tiere im Wasser beobachtet. Dann sind wir den Erbach hinabgefahren, bis er in die Blies mündete, und immer weiter. Die Sonne hat geschienen. Überall im Gras blühten bunte Blumen. Die Welt war so farbig. So schön. Wir waren glücklich, zusammen diese tolle Reise zu machen. Dann wachte ich auf und war ein bisschen traurig. Ich werde die Welt nie mehr bei Sonnenlicht sehen." Sie schaute zu Boden. „Nie wieder."

Bastian drückte sie. „Du Armes! Ich wollte, es gäbe ein Heilmittel gegen Vampirismus, so Tabletten zum Schlucken oder eine Operation, was weiß ich. Irgendwas." Er runzelte die Stirn. „Wenigstens könnten sie dir Blutkonserven geben. Dann müsstest du nicht dauernd Menschen kaltmachen. So was wird bestimmt von der Krankenkasse bezahlt."

Helga bekam einen Mordschreck. „Nein! Niemals! Ich geh doch nicht zu den Ärzten! Was meinst du, was die mit mir anstellen? Die nehmen mich auseinander. Die machen grausige Experimente. Basti, du darfst nie einem Arzt von mir erzählen. Schwör es mir!"

„Hey, bleib cool", sagte er „Ich habe dir bereits versprochen, keinem Menschen von deiner Existenz zu erzählen. Also tue ich es auch nicht. War nur so eine Idee. Weil du dich dermaßen rumquälst mit dem Töten. Mir tut es wahnsinnig leid, wenn du so niedergedrückt bist."

Da war es wieder, dieses unbeschreiblich wunderbare Gefühl in ihrer Brust, ein zartes, warmes Rieseln. Sie glaubte, ihr Herz müsse bersten. Basti war so lieb.

„Danke", sagte sie leise. Sie stand auf: „Ich geh duschen. Ich muss heute weiter raus."

„Weiter raus? Was meinst du damit?"

„Na, weit wegfahren. Mit der Bahn. Hier in der Umgebung muss ich erst mal

Schluss machen mit der Nahrungssuche, sonst wird es gefährlich. Ich will die Wohnung nicht verlieren." Sie zögerte. „Sonst verliere ich dich."

Er lächelte. „Du tarnst dich, stimmt's?", fragte er. „Fährst weit weg, und dann sucht die Polizei dort nach dem Metzger. Wenn sie dann alle in fünfzig Kilometer Entfernung in der Gegend von Kaiserlautern suchen, wendest du dich Richtung Pfälzer Wald oder zur Saarschleife."

„Genau so", bestätigte sie.

„Musst du echt los?"

„Heute ist der vierte Tag. Ab Tag Nummer fünf werde ich schwach. Dieser Hagen ist wie vom Erdboden verschluckt. Ich kann nicht riskieren, ihm im Zustand der Schwäche gegenüberzutreten. Ich muss heute Nahrung zu mir nehmen."

„Er hat Schiss", sagte Bastian. „Hagen der Hagere hat sich klammheimlich verpisst und hockt irgendwo in einem Versteck. Er hat Muffensausen gekriegt, weil der Metzger sich seine drei Freunde vorgeknöpft hat. Von dir weiß er natürlich nichts. Gott sei Dank. Sonst könnte er auf die Schnapsidee kommen, tagsüber in deine Wohnung einzubrechen."

Helga erschrak. „Denkst du?"

Er schüttelte den Kopf: „I wo! Er weiß ja nicht mal, wo du wohnst, geschweige denn, dass du für das Ableben beziehungsweise Verschwinden seiner Kumpane verantwortlich bist. Claudio und Bodo gelten als vermisst. Die Polizei geht nicht unbedingt davon aus, dass der Metzger dahintersteckt. Der Mann im Radio sagte, dass die Schweinebande Dreck am Stecken hatte. Die waren in Diebereien verwickelt. Elektrogeräte, Computer, Motorroller und ähnliches. Und seit Neuestem auch Drogen. Die Polente denkt wahrscheinlich, dass die zwei Kerls sich versteckt haben. Nur Hagen der Hagere weiß es besser. Weil sich seine Kumpels nicht bei ihm melden. Drum ist er abgehauen, um sich vor der Polizei und dem Metzger zu verstecken. Keine Angst, der taucht wieder auf."

Helga ging duschen. Danach zog sie sich frisch an: Jeans, Leinenhemd mit kurzen Ärmeln und die bestickten Stoffschuhe von Bastian.

„Kann ich mitkommen?", fragte er, als sie aufbrach.

„Lieber nicht, Basti. Ich muss schnell sein und mich vielleicht irgendwo verstecken. Allein bin ich viel beweglicher. Außerdem wirst du irgendwann müde. Ich muss vielleicht die ganze Nacht mit der Suche nach Nahrung verbringen."

Er gab nach. „Na schön. Aber ich bring dich zum Bahnhof."

„Gern", sagte sie. Sie freute sich. Jede Minute, die sie mit Bastian verbringen durfte, war ein Grund zur Freude.

Gemeinsam marschierten sie durch den frühen Abend die Dürerstraße entlang nach Homburg.

„Ich muss dauernd an deinen Traum denken", sagte Bastian. „An den mit dem Segelschiffchen. Weißt du was? Als ich das Boot von Opa geschenkt bekam, habe ich mir in der Fantasie eine ähnliche Geschichte ausgedacht. Allerdings war ich allein unterwegs."

„Du hast keine Freunde, stimmt's?" fragte sie.

„Freunde? Auf die Sorte Freunde kann ich verzichten", brummte er. „Lauter Idioten, die nur Mist im Kopf haben. Briefkästen anzünden, in den Geschäften klauen, Sachen kaputtmachen und all so 'n Scheiß. Hetzen sich gegenseitig auf. „Ey, du traust dich nicht, du Pisser! Los, trau dich! Wirf den Stein in die Autoscheibe! Na los! Mach schon!" Nein, auf solche *Freunde* kann ich verzichten. Und Felix ist weggezogen."

„Felix? Ist das der mit der elektrischen Eisenbahn, bei dem du angeblich übernachtest?"

„Ja. Meine Alten haben noch nicht geschnallt, dass er längst fort ist", antwortete Bastian. Er fasste nach ihrer Hand: „Ist gut so. Dadurch kann ich in den Ferien noch öfter bei dir übernachten."

Helga freute sich. Am liebsten hätte sie Bastian jede Nacht bei sich gehabt. Sie hing mit jeder Faser ihres Herzens an dem Jungen.

„Im KZ war es fürchterlich, ja?", fragte Bastian. „Ich stelle mir das immer entsetzlich vor, wie die Leute in der Gaskammer qualvoll ersticken, wie sie um Atem ringen und zu schreien versuchen, und es kommt nur ein Röcheln heraus. Mütter und Kinder sind zusammen eingepfercht. Grauenhaft! Aber was dir passiert ist, ist noch viel grauenhafter."

„Am schlimmsten war die ständige Angst", sagte Helga. „Ich bin mit Todesangst im Bauch aufgewacht. Ich hatte den ganzen Tag lang Angst und ich schlief mit Angst im Bauch ein. Abends war es am furchtbarsten. Die böse Frau ging im Lager umher und schaute nach den Kindern. Wir Mädchen spürten genau, wie sie uns beobachtete, wie sie sich ein neues Opfer aussuchte. Und dann die Schreie im Haus mit dem Käfig außen an der Wand. Wir lagen weinend auf unseren Matratzen und zitterten vor Angst. Es konnte jede von uns treffen. Jeden Tag. Immer wenn die SS-Männer in unsere Baracke kamen, zuckten wir zusammen und fürchteten uns. Mein Magen fühlte sich dann an wie eine glühende Eisenkugel. Wir hatten Angst, dass sie eine von uns mitnehmen würden. Wenn sie abends kamen, wussten wir, was das bedeutete."

„Arme Helga", sagte er und drückte ihre Hand. „Wenigstens träumst du so gut wie nie davon. Wäre ja ekelhaft, wenn du nach all den Jahren ständig Albträume hättest, in denen du hilflos im Lager eingesperrt bist und die SS dich holen kommt. So ein Traum wie mit dem Segelschiff ist viel besser."

„Manchmal träume ich total verrückte Sachen", erzählte Helga. „Ich habe mal im Fernsehen einen Film über Neger gesehen, die Kühe halten. In Afrika. Sie pieksen die Kühe in den Hals und trinken Blut von den Tieren. Das gibt ihnen viel Kraft. Danach kam ein Film über Kanäle in Deutschland und Frankreich. Ich habe dann geträumt, dass es Kanäle gibt, auf denen Boote und Schiffe bis nach Afrika fahren können. Ich bin mit einem Schiff mitgefahren, und in Afrika haben nicht alle Boote einen Motor, weil die Leute so arm sind. Die Boote werden von Rindern gezogen und von Menschen. Nachts trauen sie sich nicht zu fahren, weil es dunkel ist und wegen der Raubtiere. Da bin ich eingesprungen. Ich sehe im Dunkeln einwandfrei und zog die Boote bei Nacht. Die Neger mochten mich dafür. Außerdem hielt ich die Löwen, Leoparden, Hyänen und Tiger von den Booten fern."

„Tiger? In Afrika?", fragte Bastian.

„Es war halt ein Traum", sagte Helga. „Ich musste dort nie nach Nahrung suchen. Alle drei Tage haben die Männer und Frauen auf den Schiffen sich ein bisschen Blut abgezapft, bis eine Tonschale voll war. Das gaben sie mir zu trinken. Sie verehrten mich wie eine kleine Göttin, auch wenn sie ein bisschen Angst vor mir hatten. Als Räuber kamen, habe ich sie ausgetrunken. Der Reihe nach. Alle zehn. Von da an hatten die Bootsmenschen mich richtig gern, und jeder freute sich, wenn er mich sah. Ich musste mich mitten zwischen ihre Feuer setzen und sie verbrannten so was wie Weihrauch vor mir und sie malten mir mit Erdfarben heilige Zeichen ins Gesicht. Sie schenkten mir selbstgemachten Schmuck, so Armbänder aus Metall, und sie machten schöne Kleider für mich. Jeder, der mich irgendwo traf, hat freundlich gegrüßt und mir über den Kopf gestreichelt. Das war schön."

„Das wäre cool", befand Bastian. „Wenn du mal unbedingt ein bisschen Blut brauchst, gebe ich dir welches." Er wirkte betreten. „Leider reicht es nicht, um dich komplett zu ernähren."

„Es geht schon", sagte sie. „Danke, Basti." Sie war hin und weg von seinem Vorschlag. Es einfach so vorzuschlagen. Basti!

Sie kamen zum Homburger Hauptbahnhof. Bastian kaufte ihr eine Fahrkarte und setzte sie persönlich in den Zug.

„Viel Glück, Freundin", sagte er zum Abschied. Er gab ihr einen Kuss auf die Backe und ging nach draußen. Er blieb auf dem Bahnsteig und winkte, als der Zug anfuhr.

Helga fuhr nach Saarbrücken und von dort aus weiter in Richtung Saarlouis.

Basti ist schlau, dachte sie. Erst soll ich rund um die Saarschleife Nahrung suchen, und wenn die Polizei dann dort herumstreift, gehe ich nach Kaiserslautern oder nach Kusel.

Auch dorthin führte eine Bahnlinie. Helga liebte die Eisenbahn, seit sie nach dem Krieg zum ersten Mal mit dem Zug gefahren war. Vielleicht mochte sie Bastians Eisenbahnfimmel deshalb besonders gern.

*

Standartenführer a.D. Wolfgang Furtwängler machte einen späten Abendspaziergang am Waldrand. Er liebte es, allein durch die Dunkelheit zu gehen. Von der Bahnstrecke neben der Saar kam gedämpftes Licht zu ihm herüber. Autos fuhren auf der Straße neben dem Fluss. So nahe war die Zivilisation, und doch war Furtwängler für sich allein in der Natur.

Er dachte über sein Leben nach. Er hatte es wahrlich nicht schlecht erwischt, hatte es zu etwas gebracht und doch gefiel ihm nicht alles. Dass der Zweite Weltkrieg verloren worden war, wurmte ihn noch immer. Damals waren sie aufgestanden, Deutschland zu reinigen, es von allen asozialen Elementen und schmarotzenden, minderwertigen Rassen zu befreien. Sie hatten es beinahe geschafft. Fast alle Juden, Zigeuner, sonstige Fremdrassige und rassisch Minderwertige waren dezimiert worden. Sie hatten unheilbar Kranke und Blödsinnige aus dem Volkskörper entfernt. Sie hatten das deutsche Volk von seinen Infektionen geheilt.

Die Juden waren nach dem Zweiten Weltkrieg nicht zurückgekommen. Deutschland lockte nur wenige von ihnen. Gut.

Leider kamen andere. Wenn Furtwängler das ganze asoziale Ausländergesocks sah, das sich heutzutage in seinem geliebten Heimatland herumtrieb, musste er kotzen. Vor allem das Türkenpack und die ganze Blase aus den Südländern erfüllten ihn mit heiligem Zorn. Und das Islamistenpack. Er träumte davon, dass eine neue Partei aufstehen möge, die Deutschland von diesem widerlichen Übel befreien würde, die das ganze Gesindel ausweisen würde.

„Oder auslöschen", flüsterte Furtwängler. „Wenn noch einmal einer mit einem kleinen Schnurrbart käme, ich zöge auf der Stelle die Stiefel wieder an."

Aber er war alt. Uralt. Er würde von der neuen Zeit nichts mehr haben. Er würde keine Stiefel mehr tragen. Zu alt …

Wenn ich ein Vampir wäre, würde ich ewig leben.

Der Gedanke kam herbeigehuscht wie eine anschmiegsame Katze. Die Katze kam oft zu ihm. Seit Jahren schon. Seit er alt geworden war.

Ich könnte helfen, das Pack zu dezimieren.

Ein interessanter Gedanke. Kopftuchmädchen aussaugen. Iranerschlampen blutleer machen. Albanernutten killen. Islamisten abmurksen. Rumänische Verbrecher aus dem Volkskörper entfernen. Juden futsch machen. Einige waren immer noch da, und sie kassierten. Strichen Entschädigungen ein. Verfluchte Bande! Das Judenpack hatte es geschafft, Geld für seine bloße Existenz einzustreichen. Wenigstens den Zigeunern war das nicht geglückt. Die bekamen fast nichts. Grimmige Befriedigung erfüllte Furtwängler. Wäre ja noch schöner, wenn dahergelaufene Landstreicher Geld von Deutschlands Steuerzahlern bekämen.

Euch würde ich auch die Kehle aufreißen, dachte er.

Alle würde er kalt machen.

Furtwängler lächelte unwillkürlich beim Wandern. Schade, dass es nur ein Traum war. Seine Zeit war gekommen. Das spürte er. Sein Körper war müde. Alt und müde. Es gefiel Furtwängler nicht, alt und müde zu sein. Und aufs Sterben hatte er auch keine Lust.

*

Helga fuhr unbehelligt im Zug. In Saarbrücken war sie umgestiegen. Jetzt sauste der Elektrotriebwagen an der Saar entlang.

Sie dachte an einen Traum, den sie eine Woche zuvor gehabt hatte. Im Traum war sie in einer speziellen Klinik geheilt worden. Die Chirurgen hatten den Kern der Krankheit aus ihrem Körper entfernt, und sie war ein einfaches junges Mädchen geworden. Sie lebte zusammen mit Bastian in dessen geheimem Haus im Wald.

Helga seufzte tief. In der Wirklichkeit gab es keine Möglichkeit, von der Krankheit geheilt zu werden. Leider.

Ich habe Basti, dachte sie. Und solange wir zusammen sind, werde ich alles aushalten, was immer auch kommt.

Irgendwann stieg Helga aus dem Zug und lief durch eine kleine Ortschaft zum Waldrand. Draußen auf dem Feld zog sie Schuhe und Socken aus, stopfte die Socken in die Schuhe und klipste die Schuhe an ihrem Gürtel fest. Ein weiterer toller Einfall Bastians.

Wenn ich Probleme bekomme, muss ich Basti fragen. Dem wird gewiss etwas einfallen, überlegte sie. Basti ist so praktisch. Er findet für alles eine Lösung. Und er ist so lieb. Ich mag ihn mehr als alles auf der Welt. Nie, nie, nie will ich von ihm lassen. Basti ist mein Freund. Er ist der beste Freund, den man haben kann.

Wenn Hagen der Hagere erst mal weg ist, werde ich immer weit von Homburg entfernt nach Nahrung suchen. In Homburg trinke ich niemanden mehr aus. Ich muss die Wohnung behalten. Sonst verliere ich Basti, und das halte ich nicht aus. Das könnte ich nicht ertragen.

Sie spazierte mit federnden Schritten auf einem Weg am Waldrand entlang. Sie kannte die Gegend und wusste, dass hinter den Hügeln eine Ortschaft lag. Hinter ihr auf der anderen Seite der Saar ratterte ein langer Güterzug durch die Nacht.

Ein Mann kam ihr entgegen. Er war groß gewachsen und alt. Helga zuckte zusammen. Ihre nachtaktiven Augen nahmen jedes Detail genau wahr. Die Haltung des Mannes, seinen aufrechten Gang, das vorgereckte Kinn. Selbst im hohen Alter hatte er sich die aufrechte Haltung bewahrt. Als sie an ihm vorbeiging, blickte sie ihm kurz ins Gesicht.

Tatsächlich! Das ist er. Ich kann es nicht glauben.

Helga blieb stehen. Sie drehte sich um. Sah, dass der Mann das gleiche tat. Sie standen einander gegenüber, vier oder fünf Schritte nur trennten sie.

Der Mann schaute sie an, ein seltsames Funkeln erschien in seinen Augen. „Helga? Ich glaube es nicht. Bist du das wirklich? Du bist keinen Tag älter geworden."

„Guten Abend, Standartenführer", sagte Helga.

Wolfgang Furtwängler war wie elektrisiert. Sie stand vor ihm. Helga. Das Mädchen aus Baracke VII. Er wusste ihre Häftlingsnummer nicht mehr, erinnerte sich aber an ihren Vornamen. Er hatte sie mehrfach untersucht. Zwölf Jahre alt, für ihr Alter zu klein. Schlechte Ernährung in der Kindheit. Klar, sie war im Waisenhaus aufgewachsen, bei diesen geizigen Nonnen. Dämliche Pinguine. Ansonsten gerade gewachsen. Einwandfrei arisch.

Er hatte sie eines Abends zu Trudes Haus bringen müssen. Er erinnerte sich an ihr Flehen, an ihre Tränen.

Die Todesfälle im Lager. „Der Werwolf geht um", hatten die Häftlinge gesagt.

Nicht Werwolf, dachte Furtwängler. Ein Vampir. Und nun steht sie leibhaftig vor mir, beinahe sieben Jahrzehnte später, und ist nicht einen Tag gealtert. Unglaublich.

Erregung erfasste ihn.

„Helga. Du bist es. Ich kann es nicht glauben." Er lächelte sie an. Sie lächelte zurück. „Ich habe viel gelesen. Ich weiß, was du bist. Ein Vampir, stimmt's? Du warst es, die im Lager für Angst sorgte. Alle paar Tage eine blutleere Leiche mit aufgerissener Kehle."

Furtwängler hatte keine Angst. Wenn sie ihn anfallen wollte, hätte sie es längst getan. Sie war klein und zierlich und barfuß und sah vollkommen harmlos aus. Perfekte Tarnung. Keiner würde in diesem netten Mädchen ein Raubtier der Nacht vermuten.

„Ich habe im Lager immer meine Hand schützend über Karl Stein gehalten", erzählte Furtwängler. „Über den Onkel Karl, der euch heimlich Brot zusteckte." Er lächelte gönnerhaft. „Ja, das war ich. Andernfalls wäre er vors Kriegsgericht gekommen."

Ewiges Leben, raunte die Stimme in seinem Kopf. Jugend, Spannkraft, Beweglichkeit. Keine schmerzende Hüfte mehr, keine knotigen Finger mit Arthritis, kein steifes Knie. Ein gesundes, leistungsfähiges Herz.

Das kleine Mädchen stand vor ihm und schaute ihn freundlich an. Von ihr ging keine Bedrohung aus.

„Sag, Helga, stimmt es, was ich gelesen habe? Dass Vampire nicht alt und gebrechlich werden?", fragte er.

Sie lächelte. „Sehe ich alt aus? Alle Vampire sind jung und stark. Die Jugend gehört uns. Auf immer und ewig."

Furtwänglers Herz begann schneller zu schlagen. Auf immer und ewig. Ich wusste es!

„Die durchgebissenen Kehlen", sprach er. „Du machst es, damit sie nicht weiterleben. Blut trinken macht einen zum Vampir. Nicht wahr?"

Sie nickte: „Genau so ist es. Blut trinken macht einen zum Vampir. Ich zerbeiße ihnen den Kehlkopf, damit sie schnell sterben."

Furtwänglers Erregung steigerte sich. Er musste ein Zittern unterdrücken. „Helga", sagte er. „Wenn ich mich dir anbiete, wenn ich dich mein Blut trinken lasse, wirst du mir danach die Kehle zerfleischen?"

Sie schüttelte den Kopf. „Wenn Sie nicht wollen, mache ich es nicht, Standartenführer."

Furtwängler musste an sich halten, um nicht in lautes Freudengeheul auszubrechen. So nahe war er der Erlösung von seinem Alter und den Gebrechen des Greisentums. Ewige Jugend. Sie war nur einige Liter Blut entfernt. „Versprichst du, mir nicht die Kehle durchzubeißen, Helga?"

„Ich verspreche es, Standartenführer." Wie schön sie aussah. Das Mädchen war von betörender Schönheit. Sie war so jung. So unglaublich jung.

Furtwängler kniete vor ihr auf dem Weg nieder.

Ich werde es tun. Ewige Jugend. Spannkraft. Lebensenergie. Ich werde das asoziale Ausländergesocks aussaugen. Ich werde sie töten. Wie ein Raubtier werde ich über sie kommen, Nacht für Nacht. Ich werde Deutschland reinigen.

Er entblößte seinen Hals: „Trink von mir, Helga. Ich lade dich ein. Nimm mein Blut."

Sie lächelte und kam näher.

Furtwängler verspürte keine Angst, nur freudige Erregung.

Sie umarmte ihn. Und biss.

Au! Verdammt! Das tut weh!

Er spürte, wie sie sich verkrampfte, wie ihre kleinen Zähne sich durch seine Haut bissen. Sie begann zu saugen. Furtwängler spürte eisiges Entsetzen in sich aufsteigen, die Urangst des menschlichen Körpers vor dem unausweichlichen Tod.

Ich sterbe nicht, sagte er zu sich selbst. Es tut weh, aber es ist nur ein Übergang. Gleich bin ich ein neuer Mensch, jung und voller Lebenskraft. Ich werde ein Raubtier sein und die Nacht wird mein Jagdrevier.

Sein Körper wurde schwächer und schwächer. Furtwängler konnte nur noch kraftlos zappeln. Bleierne Müdigkeit erfüllte ihn, vernebelte seinen Geist. Gott, wie schwach er war.

Gleich wird es besser. Sie hat mich ausgetrunken. Sie hat mein Blut getrunken. Blut trinken macht einen zum Vampir.

Sie ließ ihn zu Boden sinken. Er lag auf dem Rücken. Völlig entleert. Absolut kraftlos. Helga lächelte auf ihn herab. Die Verwandlung. Wann setzte sie ein? Furtwängler wartete. Etwas am Lächeln des Mädchens erschien ihm seltsam. Sie lächelte so …

„Blut trinken macht einen zum Vampir", sagte Helga. Ihr Lächeln wurde unangenehm. „Sie haben falsch gefragt, Standartenführer. Nicht ich muss Ihr Blut trinken, um Sie zum Vampir werden zu lassen. Sie müssten meines trinken." Ihr Lächeln wurde breiter. „Nur ein einziges Tröpfchen würde genügen." Sie stand auf, blickte auf ihn herunter. „So lief es. Wenn man das Blut der bösen Frau in den Mund bekam, wurde man zum Vampir. Deshalb hat Perchtrude die Mädchen in den Eisenkäfig an der Hauswand gesperrt. Um sie von der aufgehenden Sonne verbrennen zu lassen. Genau so habe ich es dann mit Trude gemacht. PUFF!"

Helgas Lächeln verschwand. „Sie haben gelogen, Standartenführer. Sie haben Onkel Karl nicht beschützt. Sie haben ihn gemeldet. Er wäre vors Kriegsgericht gekommen und erschossen worden. Ich habe davon gehört. Die Gefangenen habe es mir erzählt, nachdem das Lager aufgelöst wurde. Onkel Karl wäre erschossen worden. Ihretwegen! Sie sind ein Lügner und Wortbrecher."

Ihr Lächeln kehrte zurück. „Ich nicht. Ich halte mein Versprechen. Ich zerfleische Ihre Kehle nicht. Sie werden auch so sterben. Es dauert nur länger." Sie blickte sich rasch um. „Es ist niemand zu sehen. Weit und breit nicht. Es könnte Ihnen sowieso keiner helfen. Nicht in Ihrem Zustand." Sie beugte sich zu ihm herunter: „Leben Sie wohl, Standartenführer."

„Nein! Bleib hier!", wollte er ihr hinterherrufen. Er brachte nur ein leises Röcheln heraus. Das kleine Biest hatte ihn abgelinkt, ihn verarscht. Verdammt!

Furtwängler hatte Angst, fürchterliche Angst. Er war vollkommen hilflos und ohne Kraft. Seine Hände wedelten schwächlich.

„Hilfe!", wollte er schreien. „Hilfe!"

Von allen Seiten kroch eine schreckliche Schwärze auf ihn zu, um ihn zu verschlingen. Auf der anderen Seite des Flusses fuhr ein Zug durch die Nacht.

Die Schwärze war da.

Sie fraß Furtwängler bei lebendigem Leib auf.

*

Bastian und Helga kamen von draußen herein. Sie waren am Erbach gewesen und hatten mit Bastians Segelschiff gespielt, nachdem Helga kreuz und quer durch die Gegend gestreift war. Nun wollten sie eine Papierschwalbe falten und vom Dach des Hochhauses fliegen lassen.

„Kannst du wieder normal schnell rennen?", fragte Helga. „Oder tun dir die Prellungen noch immer weh von den Tritten und Schlägen der Schweinebande?"

„Bin wieder okay", antwortete Bastian.

Sie blickte ihn an. Stumm.

„Helga." Bastian fasste nach ihr, legte ihr den Arm um die Schultern. „Ich meine es ehrlich. Mir geht es wieder gut. Ich spüre die Prellungen noch, aber es tut nicht mehr weh und ich kann mich normal bewegen." Er drückte sie an sich. Wie leicht das mit einem Mal war. Hatte er einige Tage zuvor wirklich Hemmungen gehabt, das zu tun?

Er blieb stehen, hielt sie umfangen, legte die Stirn an ihre. „Ich bin okay, Helga. Weißt du auch, warum?"

Sie schaute zu ihm hoch, was mit aneinandergelegten Stirnen nicht ganz einfach war: „Hm?"

„Weil es dich gibt", sagte Bastian. „Weil wir uns haben. Weil deine Zuneigung mich gesund gemacht hat." Er zog sie noch näher an sich. Spürte ihr Herzklopfen. „Wenn wir zusammenhalten, wird alles gut."

„Ja, Basti", sagte sie und kuschelte sich an ihn.

Eine Weile standen sie so da, einander umarmend, einander Trost und Wärme spendend. War es wirklich so einfach? Bastian wusste es nicht. So etwas hatte er noch nie erlebt. Höchstens vielleicht bei seinem Opa. Der hatte ihn auch manchmal so umarmt.

Doch mit Helga war es anders. Das war etwas völlig Neues. Es war gut. Sehr gut. Es … er suchte nach Worten und fand keine. Es tat wohl? Das reichte nicht. Er fand kein Wort für das Gefühl, dass sie sich gegenseitig etwas schenkten, wenn sie einander umarmten, miteinander spielten, wenn sie zusammen waren.

Nennt man das Liebe, fragte er sich in Gedanken.

Es musste wohl so sein. Eine andere Erklärung fiel ihm nicht ein.

„Ich habe diesen Hagen wieder nicht gefunden", sagte Helga. Sie löste sich von ihm. „Ich habe mich überall herumgetrieben. Der ist wie vom Erdboden verschluckt. Heute ist der vierte Tag. Es wird Zeit."

Sie schlüpften zur Haustür hinein und liefen die Treppen hoch.

„Der Typ ist abgetaucht", meinte Bastian. „Hagen der Hagere hat die Hosen voll. Er hat wohl kapiert, dass es der Schweinebande an den Kragen geht wie beim Zehn-kleine-Negerlein-Spiel. Aber ewig kann er nicht in dem Loch sitzen bleiben, in das er sich verkrochen hat. Irgendwann kommt er wieder."

„Ich werde ihm einen gebührenden Empfang bereiten", sagte Helga. Sie war noch immer empört über die Brutalität, mit der Bodo und die Schweinebande über Bastian hergefallen waren. Das hörte er aus ihren Worten deutlich heraus. Sie würde kein Mitleid mit Hagen Pirrung haben.

Bastian ebenfalls nicht. Auch ein neues Gefühl. Hagen war ein Mensch, aber in erster Linie war er eine große Gefahr, genau wie Bodo, der Büffel und Claudio. Wenn schon jemand sterben musste, damit Helga leben konnte, dann der Richtige.

Es war keine Rachsucht. Das erstaunte Bastian am meisten. Es war eher so etwas wie Rechtsprechung. Oder sich wehren. Das Abwenden einer Gefahr. Wenn im Wald ein böses Tier hauste, das die Menschen anfiel und totbiss, musste man das Tier erschießen oder auf andere Art töten. Das hatte nichts mit Rache zu tun. Es war Notwehr.

Draußen vorm Hochhaus kam eine massige Gestalt aus den Schatten hervor.

„Na endlich!", murmelte Hagen der Hagere. „Vier Abende musste ich lauern, bis die kleine Schlampe auftauchte!" Er grinste. Die Schnalle hatte etwas von vier Tagen gesagt und dass es Zeit wurde. „Da hast du recht, Mädchen. Es wird Zeit. Zeit, dir den Docht abzudrehen."

Er lief zur Eingangstür und betrat das Hochhaus. Er hatte Bastian und seine Freundin reingehen sehen. Das Mädchen war barfuß. Die Kids hatten davon gesprochen, eine Papierschwalbe vom Dach fliegen zu lassen. Fein. Die mörderische Zicke würde gleich hinterherfliegen. Zum Fliegen brauchte man keine Schuhe.

Hagen stieg in den Aufzug und fuhr ganz nach oben. Er trug seine Pistole bei sich. Es hatte verdammt lange gedauert, bis sein Kontaktmann sie beschafft hatte. Vor allem die Silberkugeln waren ein Problem gewesen. Hagens Kontakt hatte schließlich im nahen Frankreich einen Mann aufgetrieben, der ihm die speziellen Patronen herstellte, zu einem horrenden Preis, aber das war es Hagen wert. Um den Hals trug er ein silbernes Kruzifix. Er war vorbereitet. Heute Abend würde die dreckige kleine Schnalle sterben, die seine Freunde auf dem Gewissen hatte. Der Fahrstuhl hielt im obersten Stockwerk.

Sie standen an der Dachkante. Sanfter Wind spielte in Helgas hellem Haar. Sie hielt die Schwalbe in der rechten Hand. „Flieg Vogel, flieg!" Sie übergab den kleinen papiernen Aeroplan der Abendluft. Er trudelte in einer lang gezogenen Kurve abwärts.

„Da!" Helga zeigte. „Sie steigt. Sie ist in eine warme Luftströmung geflogen. Flieg, Schwalbe. Steig zum Himmel auf."

Bastian blickte seine Freundin von der Seite an. Wie goldig Helga aussah, wenn sie sich freute, und wie leicht war es, ihr eine Freude zu bereiten. Sie war mit den einfachsten Dingen glücklich.

Helga. Meine Helga. Meine Freundin.

In diesem Moment schlug sein Herz nur für sie.

Hinter ihnen ertönte ein trockener Knall. Bastian sah Helga zusammenzucken. Etwas explodierte aus ihrer Brust heraus. Helga riss die Arme hoch und taumelte einen Schritt weit nach vorne.

Nein!

Ehe Bastian sie packen konnte, fiel sie vom Dach. Sie verschwand in der Dunkelheit.

„Nein! Helga! Oh Gott! Helga!" Bastian wollte über die Dachkante schauen. Ein weiterer Knall. Etwas summte zischend an seinem Gesicht vorbei. Ein brenzliger Geruch erfüllte für eine Sekunde die Luft. Bastian fuhr herum. Auf dem Dach stand Hagen der Hagere. Er hielt eine Pistole in der Hand. Die Pistole zielte auf ihn.

Hagen lächelte Bastian zu: „Nun ist sie hin, deine dreckige Vampirfreundin. Die ermordet keinen meiner Freunde mehr."

„Du Drecksau!", schrie Bastian. Er war außer sich. „Du verfluchtes Schwein! Du Mörder!"

Hagen Pirrung hielt die Pistole auf Bastian gerichtet. „Dein Scheißvampir ist nur noch Matsch", sagte er. „An deiner Stelle würde ich meine Ausdrucksweise mäßigen, sonst folgst du dem kleinen Dreckbiest. Ich habe kein Problem damit, dich abzuknallen, Scheißer. Deine Tusse ist jedenfalls hin. Ich habe spezielle Kugeln geladen: aus reinem Sterlingsilber. Cool, was?"

Der kleine Kacker erstarrte. Gut so. Er kapierte, was Sache war. Fein. Hagen musste den Jungen erschießen. Das stand fest. Bastian hatte mit angesehen, wie er das Mädchen umgelegt hatte. Der Junge durfte nicht zur Polizei gehen. Doch Hagen zögerte den Moment der Hinrichtung hinaus. Er sah die Angst in Bastians Augen. Er hatte Macht über den Jungen. Macht über Leben und Tod. Bastian war außer sich, weil seine kleine Scheißfreundin abgekratzt war. Er war verzweifelt und wäre Hagen sichtlich gerne an die Kehle gegangen.

Hagen grinste. Wie praktisch doch eine Pistole war. Es machte ihn ein bisschen geil, den kleinen Wichser mit vorgehaltener Pistole tanzen zu lassen wie ein Äffchen. Ja, das würde er ein Weilchen hinauszögern. Das machte Spaß. Kein Mensch hatte den Schuss gehört. Unten auf der Straße war es viel zu laut. Hagen konnte sich Zeit lassen, bevor er sich Bastian vorknöpfte.

Ich könnte ihn langsam erledigen, überlegte er. Nicht gleich ins Herz schießen. Nein, erst mal in … er dachte nach … die Kniescheiben! Uiih! Das würde wehtun. Bestimmt tat das sauweh. Oder in die Hüfte. Ein Bauchschuss war auch nicht zu verachten.

Hagen fasste mit der linken Hand in seine Jeans und begann sich zu rubbeln.

Den kleinen Pisser heulend auf dem Dach liegen haben, sich über ihn beugen und zusehen, wie er litt und langsam einging. Geil.

Er machte zwei Schritte zur Seite, dirigierte Bastian von der Dachkante weg. Nicht dass der kleine Idiot seiner heiß geliebten Schnalle hinterhersprang. Das würde ihn ja um den ganzen Spaß bringen. Nein, nein, der liebe Bastian Spastian musste weiter zur Dachmitte gescheucht werden. Damit er wie auf dem Präsentierteller dastand.

Hagen machte einen Schritt nach hinten und stieß mit der Wade gegen ein Antennenkabel.

„Was?", sagte er dümmlich und verlor das Gleichgewicht. Mit wild rudernden Armen fiel er hintenüber.

Bastian sah Hagen fallen. Ohne nachzudenken, schoss er vorwärts. Die Pistole flog aus Hagens Hand und schlidderte übers Dach. Mit drei langen Sätzen war Bastian dort, hob sie auf und schmiss die Waffe in einem hohen Bogen über die Dachkante.

Jetzt herrscht Patt zwischen uns. Jetzt bist du reif!

Bastian glühte vor Zorn. In seinem Kopf war kein Platz für Mitleid. Was da vor ihm auf dem Dach lag, sich plump wie eine Schildkröte umdrehte und sich unbeholfen aufrichtete, war ein Mörder. Der Drecksack hatte Helga eiskalt von hinten erschossen, sie abgeknallt wie einen tollen Hund und anschließend auf ihn selber geschossen. Bastian hatte keine Ahnung, ob Helga den Schuss und den anschließenden Sturz vom Hochhaus überlebt hatte. Wenn doch, litt sie im Moment unvorstellbare Schmerzen. Noch schlimmer: Jemand konnte sie dort unten finden und einen Krankenwagen rufen. Gar nicht gut. Helga durfte auf keinen Fall in ein Krankenhaus eingeliefert werden. Wenn sie morgens in einem Zimmer mit Fenstern lag, würde sie sterben.

Schnell! Leg ihn um. Beeil dich! Du musst runter zu Helga.

Als Hagen hochkam, zog Bastian sein Messer. Hagen sah es und reagierte erstaunlich schnell. Als Bastian nach ihm stach, brachte er seine Arme in Abwehrstellung und zog sich gleichzeitig einen Schritt zurück. Bastians Klinge pfiff durchs Leere. Doch Helga hatte ihn trainiert bis zum Umkippen. Bastian setzte Hagen nach, ließ den tumben Kerl nicht zu Atem kommen. Wie ein rasendes Frettchen umkreiste er seinen Gegner und stach nach ihm.

Doch Hagen überraschte ihn. Bastian hatte stets angenommen, dass Bodo, Claudio und der Büffel die Hauptkraft der Schweinebande darstellten. Hagen war der Mitläufer, der Typ, der zuschaute, wenn seine drei Freunde jemanden in die Mangel nahmen.

Doch Hagen war verdammt schnell für einen so dicken Kerl. Er wich Bastians Messer geschickt aus, tänzelte leichtfüßig über das Dach, wobei er die Aufbauten geschickt umlief und als Deckung nutzte. Er stolperte nicht noch einmal über ein Antennenkabel. Stattdessen verpasste er Bastian einen Faustschlag, als der einen Augenblick unaufmerksam war. Hagens Rechte knallte mit voller Wucht gegen Bastians Schläfe. Er flog drei Schritte nach hinten und wäre beinahe umgekippt. Hagen setzte gedankenschnell nach und schlug erneut zu. Bastian entkam mit knapper Not. Farbige Nebel tanzten vor seinen Augen. Der Schlag hatte ihm mächtig zugesetzt. Noch zwei oder drei solcher Treffer und es war aus. Aber Bastian durfte nicht aufgeben. Wieder griff er an. Hagen konterte und wich aus. Er rannte um einen Antennenmast herum.

Wenn ich mich nicht beeile, werde ich müde, dachte Bastian. Ihm wurde ganz kalt bei dem Gedanken. Hagen war ihm an Körperkraft weit überlegen. Hagen würde viel länger durchhalten als er. Hastig griff Bastian wieder an. Er umkreiste Hagen, stach nach ihm, traf ihn am Arm.

Hagen kreischte.

Na also!

Hagens Schlag kam wie aus dem Nichts. Mit betäubender Wucht traf seine Faust Bastians Gesicht. Er ging in die Knie. Sofort setzte Hagen nach.

Alles in Bastian schrie nach Flucht. Es ist vorbei. Steh auf. Renn!

Es schien, als sei die Zeit stehen geblieben. Er kniete auf dem Dach und sah Hagen über sich, den Arm zum erneuten Schlag erhoben.

Wenn ich mich umdrehe und weglaufe, kriegt er mich von hinten zu fassen, überlegte Bastian. Seltsam, dass er einen vollen Gedanken in aller Ruhe denken konnte, obwohl er und Hagen sich so schnell bewegten. Oder dachte er einfach viel schneller als sonst?

Wenn er mich von hinten zu fassen kriegt, hänge ich in seinen Armen wie letztens bei der Schlägerei. Dann bin ich wehrlos, und er schleppt mich zur Dachkante und schmeißt mich runter zu Helga.

Helga.

Plötzlich griffen seine Reflexe. Helgas Anweisungen. Ihre helle Stimme, laut und fest: „Nicht davonlaufen! Angreifen! Wenn er über dir steht und zupacken will, darfst du ihm nie den wehrlosen Rücken zuwenden! Angreifen! Damit rechnet er nicht. Spring! Stich ihn!"

Bastian kam hoch. Sein Arm schnellte nach vorne.

Er landete einen kleinen Treffer direkt über Hagens Gürtel.

„Aaah!" Hagen, der eben noch nach ihm hatte schlagen wollen, hielt mitten in der Bewegung inne. Aufkreischend fasste er nach der Wunde. Sein Gesicht war ohne jede Deckung.

Ich werde müde, dachte Bastian. Er fühlte Panik aufsteigen. Die kleine Wunde im Bauch würde Hagen nicht lange aufhalten. Bald würde er wieder auf Bastian losgehen.

Ich habe keine Wahl. Ich muss es tun. Wenn er mich zu fassen kriegt, bringt er mich um. Ich bin Zeuge, dass er Helga erschossen hat. Dies ist ein Kampf auf Leben und Tod. Nur einer kann überleben.

Bastian schoss einen Schritt nach vorne und stach zu. Zweimal in schneller Reihenfolge. Es fühlte sich fürchterlich an. Er hätte nicht gedacht, dass es sich so ekelhaft anfühlen würde. So ... glitschig. So schwabbelig.

Hagen Pirrung brach aufheulend zusammen. Er schlug die Hände vors Gesicht. Wo eine Sekunde zuvor seine Augen gewesen waren, gab es nur noch zwei blutige Höhlen, aus denen wabbelige Gallerte heraus quoll.

Bastian schätzte die Entfernung zur Dachkante ab. Er musste Hagen an der Seite, die zur Straße lag, hinunterschicken. Irgendwie musste er den Kerl an die Kante des Daches dirigieren. Wenn Hagen unten aufschlug, würde sein Kopf zerplatzen wie eine überreife Tomate. Dann würde keiner sehen, dass er kurz vor seinem Sturz seine Augen verloren hatte.

Plötzlich erschien ein blondbeschopfter Kopf am Rand des Daches.

„Helga!" Bastians Herz machte einen Riesenhüpfer. „Helga! Du lebst!" Er rannte zu dem Mädchen und zog es aufs Dach. Helgas Hemd war vorne auf der Brust blutgetränkt. „Bist du in Ordnung? Geht es dir gut?"

„Ich konnte meinen Sturz abfangen. Ich blieb an der Wand hängen und bin hochgekrochen", antwortete sie. „Ich hatte keine Schuhe an. Das war mein Glück. In Schuhen wäre ich abgestürzt."

Er umarmte sie. „Oh Gott, Helga!" Er war außer sich. „Ich dachte, du bist tot. Er hat Silberkugeln benutzt." Bastian musste mit Gewalt die Tränen zurückhalten. „Hast du Schmerzen?"

Sie nickte: „Ja, aber es wird bald besser. Es verheilt schon. Ich brauche Nahrung. Dann regeneriere ich noch schneller."

„Nahrung." Bastian fühlte eine seltsame Kälte in sich aufsteigen. Helga brauchte Nahrung, um sich von dem Schuss zu erholen. Er nahm sie bei der Hand. „Komm, Helga. Der Tisch ist gedeckt." Er führte sie zu Hagen Pirrung, der noch immer heulend vor Schmerz auf dem Dach kauerte. „Guten Appetit", sagte Bastian.

Hagen hörte auf zu schreien, obwohl er das Gefühl hatte, dass jemand seine Augäpfel mit Salzsäure gefüllt hatte. Was hatte der Kacker da gesagt? Guten Appetit? Wieso? Zu wem?

Er versuchte mit aller Gewalt, etwas zu sehen, aber da war nichts mehr. Sein Gehirn empfing nur noch tote, stumpfe Schwärze.

Meine Augen! Das Schwein hat mir die Augen ausgestochen! Du Sau! Ich werde dich …

Er erstarrte. Leises Tappen. Es näherte sich ihm. Das sanfte Tappen bloßer Füße. Bastians Schnalle lief ständig barfuß. „Guten Appetit." Nein! Das war unmöglich! Er hatte die Schlampe abgeknallt. Sie war vom Dach gefallen. Das hatte er mit eigenen Augen gesehen. Als er noch Augen gehabt hatte. Sie lag dort unten und war Matsch! Sie war tot! Toter, blutiger Matsch!

„Lass ihn dir schmecken, Helga", sprach Bastian sanft.

„Danke für die guten Wünsche, lieber Basti", antwortete eine Mädchenstimme.

Sie ist hier! Der Vampir! Das Biest ist nicht verreckt. Hölle, es lebt und ist hier oben auf dem Dach! Es wird mich beißen! Mich beißen und aussaugen, genau wie es Jens, Claudio und Bodo ausgesaugt hat!

Hagen wollte wegkriechen. Er wollte nicht mehr töten. Er wollte nur noch weg. Entkommen. Er hatte Angst wie noch nie zuvor in seinem Leben. Blind war schlimm, ja. Aber auch Blinde konnten ein Leben haben. Er wollte nicht sterben. Weg hier. Nichts wie weg! Wo war die Tür, die nach unten führte. Jemand musste kommen und sich um das Mördermädchen kümmern. Der Metzger war hier bei ihm auf dem Dach, der Massenmörder von Deutschland. Der Vampir.

Eine kleine Hand fasste seinen Kopf und drehte ihn zur Seite. Wie klein die Hand war, wie zart die Finger. Und doch hatte diese Hand eine ungeheuerliche Kraft.

„Nein!", rief Hagen.

„Doch", sagte die helle Mädchenstimme.

Sie biss ihn. Hagen schrie wie am Spieß. Nur, dass sein Schrei nie geboren wurde. Er wurde mitten im Entstehen abgewürgt wie der Motor eines Mopeds. Alles, was er zustande brachte, war ein Gurgeln. Er klang wie ein Schwein beim Fressen. Hagen wollte die Hand des Mädchens wegdrücken, aber er konnte sie keinen Zentimeter bewegen. Die zweite Hand kam hinzu. Hagen wurde umarmt.

Der Vampir tötet mich. Oh, helft mir.

Sie saugte. Sie schlürfte. Sie schnurrte. Mit rasender Geschwindigkeit nahm sie Hagen das Leben. All seine Kraft erlosch wie eine Kerzenflamme. Er wurde kraftlos wie ein hundertjähriger Greis. Er bekam Angst. Eisiges Entsetzen packte ihn. Er brunzte sich nass vor Angst. Was mit ihm geschah, war unaussprechlich.

Es dauerte lange. Entsetzlich lange. Hagen Pirrung lebte noch, als er über die Dachkante gestoßen wurde. Er fiel wie ein Stein in die Tiefe. Sein Herz krampfte sich vor Furcht zusammen.

Ich falle. Nein! Nei...

WLATSCH!

Helga stand am Dachrand und drehte sich nach ihm um. Sie hatte Hagen hinabgestoßen.

„Lass uns abhauen", sagte Bastian. „Wir müssen weg. Die finden ihn bald. Dann kommt jemand herauf, um nachzusehen. Die dürfen uns hier nicht sehen. Gehen wir. Keiner wird uns verdächtigen. Hagen ist nur noch Matsch. Man wird die Bisswunde an seiner Kehle nicht finden, weil sein ganzer Körper eine einzige blutende Wunde ist."

Er atmete auf. „Wir sind aus dem Schneider. Alle werden glauben, er sei einfach nur abgestürzt."

Helgas Augen weiteten sich: „Nein. Das werden sie nicht."

„Wieso?", fragte Bastian. Warum war Helga so erschrocken? Er drehte sich um. An der Tür stand der Hausmeister. „Verdammt! Rumpelstilzchen."

Rumpelglotzchen stand auf dem Dach. Ihm fielen beinahe die Augen aus dem Kopf. Er hatte alles mit angesehen. Vor einer Weile hatte er unten vor seiner Wohnungstür gestanden, einen neuen Sixpack unterm Arm, und geglaubt, er hätte einen Schuss gehört. War da jemand auf dem Dach und ballerte auf Autos in den Straßen? Dieser Florianbastian und das komische Mädchen etwa? Na, denen würde er das Handwerk legen!

Rumpelstilzchen war in den Fahrstuhl gestürmt und nach oben gefahren. Wenn die von da oben wild in der Gegend rumballern, ruf ich die Bullen, nahm er sich vor Die sind wohl nicht ganz dicht! Mit einer Pistole zu schießen! Die Kids werden immer bekloppter.

Was er dann auf dem Dach vorfand, stellte sich allerdings ein wenig anders dar. Bastian war da. Das Mädchen nicht. Und Hagen Pirrung bedrohte den kleinen Jungen mit einer Pistole. Hieß das etwa, dass Hagen das Mädchen erschossen hatte?

Rumpelgrübelchen hatte nicht viel Zeit zum Nachdenken, denn Bastian machte den viel größeren Hagen alle. Hagen stolperte und verlor die Pistole. Bastian schmiss sie über die Dachkante. Verdammt cleveres Kerlchen. Dann griff er den viel größeren Hagen an und setzte ihm schwer zu. Hagen schlug sich wacker. Eine Weile sah es so aus, als würde er den Kampf für sich entscheiden. Er verpasste diesem Florian ein paar gut platzierte Bomben am Kopf. Doch der kleine Racker gab nicht auf. Er umkreiste Hagen mit dem Messer in der Hand, und plötzlich war Hagen seine Augen los. Dann kam das Mädchen über die Dachkante geklettert, als wäre es nichts und …

Rumpelblutgefrierchen fielen die Augen aus dem Kopf. Sie fiel über Hagen her und biss ihm in den Hals. Saugte ihn aus. Sie war … ein Vampir. Die Kehle zerfleischen … alles bekam einen Sinn. Selbst Rumpelstilzchens versoffenes Hirn stellte die Verbindung zu den Meldungen im Fernsehen her. Sogar erstaunlich schnell.

Der Metzger! Das Mädchen war der irre Mörder, der Deutschland seit Jahrzehnten in Atem hielt. Sie war ein Vampir. Er verstand, wieso die Kleine wie ein Schatten lebte - beinahe unsichtbar. Tarnung! Sie war ein Nachtlebewesen.

Sie hat sich hier im Hochhaus eingenistet, schoss es ihm durch den Kopf. Gott allein weiß, wie lange sie bereits hier ist. Oh Gott! Sie hat jemanden ermordet und sich anschließend seine Wohnung unter den Nagel gerissen.

Rumpelschauderchen erstarrte. Die seltsame Alte aus dem obersten Stockwerk! Die immer per Brief bezahlte. Das Vampirwesen musste sie gekillt haben und seitdem dort oben hausen. Aber Vampire vertrugen kein Sonnenlicht. Wie konnte das Mädchen in einer Wohnung mit Fenstern überleben?

Die Rumpelkammer!

Rumpelkombinierchens Hirn lief auf Hochtouren und vollbrachte absolute Höchstleistungen. Vor seinem inneren Auge sah er die Kleine in der Besenkammer schlafen und nachts umherstreifen, um Leute zu ermorden. Sie stahl ihren Opfern das Geld und bezahlte damit die Miete. Ein sehr korrekter Vampir. Wirklich. Sie war die Miete nie schuldig geblieben.

Die Kids schmissen Hagen über die Dachkante nach unten.

Ich muss hier weg. Ich muss die Bullen anrufen. Sie müssen das Killerbiest erledigen.

Rumpelverpisserchen wollte sich zurückziehen, da entdeckte ihn das Mädchen. Bastian drehte sich um und sah ihn an. „Verdammt! Rumpelstilzchen!"

Rumpelempörchen hatte gerade noch genug Stolz übrig, um sich über den ungehörigen Spitznamen aufzuregen.

Bastianflorian wandte sich an das Mädchen. „Hast du noch Durst?"

Rumpelschisschen gefror das Blut in den Adern. Er verstand. Verstand nur zu gut.

„Und ob!", antwortete das Mädchen. Es leckte sich die Lippen ab. Es sah reizend aus. Sehr hübsch. Hübsch mörderisch.

„Ich auch!", bellte Bastflorian. Sie gingen zu zweit auf ihn los.

Noch nie in seinem Leben war Rumpelflitzchen so schnell gerannt. Er sauste die Treppe hinunter wie ein geölter Blitz.

Hoffentlich ist der Fahrstuhl noch da! Bitte, lass den Fahrstuhl noch da sein! Sonst bin ich geliefert. Die killen mich. Vampire!

Der Fahrstuhl war da. Rumpelschallmauerdurchbrecherchen raste hinein und hieb auf den Knopf fürs unterste Stockwerk. Die Türen der Fahrstuhlkabine begannen sich mit enervierender Langsamkeit zu schließen.

Schneller, schneller, flehte Rumpelangsthäschen in Gedanken. Er hörte die Kids kommen, das laute Patschen von Florianbastians Turnschuhsohlen und das dumpfe, leisere Stampfen nackter Füße. Das Mädchen.

Sie trägt nie Schuhe. Warum trägt sie nie Schuhe?

Die Kinder kamen um die Ecke gesaust und schossen auf Rumpelstilzchen zu wie zwei lebende Projektile. Das Mädchen lag klar in Führung. „Da ist er! Im Fahrstuhl! Schnappen wir ihn uns!"

Die Türen schlossen sich genau in dem Moment, als die Killer ankamen. Sie trommelten laut dagegen. „Aufmachen! Sofort aufmachen!"

Sie trägt nie Schuhe.

Rumpelsuperhirnchen wurde erleuchtet. Krallen! Ihr wachsen Krallen, damit sie die Wände hochgehen kann. Sieht man doch in den Vampirfilmen. Deshalb ist sie eben über die Dachkante gekrochen.

Die Fahrstuhlkabine bewegte sich mit einem Ruck abwärts.

„Die Treppen!", brüllte Bastian draußen. „Wir müssen ihn erwischen, bevor er sich in seiner Wohnung einschließen kann. Sonst muss er uns einladen. Wir kommen nicht rein, um ihn zu erledigen."

Au fein, dachte Rumpelerleichtertchen aufatmend. Das Detail aus den Filmen stimmt also auch. Na, ich werde den Teufel tun, euch Mördergören einzuladen.

Der Fahrstuhl fuhr langsam abwärts. Sakra-Dunnerkeil, warum war das Ding so langsam? Rumpelschisschen hörte die Vampirkinder die Treppen hinunterrennen. Sie waren ihm dicht auf den Fersen. Das Mädchen musste Bastiflorian zu einem Vampir gemacht haben. Vielleicht nachdem er so böse zusammengeschlagen worden war. Hagen Pirrung war auf dem Dach gewesen.

Mit einer Pistole. Hatte am Ende gar nicht der versoffene Vater den Jungen so übel zugerichtet? Waren Bodo und seine Kumpane über den Kleinen hergefallen?

Rumpeldenkerchen kratzte sich am Kinn. Das machte Sinn. Bodo und Co vermöbeln Bastian und bedrohen ihn. Erpressen ihn. Das passt seiner neuen Vampirfreundin nicht, und sie macht Florian zum Vampirwesen. Gemeinsam schalten sie Bodo, Claudio, Jens und Hagen aus.

Die Aufzugkabine hielt. Die Türen öffneten sich. Rumpelschnellchen sprang in den Flur und schoss in langen Sätzen zu seiner Wohnung. Noch nie hatte er seine beträchtliche Wampe mit einer solchen Geschwindigkeit durch die Gegend geschleppt. Hinter sich hörte er die Vampire kommen. In fliegender Hast kramte er seinen Schlüssel hervor und schloss die Tür auf. Er hatte sie kaum hinter sich zugeworfen, da trommelten kleine Fäuste von außen dagegen. „Aufmachen! Mach uns auf der Stelle die Tür auf, Rumpelstilzchen!"

Sonst geht's euch gut, dachte er. Ich bin doch nicht doof. Nee. Echt nicht.

Er stand im Flur und überlegte angestrengt, was er tun sollte.

Draußen wurde es still. Er hörte leise Stimmen. „Was sollen wir machen? Er lädt uns nicht ein."

„Vielleicht außen reinkrabbeln? Wenn ein Fenster offen steht, brauchen wir keine Einladung."

„Au fein. Nix wie raus!"

Rumpelerschreckchen zuckte zusammen. Er warf sich herum und raste durch sämtliche Räume seiner Wohnung. Er kontrollierte, ob alle Fenster geschlossen und verriegelt waren. Dann stürzte er zum Telefon. Mit zitternden Fingern wählte er den Notruf.

„Hier spricht Rumpelstilzchen. Ich habe einen Vampir im Haus."

„Wie bitte?", quäkte es aus dem Telefonhörer. „Sind Sie sicher, dass Sie den Notruf wählen wollten?"

„Ja doch!", rief Rumpelstilzchen. „Ich bin hier allein und draußen sind Vampire." Rumpelstilzchen merkte, wie dämlich das klang. Was sollte er nur sagen?

„Haben Sie etwas getrunken? Hören Sie, das hier ist der Notruf! Hier werden keine Scherze gemacht! Ich kann Ihre Telefonnummer ausfindig machen und Sie anzeigen."

Rumpelstilzchen tanzte von einem Bein aufs andere. Himmel noch mal! Hier waren Vampire, die ihn umbringen wollten, und die blöde Trulla vom Notruf schimpfte ihn aus wie einen kleinen Jungen. Er brauchte Hilfe, und zwar sofort.

Was soll ich bloß sagen, damit die Kuh endlich was unternimmt?

„Der Metzger! Der Metzger ist hier im Haus! Ich habe gesehen, wie er einem Jugendlichen die Kehle durchgebissen und ihn vom Dach geschmissen hat."

Endlich glaubte ihm die Stimme im Telefon. Rumpelstilzchen gab Straße und Hausnummer durch. „Bitte kommen Sie schnell. Ich werde ermordet. Er kommt durchs Fenster rein. Bitte beeilen Sie sich!"

Sie waren schon vor der Haustür, als Bastian abrupt stehen blieb: „Meine Bilder! Die Alben von Opa!"

Helga schaute ihn an: „Das sind viele. Können wir die tragen?"

„Es ist alles auf meiner mobilen Festplatte gespeichert, zusammen mit Opas Musik", sagte Bastian. „Ich kann nicht hierbleiben. Nicht, nachdem Rumpelstilzchen das auf dem Dach mitgekriegt hat. Wir müssen gemeinsam fliehen. Wir bleiben zusammen."

„Ja", sagte Helga. Sie schaute ihn an: „Sind deine Eltern zuhause?"

„Mir egal", sagte Bastian und stürmte los.

Sie rannten die Treppen hinauf. Bastian schloss die Wohnungstür auf. Ohne viel Federlesens lief er in sein Zimmer und löste die Festplatte vom Tower. Er holte seine Sporttasche und verstaute sie darin. Dann stopfte er noch seine Lieblingsalben von Opa dazu. Alle konnte er nicht mitnehmen. Es schmerzte ihn. Er wusste, dass er nie zurückkehren würde.

„Was wird denn das?" Sein Vater stand in der Tür. „Wo kommst du denn auf einmal her? Und wo warst du die ganze Zeit? Du warst tagelang verschwunden. Treibst dich rum, was? Gib Antwort, wenn ich dich was frage, du Rotzlöffel."

Der hat uns gerade noch gefehlt, dachte Bastian. Sein Vater war betrunken.

„Wer ist das?" Sein Vater zeigte auf Helga. „Was macht die kleine Schlampe in meiner Wohnung? Ist das deine Tussi? Gehst du jetzt schon poussieren? Was fällt dir ein?"

„Geh zur Seite", blaffte Bastian.

Sein Vater war so verblüfft, dass er tatsächlich ein Bein hob, um dem Befehl nachzukommen. Es dauerte eine Sekunde, bis er wieder zu sich kam.

„Dir haben sie wohl ins Gehirn geschissen?", fauchte er. „Du hast in den letzten paar Tagen wohl zuviel Großmaulsaft getrunken! Du brauchst eine Abreibung, mein Junge, und zwar eine gewaltige." Er kam auf Bastian zu.

Ich kann nicht ausweichen, dachte Bastian in Panik. Helgas Regeln flippten in seinem Kopf auf wie ein Pop-up am Computer. Regel 5: Wenn du nicht ausweichen kannst, sofort angreifen.

Bastian zog sein Messer. Ohne Ankündigung ließ er seinen Arm vorschnellen.

„Aah!" Aufkreischend zog sein Vater die rechte Hand zurück. Er blutete aus einer tiefen Schnittwunde. „Du Scheißer! Dich dreh ich durch den Wolf!"

Bastian stach zu. Schnell. Oft. Nicht tief, aber wirksam.

Sein Vater zog sich in eine Zimmerecke zurück. „Bastian! Hör auf. Hör doch ...! Lass das!" Alle Aggression war aus seiner Stimme gewichen. Er hatte Schiss. Der große, mächtige Kinderverprügler hatte Angst. „Hör auf, Bastian."

„Ich stech dich ab, wenn du noch einmal die versoffenen Griffel nach mir ausstreckst", zischte Bastian.

Sein Vater stand da wie ein begossener Pudel. Alkoholgeschwängerte Tränen erschienen in seinen Augen. „Tu mir nichts, Bastian. Bitte."

Bastian wurde übel vor Verachtung. War das wirklich der Mann, der ihn ständig schikaniert, ihn andauernd brutal geschlagen hatte? Dieses jämmerliche Häufchen Elend, das sich vor ihm zurückzog? Dieser Schisser?

„Wie kannst du nur, Bastian?", jammerte das fette, jämmerliche Etwas, das einmal sein Vater gewesen war. „Ich bin doch dein Vater!"

Bastian ließ das Messer sinken.

„Würstchen!", sagte er. „Das bist du. Ein erbärmliches Würstchen. Sonst nichts. Du rührst mich nie wieder an, verstanden?"

„Ja, Bastian", quäkte der Alte. „Ich habe verstanden. Bitte tu das Messer weg."

Bastian steckte sein Messer ein. Er wandte sich an Helga: „Hier gibt es nichts mehr zu tun. Gehen wir."

Als er sich umdrehte, stand seine Mutter vor ihm, die Augen weit aufgerissen. „Bastian! Was tust du?"

„Ich lass mich nicht länger misshandeln", antwortete Bastian. Er wunderte sich, woher er die Coolness nahm. Er fühlte sich wie ein Erwachsener. Sehr erwachsen. Und mit einem Mal sehr, sehr traurig. Er wusste, es war ein Abschied für immer. Ein Abschied von Menschen, von denen er sich eigentlich schon viel früher verabschiedet hatte. Vater und Mutter waren sie ihm nie gewesen, jedenfalls nicht in den letzten paar Jahren. Nicht umsonst war er immer zu seinem Opa geflüchtet. Nur Opa hatte ihn gern gehabt und sich um ihn gekümmert.

Seine Mutter stand mit hängenden Armen vor ihm. „Bastian", sagte sie. Sonst nichts. Sie roch nach Bier und Zigaretten. Sie sah alt und verbraucht aus. Abgelebt.

„Mutti!" Er umarmte sie fest. Dann ließ er los. „Ich gehe fort. Ich komme nicht zurück. Frühestens wenn ich achtzehn bin. Mach's gut, Mutti."

Er nahm Helga an der Hand und ging.

Als sie die Treppen hinunterliefen, wurde ihm klar, dass es wirklich ein endgültiger Abschied war. Er würde nicht wiederkommen. Er musste zusehen, dass er mit Helga zusammen einen Platz fand, wo sie leben konnten. Es gab keinen anderen Weg. Sie durften der Polizei nicht in die Hände fallen. Er hätte deprimiert sein müssen. Stattdessen war er plötzlich in absoluter Hochstimmung. Er war wie eine Eidechse, die ihre alte Haut abstreifte und ein neues Leben anfing. Er fühlte sich wild und frei. Er würde mit Helga zusammenbleiben. Sie würden es schon schaffen. Irgendwie. Die Welt war groß.

Sie waren kaum draußen, da blieb Helga stehen. „Meine Russenschuhchen!"

Er umarmte sie: „Tut mir leid, Helga. Du kannst nicht mehr rauf. Rumpelstilzchen hat garantiert die Bullen angerufen. Die können jeden Moment hier sein. Wir müssen ins Erbachtal, runter von der Straße, damit sie uns nicht kriegen." Er zog sie sanft mit sich.

„Meine Schuhchen!“, jammerte Helga. Sie klang, als sei sie den Tränen nahe. „Das einzige Geschenk, das ich je bekam. Von dir!“

„Ich kauf dir neue“, schlug Bastian vor.

Sie blieb stehen. „Nein! Ich will diese!“

„Aber du kannst nicht mehr rauf“, sagte Bastian. „Ich will nicht, dass die Bullen dich erwischen. Wenn dir was zustößt, das ertrage ich nicht, Helga.“

Sie schaute ihn lieb an: „Basti.“ Dann gab sie ihm einen Kuss. „Das Küchenfenster steht offen. Ich bin gleich zurück. Warte hier auf mich.“ Sie schoss davon wie ein Pfeil. Am Hochhaus angekommen machte sie einen Satz, dann sauste sie die glatte Wand hinauf wie eine Mauereidechse. Oben stieg sie ins Fenster ein. Kurz danach kam sie heraus und kroch kopfunter die Wand herab. Keine drei Minuten, nachdem sie Bastian verlassen hatte, stand sie vor ihm. Die Russenschuhchen baumelten an ihrem Gürtel. Sie hielt ein CD-Jewelcase in der Hand. „Unsere Karaoke-CDs.“ Aus dem Hemd zog sie zusammengefaltete Blätter. „Unsere Bilder. Die geb ich nicht her.“

In der Ferne heulten Polizeisirenen auf.

„Jetzt aber nichts wie weg“, rief Bastian. Sie rannten, was das Zeug hielt.

„Hast du eine Ahnung, wo wir hinkönnen?“, fragte Bastian.

„Ich kenne ein paar gute Verstecke“, antwortete Helga. „Höhlen im Wald, und so.“

Bastian kaute auf seiner Unterlippe. Eine Höhle im Wald. Für den Anfang klang das ganz gut, aber was sollte später werden? Im Winter? Er beschloss, dass es an der Zeit war, jemanden zu besuchen. Dies war ein echter Notfall.

*

Es klingelte an der Wohnungstür. „Nanu! Besuch so spät am Abend?“ Gisela Schramm erhob sich aus dem Fernsehsessel. In der Ferne heulten Sirenen. Sicher wieder ein Polizeieinsatz in Erbach. An der Wohnungstür blieb sie stehen.

„Wer ist da?“, fragte sie.

„Ich bin es, Bastian“, lautete die Antwort.

Gisela öffnete die Tür. Der Junge stand dort. Bastian, der ihr im Winter das Leben gerettet hatte, als sie im Eis eingebrochen war. Neben ihm stand ein reizendes Mädchen gleichen Alters. Das Mädchen war barfuß.

„Bastian. Hallo. Schön, dich zu sehen. Komm herein." Sie machte eine Geste zur guten Stube hin. Der Junge trat ein. Das Mädchen blieb draußen stehen. „Komm nur", sagte Gisela. „Komm herein, Kleine." Da trat sie ein. Sie war außerordentlich hübsch, eine richtige kleine Schönheit.

Im Wohnzimmer schaltete Gisela den Fernseher aus. „Was führt euch zu mir, Kinder?" Sie schaute Bastian an: „Probleme?"

Der Junge nickte: „Nicht zu wenige, das können Sie mir glauben, Frau Schramm. Ich ... wir sind gekommen .... Sie haben gesagt, wenn ich in Not bin ..."

„Dann komm zu mir, und ich sehe zu, wie ich dir helfen kann, Junge", beendete Gisela den Satz. „Was ist geschehen? Sagt mir alles. Keine Angst. Ich werde nichts verraten, egal was ihr mir erzählt. Ich helfe euch bestimmt."

„Ich weiß nicht, ob Sie das können, Frau Schramm", sagte Bastian. „Es ist ein ziemlich großes Problem. Sie ..."

„Ich kenne eine Menge Leute", sprach Gisela. „Wir sind ein Ring, ein Ring von Menschen, die einander helfen. Wir sind untereinander gewisse Verpflichtungen eingegangen. Wir halten zusammen. Sprich mein Junge. Sei geradeheraus. Egal, was du mir zu sagen hast, ich werde dir alles glauben. Und ich werde dich an niemanden verraten."

„Gut." Bastian entspannte sich. „Am besten fange ich ganz am Anfang an." Er begann zu erzählen.

Gisela lauschte mit wachsendem Unglauben. Ihr Verstand weigerte sich, zu glauben, was der Junge erzählte. Doch alles passte zusammen wie die Teile eines Puzzles und fügte sich zu einem Gesamtbild. Die Morde in ganz Deutschland. Der Metzger. Seit dem Zweiten Weltkrieg. Ein Vampir.

„Sie macht es ja nicht absichtlich oder aus Gemeinheit", sagte Bastian. „Sie muss oft weinen, wenn sie es tut. Drum sucht sie immer böse Leute. Wie den ekelhaften Mann, der seine achtjährige Stieftochter vergewaltigt hat, der Stiefvater von Selina."

„Der Kindermörder von Trier", warf Gisela ein. „In den Sechzigern. Man fand in seinem Haus Beweise für die Ermordung von mindestens einem Dutzend kleiner Jungen."

„Sie sucht immer Verbrecher", sagte Bastian. Er schaute Gisela flehend an: „Werden Sie uns helfen, Frau Schramm? Oder Helga der Polizei melden?" Er sah mit einem Mal sehr jung und hilflos aus.

„Ich habe dir doch gesagt, dass ich euch helfen werde", sagte Gisela. „Deine Freundin kann nichts für ihre ... Veranlagung. Krankheit hast du es genannt?" Sie dachte angestrengt nach. „Ich muss telefonieren, Kinder. Mit einigen Leuten. Das kann dauern. Zwei oder drei Tage. Habt ihr ein Versteck, wo ihr unterkommen könnt? Meine Wohnung ist nicht gerade geeignet." Sie schaute das Mädchen an: „Ich habe keinen Keller. Zur Not ließe sich vielleicht etwas arrangieren, aber ..."

„Wir kommen unter", sagte Helga. „Machen Sie sich bitte keine Sorgen. Könnte ... ich habe Geld." Sie schaute an sich herunter. „Wir haben nur das, was wir am Leibe tragen. Könnten Sie bitte Kleidung für uns kaufen, Frau Schramm?"

„Aber selbstverständlich", sagte Gisela. „Ihr sagt mir, was ihr braucht, und ich besorge es."

Nachdem die Kinder gegangen waren, griff Gisela zum Telefon. Sie schilderte der Person am anderen Ende der Leitung, um was es ging.

„Tja, nicht meine Kragenweite", sprach Giselas Gegenüber. „Aber ich kenne einen, der einen kennt. Der ruft dann wen an. Ich melde mich in ein bis zwei Stunden wieder. Dann sehen wir weiter."

„Ich werde warten. Danke." Gisela legte auf. Sie ging ins Wohnzimmer und schaltete den Fernseher an. Eine Sondersendung lief. Der Metzger hatte wieder zugeschlagen. Mitten in Erbach. Auf dem Dach eines Hochhauses hatte er einen Jugendlichen ermordet und anschließend vom Dach gestürzt. Der Hausmeister hatte alles mit angesehen und die Polizei verständigt.

Vom Aussehen des Metzgers war nicht die Rede.

Gut, dachte Gisela. Solange nicht öffentlich bekannt wird, dass der Metzger ein kleines Mädchen von zwölf Jahren ist, können Bastian und Helga sich relativ frei bewegen. Im Ring wird sich etwas finden für sie. Hoffentlich!

*

Sie standen vor Frau Schramm, die kleinen Rucksäcke geschultert.

„Passt um Himmels willen auf euch auf", sagte die alte Dame. „Von Helga ist kein Bild in den Nachrichten zu sehen, aber im Radio haben sie gesagt, dass Bastian mehrmals in Begleitung eines gleichaltrigen blonden Mädchens gesehen wurde, das auffälligerweise immer barfuß ging."

„Sie hat ja Schuhe an", meinte Bastian.

„Die hätten ein Auto schicken sollen", meinte Frau Schramm. Sie klang unzufrieden. „Zu dumm, dass ich keinen Wagen habe."

„Wir schaffen das schon, Frau Schramm", sagte Helga. „Danke schön. Vielen Dank für alles, was Sie für uns getan haben. Danke für die neuen Kleider."

„Danke für alles", sagte Bastian.

„Keine Ursache", antwortete die Frau. „Ich habe dir doch versprochen, dass der Ring sich um euch kümmert." Sie lächelte. „Geht nun, Kinder." Sie umarmte Bastian und Helga und küsste sie auf die Wangen. „Ich wünsche euch alles Glück der Welt. Passt auf euch auf."

*

Sie wanderten zum Bahnhof von Homburg. Frau Schramm hatte ihnen eine Adresse am Unterlauf der Saar genannt, ganz in der Nähe der Saarschleife. Helga kannte den kleinen Ort.

„Dort war ich vor Kurzem", erzählte sie, als sie die Dürerstraße entlangliefen.

„Hast du dort …?" Bastian beendete den Satz nicht.

Helga nickte: „Ich habe einen alten Bekannten getroffen. Von früher."

„Hm?", machte Bastian.

„Aus dem Lager. Einer von den Bösen."

Bastian verstand.

Sie kamen zum Bahnhof. Bastian studierte den Fahrplan: „In einer Viertelstunde geht unser Zug." Er kaufte Fahrkarten am Automaten. So früh am Abend war viel los im Bahnhof. Kein Mensch achtete auf die beiden Zwölfjährigen. Sie blieben in der Masse der Fahrgäste gut getarnt. In aller Seelenruhe spazierten sie durch die Unterführung zu Gleis 3.

„Ein weiß-roter Engerling", sagte Helga, als sie den elektrischen Triebwagen sah. Sie lächelte: „So nennst du die immer."

Sie liefen außen vorbei und hielten nach einem leeren Abteil Ausschau. Nur wenige Menschen saßen im Zug. Ziemlich weit vorne wurden sie fündig und stiegen ein. Bastian wollte es sich gerade auf einer blauen Sitzbank gemütlich machen, das sah er die beiden Polizeibeamten.

Er packte Helga und zerrte sie unsanft zu Boden. „Runter! Polizei!"

Helga schaute ihn erschrocken an: „Polizei? Suchen die uns?"

„Ich weiß nicht", antwortete Bastian. Sein Herz schlug in wildem Takt. Er hob den Kopf und schielte vorsichtig zum Fenster hinaus. „Mist! Die kommen hierher! Unter die Sitzbänke! Schnell! Und gib keinen Mucks von dir!"

Sie krabbelten unter die Sitzbänke und duckten sich ganz klein zusammen.

Weiter vorne ging eine Tür auf. Schritte polterten ins Abteil.

„Keiner da", sagte eine Stimme.

„Vielleicht weiter vorne", antwortete eine andere Stimme.

„Da ist niemand. Mensch Bergmann, krieg dich ein. Der Anruf war ein Fake! Irgend so ein Wichtigmacher. Ein dämlicher Trittbrettfahrer, der anonym anrief und sagte, er hätte diesen Jungen im Zug gesehen."

Bastian wurde eisig kalt. Er sah das Entsetzen in Helgas Augen aufsteigen. Sie kauerte eine Sitzbank von ihm entfernt am Boden und starrte ihn erschrocken an.

„Wir haben den Auftrag, den Zug zu kontrollieren", brummte Bergmann. „Also kontrollieren wir ihn auch, Volz, verstanden?!"

„Da ist einer arbeitsgeil", maulte es von hinten. „Mensch, da ist keiner! Hast du Tomaten auf den Augen? Gleich fährt die Bahn los. Willst du mit nach Saarbrücken?"

„Ich schau mir die Toilette an", entgegnete Bergmann.

„Die rote Lampe ist aus. Es ist keiner drin", rief Volz.

„Es kann einer drin hocken, ohne abgesperrt zu haben", konterte Bergmann. „Ich sehe mir das an."

„Wie du willst." Volz gab auf. „Geh und schau ins Scheißhaus, Mann. Hey, vergiss nicht, mit der Hand tief unten im Scheißetank rumzurühren. Vielleicht hockt der Junge ja im Kacketank."

„Blödmann!", rief Bergmann und stapfte nach vorne. Seine Schuhe dröhnten an Helga und Bastian vorbei. Er öffnete die Toilettentür: „Keiner drin."

„Schau nach, ob er nicht hinterm Spiegel steckt!", höhnte Volz.

„Affe!", rief Bergmann. Er machte Anstalten, zu seinem Kollegen zurückzukehren.

Bastian schaute über seine Schulter unter der Sitzbank hervor und erstarrte. Wenn der Polizist den gleichen Weg, den er zuvor gegangen war, zurücklief, konnte er ihn und Helga unter den Sitzbänken kauern sehen! Aus diesem Blickwinkel musste er sie entdecken!

Er schaute Helga an. Die war außer sich vor Angst. Sie dachte das Gleiche wie er. Pure Verzweiflung stand ihr ins Gesicht geschrieben.

Draußen gab es eine Lautsprecherdurchsage: „Zur Regionalbahn nach Saarbrücken um 20 Uhr 19 bitte einsteigen. Die Türen schließen selbsttätig."

„Raus hier!", rief Volz. Er sprang nach draußen.

Bergmann verließ den Zug durch die Tür weiter vorne bei der Zugtoilette.

Die Türen schlossen sich. Die elektrischen Fahrmotoren begannen zu summen. Der Triebwagen fuhr mit einem sanften Ruck an.

„Unten bleiben!", sagte Bastian zu Helga. „Bleib unten. Niemand darf uns sehen."

Der Zug klackerte über die Gleise, schlängelte sich knirschend und ächzend über Weichen. Er verließ den Bahnhof in Richtung Saarbrücken.

Helga kam unter ihrer Sitzbank hervorgeschossen. Sie klammerte sich an Bastian. „Basti! B-B-Basti! Ich hatte solche Angst", schluchzte sie trocken. „Ich hatte Angst, dass sie dich wegnehmen! Oh Basti!"

Er hielt sie umarmt und versuchte, die eigene Panik niederzuringen. Sein Herz schlug immer noch wie ein Dampfhammer. „Manno! Da hat uns doch tatsächlich jemand gesehen und bei der Polente verpfiffen. So eine Kacke! Wir müssen unten bleiben. Immer in Deckung. Nein." Er zog Helga hoch. „Wenn wir am Boden hocken, fallen wir erst recht auf. Wir schauen immer zum Fenster raus, ob in einem Bahnhof jemand zu uns einsteigt."

„Und dann?", fragte Helga. Sie war verzweifelt. „Es steigen oft Leute ein. Ich fahre viel mit dieser Bahn. Ich weiß es. Was sollen wir tun? Dein Bild war überall zu sehen."

„Frau Schramm hat nicht dran gedacht", sagte Bastian. Er hielt Helga umarmt und hielt sich gleichzeitig an ihr fest. „Helga, hör zu."

„Ja?", piepste sie.

„Wir laufen jetzt nach vorne und setzen uns direkt vor den Lokus. Wenn einer einsteigt, verstecke ich mich im Klo. Du musst dann bei der Einfahrt in Saarbrücken anklopfen, damit ich weiß, dass ich sofort raus muss, wenn der Zug hält. Okay?"

„Okay", sagte Helga. Sie sah todunglücklich aus. „Basti, ich habe Angst."

„Ich auch", gab er zu. „Komm." Er nahm sie bei der Hand und zog sie mit nach vorne. Das kleine Abteil gegenüber der Zugtoilette war menschenleer. Sie setzten sich auf Klappsitze an der Wand. Dabei wandten sie dem Fenster den Rücken zu.

„Es ist kein Regionalexpress", sagte Bastian, „sondern eine Regionalbahn. Die hält in jedem noch so kleinen Bahnhof. Da fahren nicht viele Leute mit. Wer schnell nach Saarbrücken will, der hat den Express genommen, der drei Minuten früher abgefahren ist. Der fährt gleich durch bis St. Ingbert und von dort direkt nach Saarbrücken."

„Hast du deshalb diesen Triebwagen ausgesucht?", fragte Helga.

Er nickte: „Unter anderem. Ja. Zudem sind die Regionalexpresszüge immer überfüllt. Die kommen teilweise aus Heidelberg, zumindest aber aus Mannheim, und da hocken zig Durchreisende drin, die nach Saarbrücken wollen oder sogar bis nach Trier."

„Unser Zug fährt nicht nach Trier", sagte Helga.

Er schaute sie an. Sie saß neben ihm in nagelneuen Jeans und einem roten Kapuzenshirt, in dem sie sehr süß aussah. An den Füßen trug sie seine Russchenschuhchen, von denen sie sich kaum trennen konnte. Obwohl sie sehr ängstlich wirkte, sah Helga total goldig aus.

Bastian legte einen Arm um ihre Schultern und drückte sie tröstend: „Mach dir nicht zu viele Sorgen. Es wird uns kaum noch mal jemand sehen. Wenn doch, müssen wir eben stiften gehen und uns zu Fuß durchschlagen."

„Und wenn sie dich fangen?"

„Hey, ich kann verdammt schnell rennen. Ich bin sogar dem Büffel entkommen." Bastian war nicht halb so zuversichtlich, wie seine Stimme vortäuschte, aber er wollte Helga trösten und beruhigen. Er drückte sie fest: „Wir schaffen das. Glaub mir."

„Ja", sagte Helga. Sie schaute ihn an, noch immer ängstlich.

„In Saarbrücken müssen wir auf Gleis 8. Wir laufen in Gleis 5 ein. Also raus aus dem Zug, runter in die Unterführung und sofort die erste Treppe wieder hoch. Dort wartet ein Anschlusszug. Der fährt sofort weiter. Keine Zeit für Polizisten, da drin herumzustiefeln. Wir müssen uns trennen, Helga."

„Was?" Ihre Stimme wurde ganz kieksig vor Schreck. „Trennen?! B-Basti! Nein!"

„Nur ein paar Meter, damit wir nicht auffallen. Wir dürfen nicht zusammen gesehen werden, falls jemand auf dem Bahnsteig ist. Ich schätze, da steigen einige Leutchen mit uns zusammen aus. Ich steig zuerst aus und marschiere schnurstracks zur Unterführung. Ich schaue zu Boden, damit keiner mein Gesicht erkennt. Du kommst hinterher, hältst aber ein paar Schritte Abstand, so als ob wir nichts miteinander zu tun haben. Im Anschlusszug steigen wir zwar ins selbe Abteil, aber wir setzen uns auf verschiedene Bänke. Verstanden?"

Sie nickte unglücklich. Ihm nicht nahe sein zu dürfen, gefiel ihr nicht im Mindesten; das sah er ihr deutlich an.

*

„Also, Herr Rumpler, noch mal von vorne." Kommissar Nägler lehnte sich in seinem Stuhl zurück. „Sie behaupten immer noch, dass Bastian mit einem blonden Mädchen zusammen gewesen ist?"

„Das war der Vampir", knurrte Rumpelsauerchen. „Der verdammte Metzger!

Wie oft soll ich das noch sagen?"

„Von mir aus können Sie das noch hundertmal sagen", brummte Nägler grinsend. „Es überzeugt mich nicht. Ein kleines, unbekanntes Mädchen soll also der Mörder von Hagen Pirrung sein? Welchen Grund hätte dieses Mädchen für den Mord? Sie, Herr Rumpler, haben hingegen einen Grund. Denken Sie an die Sachen, die wir im Keller des Hochhauses sichergestellt haben und in den anderen Kellern. Allein die Drogen in Hausnummer 17 haben einen Schwarzmarktwert von fünfzehntausend Euro. Viel Geld für einen Hausmeister." Nägler lehnte sich über den Tisch: „Sie kooperieren besser mit uns, Rumpler, sonst geht's ab in den Bau."

Rumpelschwitzchen schwitzte Wasser und Blut. Er verfluchte sich, je bei den Schiebereien mitgemacht zu haben, auch wenn es jeden Monat zwei oder drei Hunderter eingebracht hatte. Rumpelverfluchchen wollte nur noch eines: nach Hause gehen und Bier trinken, selbst wenn die Kuh über ihm mit ihm synchron schiffte.

„Wenn ich es Ihnen doch sage! Ich habe einen Schuss gehört und bin rauf, und da hat dieser Junge den Hagen alle gemacht. Er hat ihm die Augen ausgestochen und seine Freundin kam über die Dachkante und hat ihn ausgesaugt! Das Mädchen ist der Metzger."

Nägler gähnte ostentativ: „Klar. Bastian ist ein schmächtiger, zwölfjähriger Bub, und er kann kämpfen wie Rambo. Sicher doch. Das Mädchen erst! Fliegt vom Dach und klettert eben mal so wieder rauf. Nachdem sie erschossen wurde! Haben SIE behauptet, Rumpler! Merken Sie nicht, was für einen Stuss Sie da zusammenreden? Das Mädchen existiert doch überhaupt nicht!"

„Man hat den Jungen mit ihr gesehen", keifte Rumpelempörchen. „Auf der Kirmes."

„Eine Klassenkameradin", sagte Nägler. Er wedelte mit der Hand, als wolle er ein lästiges Insekt verscheuchen. „Das war ein ganz normales Mädchen und niemand, ich wiederhole, niemand hat ausgesagt, sie sei barfuß gegangen. Wozu überhaupt?"

„Das habe ich euch doch schon zigmal erklärt", fuhr Rumpelmitdennervenrunterchen auf. „Wegen der Krallen! Die wachsen ihr, wenn sie klettern will! So ist sie auch in die Wohnung von Selina gekommen, und die Kleine dachte, sie wäre ein Engel!"

„Ach?" Nägler tat interessiert. „Das wissen Sie so genau, Rumpler?" Er nahm den Hausmeister aufs Korn. „Sie wissen ziemlich viel, stelle ich fest. Sie kennen sich ja verflucht gut aus. Sind Sie auch für den Tod von Selinas Stiefvater verantwortlich?"

Rumpelstilzchen war kurz davor, in Tränen auszubrechen. „Was soll ich denn sagen?", greinte er.

„Die Wahrheit!", bellte Nägler.

„Mach ich doch die ganze Zeit!", kreischte Rumpeldurchdrehchen. „Ihr habt doch die verdammte Pistole gefunden. Es sind Fingerabdrücke von Hagen und dem kleinen Jungen drauf. Meine nicht."

„Es gibt Handschuhe, Herr Rumpler", sagte Nägler. Seine Stimme klang gefährlich leise.

„Oh mein Gott!", jammerte Rumpelschisschen.

Die Tür des Vernehmungszimmers flog auf. Ein Beamter trat zu Nägler. „Sie sind gesehen worden. In Homburg auf dem Hauptbahnhof. Der Junge und das mysteriöse blonde Mädchen."

„Da haben Sie es!", rief Rumpeltriumphierchen. „Ich hatte Recht!"

Die beiden Beamten verließen den Raum. Nach einigen Minuten kam Nägler zurück: „Sie können gehen. Aber Sie halten sich zu unserer Verfügung. Wir haben noch Fragen."

Rumpelstilzchen wurde vor Erleichterung ganz flau im Magen. Sie ließen ihn gehen. Gott sei Dank.

Rumpelflauchen schlich nach Hause. Unterwegs betete er zu allen Göttern des Universums, ihn doch bittebitte heil aus diesem Schlamassel herauskommen zu lassen. Wegen der Hehlerei konnten sie ihn drankriegen, klar, aber er rechnete mit einer Bewährungsstrafe, da er noch nie negativ aufgefallen war. Verknacken konnten sie ihn nicht. Bestimmt nicht.

„Ich werde in Zukunft nur noch sagen, was die Bullen hören wollen", beschloss er. „Wenn sie mir nicht glauben, dass das Mädchen der Metzger ist, sind sie selber schuld. Arrogante Arschlöcher! Bald wird es neue Morde geben. Ihr werdet schon sehen. Bahnhof? Dann sind die zwei fortgefahren. Mal gespannt, wo der Metzger in Zukunft zuschlägt. Vielleicht rund um Mannheim? Oder in Saarbrücken? Trier? Ihr werdet schon sehen, ihr Affen in Grün. Ich sag euch nichts mehr."

*

Als der Zug im Saarbrücker Hauptbahnhof hielt, ging Bastian voraus. Er blickte sturheil zu Boden, damit sein Gesicht möglichst nicht zu sehen war. Wie verabredet folgte Helga im Abstand von fünf Schritten. Auch im neuen Triebzug fanden sie ein leeres Abteil. Sie duckten sich, sodass man sie von außen nicht durch die Fenster sehen konnte, und warteten, bis der Zug anfuhr. Danach setzten sie sich auf einander gegenüberliegende Sitzbänke. Bastian saß in Fahrtrichtung rechts, Helga links. Sie schaute Bastian die ganze Zeit flehend an. Sie litt sichtlich darunter, nicht nahe bei ihm sein zu dürfen. Sie hatte furchtbare Angst. Sie tat Bastian unendlich leid, aber die Sicherheitsmaßnahme musste sein.

Lieber Gott, lass uns wenigstens weit genug nach Norden kommen, bevor uns jemand entdeckt, betete er still. Wenn wir gleich am nächsten Bahnhof raus müssen, schaffen wir es heute Nacht nicht bis zu unserem Treffpunkt.

Was für ein Pech, dass man sie in Homburg gesehen hatte. Die Polizei hatte bestimmt den Leuten vom Radio gesagt, sie sollten es in der Sendung bringen, dass er und Helga in irgendeinem Zug saßen.

Man hätte uns im Auto hinbringen müssen, überlegte er. Zug fahren ist zu gefährlich. Mein Bild ist doch in den Nachrichten.

Aber es war nun einmal nicht mehr zu ändern. Da mussten sie jetzt durch.

Der Triebwagen sauste summend durch den Abend. Immer wenn sie in einen Bahnhof einliefen, spähten sie hinaus, ob jemand bei ihnen einsteigen wollte. In diesem Falle wollte Bastian sich rasch in die Zugtoilette verziehen. Er dankte dem Schicksal, dass es so gut wie keine Schaffner mehr gab. Bei einer Fahrkartenkontrolle wären sie aufgefallen.

Sie verließen gerade den Bahnhof von Bous in Richtung Ensdorf, als von weiter hinten ein junger Mann angestiefelt kam. Es war zu spät, um sich zu verstecken. Geistesgegenwärtig schaute Bastian zum Fenster hinaus. Er verdeckte sein Profil mit der Hand. Das machte er immer, wenn er abends Zug fuhr. Anders konnte man nicht hinaussehen, weil die Scheibe vom Licht im Abteil zu stark angeleuchtete wurde. Das fiel nicht auf, da war er sich sicher. Hoffentlich tat Helga etwas Ähnliches, zu Boden sehen oder auch zum Fenster rausgucken.

Der junge Mann durchquerte das Abteil. Im Fenster gespiegelt sah Bastian ihn an. Der Typ schaute nicht links, nicht rechts. Er hatte die Ohrhörer seines Mp3-Players eingestöpselt und konzentrierte sich offensichtlich auf die Musik, die in seine Gehörgänge dröhnte. Nach wenigen Sekunden war er weg, im nächstliegenden Abteil. Bastian schaute ihm nach. Er lief fast bis ans Vorderende des Triebzuges, bevor er sich setzte.

Bastian schaute über den Mittelgang. „Hat er uns gesehen?“, flüsterte er.

„Ich weiß nicht“, wisperte Helga ängstlich. Sie zitterte wie Espenlaub. Vorsichtig lugte sie um ihren Sitz herum nach vorne. Sie zuckte zusammen: „Er holt sein Mobiltelefon raus! Er telefoniert!“ Sie starrte Bastian an: „Er ruft die Polizei an, Basti!“

„Das muss nicht sein“, sagte er. „Vielleicht telefoniert er nur mit seiner Freundin oder seinen Saufkumpanen.“ Doch er glaubte selber nicht daran. Das sofortige Telefonieren des Mannes war höchst verdächtig.

Der Zug lief in den Bahnhof Ensdorf ein. Hastig scannte Bastian den Bahnsteig ab. Nichts. Nicht eine Person zu sehen. Als der Zug hielt, stiegen zwei ältere Damen aus und liefen in gemütlichem Tempo zum Ausgang.

„Wenn der mit der Polente telefoniert hat, warten sie in Saarlouis auf uns“, zischte Bastian. „Das ist der nächste Bahnhof. Mach dich fertig, Helga. Schau genau hin. Du hast eine bessere Nachtsicht als ich. Wenn du irgendwo Polizei siehst, müssen wir auf der Stelle raus, und zwar auf der falschen Seite.“

Sie schaute ihn fragend an.

„Wir steigen nicht auf dem Bahnsteig aus sondern auf der gegenüberliegenden Seite“, erklärte Bastian. „Das gibt uns einen Vorsprung.“

Sie schaute ihn ängstlich an. „Basti, ich habe solche Angst.“

„Ich auch, Helga, aber wir schaffen das, hörst du. Wir packen das. Wir halten zusammen. Von Saarlouis aus ist es nicht mehr weit bis zur Saarschleife."

Wie viele Kilometer zu Fuß würden sie zurücklegen müssen? Fünfzehn? Eher zwanzig. Herrjeh!

Im Lautsprecher wurde der Bahnhof Saarlouis angesagt: „Bitte in Fahrtrichtung rechts aussteigen."

Sie sahen die vier Beamten sofort. Sie standen auf dem Bahnsteig und schauten dem einfahrenden Zug entgegen.

„Runter!", rief Bastian. „Und dann nichts wie ab nach vorne. Zur nächsten Tür. Wir müssen links raus."

Sie ließen sich auf den Boden sinken und krabbelten auf allen Vieren los, so schnell sie konnten. Als der Zug mit kreischenden Bremsen zum Stehen kam, öffnete Bastian die linken Türen, und sie hopsten nach draußen. Sie kamen auf dem Gegengleis zum Stehen. Helga wollte in Fahrtrichtung davonhuschen. Bastian packte sie: „Nein! Damit rechnen die Gurkennasen. Wir müssen zurück." Über ihnen schlossen sich die Türen automatisch.

„Aber Basti!", rief sie erschrocken. „Wenn sie uns sehen!"

„Dann denken sie, dass wir aus Saarlouis in südlicher Richtung fliehen und suchen dort. In Ensdorf oder Bous. Sobald wir außer Sichtweite sind, biegen wir nach Norden ab."

Drinnen im Zug hörte man Schritte. Leute rannten durch die Mittelgänge der Wagen.

Helga und Bastian kamen ungesehen zum Hinterende des Triebwagens. Sie überschritten das Gleis und lugten vorsichtig um die Ecke. Gerade kamen die vier Polizeibeamten aus den Türen. Sie zuckten die Achseln und machten mit den Armen Gesten: Keiner im Zug. Alles leer.

„Jawoll, meine Herrn!", zischte Bastian. Er packte Helga am Schlafittchen: „Los! Tempo! Unser Zug fährt gleich ab."

Er zog sie aufs Nebengleis und stolperte mit ihr im Schlepptau wieder nach vorne bis zur nächsten Tür.

„Basti! Was tust du?", rief sie erschrocken.

„Leise!", zischte er.

Der Lautsprecher auf dem Bahnsteig knackte. „Auf Gleis 2 alles einsteigen. Die Türen schließen automatisch."

Sie kamen zur Tür. Bastian schoss in die Höhe und hieb auf den Öffnerknopf. Zischend glitten die Türen auf. Sie krochen auf allen Vieren in den Zug. Hinter ihnen fuhren die Türen zischend wieder zusammen. Der Triebwagen ruckte an.

„Schau mal kurz raus, Helga", bat Bastian.

Sie tat es: „Sie haben uns nicht gesehen. Sie gehen zur Unterführung."

Sie schlichen ins nächste Abteil. Es war menschenleer. Sie hockten sich nebeneinander auf eine Sitzbank.

„Geschafft!" Bastian blies hörbar Luft aus. „Das war jetzt der zweite „falsche Alarm". Noch mal lassen sich die Polizisten nicht „verarschen". Die glauben nun, dass irgendwelche Witzbolde gemeldet haben, sie hätten uns gesehen." Er grinste und gab Helga einen Schmatz auf die Backe. „Wir sind in Sicherheit."

Sie lehnte sich an ihn und blickte ihn zweifelnd an: „Das glaube ich, wenn wir da sind. Vorher nicht."

„In Merzig steigen wir noch mal auf der falschen Seite aus", sprach Bastian. „Damit uns keiner auf dem Bahnsteig sieht. Sicher ist sicher."

„Und wenn dort auch Polizisten warten?"

„Ich glaube, die denken, die Anrufe waren Fakes. Oder sie suchen in Saarlouis. Vielleicht fällt ihnen ein, dass wir auf der verkehrten Seite ausgestiegen sind. Ich glaube aber eher, die konzentrieren sich jetzt auf Ensdorf, den Bahnhof vor Saarlouis. Dort waren keine Polizisten, als unser Zug im Bahnhof anhielt. Sie werden annehmen, dass wir dort ausgestiegen sind." Bastian nickte in grimmiger Befriedigung: „Egal wie, wir sind aus dem Schneider."

*

Es war nach zehn Uhr abends, als sie an ihrem Bestimmungsort ankamen. In Merzig waren sie problemlos aus dem Zug gekommen. Es hatten keine Beamten gewartet, um den Zug zu durchsuchen. Sie marschierten durch den lauen Sommerabend bis zu ihrem Ziel.

Sie standen vor einem zweiflügeligen, schmiedeeisernen Tor. Eine hohe Mauer umgab das Grundstück. Sie blickten auf einen Platz mit Kopfsteinpflaster vor einem großen Haus.

„Ist das ein Riesending", sagte Helga. „Fast wie ein kleines Schloss." Sie suchte an der Mauer: „Da. Eine Klingel." Sie drückte auf den Knopf.

Kurz darauf öffnete sich die Haustür. Es summte, und das zweiflügelige Tor schwang nach innen.

„Elektromotoren", kommentierte Bastian anerkennend.

In der Haustür stand ein vierschrötiger Mann: „Kommt rein, Leute. Na los."

Helga und Bastian betraten das Grundstück. Sie liefen Hand in Hand zur Haustür. Rechts und links gab es Rasen und Obstbäume. Das Grundstück musste riesig sein, wenn schon der „Vorgarten" solche Ausmaße hatte.

„Guten Abend, ihr beiden", sagte der Mann. „Ihr müsst Bastian und Helga sein. Die Beschreibung stimmt genau. Ich bin Andreas Gessner." Er streckte ihnen die Hand entgegen. Hinter ihm quoll eine Kinderschar aus der Tür.

„Die Raubtiere", meinte Gessner schmunzelnd, während er ihnen die Hände schüttelte. Er selbst war dunkelblond, die fünf Kinder alle schwarzhaarig. „Darf ich vorstellen: Joschka, vierzehn Jahre, die Anniki ist elf, Lisa ist zehn, Liuba acht und unser Marko ist sechs Jahre alt, und wenn die Ferien um sind, kommt er in die Schule."

Die Kinder starrten Bastian und Helga mit unverhohlener Neugier an.

„Sie waren nichts ins Bett zu kriegen", meinte Gessner. „Dazu waren sie viel zu aufgeregt. Sie wollten euch unbedingt sehen." Er machte die Tür frei: „Kommt herein, Kinder. Ihr seid willkommen."

Bastian und Helga traten ein. Helga klammerte sich an Bastians Hand fest. Sie wich keinen Millimeter von seiner Seite.

„Uff!" Mehr brachte Bastian nicht heraus. Sie standen in einem großen Raum mit einer geschwungenen Treppe. So etwas nannte man wohl Foyer. Die Gessners mussten ziemlich viel Knete haben.

Eine Frau stand mitten im Raum und schaute ihnen freundlich entgegen.

„Was?", sagte Bastian. Er kannte die Frau.

„Das ist ja Madame Weiss von der Kirmes", sagte Helga.

Die Frau lächelte ihnen zu. „Nicht ganz, Helga. Ich heiße Gessner, Rosa Gessner, aber meine Zwillingsschwester Zita und ich haben den gleichen Geburtsnamen, nämlich Moser. Und seit sie mit neunzehn ihren Jean-Pierre geheiratet hat, heißt sie Weiss." Sie machte eine einladende Geste: „Kommt ins Wohnzimmer. Dort können wir uns unterhalten. Wir haben uns einiges zu erzählen, denke ich."

Das Wohnzimmer war groß und mit Eichenmöbeln eingerichtet. Bastian staunte nicht schlecht.

Herr Gessner bemerkte seinen Blick. „Alles vom Feinsten. Ja, der gute Onkel Johannes liebte gediegene Möbel. Er wuchs in ärmlichen Verhältnissen auf. Als er es nach dem Weltkrieg mit seiner Firma zu was gebracht hatte, kaufte er dieses Haus und richtete es teuer ein. Das haben wir erst vor zehn Jahren erfahren, nachdem er gestorben war. Onkel Johannes hatte sich mit der Familie überworfen." Gessner lächelte schief: „Na, eigentlich war es genau umgekehrt. Die Familie hat ihn gewissermaßen ausgestoßen. Weil er sich ... nicht standesgemäß verheiratet hat. Waren alles sture Holzköpfe damals in der alten Zeit. Mein Onkel hat eine Sintizza geheiratet. Das war nach dem Zweiten Weltkrieg eine schlimmere Sünde, als hundert heilige Nonnen zu ermorden. Jedenfalls in unserer Familie. Die Familie hat ihn ausgestoßen und er wollte mit uns nichts mehr zu tun haben. Ich wusste so gut wie nichts über ihn. Erst als der Notar mich anrief, erfuhr ich die Geschichte in allen Einzelheiten. Ich stand als Erbe im Testament. Dreimal dürft ihr raten, warum." Er nickte zu seiner Frau hin.

„Weil Ihre Frau eine Zig ... Sinti ist", sagte Bastian.

„Sintizza", berichtigte Gessner freundlich. „Ja, genau deswegen. Zumindest hat sie Sintiblut in ihren Adern. Ihre Großmutter gehörte zum fahrenden Volk und hat einen der unseren geheiratet. Der gute Onkel Johannes muss davon Wind bekommen haben, als ich Rosa heiratete. Und weil er und seine Frau keine Kinder hatten, hat er sich für mich als Erben entschieden."

Seine Frau zupfte ihn am Ärmel: „Genug geschwätzt. Lass doch die Kinder erzählen."

„Wir wissen doch alles von Gisela", sagte Gessner.

Frau Gessner nickte zu Bastian und Helga hin: „Sie sehen nicht so aus, als hätten sie eine Spazierfahrt hinter sich."

„War es auch nicht", platzte Bastian heraus. „Gleich zweimal hatten wir die Polente am Hintern hängen."

„Was?", fragte Gessner. „Wieso?"

Bastian berichtete von ihrer Zugfahrt.

„Ach du grüne Neune", rief Frau Gessner aus. „Warum hat man euch denn nicht mit dem Auto gebracht. Ihr Armen. Was da hätte passieren können!"

„Kommunikationsproblem im Ring", sagte Gessner. „Das müssen wir bekannt machen. Das darf nicht noch einmal passieren. Wahrscheinlich hat einer der Zwischenkontakte gedacht, Gisela hätte ein Auto. Junge, Junge!" Er blickte Bastian und Helga mit echter Bewunderung an: „Ihr habt eine wilde Fahrt hinter euch. Ihr seid clever. Das ist gut."

Der kleine Marko kam um den Tisch herum und stellte sich vor Helga. „Stimmt es, dass du ein Vampir bist?", fragte er mit großen Augen.

Helga nickte: „Ja, Marko."

„Du tust Blut aussaugen?", fragte der Kleine.

Helga lehnte sich fest bei Bastian an und senkte den Blick. „Ich tue es nicht gerne. Es ist schrecklich. Aber ich kann anders nicht leben. Weil ich verflucht bin. Ich habe mich mit einem Fluch angesteckt. Ich kann nichts dagegen tun."

Markos Gesichtchen erstrahlte in einem breiten Lächeln: „Doch! Die Mama hat gesagt, du kriegst ab sofort Beutel mit Blut. Die kriegt Papa vom Ring."

Helga blickte Hilfe suchend zu den Gessners hin.

„Blutkonserven", bestätigte Frau Gessner. „Der Ring organisiert das. Du brauchst nicht mehr auf die Jagd zu gehen, Mädchen."

Helga sackte in sich zusammen. Mit einem Seufzer kuschelte sie sich an Bastian. „Danke", flüsterte sie. „Vielen, vielen Dank." Sie war den Tränen nahe. „Nie mehr töten. Nie mehr!"

„Wer sind Sie eigentlich?", fragte Bastian. „Dieser Ring ... was hat das zu bedeuten?"

„Wir nennen es den Ring", sagte Gessner. „Es ist ein Ring von Menschen, die einander beistehen. Er wurde vor langer Zeit gegründet - direkt nach dem Krieg. Man half einander. Das tun wir auch heute noch. Gisela Schramm, an die du dich gewendet hast, zum Beispiel. Die bekommt vom Ring eine monatliche Aufbesserung ihrer arg kleinen Rente. Als junges Mädchen hat sie das Kind von Leuten aus dem Ring gerettet und später hat sie weitere gute Taten für den Ring vollbracht. Der Ring vergisst nicht. Der Ring ist da, wenn er gebraucht wird.

Du, Bastian, hast Gisela gerettet, als sie ins Eis dieses Weihers einbrach. Das hat Gisela gemeldet, und seitdem hast du was beim Ring gut. Alle sind einander irgendwie verpflichtet und alle helfen einander."

Gessner lächelte: „Wir halten es geheim. Niemand weiß von uns. Aber wir sind viele. Sehr viele."

„Muss ich das irgendwie zurückzahlen?", wollte Bastian wissen. Er drückte Helga, um ihr Mut zu machen.

„Von Müssen kann keine Rede sein", erklärte Frau Gessner. „Aber man wird sich natürlich freuen, wenn du und deine Freundin etwas an den Ring zurückgebt. Das können auch Kleinigkeiten sein. Zum Beispiel die Vorhänge abhängen, waschen und wieder aufhängen. Wir haben Paul Schmidt in Mettlach. Er ist alt und kann das nicht mehr so gut. Nicht dass er uns vom Stuhl fällt, wenn er versucht, die Vorhänge abzunehmen.

Ihr beiden könntet das alle zwei Monate erledigen. Paul würde sich sehr freuen."

„Na klar", sagte Bastian. „Das machen wir gerne. Das macht doch überhaupt keine Umstände."

Frau Gessner lächelte: „Mit solchen kleinen Hilfeleistungen könntet ihr den Ring unterstützen. Das ist die Hauptaufgabe unserer Vereinigung: einander beizustehen. Vor einem Monat waren die beiden Kinder einer alleinerziehenden Frau bei uns, die ins Krankenhaus musste, um sich am Ellbogen operieren zu lassen. Danach konnte sie nichts im Haushalt tun. Leute kamen täglich und kochten und machten sauber."

Bastian gefiel die Idee von diesem Ring. Es klang wunderbar - Menschen, die einander beistanden und die sich gegenseitig unterstützten.

„Sollen wir ihnen nicht erst ihr Häuschen im Wald zeigen?", fragte Joschka dazwischen.

„Na ker!", sagte Frau Gessner. „Maj kasno."

Sie schaute Helga an: „Sie wollten euch zuerst zu einer Familie im Hunsrück schicken. Die leben abgeschieden mitten im Wald, weitab der Zivilisation. Ihr wärt dort gut versteckt gewesen. Aber als wir von Helga hörten, wollten wir, dass ihr zu uns kommt." Die Frau schaute Helga an. „Es gibt ein Buch, ein Buch, das nie lange an einem Ort bleiben darf. Es muss immer wandern. Dort stehen Dinge geschrieben. Auch über deinen Bengeskero. Ich werde nach diesem Buch schicken."

Frau Gessner stand auf und holte ein in Leder gebundenes Büchlein aus dem großen Wandregal. Es war klein, aber dick. „Dieses Buch haben meine Schwester und ich von unserer Großmutter bekommen. Sie nahm uns das Versprechen ab, niemals darin zu lesen außer in allergrößter Not, wenn andere Mittel nicht mehr helfen. Es ist ein altes Buch. Uralt. Vor drei Jahrhunderten wurde es neu geschrieben, weil man die alte Sprache fast nicht mehr verstand. Vielleicht muss nun ich es ebenfalls neu schreiben, denn abermals ist die Sprache auf den alten Buchseiten veraltet und schwer verständlich." Sie zeigte Bastian und Helga das Buch: „Hier drin steht etwas über das wandernde Buch, das nie lange an einem Ort bleiben darf. Jenes Buch sieht harmlos aus, aber es ist von vorne bis hinten mit Formeln des Bösen vollgeschrieben. Man darf in jenem Buche nur lesen, wenn man fest im Denken ist, und sich dem Buch nie hingeben. Es kann Macht über einen Menschen gewinnen. Unheilige Macht. Wir werden das Buch bald hier bei uns haben. Wenn meine Zwillingsschwester da ist, wollen wir darin lesen."

Sie stellte das Büchlein ins Regal zurück. „Kommt nun, ihr beiden. Wir wollen euch euer neues Domizil zeigen."

Sie liefen mit den Gessners durch die Nacht. Hinterm Haus befand sich ein großer Bauerngarten, in dem Obstbäume, Beerensträucher und alle Arten Gemüse und Salate wuchsen.

„Wir bauen alles selber an", erläuterte Gessner, als er Bastians Blicke bemerkte. „Könnt ihr auch, wenn ihr Lust habt."

„Von so einem Garten hat mein Opa immer geträumt", sagte Bastian. „Und ich auch." Helga ging an seiner Hand. Sie wollte ihn nicht loslassen.

Sie verließen den Garten durch die Hinterpforte. Dort begann dichter Wald.

„Gehört das alles wirklich Ihnen?", fragte Bastian.

Der Mann nickte.

„Das Haus im Wald ist absolut sicher", sprach Gessner. „Es ist auf keiner Katasterkarte verzeichnet. Wer immer das Land besaß, bevor Onkel Johannes es erwarb, hat das Ding schwarz gebaut; vielleicht als Versteck, wer weiß. Es ist perfekt für euch beide. Es liegt absolut versteckt, und unser Besitz ist mit einem Wildschutzzaun umgeben. Es können keine ungebetenen Besucher in den Wald spazieren. Natürlich könnt ihr zu uns ins Haus kommen, so oft ihr nur wollt. Ihr seid immer willkommen. Wir richten euch Zimmer ein. Aber es könnte sein, dass jemand euch gesehen hat und dass man nachforscht. Wenn Polizei bei uns auftaucht, seid ihr im Wald in Sicherheit.

Ich habe das Haus kontrolliert. Das Dach ist okay. Absolut dicht. Die Fenster werde ich aber erneuern, die sind nicht mehr so doll. Ihr habt sogar einen Keller. Für Vorräte oder als zusätzliches Versteck. Ich kann das Gelände rund um das Häuschen einzäunen, damit keine Wildtiere euren Garten plündern, wenn er erst mal angelegt ist.

Es gibt einen Brunnen, aber die Handpumpe ist hin. Ich habe eine neue bestellt. Solange könnt ihr aus dem kleinen Bach trinken, der hinterm Haus entlangfließt. Ich habe das Wasser getestet. Es hat beste Trinkwasserqualität. Strom bekommt ihr auch noch. Ich war auf dem Bau. Ich bin gelernter Elektriker und habe auch andere Arbeiten gemacht. Ich kann das aufbauen. Ich kenne mich aus."

Gessner lächelte sie an: „Ich schaffe gerne mit den Händen. Es ist ein fantastisches Gefühl, etwas selbst zu machen, das Ergebnis zu sehen. Ich kann euch ein oder zwei Windgeneratoren installieren, und Solarzellen.

Du brauchst einen Internetanschluss, Bastian. In die Schule kannst du nicht gehen. Also musst du alles aus Büchern und dem World Wide Web lernen. Du möchtest später zur Bahn, hast du Gisela erzählt. Dann musst du lernen. Wenn du erst mal achtzehn bist, kannst du ja aus der Versenkung auftauchen und behaupten, du wärest vor deinem prügelnden Vater geflohen und hättest sechs Jahre lang versteckt gelebt. Wenn du volljährig bist, hat dir keiner mehr was zu sagen.

Aber fürs Erste müsst ihr die Köpfe unten halten. Bastians Foto kommt in jeder Nachrichtensendung, und von Helga ist neuerdings auch die Rede. Es wäre nicht gut, wenn euch jemand draußen sehen würde. Wenn etwas Gras über die Sache gewachsen ist, sieht es anders aus.

Gerne könnt ihr zu uns ins große Haus ziehen, wenn ihr möchtet, aber so wie Gisela es schilderte, möchtet ihr zwei wohl erst mal ganz aus der Schusslinie und unter euch sein."

Helga hatte sich bei Bastian untergehakt. Ihr brummte der Kopf von dermaßen vielen neuen Informationen. Sie konnte es immer noch nicht fassen, dass sie nie wieder einen Menschen würde töten müssen, um zu überleben. Sie hätte weinen können vor Glück.

Nie wieder morden und auf immer mit Bastian zusammen sein. Ihr Glück war perfekt.

Joschka lief neben ihr. Er lächelte: „Wartet, bis ihr euer Haus seht. Es wird euch gefallen."

Sie hörte, wie Bastian Herrn Gessner sagte, dass er und sie wirklich gerne allein wären, wenigstens für eine Weile.

„Verstehe ich", antwortete Herr Gessner. „Ihr habt ganz schön was durchgemacht. Ruht euch in eurer Höhle aus, und wenn ihr Lust bekommt, herauszukommen, steht euch unsere Tür stets offen. Unsere Kinder freuen sich über Spielkameraden."

„So. Da wären wir", sagte Gessner.

Vor ihnen öffnete sich der Wald zu einer Lichtung. Mittendrin stand ein kleines Häuschen.

„Basti!", rief Helga. „Dein Haus!"

„Ich glaub's ja nicht!", sagte Bastian. Er stand stocksteif.

Auf der Lichtung stand das Haus, das Basti und sie sich in ihrer Fantasie zusammengeträumt hatten. Es war ein kleiner, länglicher Bau mit den Grundmaßen vier auf neun Meter, einstöckig mit einem spitzen Dach, das einen brauchbaren Speicher versprach. Die Mauern waren in Holzfachwerkbauweise mit roten Ziegelsteinen errichtet. Es sah tatsächlich genau so aus, wie Bastian es beschrieben hatte.

„Um die Inneneinrichtung muss ich mich noch kümmern", sagte Gessner. „Bis jetzt gibt es bloß einen Tisch mit vier Stühlen, ein Bett und einen Küchenofen. Drunten im Keller habe ich fürs Erste Heu eingestreut. Helga schläft ja bestimmt nicht oben im Sonnenlicht."

Er öffnete die Tür: „Hereinspaziert in die gute Stube."

Sie kamen in einen großen Raum. Rechter Hand war eine Mauer eingezogen. Dort gab es eine Tür.

„Ihr habt zwei Räume", erklärte Herr Gessner. „Das hier ist gewissermaßen die große Wohnküche, und hinten ist das Schlafzimmer. Da links vor der Wand befindet sich die Falltür, die in den Keller führt. Das Klohäuschen steht draußen. Ein wenig altmodisch, na ja. Ich kann euch ein besseres Klo bauen, wenn ihr wollt. Ne Komposttoilette wäre nicht schlecht. Im Moment ist das Ding außen angebaut. Direkt daneben befindet sich ein primitives Bad mit einer Brause und einer Wanne. Da stand ein holzgefeuerter Heizkessel. Der ist hin. Ich muss einen neuen besorgen. Hier drinnen hab ich euch mit dem Allrad einen neuen Ofen angeschleppt. Joschka und ich haben das Ding gestern bei den Bartz-Werken in Dillingen gekauft und aufgestellt."

„Dein Ofen", hauchte Helga. Allmählich glaubte sie, sich mitten in einem Traum zu befinden. An der schmalen Wand des Raumes stand genau der Ofen, der Bastian so gut gefallen hatte, damals in dem Ofengeschäft in Erbach, vor dem ihre Papierschwalbe gelandet war.

„Das ist ..." Bastian musste schlucken. „Das ist genau der Ofen, der mir am besten gefällt. Wieso ...?"

„Hast du Gisela erzählt", meinte Gessner schmunzelnd. „Also haben wir genau diesen gekauft. Wir hätten eh so einen aufgestellt. Mit Holzfeuerung. Wenn der im Winter nicht ausreicht, um das Haus zu heizen, kommt noch ein Heizofen dazu. Holz ist billig. Es wächst direkt vor eurer Tür. Und vor allem ist es umweltfreundlich, was dir ja wichtig ist." Der Mann zwinkerte ihnen zu.

„Wie gesagt, es sieht noch recht wüst aus", sprach er entschuldigend. „Es war nicht genug Zeit, alles zu richten. Aber in vier oder fünf Wochen haben wir alles soweit. Dann ist das hier eine richtig gemütliche Bude. Ihr könnt ja solange bei uns wohnen. Meine Frau und die Kinder würden sich freuen."

„Heute Nacht bleiben wir hier", sagte Bastian wie aus der Pistole geschossen.

Helga umarmte ihn. Er hatte laut ausgesprochen, was sie auch wollte.

„Geht in Ordnung", sagte Herr Gessner. „Auf dem Tisch stehen zwei Petroleumlampen. Unten im Keller ist auch eine. Sie hängt an der Wand, und darunter habe ich einen großen Blecheimer gestellt. Falls sie undicht sein sollte, kann sie das Heu nicht in Brand setzen. Ihr wollt ja die Bude nicht abfackeln, was? Ihr bekommt auch Strom. Ich mach das gerne für euch."

Er kam zu ihnen und umarmte sie: „Willkommen in eurem neuen Zuhause, Kinder. Und willkommen in der Familie Gessner. Von heute an soll es euch gut gehen. Ihr sollt keine Angst mehr haben und euch keine Sorgen machen. Ihr werdet für uns wie eigene Kinder sein." Er ließ sie los.

„Dieser Ring", sagte Bastian, „wir wollen das wirklich gutmachen, was Sie für uns tun."

Gessner schaute ihn freundlich an: „Erst richtet ihr euch mal in eurem neuen Leben ein und dann seht ihr zu, dass ihr erwachsen werdet. Wie wir schon sagten: Es gibt viele Wege, im Ring aktiv zu werden. Alte Leute besuchen, für sie einkaufen, ihre Wohnung putzen. Blinden was vorlesen. Für Kranke etwas erledigen. Diejenigen unter uns, die viel Geld haben, legen regelmäßig was zusammen, und wir unterstützen die, die nicht viel haben. Man kann jemandes Hund versorgen, wenn der in Urlaub fährt. Es gibt unendlich viele Möglichkeiten. Aber macht euch erst mal keinen Kopf deswegen. Ihr seid Kinder. Euer Job ist es, gesund aufzuwachsen." Er strubbelte ihnen durch die Haare. „Ich lass euch jetzt alleine, ihr beiden Turteltäubchen. Wenn etwas ist, kommt ins Haus. Morgen fangen wir an, eure Bude herzurichten. Die Kinder wollen auch helfen, natürlich auch abends, wenn Helga da ist. Sie sind sehr neugierig auf euch. Gute Nacht, Kinder."

„Gute Nacht", sagten Helga und Bastian im Chor. Sie standen Hand in Hand und schauten den Gessners hinterher. Der Strahl einer Taschenlampe zappelte durch den Wald. Irgendwann war das Licht fort.

Bastian zog Helga an sich. Sie ließ sich das nur zu gerne gefallen. Sie hatte das Gefühl, jeden Moment vor Glück bersten zu müssen. In ihr war so viel Freude, dass sie hätte schreien können.

„Manno! Wir haben es geschafft", sagte Bastian. „Erleben wir das wirklich? Mir kommt es vor wie ein Wunder. Der Ring und das alles."

Sie lehnte sich an ihn: „Mir auch, Basti. Mir kommt es auch vor wie ein Wunder."

„Das Haus! Das macht mich voll verrückt! Genau so, wie wir es uns ausgedacht haben!"

Obwohl Helga sowieso schon prall gefüllt mit Glück war, wurde ihr bei Bastis letztem Satz warm ums Herz. *Wir*, hatte er gesagt. Wie *wir* es uns ausgedacht haben.

Dabei war es doch sein Traumhaus gewesen, von frühester Kindheit an.

Er lässt mich an allem teilhaben, dachte sie. Alles machen wir gemeinsam. Nie mehr einsam. Wir sind gem. Gem-einsam. Ich bin so glücklich.

Sie war trunken vor Glück. Sie würde nie wieder einen Menschen töten müssen. Sie würde mit Basti zusammen sein. Für immer.

Sie hörte leises Murmeln hinterm Haus. „Ich höre den Bach."

„Sollen wir ihn uns mal angucken?", fragte Basti. „Vielleicht können wir da mein Schiff schwimmen lassen. Das kann jemand für uns aus dem Versteck in Erbach holen. Bleib hier, ich hole meine Taschenlampe aus dem Rucksack.

Sie gab einen feinen Jammerton von sich und klammerte sich an seinen Arm: „Nicht alleinlassen!"

Er lachte sie freundlich an: „Dann komm eben mit." Sie liefen ins Häuschen, und er holte seine Lampe. Gemeinsam gingen sie hinters Haus. Sie hielt sich die ganze Zeit an ihm fest, wollte ihn nicht loslassen.

Es war dunkel. Basti konnte nichts sehen außer Schemen. Ohne seine Taschenlampe war er fast blind. Mondlicht gab es keins. Helga hingegen sah alles deutlich. Das Licht von Bastis Lampe war kreischend hell für ihre nachtaktiven Augen, der Rest des Waldes war silberblau mit Violett- und Grüntönen, unterlegt mit einem saftigen Braun. Sie sah alle Farben, aber ohne Mondlicht war alles leicht schummrig, und sämtliche Konturen wirkten weich.

„Hoffentlich mache ich meine Russenschuhchen nicht dreckig", sagte Helga. „Ich hab doch nur die."

Er blieb stehen. Sie auch. Basti steckte die Lampe in den Gürtel. Sie leuchtete auf den Boden und der Widerschein erhellte ihre Gesichter: „Helga, wir kaufen dir neue, wenn die alten dreckig werden." Er umfasste ihr Gesicht mit den Händen. Seine Arme waren stark, und doch war die Berührung so unendlich sanft. Helga liebte es, wenn er das tat. „Helga, du kriegst so viele Schuhe, wie du nur willst." Er umarmte sie und drückte sie ganz fest.

„Ja, Basti", sagte sie leise. Ihr schnürte sich die Kehle zu. Wie lieb sie ihn in diesem Moment hatte.

„Komm", sagte er und nahm sie bei der Hand. Sie verließen die Lichtung und liefen durch den Wald. Schon nach kurzer Zeit wichen die Bäume zurück und gaben den Blick in ein kleines Tal frei. Der Bach floss murmelnd durch die Wiese.

Bastian leuchtete mit der Lampe: „Sieht aus wie eine große Delle im Boden. Wie ..."

„... ein Teich", sagten sie gemeinsam.

Sie schauten sich an. „Ein Teich!"

Basti leuchtete. „Da hinten könnte man das Wasser aufstauen; dann würde sich die Mulde mit Wasser füllen. Das wäre größer als der Heideweiher. Manno! Morgen frag ich Herrn Gessner." Er war Feuer und Flamme.

Helga machte zwei Schritte nach vorne. Ein Sandsteinfels ragte aus der Wiese, ein nahezu rechteckiger Block. Er war kleiner als der Sandstein beim Heideweiher, aber sonst recht ähnlich. Sie stellte sich darauf, schaute sich die Wiesenmulde an und stellte sich in Gedanken den zukünftigen Teich vor. Sie fühlte sich federleicht vor Glück.

„So hast du auf dem Dach gestanden", sagte Basti hinter ihr. Seine Stimme war ganz leise. „Du hast vorne an der Kante gestanden und die Arme runterhängen lassen. Ganz müde und verzweifelt hast du ausgesehen. Es hat mir so leid getan. Ich ..." Er stockte. „Ich glaube, ich hatte dich vom ersten Augenblick an lieb, Helga."

Sie drehte sich zu ihm um: „Basti." Noch mehr Freude. Eine neuerliche Explosion reinen Glücks in ihrer Brust. Sie bekam Angst, sie könne nicht noch mehr Glück aushalten. Ihre Knie wurden butterweich.

Er trat neben sie und umarmte sie, hielt sie fest: „Es stimmt, Helga. Ich mein's ehrlich. Ich mochte dich vom ersten Moment an."

Sie kuschelte sich an ihn: „Ich dich auch." Sie blieb lange still. Dann sagte sie es doch: „Ohne dich wäre ich in die Sonne gegangen. Oder ich hätte den Pflock gewählt." Sie spürte, wie er zusammenzuckte.

„Helga!" Sein Gesicht in ihrem Haar. „Helga."

„Ich bin froh, dass ich dich habe", sagte sie leise.

„Ich auch", raunte Bastian in ihr Haar. „Ich habe dich lieb, Helga."

Arm in Arm standen sie auf dem Sandsteinblock und blickten über die nachtdunkle Wiese, wo ihr neuer Teich entstehen sollte.

*

Zwei Wochen vergingen. Bastian und Helga lebten sich in ihrer neuen Umgebung ein. Das fiel ihnen nicht schwer, denn die Gessners waren freundlich zu ihnen. Solange das geheime Häuschen im Wald hergerichtet wurde, schliefen Bastian und Helga im Haupthaus bei ihrer neuen Familie.

Bastian half Herrn Gessner und Joschka dabei, das Haus in Schuss zu bringen. Er lernte, wie man Fenster setzte und Dachziegel erneuerte.

Manchmal kamen Männer, um zu helfen. Sie waren Mitglieder im Ring. Nach kaum zwei Wochen war das Häuschen fertig. Bastian und Helga konnten einziehen. Als Helga abends aufstand, sagten sie es ihr.

Die achtjährige Liuba warf sich in Helgas Arme: „Ihr dürft aber nicht immer dort bleiben. Ihr müsst uns ganz oft besuchen." Das Mädchen hing an Helga. Auch der kleine Marko hatte an Helga einen Narren gefressen.

„Wir kommen ja oft zu Besuch", sagte Bastian zu Liuba. „Und ihr könnt uns auch im Wald besuchen. Warte nur, wenn erst der Garten fertig ist und die kleine Wiese hinterm Haus. Dort machen wir es uns gemütlich." Er lächelte das Mädchen an: „Nächsten Sommer können wir in unserem neuen Stauweiher baden. Dein Papa hat gesagt, er und ein paar Leute helfen mir, die Staumauer zu bauen."

„Au ja! Ein eigenes Schwimmbad", jubelte Liuba.

Helga wandte sich an Bastian: „Geht bald jemand dein Schiffchen in Erbach holen, Basti?"

Er schaute sie an: „Ich glaube, das mach ich selber. Es ist so gut versteckt, das findet keiner. Jemand kann mich mit dem Auto hinfahren, abends, wenn es dunkel ist und mich keiner erkennt. Dann hole ich es mir. Ich möchte es nicht zurücklassen. Es ist das letzte Geschenk, das ich von meinem Opa bekommen habe."

„Dein Opa war dir wohl sehr wichtig?", fragte Frau Gessner.

Bastian nickte: „Ja. Er war der beste Mensch auf der Welt. Er war immer gut zu mir. Ich hatte ihn wahnsinnig gern." Der Junge blickte zu Boden: „Er war der Einzige, der gut zu mir war. Der Rest meiner Familie … na ja …" Er grinste schief: „Jetzt habe ich es ja besser. Ich bin wirklich froh, dass wir zu euch kommen durften."

„Ich auch", sagte Helga. Sie stand neben Bastian. „Ich hatte nie eine Familie." Ihre Stimme wurde ganz leise.

Liuba fasste nach ihrer Hand und drückte sie: „Jetzt hast du ja uns, gell?"

Helga nickte stumm. Sie blickte zu Boden. „Ich …", begann sie. Sie schaute auf und blickte Rosa Gessner an. „Ich … ich kann es immer noch nicht glauben. Dass Sie mich annehmen. Wo Sie doch wissen, was ich bin."

Frau Gessner ging zu ihr: „Wollen wir das *Sie* nicht lassen? Sag *Du* zu mir, Helga."

„Ja", sagte Helga. „Danke, dass du … dass ihr mir diese Blutbeutel besorgt. Ich … es … es ist entsetzlich, wenn man einen Menschen töten muss, um zu überleben." In ihrem Gesicht begann es zu zucken. Ihre Unterlippe bebte verräterisch. „Ich habe es nicht ausgehalten. Es war so fürchterlich. Und doch musste ich es immer wieder tun." Sie schaute Rosa Gessner aus großen Augen an. „Dass du dich nicht vor mir ekelst! Das kann ich fast nicht verstehen. Ich bin ein Höllengeschöpf."

„Nein!" Frau Gessner nahm Helga in die Arme und drückte sie. „Nein, Helga, das bist du nicht. Du bist ein Mädchen, das einen Fluch in sich trägt. Du hast dich mit einer dämonischen Saat angesteckt. Die böse Frau hat dir das angetan. Du kannst nichts dafür."

Helga begann zu weinen. „Es ... es ist so schrecklich", schluchzte sie. Sie klammerte sich an Rosa fest. „Ich kann es nicht aushalten. Es ist grauenhaft."

„Scht. Nicht weinen, Kind", sprach Rosa Gessner. Sie strich Helga übers Haar. „Du kannst nichts dafür, dass du so bist."

„Ich bin eine Abscheulichkeit!", schluchzte Helga. „Etwas, vor dem man sich ekeln muss."

Liuba trat neben sie und streichelte Helgas Hand. „Niemand ekelt sich vor dir, Helga. Wirklich nicht. Du bist für uns beinahe wie eine Schwester. Wie Mama sagt: Du kannst ja nichts dafür, dass du ein Vampir bist. Die böse Frau im Konzentrationslager hat dich dazu gemacht. Bitte hör auf zu weinen, Helga. Das tut mir weh."

Helga beruhigte sich nur langsam. Sie lag in den Armen der Frau und ließ sich von ihr drücken. Es war ein ganz merkwürdiges Gefühl. Noch nie hatte ein Erwachsener sie gedrückt. Sie hatte nie eine liebende Mutter gehabt. Eigentlich hatte sie ein Leben lang niemanden gehabt.

Bis auf Basti. Er war der erste Mensch, der sie gern hatte.

Sie kuschelte sich in Rosa Gessners Arme und ließ sich trösten. Es war ein schönes Gefühl, gehalten zu werden. Helga fühlte sich geborgen.

Rosa strubbelte ihr durchs Haar. Sie schaute sie an: „Genug geweint jetzt! Ja?"

Helga nickte. Sie wischte die Tränen fort.

Frau Gessner umfasste ihr Gesicht mit den Händen: „Ich habe eine Überraschung für dich. Morgen Abend kommt Besuch."

„Wer denn?", wollte Helga wissen.

Rosa lächelte sie an: „Verrat ich nicht. Sonst wäre es ja keine Überraschung mehr. Du wirst staunen, Kind. Bitte bleibe mit Bastian hier im Haus, damit du abends gleich bei uns bist."

*

Als Helga am nächsten Abend in ihrem Zimmer im Keller des Gessnerhauses erwachte, spürte sie, dass das Haus vor Leben summte. Leute waren da - im Haus und draußen vor der Tür. Sie hörte mit ihren scharfen Ohren Stimmen.

Sie ging duschen und zog sich frisch an. Dann ging sie zum Wohnzimmer. Unterwegs tauchte Bastian auf.

„Helga!" Er umarmte sie und drückte ihr einen Schmatz auf die Backe. Er grinste wie ein Honigkuchenpferd.

„Basti? Was ist?", fragte sie unsicher. Er war so aufgedreht. Er war ganz hibbelig. „Hast du dein Schiffchen in Erbach geholt?"

Bastian lachte fröhlich auf: „Nein. Das mache ich später." Er fasste nach ihrer Hand: „Komm mit. Sie warten im Wohnzimmer."

Sie waren alle da: Herr und Frau Gessner, Joschka, Anniki, Lisa, Liuba und Marko. Neben Frau Gessner stand eine Frau, die ihr aufs Haar glich.

„Madame Weiss", sagte Helga. Sie war überrascht. Es war die Handleserin von der Homburger Kirmes.

Die Frau lächelte: „Sag Zita zu mir, Kind. Meine Zwillingsschwester duzt du ja auch."

Bei Zita standen mehrere Männer, die Helga noch nie gesehen hatte.

Helga hielt sich an Bastians Hand fest. Die Fremden ängstigten sie.

„Hab keine Angst, Helga", sprach Zita. „Niemand will dir etwas Böses, Kind. Diese Männer gehören zu Rosas und meiner Familie. Wir brauchen mehrere Leute heute Nacht. Wir werden Dinge tun, bei denen jeder nur ein einziges Mal etwas berühren darf - gefährliche Dinge. Aber es ist notwendig, das zu tun."

Helga verstand nicht. Sie blickte die Frau fragend an.

„Draußen warten noch mehr Leute", erklärte Zita. „Sobald wir alles vorbereitet haben, werden sie die Kassette bringen."

Nun verstand Helga gar nichts mehr: „Kassette?"

„Eine Art feste Kiste. Darin wird ein Buch aufbewahrt. Ein ganz besonderes Buch. Es muss stets fest eingeschlossen sein."

Rosa kam zu Helga. „Es ist ein uraltes Buch. Darin stehen Dinge, wie sie die Welt nicht kennt. Das ist auch besser so, denn das meiste, was in diesem Buch geschrieben steht, ist schlechter als der Teufel persönlich. Aber es stehen auch einige Sachen darin, die man zum Guten gebrauchen kann, wenn man sehr vorsichtig damit umgeht." Sie fasste Helga an der Hand: „Komm mit, Kind. Wir haben im Keller alles vorbereitet."

Noch immer verstand Helga nicht, was vorging. Sie konnte sich keinen Reim auf das seltsame Verhalten der Menschen machen. Bastian lächelte sie strahlend an.

„Alles wird gut, Helga", sagte er. Er ging direkt hinter ihr, als sie Rosa in den Keller folgte.

Ganz hinten am Ende des Kellers gab es eine feste Tür aus Eichenholz. Andreas Gessner holte einen Schlüssel heraus und schloss sie auf. Dahinter befand sich ein alter Gewölbekeller.

„Hier könnte man Wein lagern oder Champignons züchten", sagte er. „Im vorderen Teil bewahren wir im Winter die Äpfel auf. Ab heute müssen wir diese Tür immer verschlossen halten." Er führte die kleine Schar durch die Gewölbe. Teilweise waren die Gänge und Räume aus dem natürlichen Sandstein herausgeschlagen, teilweise waren die Wände und die halbrunde Decke mit roten Ziegeln gemauert. Der zentrale Gang führte sanft abwärts, immer tiefer in die Erde hinein. An der Decke des Gewölbeganges waren Schiffsarmaturen angebracht, die alle fünf Meter schummriges Licht spendeten. Rechts und links befanden sie in unregelmäßigen Abständen in Stein gehauene oder ausgemauerte Kellerräume.

Nach rund dreißig Metern endete der Gang.

Helga staunte. Sie waren längst nicht mehr unter dem Haus der Gessners und sie befanden sich gut fünf Meter unter der Erdoberfläche. Wollte Herr Gessner ihr einen besonders sicheren Raum zum Übertagen schenken? Ein Kellerzimmer, in dem niemand sie finden konnte, wenn sie hilflos war im Tagesschlaf?

Der Gang schwenkte nach rechts und endete in einem Raum von wesentlich größeren Ausmaßen als die anderen Kellergewölbe. Er war gut fünf Meter breit und bestimmt acht Meter tief. Seine Decke war halbrund. Die Wände waren komplett mit Ziegeln ausgemauert.

Am hinteren Ende war der Raum geteilt. Dort befand sich ein massives

Stahlgitter, das vom Boden bis zur Decke reichte und einen Teil des Kellers zu einer Gefängniszelle machte. Davor stand eine Art Tisch. Er war aus massivem Holz. Helga schrak zusammen. An den vier Kanten waren Ketten befestigt, die in metallenen Schellen endeten. Es waren Handschellen und Fußschellen. Das Ding sah beinahe aus wie das Metallkreuz im Haus der bösen Frau. Nahe bei dem großen Tisch mit den eisernen Halteklammern stand ein weiterer Tisch.

„Hab keine Angst, Helga", sprach Rosa Gessner beruhigend.

Helga hörte leises Glucksen. Mit ihren nachtaktiven Augen erkannte sie selbst im schummrigen Licht der einzelnen Deckenlampe alles genau. Am Ende des Gefängnisraums tropfte Wasser aus der Wand. Es rann in ein gemauertes kleines Becken und floss von dort weiter nach hinten, wo es in einem kleinen Schlitz in der Wand verschwand.

„Ganz schön schummrig hier unten", sagte einer der fremden Männer. „Man sieht fast nichts."

„Das ist auch gut so", sagte Zita. „Es ist keine gute Idee, das Buch hellem Licht auszusetzen. Umso mehr Macht kann es über denjenigen gewinnen, der darin liest. Wir haben hier absichtlich eine Lampe gewählt, die nicht sehr hell ist. Später können wir eine stärkere Glühbirne einschrauben." Sie schaute zu Helga hin. „Wenn wir fertig sind."

Sie wandte sich an einen jungen Mann: „Geh, Janosch. Hol die Kassette." Der Mann verließ den Keller.

Helga spürte die emotional aufgeladene Atmosphäre in dem kalten Kellerraum fast körperlich. Sie fasste nach Bastians Hand. Sie fürchtete sich.

Als hätte Andreas Gessner ihre Gedanken gelesen, wandte er sich an sie: „Hab keine Angst, Helga. Dir kann nichts passieren. Im Gegenteil." Er lächelte aufmunternd. „Wir wollen dir helfen."

Der junge Mann kam zurück. Er trug eine Kiste aus Holz mit schweren Metallbeschlägen.

„Leg sie auf den Tisch und verlasse sofort diesen Ort", verlangte Zita Weiss. Sie winkte einem anderen Mann: „Schließ sie auf, Django."

Der Mann holte einen Schlüssel hervor, steckte ihn in das Schlüsselloch an der Seite der Kiste und schloss auf.

„Öffne die Kassette", bat Zita.

Ihre Schwester Rosa trat neben sie: „Jetzt nimm das Buch heraus und lege es aufgeschlagen auf den Tisch. Geh dann bitte gleich fort. Wasch dir die Hände, bevor du einen anderen Menschen berührst. Bleibe nicht in der Nähe. Lass dich von deinem Vater mit dem Auto wegbringen."

Django nickte. Er nahm einen großen Folianten aus der Kassette, legte ihn auf die Tischplatte und schlug ihn an einer beliebigen Stelle auf.

„Nicht hinsehen!", befahl Zita. „Es ist nicht gut, hinzusehen, wenn man das Buch mit den Händen angefasst hat. Danke, Django. Geh jetzt."

Der Mann verließ eilig den Keller.

„Froschu", sagte Rosa. Ein anderer Mann trat vor. Er hielt einen kleinen Stock in der Hand. „Wenn ich es dir sage, blätterst du die Seiten um, ja?" Der Mann nickte wortlos.

Helga und Bastian traten näher. Sie betrachteten das aufgeschlagene Buch.

„Du blätterst die Seiten nicht selber um?", fragte Helga die Frau.

Rosa schüttelte den Kopf. „Nie im Leben! Das fasse ich nicht mit Händen an, und meine Zwillingsschwester auch nicht. Es ist schlimm genug, dass wir daraus vorlesen müssen."

Helga trat an Bastians Hand noch näher zu dem Tisch. Sie schaute die aufgeschlagenen Seiten an. Sie waren mit dunkelroten Buchstaben bedeckt. Die Farbe erinnerte Helga an Rost. Doch unter dem Rost war etwas …

Sie spürte, wie Bastian zusammenzuckte. Der Junge sog scharf Luft ein. „Jesus!", flüsterte er. „Was ist das?"

Helga wusste, was er meinte. Unter den rostroten Buchstaben bewegte sich etwas. Die breiten, mit einer Feder gezogenen Linien der einzelnen Buchstaben schienen an einigen Stellen aufzureißen und eine helle Röte schimmerte aus den Rissen und Sprüngen in der Schrift. Die Zeichen schienen sich innerlich zu bewegen. Sie ringelten sich träge und sie zuckten.

„Das lebt!", sagte Bastian. Seine Stimme troff vor Ekel.

Helga verstand ihn nur zu gut. Das langsame Ringeln und Winden auf den Buchseiten war eklig. Als ob Würmer zu Buchstaben geworden wären. Würmer, die sich aus der Umklammerung der Buchstaben zu lösen versuchten. Rote Flüssigkeit schien in den Linien der einzelnen Zeichen zu pulsieren.

Es war ein Schock für Helga. „Blut!", wisperte sie. „Das ist Menschenblut!" Sie klammerte sich an Bastians Arm.

Zita Weiss nickte: „Richtig, Helga. Dieses Buch wurde mit Menschenblut geschrieben. Wer immer es schrieb, hatte einen lebenden Menschen in seiner Gewalt, und für jedes Zeichen bohrte er die Feder aus speziellem Metall in den Körper des Unglücklichen, um sie mit dieser scheußlichen Tinte zu füllen. Man sagt, es brauchte drei Dutzend Menschen, um dieses abscheuliche Buch zu schreiben."

„Nur das Blut lebender Opfer eignete sich zum Schreiben", ergänzte Rosa. „Starb ein Tintenspender, wurde er durch ein neues Opfer ersetzt."

„Ach du lieber Gott!", ächzte Bastian. Er drückte Helgas Hand so fest, dass es wehtat.

„In diesem Buch ist alle Schlechtigkeit und Bösartigkeit der Welt versammelt", sprach Rosa weiter. „Es lebt. Es hat ein eigenes Leben. Es ist von ekligem dämonischem Leben erfüllt. Es versucht Macht über den zu gewinnen, der ihm nahe ist. Drum muss es ständig wandern. Nie darf es länger als eine Jahreszeit an einem Ort verbleiben, weil es eine boshafte Macht ausdünstet und die Menschen in seiner Umgebung unter seinen dämonischen Bann zu bringen versucht.

Unsere Großmutter hat uns von dem Buch erzählt. Sie warnte uns, es nur in Augenblicken allerhöchster Not zu benutzen." Sie schaute Helga und Bastian an. „Denn einige der Formeln, die auf diesen Pergamentseiten aufgeschrieben sind, kann man verwenden, um Gutes zu tun und um Böses abzuwehren."

„Pergament", hauchte Bastian. „Pergament wird aus Tierhaut gemacht."

„Dieses nicht", sagte Rosa. „Die Seiten des Buches wurden aus Menschenhaut hergestellt."

Voller Entsetzen starrte Helga die rostigen Buchstaben auf dem elfenbeinfarbenen Pergament an. Sie zuckten und räkelten sich. Helle Röte pulsierte unter dem Rost. Die Seiten schienen sich zu wellen. Kleine Runzeln und Falten bildeten sich und verschwanden wieder.

„Die katholische Kirche war im Mittelalter hinter diesem Buch her", erzählte

Rosa. Sie schaute Helga und Bastian an. „Aber nicht, um das bösartige Dämonenwerk zu vernichten!"

„Sie wollten es benutzen", presste Bastian hervor.

Rosa nickte: „Ja. Sie wollten es benutzen, um noch mehr Macht über das Abendland zu erringen und um das Morgenland damit zu unterwerfen und zu versklaven. Das Buch wurde den Fahrenden anvertraut, damit es nicht verloren ging und gleichzeitig vor der Kirche versteckt war."

Zita trat neben ihre Schwester: „Dieses Buch wurde von Menschen geschrieben, die unsichtbar im Dunkel der Nacht leben."

„Unsichtbar?", fragte Helga. Zita nickte.

„Wäre es dann nicht besser bei diesen Unsichtbaren versteckt?", fragte Bastian. Er fasste sich an den Kopf: „Nein. Nein. Natürlich nicht. Die sind ja böse. Wenn sie so was herstellen! Aus Menschenhaut und Menschenblut gemacht."

„Sie sind friedlich", sagte Rosa. „Die meisten jedenfalls. Aber einige haben sich vor langer, langer Zeit einer dämonischen Macht verschrieben und diese Abscheulichkeit geschrieben." Sie zeigte auf das Buch, dessen Seiten sich reckten und streckten und runzelten. Die Buchstaben ringelten sich wie rostrote Würmer. Wenn man genau hinhörte, konnte man ein leises Schmatzen vernehmen. Das Buch lebte.

„Die Fahrenden erhielten das Buch, weil es nicht lange an einem Ort verbleiben darf", fuhr Rosa fort. „Seit dem Mittelalter ist es durch viele Hände gegangen, und nie kehrte es in Hände zurück, die es einmal gehalten hatten. So wurde sichergestellt, dass es keine Macht über die Menschen erringen konnte, die es versteckt hielten."

Sie machte mit der Hand ein Zeichen: „Froschu?"

Der Mann mit dem Stöckchen trat näher.

„Blättere die Seiten um", bat Rosa. „Es steht ziemlich genau in der Mitte."

Froschu benutzte den kleinen Stock, um die widerlichen Seiten umzublättern. Jedes Mal, wenn eine Seite umklappte, erklang ein leises, schlabberiges Geräusch und das Pergament wellte sich in trägen Zuckungen.

„Halt", sagte Rosa. „Das ist es." Sie winkte Bastian und Helga zu sich. „Hier seht:

Da steht die Beschreibung. Die Beschwörungsformeln folgen auf der nächsten Seite."

Helga betrachtete die altmodischen, krakeligen Buchstaben. Sie las die rostrote Schrift:

Als wie man vertreibet einen Vampyr, stand da als Überschrift.

Erschrocken schaute sie zu Rosa auf.

Die Frau lächelte: „Nein, Helga. Das richtet sich nicht gegen dich. Du bist nämlich kein Vampir. Es richtet sich gegen das, was du „Krankheit" nennst. Das ist der eigentliche Vampir. Was du hast, lebt. Es ist in dir, und wir wollen es herausholen. Dann bist du frei."

Helga starrte die Frau an. „Was?" Ihre Stimme war ganz leise und piepsig.

Rosa nickte: „Es ist möglich, Mädchen. Wir werden es tun. Lies!"

Helga las weiter:

„Man mache eyne sehr dünne und feyne Röhre aus bestem Metalle und stecke diese allselbst in die ableytende Ader des Armes. Das Ende der Röhre leyte man in eyne Kerkerzelle mit festem Gitter, woselbst das boshaftige Wesen des Nachtgeschöpfes hin abgeschieden werden soll.

Es ist der arme Mensch, welcher befreyt werden soll, in Eisen zu schließen, alsda ihn heftigste Krämpf befallen werden, wenn das Geschöpf aus ihm heraus geholet wird.

Man hüte sich vor diesem Wesen, ist es doch voller Falsch und Arglist. Man halte es versteckt und gefangen, alldieweyl es in Freyheyt blutlüstern umherginge und zu töten begänne. Es soll dieses Wesen, wes des Vampyres Ausgeburt und gewachsen Kind ist, nimmer in Freyheyt gesetztet werden, dasonst es in Boshaftigkeit und Blutrunst umginge und viel Töten und Morden über die Menschheit brächte.

Auf immer muss es hinweg geschlossen bleyben. Doch darf es nit werden ertötet, denn eyn Band, wes eines Menschen Aug nicht sehen kann, ist zwischen des Vampyres Wesen und dem armen befreyten Menschenkinde, das zuvor befallen ward von der Seuche der Blutrunst.

So ist dies abscheulichste Wesen einzuschließen und mit Wasser und Brühe von

Gemüse zu nähren und muss es haben eynmal bis zweymal im Monat das abgeleitete Blut aus eines Menschen Leib. Es genueget eine halbe Tasse voll davon. So will die Kreatur nit siechen und mit ihrem Überleben das befreyte Menschenkind schützen vor dem Tode."

Helga stand da wie erschlagen. Sie wollte etwas sagen, aber sie brachte kein Wort hervor. Bastian drückte sie zärtlich.

„Du wirst davon befreit, Helga", sagte er und legte seine Stirn an ihre. „Sie holen die Krankheit aus dir raus."

Sie klammerte sich an ihn und schüttelte stumm den Kopf.

„Doch", sagte Bastian.

Wieder schüttelte sie den Kopf. Sie konnte es nicht glauben. Was in dem alten Buch stand, war Quatsch. Sie hatte davon gelesen. Alchimisten hatten im Mittelalter eine Menge Kappes aufgeschrieben, verquere Rezepte, von denen sie dachten, sie könnten in die Chemie der Weltendinge eingreifen. Aber es war nur Fuppes gewesen, reiner Humbug. Im Mittelalter hatte es viele solcher komischen Bücher gegeben. Die Alchimisten hatten versucht, aus Blei Gold zu machen. Es wurden Rezepte aufgeschrieben, wie man in einem Kessel mit einem lodernden Feuer den Feuersalamander anrufen musste. Wenn er erschien, leitete das die Verwandlung ein - die Transmutation. Schwachsinn! Niemand konnte aus einem Metall ein anderes erschaffen. Es war wider die Natur.

Genau wie ich selbst, dachte sie.

Bastian schob sie ein Stückchen von sich weg. Er fasste sie unters Kinn. „Helga", sprach er sanft. „Guck mich an."

Sie schüttelte erneut den Kopf. Sie durfte nicht daran glauben. Sie durfte es sich nicht erlauben. Umso entsetzlicher würde die Enttäuschung sein. Es gab keine Rettung für sie. Das wusste sie genau.

„Helga. Bitte!"

Sie schaute stur zu Boden. Sah die Russenschuhchen, die er ihr geschenkt hatte. Plötzlich schossen ihr Tränen in die Augen. Sie konnte es nicht verhindern. Aufschluchzend klammerte sie sich an Bastian fest.

„Nein!", weinte sie. „Es ist unmöglich! Niemand kann mir helfen! Bitte hört auf, mir falsche Hoffnungen zu machen! Das halte ich nicht aus." Sie weinte hemmungslos. All der Schmerz, der sich im Laufe von Jahrzehnten in ihrem Herzen angesammelt hatte, brach über sie herein. All die Toten, die ihren Weg säumten, schienen aufzustehen und sie anzustarren.

Bastian drückte sie an sich. Er ließ sie weinen.

Helga weinte lange.

Als ihre Tränen versiegten, fühlte sie sich kraftlos und völlig entleert.

„Es geht nicht", sagte sie leise. Ihr tat die Kehle weh vom vielen Weinen. „Es geht nicht!"

Bastian vergrub sein Gesicht in ihrem Haar. „Was hält dich davon ab, es wenigstens zu versuchen", brummte er, den Mund an ihrer Kopfhaut. Er zog sie sanft mit sich: „Komm, Helga. Versuche es wenigstens."

Sie war so schwach, dass sie sich nicht gegen ihn wehren konnte.

„Komm, Helga." Er führte sie zu dem Tisch mit den Eisenklammern.

Helga schauderte. Die Dinger sahen aus wie diejenigen im Haus der bösen Frau.

Sie blieb stehen. „Nicht!", sagte sie. „Nicht das. D-D-Das nicht! Ich will das nicht!"

Rosa Gessner kam zu ihr. Sie legte ihr einen Arm um die Schultern: „Es muss sein, Helga. Während der Abscheidung wirst du Krämpfe haben. Es ist nur zu deinem Schutz. Die ableitende Röhre darf unter keinen Umständen aus der Vene herausgeraten. Das Wesen in dir muss in die Kerkerzelle geleitet werden."

Helga starrte den Tisch an. Sie hatte Angst – Angst, auf diesem Tisch festgeschnallt zu werden, und Angst, dass sie umsonst hoffte.

Bastian streichelte ihre Hand: „Mach doch, Helga. Du musst es wenigstens probieren."

Sie schaute ihn an: „Ich habe so Angst, Basti!"

Er blickte ruhig zurück. Sie sah die Zuneigung in seinen Augen. „Tu es für mich, Helga", sagte er.

Helga schloss die Augen. Basti. Basti. Basti. Für dich, Basti.

Sie wurde ruhiger. Ja, sie würde es tun. Für Bastian. Einen Versuch war es wert. Für Basti würde sie es tun. Sie würde sich sogar auf dem entsetzlichen Tisch festmachen lassen.

„Ja, Basti", sagte sie. „Ich tu es. Für dich."

Die Menschen ringsum atmeten hörbar auf.

Helga folgte Bastian zu dem Tisch. Folgsam stieg sie darauf. Zwei Männer kamen zum Tisch.

Helga fing an zu zittern.

Schon war Bastian neben ihr und hielt ihre Hand: „Es ist bald vorbei, Helga. Ich weiß, dass du Angst hast. Dieser Tisch ist wie das Eisenkreuz im Haus der bösen Frau. Aber niemand wird dir etwas tun, wenn du am Tisch festgemacht bist. Es ist zu deinem Schutz. Ich bin die ganze Zeit direkt neben dir. Ich bleibe bei dir, Helga."

Da ließ sie es zu. Sie legte sich auf den Rücken und die Männer schlossen ihre Hand- und Fußgelenke in die kalten, schweren Eisenbänder. Sie zogen die Ketten stramm, bis Helga vollkommen hilflos auf dem Tisch aufgespannt lag. Bastian stand neben ihr und sprach beruhigend auf sie ein. Er hielt ihre Hand und streichelte sie.

„Das Röhrchen", sagte einer der Männer. Jemand brachte, was er verlangte. Helga schaute das Ding an. Es war aus silberfarbenem Metall gemacht und so dünn, dass es biegsam wie ein Schlauch war. Ein Ende legten die Männer in die Zelle. Sie banden es am Gitter in einem Meter Höhe fest. Sie benutzten ein festes Garn, und sie befestigten einen Zweig von einer Eiche mit am Gitter.

Man streifte Helgas linken Hemdsärmel hoch.

„Es wird gleich pieksen", sagte jemand.

Helga sah nicht hin. Sie hielt die Augen geschlossen. Sie zitterte unkontrolliert. Die Eisen, die sie hielten, machten ihr eine Heidenangst. Sie war außer sich vor Furcht. Auf dem Tisch befestigt zu sein, brachte sie einer Panik nahe. Wenn Bastian nicht bei ihr gewesen wäre, hätte sie angefangen zu schreien. Sie bemühte sich, still zu sein. Es war sehr schwer.

Ein kleines Pieken in ihrem Unterarm. Das war alles. Sie spürte, wie ein Pflaster aufgeklebt wurde, um das dünne Röhrchen an Ort und Stelle zu halten. Schritte entfernten sich. Bastians streichelnde Finger an ihrer rechten Hand. Sie fasste danach und hielt sich an ihm fest. Sie hatte noch immer die Augen geschlossen.

„Umblättern!" Das war Zita Weiss.

Helga hörte das raschelnde Geräusch, als ein großes Pergamentblatt umgeblättert wurde.

Dann sprachen Zita und Rosa gemeinsam. Sie lasen aus dem Blutbuch. Helga verstand kein Wort. Es waren seltsame Laute. Sie klangen abgehackt und grunzend. Nicht von dieser Welt. Über den synchronen Stimmen der beiden Frauen vernahm sie einen tiefen Ton, eine Art bösartiges Brummen, das sich anhörte wie das Knurren eines sehr, sehr großen Hundes. Noch war der Hund weit weg, aber er kam schnell näher.

Das Buch! Das ist das Buch, dachte sie voller Schrecken. Das Buch erzeugt dieses Geräusch. Es freut sich, dass es benutzt wird, und fängt an, seine Bösartigkeit herauszuquetschen.

Bastians Hand drückte die ihre.

Rosa und Zita sprachen in einer unbekannten Sprache. Das brummende Knurren steigerte sich. Es wurde lauter. Bösartiger.

Helga hörte ein Gurgeln und Schmatzen. Nein. Sie hörte es nicht. Sie fühlte es. Sie spürte es im Innern ihres Körpers.

Plötzlich verkrampften sich ihre Füße. Sie krümmten sich wie Vogelklauen. Der Krampf stieg in ihren Beinen hoch und überrollte ihren gesamten Körper. Sie schrie auf. Es fühlte sich fürchterlich an. Ihr Körper spannte sich an wie eine Bogensehne. Mit aller Kraft riss sie an den eisernen Fesseln, die sie auf dem Tisch hielten.

Ihr Rücken bog sich durch. Gegen ihren Willen zuckte und zappelte ihr Körper.

Das Knurren füllte den Kellerraum aus. Die Luft schien plötzlich zum Schneiden dick. Die Stimmen der beiden Frauen leierten weiter unbekannte Worte.

In Helgas Herz ruckte es. Ein wildes Zucken fuhr durch ihren sich windenden Körper. Wieder schrie sie. Sie schlug mit dem Kopf. Sie konnte nichts dagegen tun. Es geschah von selbst. Sie hatte das Gefühl, als müsse sich die Haut von ihrem Körper pellen. Ihr war gleichzeitig heiß und kalt.

Ein neuer Ruck in ihrem Innersten.

Weit weg hörte sie Bastians beruhigende Stimme. Verzweifelt klammerte sich Helgas Seele an dieser Stimme fest. Etwas wie ein starker elektrischer Schlag durchfuhr sie. Ihr Unterarm fing an zu brennen. Etwas war dort. Etwas kroch dort in ihrem Arm. Etwas wurde dort hinausgepresst.

Helga riss die Augen auf.

Die dünne Metallröhre, die in ihrem Arm steckte, zuckte und bog sich. Sie schien zu pulsieren. An dem Ende, das in die Kerkerzelle führte, tropfte etwas heraus. Es war rosafarbener Schleim. Er tropfte zu Boden. Tropfen für Tropfen. Es wurde immer mehr.

Helgas Arm brannte. Ihr ganzer Körper brannte, aber sie zappelte nicht mehr. Sie lag ganz still, von den Eisenketten fest aufgespannt. Überall in ihr zuckte und brannte es. Helga wollte etwas sagen, aber sie konnte nicht sprechen. Das Zucken war überall.

Die Stimmen von Rosa und Zita leierten - eine endlose Litanei. Die Worte trieben es aus Helga hinaus. Immer mehr Tropfen quollen aus der dünnen Metallröhre. Mit leisem Schmatzen fielen sie auf den Boden der Zelle, wo sie sich zusammenfügten.

In namenlosem Entsetzen sah Helga, wie die Tropfen aufeinander zuflossen und sich zu einer Art riesiger Amöbe vereinigten. Sie hörte leises Schmatzen und Glucksen. Das Zeug war dickflüssig wie Gelee. Es war rosig und halb durchsichtig. Es bewegte sich.

Ein neuerlicher Krampf fuhr durch Helgas Leib. Sie bäumte sich auf und stöhnte. Sie wollte schreien, aber ihre Kehle war zugeschnürt. Zucken in ihr. Brennen. Hitze. Kälte.

Nun quoll die rosafarbige Geleemasse sehr schnell aus der Röhre heraus. Auf dem Boden der Kerkerzelle wuchs etwas. Es sah aus wie eine große Kaulquappe, dann wie ein Embryo und schließlich wie ein unfertiger Mensch. Ein Körper wuchs hinter dem Gitter heran.

Der Körper streckte sich. Er wurde lang und schlank. Haut bildete sich. Augen erschienen in einem halbfertigen Gesicht. Aus dem Schädel sprossen weizenblonde Haare.

Wieder fuhr ein wildes Zucken durch Helgas Leib. Sie wand sich in Krämpfen in den Eisenfesseln. Das Brennen in ihrem Arm wurde unerträglich. Sie hielt es nicht mehr aus. Sie …

Aus dem Ende der Röhre kam ein Geräusch, das sich anhörte wie ein Rülpsen.

Es zischte. Einige letzte Tropfen quollen hervor. Dann pfiff Luft heraus und schließlich endete es.

Helga fiel auf den Tisch zurück. Der schreckliche Krampf ließ nach. Sie sank in die Fesseln zurück, die sie hielten. Keuchend rang sie nach Atem.

Stille herrschte in dem Kellerraum. Das Knurren war fort, ebenso die leiernden Stimmen von Rosa und ihrer Zwillingsschwester Zita.

„Bringt es weg", befahl Rosa. „Hinfort mit dem abscheulichen Blutbuch. Gebt es draußen an andere weiter. Sie sollen es fortschaffen. Weit, weit weg von hier. Handelt rasch!"

Die Kassette schnappte klackend zu. Jemand verließ eilig den Raum.

Helga lag erschöpft auf dem Tisch. Man zog die dünne Metallröhre aus ihrem Arm und verband die kleine Wunde. Es klickte leise, als die Metallklammern geöffnet wurden. Sie setzte sich auf und rieb sich die Handgelenke. Die taten weh, weil sich ihr Körper so schlimm verkrampft und an den Eisenfesseln gezerrt hatte.

Sie schaute in die Kerkerzelle. Ein nacktes Mädchen kauerte auf dem Boden.

„Das bin ich", wisperte sie.

Das Mädchen im Gefängnis hob den Kopf. Es sah exakt so aus wie Helga. Nur seine Augen waren anders. Noch nie hatte Helga in solch grauenhafte Augen geblickt. Sie konnte nicht in Worte fassen, was so entsetzlich an diesen Augen war. Sie machten ihr Angst.

So sehe ich aus, wenn ich angreife, dachte sie. So sehe ich aus, wenn ich zubeiße.

Das Mädchen mit den fürchterlichen Augen sah Helga an.

„Helgaa?", fragte es mit leiser Stimme. Es betonte die Silben auf seltsame Art. Es legte die Betonung auf die letzte Silbe. Seine Augen sahen zum Fürchten aus, aber das Gesicht dieses Mädchens war eine Grimasse aus Angst und Schmerz. Das Mädchen litt unendlich. „Helgaa? Was haben sie mit mir gemacht?"

Das nackte Mädchen erhob sich schwankend. Es hielt sich an den Gitterstäben fest. „Helgaa? Was haben sie gemacht? Warum bin ich von dir getrennt? Helgaa? Ich habe Angst!"

Helga saß stocksteif da. Niemand hatte sie darauf vorbereitet, dass es sprechen würde; dass es so … so menschlich sein würde.

Das Mädchen mit den grauenhaften Augen streckte den Arm durch das Gitter und wollte nach Helga fassen, erreichte sie aber nicht.

„Helgaa!“, klagte es. „Helgaa, bitte hilf mir! Bitte lass mich zu dir zurückkommen. Warum bin ich von dir getrennt, Helgaa? Bitte Helgaa, lass mich wieder bei dir sein. Sag ihnen, sie sollen mich zu dir lassen, Helgaa. Bittebitte!“ Das Mädchen begann zu weinen.

Schluchzend streckte es die Hand nach Helga aus.

Helga stieg von dem Tisch. Sie stellte sich vor das Gitter.

„Nicht, Helga!“, rief es hinter ihr. „Berühre es auf keinen Fall! Geh weg dort!“

Helga rührte sich nicht vom Fleck. Ungläubig schaute sie das Mädchen in der Zelle an.

„Helgaa“, weinte das Geschöpf mit den grauenhaften Augen. „Helgaa, bitte komm zu mir. Bitte lass mich nicht allein.“

„Helga, bitte komm da weg“, bat Rosa Gessner. „Wir werden es in der Zelle behalten und beschützen. Es ist ein Teil von dir. Es muss am Leben bleiben, weil es durch ein unsichtbares Band mit dir verbunden ist. Stirbt es, stirbst auch du, Helga. Der Fluch, der dich getroffen hat, kann nicht zur Gänze aufgelöst werden. Aber du bist frei. Berühre das Geschöpf auf keinen Fall, sonst gewinnt es Macht über dich. Es ist wild. Es darf nie aus dem Kerker heraus. Wir werden es mit Blutkonserven ernähren, die der Ring für uns besorgt. Es muss auf immer eingesperrt bleiben.“

„Helgaa“, jammerte das Mädchen hinterm Gitter. Es schaute Helga flehend an und streckte die Hand nach ihr aus. „Helgaa. Lass mich nicht allein. Bleib bei mir, Helgaa! Bittebitte!“

Helga machte einen Schritt auf das Eisengitter zu.

„Nein!“, schrie Rosa. „Helga, geh dort weg! Rühr es auf keinen Fall an! Helga!“

Das eingesperrte Geschöpf weinte ohne Unterlass. Es flehte und bettelte zum Gotterbarmen.

Helga trat noch näher ans Gitter. Sie hob den Arm und berührte seine ausgestreckte Hand.

„Helga! Nein!"

Helga streichelte die Hand des eingesperrten Mädchens.

„Helgaa!", schluchzte das Geschöpf. „Bitte geh nicht von mir weg!"

Helga trat nahe ans Gitter. Sie fasste durch die Eisenstäbe und umarmte das weinende Mädchen. Sie streichelte durch sein Haar und gab ihm durchs Gitter einen Kuss. Das Mädchen zitterte am ganzen Körper. Es hatte Angst.

„Sie ist nicht gefährlich", sagte Helga. Sie schaute über ihre Schulter zu den Leuten im Raum. „Sie tut mir nichts. Sie hat Angst. Sie ist allein. Sie war noch nie allein. Sie hat furchtbare Angst." Sie drückte und streichelte ihr zweites Ich.

„Weine nicht", bat sie.

Das eingesperrte Mädchen presste sich gegen das Gitter. „Helgaa", klagte es. „Helgaa will bei Helgaa sein. Bitte lass mich zu dir kommen."

Helga schüttelte den Kopf: „Nein. Wir sind getrennt worden. So soll es bleiben. Aber ich werde dich jeden Abend besuchen." Sie streichelte es sanft.

Jemand trat neben sie. Eine Hand streckte sich durch das Gitter und streichelte das Geschöpf. Es hob sein Gesicht mit den fürchterlichen Augen und schaute heraus.

„Ba-Basti", sagte es unter Tränen. „Ba-Bastiaan." Wieder betonte es den Namen anders herum.

„Ja, ich bin es", sprach Bastian. „Ich erkenne dich. Du bist Helgas Nachtseite."

„Nicht einsperren", klagte das nackte Mädchen. „Bitte lasst Helgaa frei. Helgaa will frei sein."

„Du musst hierbleiben", sprach Helga sanft. „Wenn wir dich rauslassen, wirst du Menschen töten. Das darf nicht geschehen. Wir werden dich ernähren. Du brauchst nicht zu morden. Hörst du?"

„Helgaa will frei sein", schluchzte das eingesperrte Mädchen. „Helgaa nicht einsperren bitte!"

Helga und Bastian traten vom Gitter zurück. Das Mädchen mit den schrecklichen Augen schaute ihnen hinterher.

„Wir lassen dich nicht allein", versprach Helga. „Ich komme jeden Abend zu dir."

Es weinte ohne Unterlass. „Helgaa", schluchzte es. „Helgaa! Bleib bei mir. Bleib bei Helgaa."

„Jeden Abend", wiederholte Helga. Sie drehte sich um. Sie musste sich an Bastian festhalten. Sie schaute Rosa und Zita an.

„Bitte! Ich will hier raus!", flüsterte sie.

Sie verließen den Kellerraum.

„Helgaa!" schluchzte es hinter ihnen her. „Helgaa! Lass Helgaa nicht allein! Bitte lasst Helgaa frei! Helgaa! Lass mich nicht allein! Ich habe Angst! Helgaa!"

Sie gingen nach oben.

In dem großen Raum bei der Haustür blieben sie stehen. Die Männer verabschiedeten sich von ihnen. Binnen weniger Minuten waren Helga und Bastian mit den Gessners allein. Nur Zita blieb.

Sie fasste Helga an der Schulter: „Komm einmal mit, Helga." Sanft schob sie Helga zur Haustür. „Schau hinaus. Was siehst du, Mädchen?"

Helga blickte zur Tür hinaus. Draußen war es dunkel, so dunkel wie es noch nie zuvor gewesen war. Sie riss die Augen auf. „Ich ... ich ... ich kann nichts sehen. Ich ..." Sie strengte ihre Augen an. Da war nichts. Fast nichts. Sie erkannte schemenhafte Einzelheiten dort draußen, aber nur, wo das Licht aus den Fenstern hinfiel.

Sie schaute zu Zita Weiss auf. „Ich erkenne nichts. Früher habe ich im Dunkeln alles sehen können."

Die Frau lächelte sie an: „Weil du wieder ein Mensch bist, Helga. Der Fluch wurde von dir genommen. Damit hast du aber auch deine phänomenale Nachtsicht eingebüßt. Ich schätze, darauf verzichtest du gerne, nicht wahr?"

„Ja." Mehr brachte Helga nicht heraus. Erst jetzt spürte sie die Veränderung in sich. Sie fühlte sich klein und schwach und der Hunger war fort. Das ständige Bohren in ihr, das nach Blut verlangte, war weg. Vollkommen verschwunden.

Sie schaute Bastian an: „Ich bin frei, Basti. Es ist weg." Sie schluckte. „Ich bin wieder ein Mädchen. Ein ganz normales Mädchen." Sie warf sich in seine Arme und fing an zu weinen. Sie konnte gar nicht mehr damit aufhören.

Bastian umarmte sie und drückte sie fest an sich. Er sagte nichts. Er war einfach nur für sie da und hielt sie. Er ließ sie weinen. Er wusste, dass sie das jetzt brauchte.

Helga weinte lange. Sie war zutiefst erschüttert. Nie hätte sie sich träumen lassen, dass die entsetzliche Krankheit von ihr genommen werden könne.

Sie ging zu Rosa und Zita und bedankte sich unter Tränen.

„Danke", schluchzte sie. „Habt vielen Dank. Ihr wisst nicht, was das für mich bedeutet."

„Doch, Helga", sprach Rosa und drückte sie. „Doch, das wissen wir."

Sie blieben noch eine Stunde im Haus der Gessners und unterhielten sich miteinander. Dann rückten Bastian und Helga ab. Sie wollten zu ihrem geheimen Häuschen. Niemand hinderte sie.

Unterwegs war Helga froh über Bastis Taschenlampe. Sie sah fast nichts. Stattdessen gähnte sie herzhaft. Es war ein ganz eigentümliches Gefühl. Sie hatte viele Jahrzehnte nicht gegähnt. Sie war nie müde gewesen. Sie war einfach morgens in ihren Unterschlupf gekrochen, hatte die Augen geschlossen und war eingeschlafen und erst nach Sonnenuntergang erwacht.

Müde zu werden war ihr vollkommen fremd geworden.

Im Häuschen zündete Bastian eine der Petroleumlampen an, damit sie etwas Licht hatten, für den Fall, dass sie nachts aufwachen sollten.

Sie krochen zusammen unter die Bettdecke. Seite an Seite lagen sie da. Sie fassten sich an den Händen und lagen einfach nur da. Was sie erlebt hatten, hatte sie erschöpft. Helga wollte wach bleiben, um Basti im Schlaf zu bewachen, wie sie es so oft getan hatte. Aber kaum hatte sie ihre Augen geschlossen, schlief sie ein.

*

Als Helga aufwachte, wusste sie zuerst nicht, wo sie war. In ihrem Kopf herrschte ein seltsames Durcheinander. Sie erkannte etwas im Augenwinkel. Als sie den Kopf drehte, sah sie feine Staubteilchen in einem gleißend hellen Sonnenstrahl schweben. Die Staubkörnchen schimmerten in allen

Regenbogenfarben.

Sonne. Helga erwachte mit einem Ruck. Sonne! Die Sonne schien, und sie war wach. Sie lag im hellen Sonnenlicht, das durch eins der Fenster ins Häuschen drang.

„Guten Morgen, Schlafmützchen." Bastian beugte sich über sie. Er lächelte. „Na? Gut geschlafen?"

Helga wollte etwas sagen, aber sie brachte kein Wort heraus. Nur ein komisches Piepsen. Sie fühlte sich schwer und müde, und gleichzeitig spürte sie, wie ihr Körper aufwachte.

„Die Sonne", sagte sie schließlich. „Die Sonne scheint."

„Klar scheint sie." Bastians Lächeln verbreiterte sich. „Es ist schon fast zehn Uhr. Du hast gepennt wie ein Murmeltier. Steh auf. Wir wollen frühstücken. Ich war im Haus der Gessners und habe frische Brötchen geholt und Butter und Marmelade."

„Essen." Helga schaute zu Basti hoch. „Ich soll ... essen?" Wie zum Zeichen, dass er verstanden hatte, gab ihr Magen ein energisches Knurren von sich.

Bastian lachte: „Sieht ganz so aus. Los, hoch mit dir." Er zog Helga am Arm.

Sie stand auf. Der Tisch war schon gedeckt.

„Komm essen", sagte Bastian.

Helga tapste unsicher zu dem Tisch. Von draußen schien die Sonne herein.

„Nein." Sie blieb stehen. Dann wandte sie sich der Tür zu. „Ich will erst raus. Ich will es sehen." Sie lief zur Tür und riss sie auf. Helles Tageslicht flutete herein. Es stach ihr in die Augen.

Helga konnte nicht länger stillstehen. Mit einem Jauchzer sprang sie hinaus. Bastian folgte ihr. Lachend rannten sie über die sonnenbeschienene Wiese.

„Ich kann in die Sonne!", rief Helga. Ihr Herz schlug wild. „Ich bin wieder ein Mensch! Ich bin kein Vampir mehr!" Sie war trunken vor Glück. Sie würde nie mehr morden müssen, um zu leben. Sie war wieder ein Mädchen.

Sie sauste mit Basti durch den Wald. Sie kamen zu der Wiese, in deren Mitte sich eine tiefe Mulde befand. Am Rand der Mulde lag der große Sandstein. Hier würden sie einen Weiher aufstauen. Sie würden ihren eigenen Badeweiher haben, einen Weiher, so schön wie den Heideweiher in Erbach. Oder sogar noch schöner.

Helga hopste auf den Stein. Sie stellte sich an den Rand und betrachtete die Mulde im Erdboden bei Tageslicht. Der Stein unter ihren bloßen Füßen war von der Sonne gewärmt.

„Unser Weiher“, sagte sie.

Bastian trat hinter sie. Er umfasste sie mit den Armen: „Ja. Unser Weiher.“

Helgas Herz krampfte sich schmerzhaft zusammen. Sie war frei. Und Basti war bei ihr. Sie gehörten zusammen. Sie wollte weinen vor Glück. Aber da war so viel Glück in ihr, dass es die Tränen einfach weglachte.

Helga hatte genug geweint in ihrem Leben. Mehr als genug.

Mit einem zufriedenen Seufzen lehnte sie sich geben Bastians Brust. Überschäumende Freude füllte sie an. Sie kam sich vor wie ein Ballon, der ganz mit Freude und Liebe angefüllt war. Alles war gut geworden. Die Zukunft lag rosig vor ihr. Sie hatte ihr Leben zurück. Und sie hatte Bastian.

„Basti“, sagte sie. Sie schloss die Augen. Sie sah die Sonne durch ihre geschlossenen Lider. „Basti.“ Sie war ganz und gar glücklich.

Bastian ließ sie los. Er stellte sich neben sie und erklärte ihr, wo die Staumauer hinkommen würde. „In ein paar Wochen steht hier alles unter Wasser.“

Sie drückte seine Hand. „Dann können wir dein Segelschiff schwimmen lassen.“

„Ja“, sagte er.

Eine Weile standen sie still nebeneinander.

Bastian legte ihr einen Arm um die Schultern. „Sing es noch mal“, bat er. „Das traurige Lied, das du oben auf dem Dach gesungen hast.“ Er schaute sie an: „Ich weiß, du hast keinen Grund mehr zum Traurigsein, aber das Lied hat mich berührt. Es hat mein Herz angerührt.“

Helga stand still und genoss seine Umarmung. Sie holte tief Luft und begann ihr Lied zu singen:

„Warum bin ich so alleine? Warum hat mich niemand lieb.

Ich bin so einsam und ich bin alleine. Weiß nicht, warum es mich gibt.“

Bastian neben ihr schluckte und verstärkte den Druck seines Arms um ihre

Schultern.

Plötzlich musste sie doch weinen. Helga traten Tränen in die Augen, aber es waren keine Tränen des Leids. Es waren pure Freudentränen. Ihr Herz öffnete sich weit für Bastian. Ihr Herz war voller Liebe für ihn.

Als sie ihr Lied zum zweiten Mal sang, veränderte sie den Text:

„Ich bin nie mehr ganz alleine.mIch weiß, jemand hat mich lieb.

Wir sind gemeinsam und nie mehr alleine.mIch weiß, warum es mich gibt.

Ja, du bist an meiner Seite.mJa, du hast mich wirklich lieb.

An deiner Seite bin ich nie alleine. Ich weiß, warum es uns gibt."

Dann brach ihre Stimme und sie warf sich in Bastians Arme: „Basti."

Er hielt sie fest umarmt: „Helga."

So blieben sie stehen. In Helgas Herzen war kein Platz mehr für Angst und Leid. In ihrem Herzen war nur Platz für Glück und Freude.

Und für Basti.

E N D E